KNAUR

Über die Autorin:
Lisa Higgins studierte Chemie und begann während der Arbeit an ihrer Promotion, Bücher zu schreiben. Sie veröffentlichte sehr erfolgreich historische und zeitgenössische Liebesromane, die in fünfzehn Sprachen übersetzt wurden. »Heute lacht ein neuer Morgen« ist ihr erster Frauenunterhaltungsroman. Lisa Higgins lebt mit ihrer Familie in New Jersey.

Lisa Higgins

Heute lacht ein neuer Morgen

Roman

Aus dem Amerikanischen
von Sabine Thiele

KNAUR

Dieser Roman erschien bereits 2012 unter dem Titel
»In Liebe, Rachel« im Knaur Hardcover.

Die amerikanische Originalausgabe erschien 2011 unter dem Titel
»The Proper Care and Maintenance of Friendship« bei 5Spot, an imprint of
Grand Central Publishing. Hachette Book Group, New York.

Besuchen Sie uns im Internet:
www.knaur.de

FSC
www.fsc.org
MIX
Papier aus verantwortungsvollen Quellen
FSC® C083411

Vollständige Taschenbuchausgabe Dezember 2016
Knaur Taschenbuch

Redaktion: Gisela Klemt, lüra: Klemt & Mues GbR
Covergestaltung: ZERO Werbeagentur, München
Coverabbildung: FinePic®, München
Satz: Sandra Hacke
Druck und Bindung: CPI books GmbH, Leck
ISBN 978-3-426-50932-6

2 4 5 3 1

FÜR DIE SUNDAY NIGHT LADYS

Nancy, Judy und Cathy
Herausragende Schriftstellerinnen,
wunderbare Freundinnen

Kapitel 1

Als sich die knatternde Cessna in den Himmel erhob, verlor Kate Jansen vollkommen die Nerven.

Das Flugzeug erbebte, und sie klammerte sich an ihren Sicherheitsgurt. Durch das schmutzige Fenster erhaschte sie einen Blick auf Jo und Sarah – ihre zwei allerbesten Freundinnen –, die auf der Rollbahn standen und rasch kleiner wurden.

»Kümmern Sie sich nicht um das Geklappere, Miz Jansen!«, rief Bubba und tätschelte sein Flugzeug. »Dieses alte Mädchen hat mich schon hundertmal und öfter sicher hoch- und wieder runtergebracht.«

Kate starrte ihren Fallschirmsprunglehrer wütend an, der ihr in seinem schwarz-blauen Sprunganzug gegenübersaß und wie eine riesige mutierte Stubenfliege aussah. Die letzten zwei Stunden hatte er damit zugebracht, sie im einzigen Hangar des Flughafens von immer höheren Plattformen auf dicke Matten zu stoßen, um ihr die richtige Falltechnik beizubringen. Er hatte ihr versprochen, dass der Sprung gegen ihre Höhenangst helfen würde, ebenso wie gegen ihre Flugangst. Ihre Angst vor *allem*. Er hatte ihr versprochen, dass diese Erfahrung ihr Leben vollkommen ändern würde.

Verdammt noch mal, was tue ich hier?

Atme. *Atme!* Alles würde gut werden. Ihre Freundin Rachel Braun hatte eintausendundsechsunddreißig Sprünge absolviert. Solo. Kate dagegen würde im Tandem mit Bubba auf ihrem Rücken springen, mit sechs Haken an ihm befestigt, von denen jeder zweihundert Pfund tragen konnte. Selbst wenn auf dem Weg nach unten vier davon abreißen sollten, brauchte sich so ein zartes Ding wie sie überhaupt keine Sorgen zu machen, wie er ihr versichert hatte.

Das Flugzeug legte sich zur Seite. Kate lockerte ihren Klammergriff um den Sicherheitsgurt und packte stattdessen die zerfaserte Kante der Sperrholzbank, auf der sie saß. Unzählige kleine Splitter bohrten sich in ihre Handflächen.

Sie würde Rachel dafür umbringen. Ja, das würde sie wirklich tun – wenn Rachel nicht schon tot wäre.

Das Flugzeug stieg abrupt nach oben, und Kate suchte verzweifelt nach einem Ausweg – einem Fluchtweg, bei dem man nicht durch die Luft trudelte. Ihre Augen hefteten sich auf das silberne Kreuz an einem Rosenkranz, den der andere Fallschirmspringer an Bord in seinen Händen hielt. Er hieß Frank, hatte Bubba ihr gesagt, ein Franziskanermönch, der ein paarmal im Jahr sprang.

Einen Moment lang fragte sie sich panisch, ob Mönche die Beichte abnehmen konnten.

Aber was hätte sie schon zu beichten? Sie liebte ihr Leben. Sie war eine neununddreißigjährige dreifache Mutter, die in einem gemütlichen Heim mit abblätternden Kunststoffwänden und einer launischen Heizung lebte. Ihr Alltag war angefüllt mit Treffen der Parent Teacher Association – der Elternvereinigung der Schule – und weihnachtlichen Wohltätigkeitsbasaren. Sonntags backte sie Brot, sie schlug den Teig mit mehligen Händen. Ungefähr alle zwei Jahre nahm sie an einem Zwanzig-Meilen-Lauf für eine von Sarahs Wohltätigkeitsorganisationen teil.

Am meisten liebte sie ihre Kinder, deren Gesichter sie wie Geister heraufbeschwören konnte. Tess in ihrer geradezu am Oberkörper klebenden abgeschnittenen Kapuzenjacke, wie sie an einer Haarsträhne saugte und versuchte, cool zu wirken. Michael, dunkelhaarig, launisch und grüblerisch wie Heathcliff. Und schließlich Anna, die kleine Anna, die zarte feuchte Küsse wie Funken verteilte.

Ein paar Stunden zuvor hatte sie einen fünfzehnseitigen Vertrag unterzeichnet, der das gesamte Universum von jeglicher Verantwortung für den Verlust von Eigentum, Gliedmaßen oder gar des Lebens freisprach. Selbst Rückfragen im Falle ihres Todes waren sozusagen ausgeschlossen – ihres Todes, der ihre drei Schutzbefohlenen und ihren Ehemann betreffen würde, der nicht einmal wusste, dass sie sich gerade auf eine Kumuluswolke tausend Meter über dem Erdboden zubewegte.

Plötzlich stand der Fotograf auf, packte den Türgriff gegenüber dem Pilotensitz und riss ihn zurück. Sonnenlicht und eiskalte Luft strömten in das Innere der Cessna.

Omeingott, omeingottomeingottomeingott ...

»Machen Sie jetzt bloß keinen Rückzieher, Miz Jansen!«, rief Bubba über den Fluglärm hinweg. »Los, wir gehen alles noch mal genau durch.«

Ich kann das nicht.

»Immer schön durch die Nase atmen.«

Ich muss am Nachmittag drei Kinder von der Schule abholen.

»Wir haken uns aneinander, gehen zur Türkante und lassen uns hinausfallen.« Bubba beugte sich näher zu ihr, um sich besser verständlich zu machen. »Dann nehmen Sie sofort die Freifallposition ein.«

Der Franziskanermönch stand auf und legte die Handflächen zu beiden Seiten der Türöffnung an die Flugzeugwand. Er brüllte etwas über die Schulter und bekreuzigte sich. Zwei Bogen Papier lösten sich in dem starken Luftzug von dem Klemmbrett des Piloten und wurden davongetragen.

Frank war verschwunden.

Verdammter Mist!

»Auf geht's, Miz Jansen!« Bubba grinste, als er sich über sie beugte und ihren Sicherheitsgurt löste. »Kneifen is' nicht.«

»Nein!« Der Wind riss ihr das Wort aus dem Mund. »Nein!«

Doch Bubba hörte sie nicht. Er hievte sie mit seinen riesigen Pranken in die Höhe und brachte sie dann in die richtige Position. Sie rang um Worte, als sie mit gebeugten Knien an die Flugzeugwand gepresst dastand, während er seinen großen, harten Körper von hinten an sie drückte und sie an ihm befestigte – an sechs kleinen Haken.

Sie zwang sich zu sprechen. »Ich habe … meine Meinung geändert.«

»Zehn Minuten.« Er bewegte sich hinter ihr. »In zehn Minuten sind wir wieder am Boden.«

Kates Fuß rutschte an dem Sperrholzboden ab in ein Loch, wo die Sitze hätten sein sollen. Etwas explodierte in ihr, Funken durchzuckten ihren Körper, glühende Furcht verwandelte sie in einen zusammengekrümmten Ball, der von sechs Haken aufrecht gehalten wurde. Sie packte einen Metallgriff über einem der Fenster und schrie: »Sie sagten doch, ich könnte mich noch anders entscheiden!«

»Sie werden doch jetzt nicht kneifen, oder, Miz Jansen?«

»Ich bin … doch nur eine Hausfrau.«

»Im Moment sind Sie eine unverschämte neununddreißigjährige Frau«, bellte er, »die einen großen Kerl vom Land auf ihren Rücken geschnallt hat.«

»Ich habe *drei* Kinder …«

»Glückwunsch! Dann müssen Sie ja eine Spitzenathletin sein, bei den Bauchmuskeln.«

»Ich habe *Verantwortung*.« Sie bekam keine Luft, das Schreien schmerzte in der Kehle. »Ich habe *Verpflichtungen*. Aber Rachel ist einfach gestorben – sie ist *tot!*«

Rachel, Rachel, warum hast du mich um das hier gebeten?

»Hey, Leute!«, meldete sich der Pilot unfreundlich zu Wort. »Wir sind jetzt über der Absprungstelle. Raus mit euch!«

»Miz Jansen, Sie müssen sich jetzt entscheiden.«

»Rachel ... Rachel ist gestorben«, stotterte Kate, am ganzen Körper zitternd. »In dem Brief hätten eigentlich Anweisungen für ihre Beerdigung stehen sollen. Schmutzige Lieder an ihrem Grab singen, etwas in der Art. Und nicht ... *das* hier.«

Bubba rief: »Sie steigen also aus?«

»Ja!«

»Sicher?«

»Ja!«

Bubbas tiefer Seufzer hob sie in die Höhe und ließ sie wieder nach unten sinken.

»Okay«, sagte er schließlich. »Das war's dann.«

Kate begann, sich zu entspannen, hielt aber den Metallgriff weiter umklammert, der mittlerweile glitschig vor Schweiß war. Sie hörte ihren Atem, spürte das leichte Schwanken des Flugzeugs. »Wirklich?«

»O ja! Wirklich.« Bubba nestelte an den Haken und sprach dicht an ihrem Ohr, um nicht schreien zu müssen. »Glauben Sie, dass Sie die Erste sind, die aufgibt, Schätzchen? Verdammt, nein! Das passiert andauernd.« Der erste Haken war gelöst. »Gerade mit Frauen wie Ihnen, deren vierzigster Geburtstag vor der Tür steht und die glauben, sie müssten sich aus dem Flugzeug stürzen, um ihre wilde

Jugend wiederaufleben zu lassen. Das könnten sie sich sparen.«

»Ich habe … drei Kinder.«

»Haben Sie ja schon gesagt. Echt schade, dass Sie nicht gesprungen sind. Ihre Kinder werden Sie ab jetzt mit anderen Augen sehen.«

»Solange sie mich überhaupt noch sehen können«, schoss Kate zurück. Sie richtete sich auf, wandte sich ab von dem schneidenden Grollen seiner Stimme. »Lieber bin ich lebendig auf der Erde …«

»Klar doch«, erwiderte er. »Dann schauen Sie eben wieder bei den Fußballspielen Ihrer Kinder zu. Stellen da Ihren Klappstuhl auf und erzählen bei einer gepflegten Tasse Kaffee den anderen Müttern, wie Sie *beinahe* aus einem Flugzeug gesprungen sind.«

Darauf konnte er Gift nehmen.

»Und danach gehen Sie dann nach Hause, wischen Staub, schrubben vielleicht ein Klo und überlegen sich, wie Sie das Huhn zum Abendessen zubereiten können. Vereinbaren einen Servicetermin für Ihren Zweitwagen und waschen vielleicht noch schnell eine Maschine Wäsche vor dem Schlafengehen. Schließlich muss doch der Fleck aus den Fußballshorts des Kleinen. Ich habe mir sagen lassen, dass Tide-Waschmittel mit Bleiche genau das Richtige dafür ist.«

Aufhören!

Das alles brauchte man ihr nicht zu sagen. Sie sah es vor sich, so deutlich wie die Wolken durch das Fenster. O ja, der gleichförmige Strom der letzten Jahre, unterbrochen nur von noch einem Strandhausurlaub und noch einem Schulprojekt, für das sie Zahnstocher und Toilettenpapierrollen sammelte, und noch einem Konzert der Oberstufenband, die »Hot Cross Buns« kreischte. Und immer ein Lächeln auf den Lippen. Ja, das machte Spaß, ja, das war das Leben, ja, wir haben es doch richtig gut. Jahr für Jahr vergeht in dieser uhrwerkartigen Vorhersehbarkeit, und alles, was sich verändert, sind die Größe ihrer Kinder, der Haarausfall ihres Mannes und die Breite ihres Hinterns.

»Hören Sie mal, Sie Mistkerl!«, brüllte sie über ihre Schulter. »Hören Sie mit diesem Pseudo-Psychomist auf! Ja, ich bin Hausfrau, aber das ist immer noch besser, als im Leichenschauhaus herumzuliegen.«

»Wie Rachel?«

Bubba löste einen weiteren Haken. Er hätte ihn ihr ebenso gut aus dem Fleisch reißen können. Sie war sprachlos, zutiefst bestürzt, rang nach Worten.

Die sie nicht fand.

Dann drückte er sich von hinten gegen sie, spürte ihre Verletzlichkeit. Seine stachlige Wange gegen ihr Haar gepresst, fragte er: »Was glauben Sie, Kate, würde Ihre Freundin dafür geben, noch einmal hier oben zu sein?«

Kate wusste die Antwort. Rachel hatte für Augenblicke wie diesen gelebt, hatte große Zugeständnisse für diese Adrenalinkicks gemacht. Zugeständnisse, mit denen Kate nicht immer einverstanden gewesen war.

Doch das war vorbei. Alle Möglichkeiten, gute wie schlechte, waren für immer dahin.

Der Pilot brüllte: »Letzte Chance, Bubba!«

Die letzte Chance!

Das Flugzeug sackte ab. Der Wind schlug den Sprunganzug gegen ihre Beine. Kate Jansen starrte in das Blau vor ihr, auf die Erde sehr weit unter ihr, in den Himmel über ihr. Sie wusste nicht, ob sie Bubba oder Rachel oder ihr erbärmliches Selbst für die Dummheit verfluchen sollte, die sie gleich begehen würde.

Bubba sprach, ein letztes Mal. »Und, wie sieht's aus … Hausfrauchen?«

Kapitel 2

Himmel, sie hat es getan!«

Bobbie Jo Marcum stand auf der Landebahn an einen Mietwagen gelehnt und beobachtete, wie eine ihrer besten Freundinnen ihr aus dem Oktoberhimmel entgegenschwebte. Selbst aus dieser Entfernung konnte Jo das breite Grinsen auf Kates Gesicht erkennen, als der Mann, der auf ihren Rücken geschnallt war, an den Schnüren zog, um sie beide auf das gelbe Zielfeld auf dem Boden gleiten zu lassen. Sie näherten sich erschreckend schnell dem Erdboden und kamen im Laufschritt auf. Hinter ihnen legte sich der Fallschirm in anmutigen roten Bahnen zusammen.

Jo stieß Sarah mit der Schulter an. »Kate Jansen, Mutter extraordinaire, ist soeben aus einem Flugzeug gesprungen. Was, glaubst du, heißt das für uns, Süße?«

»Es ist völlig egal, was das für uns bedeutet«, erwiderte Sarah, die mit der Hand ihre Augen gegen die Sonne abschirmte. »Denk lieber daran, was das für Paul heißt.«

»Und ihre armen Kinder.«

»Aber es wurde doch auch Zeit.« Sarah fuhr sich mit den Fingern durch ihre wilde Mähne, die seit zehn Jahren keinen Friseur mehr gesehen hatte. »Ich glaube nicht, dass

Kate seit Tess' Geburt mal ordentlich Dampf ablassen konnte.«

»Der sich dann wie in einem verdammten Vulkan aufgestaut hat.«

»Der letzte Ausbruch, an den ich mich erinnere, war vor etlichen Jahren, als wir in den Shawangunks klettern waren. Drei Rotweinflaschen und jede Menge Jodeln.«

»Genau, und zum Sonnenaufgang einen Striptease im Hudson Valley.« Jo erinnerte sich grinsend an die kalte Dusche in einem kleinen Bergwasserfall, die sie sich danach gegönnt hatten. »Gott, ich liebe diese Frau, wenn sie ausflippt.«

»Genau wie Rachel.« Sarahs Stimme wurde weich, und sie richtete ihre klaren grauen Augen auf Jo. »Ich schätze mal, wir kommen da jetzt nicht mehr raus.«

»O ja, Süße, das fürchte ich auch.«

Jo wandte den Blick ab. Draufgänger-Kate hatte ihnen gerade den Fehdehandschuh vor die Füße geworfen, indem sie Rachels Wunsch erfüllt hatte. Wenn die Hausfrauenmärtyrerin Fallschirm springen konnte, nun, dann sollte auch Jo das tun, was Rachel ihr in dem miesen weißen Umschlag aufgetragen hatte, der zusammengefaltet in ihrer Hosentasche steckte.

So hätte es nicht sein sollen.

Erst vor ein paar Tagen war sie zu Rachels Haus gegangen, wo deren Familie Schiwa gesessen hatte. Jo, Kate und Sarah hatten ihre Schuhe ausgezogen und ihr Beileid ausgesprochen und waren dann durch ein Haus gegangen, in dem die Spiegel mit schwarzem Stoff verhängt waren, die Tische sich unter hartgekochten Eiern bogen und sich zahllose Freunde und Verwandte drängten, die sie nicht kannten. Jo rechnete die ganze Zeit damit, dass Rachel hinter einer Tür hervorsprang.

Hab ich euch!

Einmal, vor langer, langer Zeit, hatte Jo zwanzig Dollar gewettet, dass Snowboarden der Sport sein würde, der Rachel umbrachte – vor allem nach dem Skiunfall in Colorado, nach dem sie zwei Monate in einem Gipskorsett gelegen hatte. Kate hatte auf Fallschirmspringen gesetzt – was auch erklären würde, warum Rachel Kate in ein paar tausend Meter Höhe hinaufbefohlen hatte. Sarah, die schon immer das moralische und soziale Gewissen aller gewesen war, war verblüfft über diese Wette, bis Kate erklärte, dass es gutes Juju war, gegen das Überleben zu wetten.

Jo, Kate und Sarah hatten seit beinahe zwanzig Jahren, seit ihrem College-Abschluss, immer mit Rachels Tod gerechnet. Doch man kann nur eine gewisse Zeit unter dieser Anspannung leben. Nach einer Weile wurde ein ständiger Witz daraus, den man über knisternde Satellitenverbindungen austauschte.

»Hey, Rachel, bist du etwa noch am Leben?«

Doch Rachel war nicht auf eine der erwarteten Arten gestorben. Ihr schrecklicher letzter Kampf war das eine Abenteuer, das sie bis zum bitteren Ende geheim gehalten hatte. Vielleicht erschien ihr Tod deswegen so irreal. Genauso wie jetzt der Anblick von Kate Jansen, wie sie mit einem durchtrainierten Sahnestückchen auf dem Rücken in den Landebereich schlitterte.

Atemlos rannte Sarah über das Rollfeld, um sie in Empfang zu nehmen. Der selbst gefärbte braune Rock flatterte um ihre Beine. Jo griff durch das offene Autofenster, um ihr Mobiltelefon beiseitezuschieben, das von dem blechernen Refrain von »It's Raining Men« erschüttert wurde, und eine Flasche Pfefferminzschnaps hervorzuziehen. Sie öffnete die Flasche, nahm einen kräftigen Schluck und verzog das Gesicht bei dem süßen Geschmack. Er erinnerte sie an Eislaufhallen und die Junior Highschool und den

Jungen, von dem sie ihren ersten Kuss bekommen hatte, Lonnie Clyde Barkley.

Wenn doch nur eine von Rachels Anweisungen »Lass dich flachlegen!« gewesen wäre. Das wäre einfach gewesen. Jo hätte leicht jemanden in ihrem Blackberry-Adressverzeichnis finden können, und wenn da nichts herausgesprungen wäre, blieb immer noch der heiße Geschiedene in der Buchhaltung, der ihr schon länger schöne Augen machte. Er hatte seidenweiches dunkles Haar und einen Hintern zum Nüsseknacken. Sie war noch unentschieden, ob eine kleine Affäre die unausweichlichen Komplikationen wert war. Leider hatte Rachel es ihr nicht so leicht gemacht. Ihre Anweisungen für Jo waren einfach ... unglaublich.

Jo folgte Sarah über das Rollfeld und schwenkte die Flasche mit dem Schnaps. Kate hakte sich von dem Muskelpaket los, und Sarah umarmte sie stürmisch. Kate sah aus, als hätte sie jemand gerade noch rechtzeitig von der Erdkante zurückgezogen, hatte gerötete Wangen und weit aufgerissene Augen. Sie stammelte unzusammenhängendes Zeug.

»Ich kann es nicht glauben ... Oh, mein Gott ... ich ... ich kann's einfach nicht ...«

Als Jo Kate umarmte, spürte sie das wilde Hämmern des Herzens ihrer Freundin und bot ihr den Schnaps an. Kate riss die Flasche an sich und nahm den größten Schluck, den Jo sie je hatte trinken sehen – bis auf den einen erinnerungswürdigen Abend im Frühling ihres Abschlussjahres, als Kate sich nach dem Prüfungsstress so abgeschossen hatte, dass sie ihren eigenen BH auf dem Kopf trug und vom Dach ihres Wohnheims »The Hills Are Alive« gesungen hatte.

Kate schüttelte sich wie ein nasser Hund und gab Jo die Flasche zurück. Dann stieß sie einen Kenilworth-State-

University-Rock-Climber's-Jodler aus, den man wahrscheinlich bis nach Manhattan hören konnte. Der Prachtkerl im Sprunganzug grinste, als hätte er Kate gerade einen multiplen Orgasmus beschert.

Sarah tänzelte hin und her und versuchte, mehr aus Kate herauszubringen.

»Es war wie ... schwerelos zu sein.« Schnaps lief Kate übers Kinn, doch sie wischte ihn nicht weg. »Der Wind hat mich getragen.«

»Na, kommen Sie.« Das Sahneschnittchen nahm Kate am Ellbogen und lenkte sie in Richtung Hangar. »Dann wollen wir Sie mal ausziehen.«

»Schätzchen, reden Sie doch nicht so«, murmelte Jo, während sie und Sarah den beiden folgten. »Kate ist eine verheiratete Frau.«

Aber ich nicht.

Er blickte zu Jo, und das Glitzern in seinen Augen verstärkte sich. Jo genoss das vertraute Zittern, das sie erfasste, wenn sie einer Testosteronbombe gegenüberstand. Vielleicht lohnt es sich doch, aus einem Flugzeug zu springen, dachte sie, wenn man dabei gegen ein solches Exemplar von Mann gedrückt wird.

»Es war ... Die Zeit ist stehengeblieben«, stammelte Kate weiter. »Sie hat sich ausgedehnt. Nichts als Luft und Rauschen ...«

»Scheint, als ob der Schnaps zu wirken beginnt.«

»O nein«, sagte das Sahneschnittchen. »Das ist pures Adrenalin. Die beste Droge, die es gibt.«

»Ich bin gerade aus einem Flugzeug gesprungen!« Kate riss sich los und wirbelte über die Rollbahn. *»Ich bin, verdammt noch mal, gerade aus einem Flugzeug gesprungen!«*

»Vielleicht denken Sie ja mal über unseren Accelerated-Free-Fall-Kurs nach«, fing das Sahneschnittchen an. »Dann können Sie auch ohne mich springen ...«

»Aber, aber, mein Lieber«, unterbrach Jo ihn, »wo bliebe denn dann der Spaß an der Sache?«

»Ich allein?« Kate hüpfte wie ein Känguru auf und ab. »Wirklich? Wie lange dauert das?«

»Das Training ist etwas intensiver, aber wenn es Ihnen ernst damit ist, können wir schon mal über einen Termin sprechen ...«

Jo kniff die Augen zusammen, als das Sahneschnittchen sein Verkaufsgespräch begann. Sie bedachte Kate mit einem langen Blick. Es würde ihr ohne Zweifel einen ganz schönen Dämpfer verpassen, wenn sie ihr sagten, dass sie nicht noch einen Adrenalinjunkie wie ihre tote Freundin Rachel brauchten, oder vorschlugen, doch ihren Ehemann darüber zu informieren, was sie so trieb, während die Kinder in der Schule waren. Doch Kate so außer Rand und Band zu sehen war viel zu selten geworden. Es erinnerte Jo an die gute alte Kate, die unverheiratete Kate, die kinderlose Kate, die alte Freundin, deren Lebendigkeit immer mehr verblasste.

»Könnt ihr das glauben? Ich bin gerade aus einem Flugzeug gesprungen!«

Besagtes Flugzeug landete in diesem Augenblick und bewegte sich röhrend über die Landebahn auf den Hangar zu. Kate lief tanzend voraus, gefolgt von der lachenden Sarah, und stieß immer wieder Freudenschreie und Variationen ihres neuen Mantras aus.

Das verschaffte Jo ein wenig Zeit mit Mr Sahneschnittchen, der in ihrer Nähe geblieben war. Sie warf ihm einen Seitenblick zu. Südstaatler gab es hier in New Jersey so selten, dass Jo einen auf fünfzig Schritt Entfernung erkannte.

»Sie kommen also aus ... Tennessee?«

»West Virginia.« Er grinste sie schief an. »Und Sie?«

»Reinrassiges Kentucky-Gewächs.«

»Dann sind Sie ja ganz schön weit weg von daheim. Möchten Sie auch mal eine Tour machen?«

»Sie gehen aber ran!«

»Ich kann Ihnen einen Rabatt einräumen.«

»Bitte sagen Sie, dass Sie jetzt nicht über Flugzeuge reden.«

Er hatte den Anstand, verlegen dreinzublicken.

»Sie reden über Flugzeuge.« Jo versuchte, ihre Enttäuschung zu verbergen. Wahrscheinlich war es nicht leicht, seinen Lebensunterhalt damit zu verdienen, vernünftige Menschen dazu zu überreden, sich ins Leere zu stürzen. »Wenn es Ihnen nichts ausmacht, ziehe ich es vor, mir meine Kicks auf dem Erdboden zu holen.«

Vorzugsweise auf dem Rücken liegend.

»Vielleicht können wir uns später noch treffen«, schlug er vor, »nach der Arbeit.«

»Das wäre schön.« Doch Jo kannte dieses »Vielleicht«. Dieses hoffnungsvolle, irgendwie interessierte Können-wir-das-tun-ohne-dass-ich-mich-dafür-anstrengen-muss-Vielleicht. Sie hatte Pläne für den Nachmittag, und leider umfassten sie keinen hemmungslosen Sex mit diesem muskelbepackten Adrenalinjunkie.

Im Büro war ein Mann – immer noch im Sprunganzug – damit beschäftigt, eine DVD fertigzustellen. Kate schälte sich aus ihrem gelben Anzug, rannte hastig zur Toilette, forderte den Schnaps zurück und schaute sich dann auf einem Video an, wie sie aus dem Himmel fiel.

Es war einfach unglaublich. Die Schutzbrille konnte nicht verbergen, wie verängstigt Kate gewesen war. Doch dann, als sie sich aus dem Flugzeug beugte und ihr der Wind ins Gesicht peitschte, veränderte sich ihr Ausdruck. Sie blühte auf. Der freie Fall dauerte weniger als sechzig Sekunden, dann klopfte ihr das Sahneschnittchen auf die Schulter, woraufhin sie die Reißleine des Fallschirms zog. Sie wurden aus der Reichweite der Kamera gerissen. Alle klatschten Beifall. Das Sahneschnittchen überreichte ihr ein Zertifikat und eine flache DVD-Hülle. Kate Jansen schwebte aus dem Hangar, ihr Projekt war abgeschlossen.

Mit Eins plus, wie immer.

O Mann, dachte Jo. Kate wäre wirklich geschockt, wenn sie herausfand, dass Rachels Briefe durcheinandergeraten waren. Nur so konnte sich Jo den Inhalt des für sie selbst bestimmten Briefes erklären.

»Und jetzt?«, fragte Sarah mit leuchtenden Augen. »Gehen wir was essen?«

»Nein, kein Essen.« Kate erzitterte unter dem Restadrenalin in ihrem Körper. »Ich würde nichts runterbringen. Nein, ich kann nichts essen.«

»Du brauchst Sex.« Jo warf die leere Flasche in den Müll. Auf dem Rücksitz ihres Wagens spielte immer noch der Refrain von »It's Raining Men«. »Du solltest Paul überraschen.«

»Ja«, strahlte Kate. »Genau das werde ich tun. Er ist bei der Arbeit, und ich werde ihn besuchen.«

Nach einigen Umarmungen zum Abschied raste sie schwungvoll vom Parkplatz und verschwand.

Jo legte einen Arm um Sarah. »Ich werde mit dir mittagessen gehen, Süße. Es wird sicher nicht halb so lustig wie Pauls Mittagspause, aber ich bin nun mal da.« Und Mittagessen war eine gute Methode, unangenehme Dinge aufzuschieben. »Außerdem müssen wir uns über Rachels Umschläge unterhalten.«

»Ich habe meinen noch gar nicht«, antwortete Sarah. »Wenn Rachel ihn nach Burundi geschickt hat, dann ist er verloren. Man kann nicht mal eine Kuh von Gatumba nach Bujumbura transportieren, ohne ihren dreifachen Wert an Schmiergeld zahlen zu müssen.«

»Nein, dieses Risiko würde Rachel nicht eingehen. Sie hat den Brief sicher an deine Eltern in Vermont geschickt. Das haben wir doch früher immer getan, in den schlechten alten Tagen, vor den Segnungen von E-Mail und Co. Du hast noch nicht bei deinen Eltern nachgefragt, oder?«

»Nein. Ich schätze, er wird mich früher oder später schon finden. Genauso wie dein Brief zu dir finden wird.« Sarahs gelassener Blick traf den von Jo. Sarah hatte unglaubliche Augen, sie waren das Schönste an ihr. Diese ruhigen grauen Augen, die Klarheit ihrer sommersprossigen Haut und die Art, wie sie das Gesicht ihres Gegenübers erforschte, als ob sie herauszufinden versuchte, ob man zu den Guten oder den Bösen gehörte. Für eine Krankenschwester unter Kriegsflüchtlingen war eine solche Fähigkeit sicher sehr nützlich.

Jo zuckte mit den Schultern, als ob der Umschlag, dessen Besitz sie noch nicht zugegeben hatte, nicht in ihrer Hosentasche steckte. *Deiner wird dich auch finden, Sarah,* dachte sie. *Kate und ich werden dafür sorgen.*

Das Mittagessen bestand aus einem schnellen Happen in einem Diner. Sarah schlang einen Cheeseburger und zwei Root-Beer-Kräuterlimonaden hinunter sowie die Hälfte von Jos Pommes frites – wie immer mit der Erklärung, dass man außerhalb der USA keinen vernünftigen Cheeseburger bekam. Doch es machte nichts, denn zum ersten Mal seit langer Zeit war Jo zu nervös zum Essen. Sie setzte Sarah mit dem Versprechen am Bahnhof ab, sich in der folgenden Woche noch einmal in der Stadt zu treffen, bevor Sarah wieder nach Burundi zurückflog. Als ihre Freundin in den Zug stieg, wünschte Jo, sie würde nur über die Hälfte der Ruhe verfügen, die Sarah wie ein Parfüm umwehte.

Während des Mittagessens hatte Jo das Mobiltelefon ausgeschaltet, und sobald sie es wieder einschaltete, vibrierte es in ihrer Hand. Sie steckte sich das Headset ins Ohr und legte den Gang ein, bevor sie antwortete.

»Verdammt, Jo, wo warst du? Ich spreche dir schon seit Stunden auf die Mailbox.«

Hector! Wieder mal außer sich. Sie atmete tief ein und sprach mit ihrer Vizepräsidentinnenstimme. »Was ist bei dem Meeting passiert?«

»Es war total verrückt, Mann, totaler Wahnsinn. Du würdest nicht glauben, mit welcher Scheiße die für den Artemis-Auftrag dahergekommen sind. Ich habe gedacht, ich höre nicht recht.«

»Hector, ich bin mir sicher, dass euch etwas Gutes eingefallen ist.«

»Oh, klar, wir hatten einen ganzen Haufen Ideen. Zum Beispiel, allen Gästen Trenchcoats und Federboas zu geben sowie Fingerabdruckpulver und Vergrößerungsgläser als Give Away ...«

»Ah, okay. Detektivspielchen. Genauso will ich riechen: Hell's Kitchen und schaler Zigarrenrauch.« Jo legte den dritten Gang des Mietwagens ein und dehnte ihre Finger über dem phallusförmigen Schaltknüppel. »Es geht hier um ein Parfüm namens *Mystery,* nicht um eine schlechte Gangstergeschichte. Was noch?«

»Randy denkt daran, künstlerische Schwarz-Weiß-Bilder von den Mädchen zu machen, wie sie über eine Fragezeichenfigur gebeugt dastehen. Ihre Röcke sind dabei so weit hochgerutscht, dass sie alles entblößen, bis auf ... das Geheimnis.«

»Typisch Randy. Was hat er für den Launch vorgeschlagen? Sollen sich die Mädchen etwa in Cheerleader-Outfits mit Fragezeichen darauf werfen? Etwa wie ›Riddler‹? Nein danke!« Jo hätte am liebsten die Augen geschlossen, doch sie fuhr gerade 75 in einer 55-Meilen-Zone. »Es gab doch hoffentlich noch weitere Ideen.«

»Jo, du warst nicht da. Ich habe stellvertretend mein Bestes getan.«

»Das weiß ich doch, Hector, und ich schätze sehr, wie hart du in meiner Abwesenheit gearbeitet hast. Aber jetzt komm schon, ich kenne die Typen doch. Da muss doch eine ausreichend verrückte Idee herausgesprungen sein, mit der wir arbeiten können.«

»Sophie hatte da was.«

Ein kalter Schauer lief Jo über den Rücken. Sophie war eine aufstrebende Presseagentin mit einem Auge auf Jos Stelle. Jos Chef hatte die ambitionierte nordische Schönheit schon bemerkt, und das nicht ohne Grund: Sophie war jung und energisch und voller halbgarer Ideen. Von denen nicht alle schlecht waren.

»Sie will ein Model anheuern«, sagte Hector. »Die, die sich gerade ihren Ruf mit Kokain ruiniert hat … Karin … Kate … Kathy irgendwas. Wir könnten sie für billiges Geld bekommen, und wenn der Launch dann stattfindet …«

»Das soll wohl ein Witz sein!«

»Sophies Idee, nicht meine.«

»Stimmt.«

»Sie sagt, dass wir für die Anzeigen eine Aufnahme vom Gesicht des Models nehmen können, das aus Puzzleteilen besteht. Geheimnis, kapiert? Wer ist das Gesicht von *Mystery?*«

Jo überlegte einen Moment lang. Die Idee war gar nicht so schlecht. Sie war sogar ziemlich gut. Sie stellte sich die Anzeigen in den einschlägigen Magazinen – *Vogue*, *Maxim*, *Glamour* – vor, vielleicht kamen auch noch die eine Niveaustufe darunter in Betracht. Einen Monat lang oder auch zwei, um die Neugier der Leser anzustacheln – auch wenn die Vorstellung, die Identität des Models unter Verschluss zu halten, ein logistischer Alptraum war, mit jeder

Menge Geheimhaltungsformularen und Knebeln für die Maniküre des Presseagenten des Models usw. Doch beim Launch könnte Artemis dann den Namen des Models enthüllen. Vorzugsweise natürlich nicht die Drogensüchtige des Monats, aber jemanden … Aufregendes. Exotisches. Geheimnisvolles.

»Die Idee gefällt dir.«

»Sie ist ausbaufähig.«

»Soll ich Sophie das Okay geben?«

»Auf gar keinen Fall.«

Hector gab am anderen Ende der Leitung seltsame Geräusche von sich, die auf Grimassen wie Augenrollen, das Zuhalten des Telefonhörers, allgemeine Panik und wachsende Anspannung hindeuteten. Sicherlich schwitzte er in seinem Brooklyn-Industries-T-Shirt. »Jo, das Meeting mit den Artemis-Leuten steht kurz bevor.«

»Ich weiß.«

»Du warst jetzt drei Tage weg, und wir haben nicht einmal eine Idee, geschweige denn einen konkreten Entwurf.«

»Besser keinen Entwurf als einen schlechten. Und wir haben doch schon früher etwas über Nacht zusammengeschustert.«

»Ja, und dabei habe ich mir eine Angina eingefangen.«

»Hector, du bist achtundzwanzig Jahre alt, und du gehst sechs Tage die Woche ins Fitnessstudio. Du wirst ein alter Mann sein, bevor du auch nur weißt, was Angina ist.«

»Angina? Das bist du, die mich hier unmittelbar vor der Deadline mit den Wölfen allein lässt.«

»Reiß dich zusammen, Hector! Schaut mal, ob euch Jungs nicht noch etwas Besseres einfällt. Es muss doch ein besseres Model geben als Wie-hieß-sie-noch-Koksnase.«

Jo hörte ihre Nachrichten ab – sechzehn! –, von denen die Hälfte von Hector war. Seine Stimme klang zunehmend hysterischer, während das Kreativmeeting im Hintergrund im Chaos versank. Sie löschte die alten Nachrichten von Sarah und Kate über das heutige Zusammentreffen auf dem kleinen Fairfield-Flughafen. Als sie jedoch die heisere Stimme eines Anwalts hörte, steuerte sie den Wagen auf den Parkplatz eines Diners und schrieb sich die Telefonnummer auf, die sie umgehend eintippte. Sie wartete eine unerträglich lange Zeit, bis sie durchgestellt wurde.

»Miss Marcum? Hier spricht Barry Leibowitz. Sie wollten mit mir über Miss Brauns Letzten Willen und ihr Testament sprechen?«

»Richtig, Sir.« Ihre Herkunft aus Kentucky meldete sich zu Wort. Die Stimme dieses Mannes forderte Respekt. »Mich interessiert, ob Sie es waren, der sich um den Versand der Briefe, die Miss Braun nach ihrem Tod verschickt haben wollte, gekümmert hat.«

»Ja, das war ich.«

»Oh.« Jo hatte geglaubt, dass eine Sekretärin das erledigt hatte und nicht der Fünfhundert-Dollar-die-Stunde-Anwalt selbst. »Nun, vielleicht können Sie mir helfen. Ich habe den Verdacht, dass es da nach Miss Brauns Tod zu einer Verwechslung gekommen ist.«

»Eine Verwechslung?«

Jo trat im Geiste einen Schritt zurück. »Sie ist so schnell gestorben.«

Der Anwalt sagte: »Ich kann Ihnen versichern, dass mit ihren Papieren alles in Ordnung war. Für eine so junge Frau ist das schon ungewöhnlich, aber es war alles, wie es sein sollte.«

»Ich habe einen dieser Briefe erhalten«, sagte Jo und zog ihn aus der Hosentasche. »Und ich bin mir ziemlich sicher, dass sie …« Jo spürte plötzlich einen Kloß in der Kehle.

»Ich glaube, dass sie ihn eigentlich an eine der anderen beiden betroffenen Personen geschrieben hat.«

»Zwei Personen?«

»Kate Jansen vielleicht. Oder Sarah Pollard.«

»Miss Braun hat nicht nur drei Briefe verschicken lassen, sondern Dutzende.«

Dutzende!

Jo starrte auf die riesige Uhr über den Türen des Diners, deren Zeiger auf der Neun stehengeblieben waren. Man sollte doch meinen, dass eine so große Uhr funktionierte, wenn sie schon am Eingang zu einem Diner in New Jersey hing. Stillstand auf neun Uhr schrie geradezu heraus, dass kein Geld für die Reparatur da war.

Man sollte auch meinen, dass einem bewusst wäre, dass die Frau, die man zwanzig Jahre gekannt hatte, auch andere Freunde hatte. Dutzende vielleicht sogar. Besonders eine Frau wie Rachel, die bei jedem Abenteuer ihr Leben riskiert hatte und tiefe Verbindungen mit den anderen Adrenalinjunkies eingegangen war. Hatte sie nicht Menschen gesammelt wie ein Kind Murmeln? *Beim Training für dieses Rennen habe ich einen tollen Typen kennengelernt. Er ist eins einundsechzig, Triathlet und praktizierender Buddhist … Ich habe einen unglaublichen Mann kennengelernt, Jo. Er ist wie aus Kalkstein gehauen, Surflehrer und lebt in einem Bungalow auf Maui … Sie ist die erste Frau, die die Big Seven in Angriff nehmen will, aber sie hängt nicht im Ghetto der Motivationstrainer fest. Nein, sie will eine Adventure-Reiseagentur gründen, und ich denke darüber nach, bei ihr einzusteigen …*

Die Tatsache, dass Rachel Dutzende Briefe verschickt hatte, bedeutete noch etwas anderes, Alarmierendes. Nämlich dass Rachel eine ganze Weile darüber nachgedacht, alles von langer Hand geplant hatte. Das machte ihre Bitte noch viel verwirrender.

»Wir waren sehr sorgfältig beim Sortieren, Miss Marcum«, sprach der Anwalt in die Stille. »Miss Braun hat, wie Sie sehen werden, alle Briefe selbst adressiert.«

Tatsächlich, es war Rachels Handschrift auf dem Umschlag, überraschend mädchenhaft mit einem Linksdrall: »Bobbie Jo Marcum, Mogul Extraordinaire, 196 East 82nd Street #5D, New York, New York 10028.« So vertraulich und persönlich wie der Brief selbst. Eine Tatsache, die Jo nicht länger leugnen konnte.

Sie ergab nur nicht den geringsten Sinn.

»Miss Marcum?«

»Ja, ich bin noch dran.«

»Können wir Ihnen noch anderweitig behilflich sein?«

Können Sie mir helfen, eine tote Frau zu erwürgen? »Nein danke, Sie waren sehr freundlich. Ich danke Ihnen für Ihre Zeit, Mr Leibowitz.«

Jo unterbrach die Verbindung und sagte sich, dass es keine Rolle spielte. Es würde sowieso nicht geschehen. Auf keinen Fall würden Rachels Eltern erlauben, dass sie sich derart in Familienangelegenheiten einmischte. Kate Jansen musste Fallschirm springen, okay, aber das hatte nur zwei Stunden Training und etwa zehn Minuten Todesangst erfordert. Dann war es vorbei gewesen. Was Rachel von Jo verlangte, würde ein Leben lang dauern.

Sie legte den Gang ein und fuhr Richtung Teaneck. Das alles würde sich binnen einer Stunde geklärt haben. Sie würde Rachels Eltern den Brief zeigen, sie wären gewiss überrascht und entsetzt, und dann würden alle herzlich darüber lachen. Sie würden darüber lachen, wie Rachel immer versuchte, das Leben der Menschen um sie herum zu beeinflussen – sie zum Besseren zu wenden, natürlich –, selbst aus dem Grab heraus. Und dann wäre Jo freigesprochen.

Bei Jos Ankunft waren die Vorhänge des gepflegten

Hauses im Kolonialstil geschlossen, als ob die Familie immer noch Schiwa sitzen würde. Als Jo sich der Tür näherte, zog sie am Saum ihres engen türkisfarbenen Shirts und fragte sich, ob sie nicht etwas Dezenteres als Hüftjeans und Riemchenpumps hätte anziehen sollen.

Die Tür öffnete sich, noch ehe Jo anklopfen konnte. Rachels Cousine Jessie stand im Türrahmen. »Oh, Gott sei Dank, du bist es.« Sie trat einen Schritt zur Seite, so dass Jo eintreten konnte. »Wir haben auf dich gewartet.«

Jo betrat das Haus, in dem große Unordnung herrschte. Der schwarze Stoff hing noch über den Spiegeln, und auf dem Tisch im Esszimmer stapelten sich Kunststoffschalen mit Essensresten.

»Ich dachte, du würdest früher kommen«, sagte Jessie. »Meine Tante hat gewartet, bis ich sie schließlich für Besorgungen fortgeschickt habe. Sie war in Tränen aufgelöst, und davon haben wir in diesem Haus doch bald genug.«

»Jessie, Süße«, antwortete Jo, während sie den Umschlag aus der Hosentasche zog und damit herumwedelte, »bist du dir wirklich sicher, dass das hier stimmt?«

»Ja. *Ja!* Ich war dabei, als Rachel die Entscheidung getroffen hat.«

Jo riss die Augen auf. »Im Ernst?«

»Ja. Ich habe den Anwalt angerufen. Ich habe Rachel beim Ausformulieren geholfen. Wenn du annimmst, ist es hundertprozentig legal.« Jessie warf Jo einen verärgerten Blick zu und fuhr sich mit den Fingern durch viel zu lange Ponysträhnen. »Rachel hat sogar vermutet, dass du versuchen würdest, dich zu drücken.«

Jo wurde wütend. Jessie war etwa zweiundzwanzig Jahre alt und so von sich selbst eingenommen, wie es nur eine frischgebackene College-Absolventin sein konnte. »Ich drücke mich vor gar nichts. Es ist nur ein Riesenschock und eine verdammt große Verantwortung.«

»Ich weiß. In den letzten Wochen lag sie bei mir. Deshalb hat Rachel sie speziell dir übertragen.«

»Ganz ehrlich, ich glaube nicht, dass dein Onkel und deine Tante es erlauben würden.«

»Weißt du überhaupt, was bei uns los ist?« Jessies Pferdeschwanz schwang empört hin und her, als sie die Hände in die Hüften stemmte. »Mein Onkel hat sich vor vier Monaten die Hüfte gebrochen ...«

»Ich weiß ...«

»... und er liegt immer noch oben im Bett. Er war die ganze Zeit nicht hier unten. Meiner Tante stehen noch weitere drei oder vier Monate Pflege bevor, das volle Programm. Und sie selbst hat Diabetes. Warum sollten sie es nicht erlauben? Sie sind überglücklich. Und wenn meine Tante jetzt gleich hier durch die Tür kommt, dann verhalte dich so, als wäre es das größte Geschenk, das Rachel dir machen konnte. Denn das ist es.«

Jo straffte die Schultern. Sie war nicht gekommen, um von einer Zwanzigjährigen eine Moralpredigt zu hören. Davon hatte sie genug an ihrer Arbeitsstelle, von den cleveren jungen Dingern, die ihre Stelle haben wollten. »Warum tust du es dann nicht? Wie ich höre, hast du keinen Job.«

Jessie errötete und blickte zu Boden. »Ich würde es tun, ich habe es *angeboten*. Doch aus irgendeinem Grund hat Rachel dich ausgewählt.«

In diesem Moment öffnete sich quietschend die Hintertür, und das Fliegengitter fiel zu. Ein dürres kleines Mädchen in Hochwasserhosen rannte durch die Küche, das Haar wirr ins Gesicht hängend.

»Grace, Schatz.« Jessie fing das Mädchen ein, bevor es aus dem Zimmer huschen konnte. »Bleib mal kurz hier.«

Die Kleine steckte sich einen Finger in den Mund. Um ihre Lippen war eine braune Kruste zu sehen. Sie hatte Rachels klare braune Augen.

Jessie kauerte sich neben sie. »Erinnerst du dich daran, dass wir über Tante Jo gesprochen haben?«

Jo spürte den Einschlag von vier besorgten Augen.

»Nun, mein Schatz, Tante Jo wird deine neue Mommy sein.«

Kapitel 3

Sarah saß vor dem Computer und zögerte. Der Bildschirm beherrschte den verkratzten Schreibtisch. Eine Staubschicht bedeckte den oberen Rand. Ein alter Freund, der jetzt in Bangkok stationiert war, ließ Sarah sein New Yorker Apartment nutzen. Sie hatte eine gute halbe Stunde gebraucht, um herauszufinden, dass der veraltete Computer überhaupt ein Modem hatte, das sich jedoch sehr umständlich ins Netz einwählte. Nachdem sie die verblichenen Anweisungen auf einem Zettel am Monitorrand befolgt hatte, hatte das Modem eine halbe Stunde gewählt, bis es schließlich eine langsame, aber immerhin stabile Internetverbindung zustandebrachte.

Verdammt!

Sarah zuckte von dem blauglühenden Bildschirm zurück und stieß mit den Beinen an die Sofakante. Ihren Rock mit der Hand gerafft, ließ sie sich in die Kuhle der Couch sinken, die von einer zerbrochenen Sprungfeder herrührte.

In dem Lager außerhalb von Gatumba würde eine derart beständige Stromzufuhr sie und Dr. Mwami in hektische Betriebsamkeit versetzen. Sie würden die Defibrillatoren aufladen, den tragbaren Ultraschallscanner ausgiebig einsetzen und die Frau ausfindig machen, die eine Gallenblasenoperation benötigte, während der Elektrokardiograph noch arbeitete – bevor eine Sicherung herausflog, Regen die Kabel kurzschloss oder eine Herde wandernder Elefanten einen Generator niedertrampelte.

Doch hier, konfrontiert mit deprimierend verlässlicher Stromversorgung, wünschte Sarah sich ein Gewitter. Der Bildschirm blinkte unerbittlich. Und trotz der Papierstapel auf dem Schreibtisch leuchtete Rachels kleiner weißer Umschlag so hell wie der Mond in einer Nacht in Burundi.

Wovor hast du Angst, Sarah?

Vor der Wahrheit, Rachel. Vor der hässlichen, hässlichen Wahrheit.

Sarah griff nach der Tasse mit Orangenblütentee und wärmte ihre Handflächen daran. Vierzehn Jahre lang war sie dieser Situation ausgewichen. Vierzehn Jahre, die sie in gesegneter – und gewollter – Ignoranz verbracht hatte. Deshalb konnte Rachels Letzter Wille auch zu wirklich überhaupt nichts nütze sein: Sarah sollte Dr. Colin O'Rourke ausfindig machen, Friedenscorps-Freiwilliger, begnadeter Chirurg, leidenschaftlicher Aktivist – und der einzige Mann, den Sarah je wirklich geliebt hatte.

Sie schloss die Augen … und erinnerte sich.

Sie lagen unter einem Moskitonetz, immer noch schwer atmend. Vor der Hütte lärmten die Insekten Paraguays, flogen gegen das strohgedeckte Dach und füllten die Luft in Schwärmen. Nachtvögel kreischten im Urwald hinter ihnen. Sarah war sich sicher, das Grollen eines Jaguars gehört zu haben.

So anders war es hier als in der Gegend, in der sie aufgewachsen war. Sie erinnerte sich an die vom Schnee gedämpften Nächte in Vermont. Hier dagegen pulsierte die Luft vor Leben.

Und so fühlte sie sich auch – pulsierend vor Leben –, als sie mit dem Kopf an Colins Schulter dalag und bewundernd zusah, wie sich seine muskulöse Brust im Schein des Mondlichts hob und senkte. Sie fuhr mit den Fingern seine Muskeln nach. Pectoralis major. Musculus intercostalis externus. Obliques. Nicht zum ersten Mal fragte sie sich, warum Dr. Colin O'Rourke sich für sie entschieden hatte, ein seltsames kleines Mädchen von der Farm auf seinem ersten Auslandseinsatz.

Sarah setzte ihre Tasse so heftig ab, dass der Tee auf ihre Hand spritzte. Er roch übelkeiterregend süß. Ihr Freund Tim – der Besitzer des Apartments – besaß eine tadellos funktionierende Kaffeemaschine, doch es gab keine einzige Kaffeebohne in der gesamten Wohnung, weshalb sie diesen abscheulichen Kräutertee trinken musste. Sie sprang auf, ging durch den Perlenvorhang, der die Küche vom Wohnzimmer trennte, goss das Gebräu in den rostigen Ausguss und murmelte eine Entschuldigung für ihren abwesenden Gastgeber, weil sie ein so undankbarer Gast war.

Der Computer wartete, ein blauer Geist im Nebenzimmer, der bereit war für die Enthüllung, dass Dr. Colin O'Rourke mittlerweile ein kahl werdender Proktologe in Kansas war oder ein Dermatologe in Tupelo, der in seiner Freizeit Marathon lief, Mitglied im Golfclub war, vier Kinder und einen reinrassigen Shih Tzu namens Porgy hatte.

Vielleicht auch eine entzückende Frau.

Sarah umfasste den Spülbeckenrand mit den Händen. Warum konnte Rachel ihr nicht diese kleine Schrulle lassen? Wem schadete es denn? Hatte nicht jeder jemanden oder etwas, das man zwischen sich und die rauhe Wirklichkeit hielt, wie ein Stück rosafarbenes Glas? Sarah hätte sich am liebsten zusammengerollt und diese Erinnerung an ihre Brust gedrückt wie die letzte aus einer Schachtel mundgeblasener Weihnachtsbaumkugeln, etwas Glitzerndes und Wunderschönes – und in akuter Gefahr zu zersplittern.

Eine Möglichkeit gab es noch. Sie konnte vorgeben, den

Brief noch nicht erhalten zu haben. Das wäre gar nicht so abwegig. So viel wussten Jo und Kate: Die Post in Burundi glich dem vierzig Jahre alte Volkswagen, den man dem Camp gespendet hatte. Ab und zu funktionierte er sogar – zur großen Verwunderung aller. Die meiste Zeit allerdings war das nicht der Fall. Sie konnte ihre Aufgabe noch monatelang oder gar Jahre aufschieben.

Doch trotz allzu vieler Jahre, die sie in den Krisengebieten dieser Welt verbracht hatte, vermochte Sarah die Pfarrerstochter in sich nicht abzuschütteln. Sie konnte nicht lügen, und sie wollte auch nicht zugeben, ein Feigling zu sein.

Nun, allein würde sie das nicht in Angriff nehmen. Sie kämpfte sich durch den Perlenvorhang zurück und griff nach dem Hörer von Tims Telefon. Sie wählte eine vertraute Nummer und drehte dem Computerbildschirm dann den Rücken zu.

»Jo Marcum.«

Sarah vergewisserte sich, dass sie auch wirklich Jos Privatnummer gewählt hatte. Ihre Freundin sprach mit ihrer Business-Stimme, diesem knappen, städtischen, keine-Spur-von-Kentucky-Ton. »Hier ist Sarah. Arbeitest du?«

»Ja, ich arbeite ein bisschen was zu Hause auf. Es waren einfach zu viele freie Tage. Was gibt's?«

»Ich brauche einen Zeugen.«

Jo holte zischend Luft. »Du hast deinen Umschlag bekommen!«

»Meine Mutter hat ihn mir gerade geschickt.«

»Also los, raus damit. Wie gründlich hat Rachel dich denn reingelegt?«

»Sie will, dass ich Colin aufspüre.« Während des Schweigens, das auf diese Enthüllung folgte, ging Sarah zurück zum Schreibtisch und fuhr mit den Fingern über Rachels Brief.

»Sarah … was hast du gerade gesagt?«

»Ich weiß, es ist unglaublich.« Sarah tippte auf den Umschlag. »Rachel hat mich letztes Jahr in Afrika besucht. Eine ganze Woche haben wir miteinander verbracht und uns gegenseitig unser Herz ausgeschüttet. Jetzt reißt sie mir meins heraus.«

»Sarah, das *muss* ein Scherz sein.«

»Ich verstehe einfach nicht, warum sie mich ausgerechnet *darum* bittet! Ich dachte, nach ihrem Besuch wusste sie, warum ich niemals …«

»Lass mich das mal zusammenfassen«, unterbrach Jo sie. »Alles, worum Rachel dich bittet, ist, einen *Kerl zu googeln?*«

Sarah hielt inne. Jos Stimme hatte einen schneidenden Unterton, mehr Gift, als sie erwartet hatte. Es stimmte, dass Jo und Kate schon vor langer Zeit jedes Verständnis für das Thema Colin O'Rourke verloren hatten. Keine der beiden hatte je richtig verstanden, warum Colin zwischen Sarah und jeder unverbindlichen Beziehung stand, auf die sie sich seither eher halbherzig eingelassen hatte.

Offensichtlich hatte nicht einmal Rachel das verstanden.

»Okay.« Jo kam jetzt richtig in Fahrt. »Kate muss Fallschirm springen. Und jetzt, meine Liebe, erzählst du mir, dass du einfach nur *tippen* musst?«

Tippen? Doch wohl eher ein Grab ausheben. Zutage fördern, was eine Erinnerung bleiben sollte. Auf die verwesten Überreste starren.

»Warum rufst du *mich* überhaupt an? Warum, verflixt noch mal, sitzt du nicht an einem Computer? In *zehn Sekunden* hättest du es hinter dir.«

»Hey! Könntest du vielleicht noch etwas weniger mitfühlend sein?«

»Sarah …« Jo hielt inne, und Sarah hörte geradezu, wie sie versuchte, sich zu beherrschen. »Hör mal, Süße, du heulst diesem Kerl seit Paraguay hinterher.« Im Hintergrund war ein dumpfer Schlag zu hören. Offensichtlich schob Jo Sachen hin und her. »Wir haben dir doch *alle* gesagt, dass du dich auf die Suche nach ihm machen sollst. Pass auf, ich mach das für dich …«

»Nein!« Sarah schüttelte wild den Kopf. »Ich werde das selbst tun, Jo. Ich hatte nur gehofft … es mit einer Freundin zusammen tun zu können.«

»Jetzt?!« Es war noch mehr Gerumpel am anderen Ende der Leitung zu hören, als ob etwas Schweres die Treppen hinunterfiele. »Zu dieser gottvergessenen Uhrzeit?«

Sarah schwieg. Das kam von einer Frau, die ihre Wohnung selten vor Mitternacht betrat? Sie warf einen Blick auf die Katzenuhr über der Spüle. »Jo, es ist halb neun Uhr abends.«

»Bleib mal dran.«

Jo bedeckte den Hörer, doch Sarah hörte sie mit jemandem sprechen. Und dann verstand sie. *Natürlich.* Jo hatte Besuch. Jo hatte immer Besuch. Jo sammelte Männer wie eine Hochzeitsgesellschaft Reis, ohne eigenes Zutun, und irgendwann schüttelte sie sie dann wieder ab. Und wenn sie einen anderen wollte, stand schon einer bereit.

Sarah hatte nur einen gewollt.

»Jo, vergiss es.« Sie versuchte, ruhig zu klingen, locker. »Ich werde Kate anrufen …«

»Tu das.« Jo eilte durch ihre Wohnung, Sarah hörte das Klappern ihrer Absätze. »Oh, da ist sie ja. Grace? *Gracie!*«

Durch den Hörer hörte Sarah einen furchtbaren Lärm.

»O verdammt!« Jo ließ das Telefon fallen. »Mist! Mist, Mist, Mist!«

»Jo, ist alles in Ordnung? Jo?«

Sarah hörte ein hohes Weinen, Jos Fluchen und dann: »Alles in Ordnung, Schatz, ich hole ein Handtuch. Alles in Ordnung, Schatz, alles okay …«

Sarah horchte ungläubig. Grace? Die einzige Grace, die sie kannte, war … Grace Braun.

Sie schnappte nach Luft.

Das war doch nicht möglich.

Es ergab überhaupt keinen Sinn.

Es erklärte alles.

»Ich lege jetzt auf«, sagte Jo, als sie wieder an den Apparat kam. Grace schluchzte im Hintergrund. »Ich muss den Notarzt rufen.«

»Was ist passiert?«

»Überall ist Blut. Sie ist gefallen. Ich muss sofort auflegen …«

»Ich bin Krankenschwester. Wie ist sie gefallen?«

»Sie ist gestolpert, in meinem Wohnzimmer. Auf der letzten Stufe, dann ist sie gegen den Beistelltisch gefallen …«

»Hat sie das Bewusstsein verloren?«

»Ich weiß nicht … nein, ich glaube nicht.«

»Gebrochene Knochen?«

»Wie, zur Hölle, soll ich das wissen? Sie ist bis zu den Knien blutig. Sie hat eine Wunde auf der Stirn. Es blutet wie aus einer Texas-Pipeline …«

»In der Nähe des Auges?«

»Nein, höher. Beim Haaransatz.«

Sarah führte sich die Details vor Augen. Es schien, als hätte Grace eine Schnittwunde erlitten, die vielleicht ein paar Stiche benötigte. »Kopfwunden bluten immer stark«, erklärte sie. »Lass dich davon nicht erschrecken. Hol ein sauberes Handtuch und press es auf die Wunde. Dann fahr ganz ruhig mit ihr in die Notaufnahme. Dort gibt es einen plastischen Chirurgen, der sie so sauber wieder zusammennäht, dass man später nichts mehr davon sieht.«

»Mist! Mist!« Jo unterbrach sich und sagte leise etwas zu Grace. »Okay, ich muss jetzt endgültig auflegen. Sarah?«

»Ja?«

»Bitte erzähl Kate nichts davon. Dass Grace hier ist.«

Sarah erinnerte sich an einen Abend, als Jo sehr sarkastisch darauf reagiert hatte, als Kate ein gemeinsames Abendessen wegen des Fußballtrainings ihres Sohnes verpasst hatte. »Jo, selbst du musst zugeben, dass sie eine Expertin auf diesem Gebiet ist …«

»Nein! Hast du mich verstanden? Nein! Habe ich nicht schon genug am Hals? Schwöre, dass du *Kate nichts sagen wirst!*«

Zögernd gab Sarah ihr Versprechen und legte dann auf. Sie war verwirrt, nicht nur wegen Jos Nachdrücklichkeit bezüglich Kate, sondern auch wegen Rachels Entscheidung, ihre Tochter Jo anzuvertrauen. Vor langer Zeit hatte Rachel die Erziehung ihrer Tochter ihren Eltern in Teaneck überlassen. Rachel war viel auf Reisen und hatte entschieden, dass der beste Platz für ihre Tochter in einer stabilen Familie war, nämlich bei ihren Großeltern in New Jersey. Offensichtlich hatte Rachel ihre Meinung geändert. Aber *Jo?* Kate wäre die beste Ersatzmutter für Grace gewesen.

Sarah zog sich in die bequeme Kuhle in der Couch zurück, den Telefonhörer immer noch in der Hand. Sie streifte ihre Sandalen ab und zog die Füße unter den Rock. Draußen hupten die Taxis auf den engen Straßen. Sie hörte die Gespräche der Fußgänger unter dem Fenster, die auf dem Weg in das Geschäftsviertel mit den ganzen schicken Shops und Restaurants waren. In der Stille des staubigen Apartments glühte der Monitor immer noch blau, und der Umschlag leuchtete von der Tastatur.

Eine Freundin erledigt, noch eine übrig.

Sie wählte eine neue Nummer. Es klingelte viermal, und ehe sich der Anrufbeantworter einschaltete, nahm Kate ab.

»Grand Central.«

»Hier spricht Sarah.«

»Hey.« Kate senkte ihre Stimme. »War das nicht total verrückt heute Morgen?«

»Unglaublich. Ich verneige mich vor deinem Mut.«

»Anna, diese Drei ist falsch herum geschrieben. Kannst du das bitte verbessern? Ich weiß nicht, ob es Mut oder Wahnsinn war.«

»Hast du Paul schon davon erzählt?«

»Nein.« Pause. »Michael, schreib den Aufsatz fertig. Komm schon, nur noch zwei Sätze. Nein, ich habe ihm noch nichts erzählt.«

»Kate!«

»Ich mach's schon noch«, sagte Kate und klopfte zweimal an eine Tür, »aber erst, wenn er auch aufnahmefähig ist. Tess, mach Schluss, Anna ist als Nächste dran. Badeabend«, erklärte sie, Tess' Protestgeschrei übertönend, »chaotisch wie immer.«

»Ich habe meinen Brief bekommen.«

»Du sollst Colin finden.«

»Bin ich so durchschaubar?«

»Was sonst sollte sie dir auftragen? Es ist verdammt noch mal an der Zeit.«

Sarah schloss die Augen. »Weißt du, in Burundi respektieren mich meine Kollegen. Die Patienten schenken mir Ziegenmilch und Flaschen mit Bananenwein …«

»Er blockiert dich, Sarah-Belle. Michael, du kannst sagen, dass das Buch ›cool‹ ist, aber du musst ein Beispiel dafür geben. Wie erklärt man, dass ein Buch ›cool‹ ist? Schreib lieber, dass das Buch furchteinflößend oder aufregend oder langweilig war. Das lässt sich leichter begründen. Wie lange ist das jetzt her? Fünfzehn Jahre?«

»Vierzehn.« Und drei Monate und sechs Tage.

»Anna, denk dir noch ein Wort aus, das mit F beginnt, und dann bist du fertig, versprochen. Paul, kannst du ihr dabei helfen?« Kate stieß die Luft aus, als ob sie etwas heben würde. »Unglaublich. Sie ist im Kindergarten und sitzt anderthalb Stunden an ihren Hausaufgaben. Also – hast du ihn schon gegoogelt?«

»Im Kopf? Bestimmt schon sechzigmal.«

»Wart mal kurz. Paul, ich habe noch mehr Zeitschriften in dem Ständer im Wohnzimmer. Nimm die Kinderzeitschriften – *Cricket* oder *Spider*. Nein, Tess, ich weiß nicht, wo dein Föhn ist. Ich bin mit den Kindern heute zum Abendessen gegangen, zu *Crazy Jay's*. Sie glaubten, heute würde ein Geburtstag gefeiert, weil das letzte Mal so lange her war. Jetzt bezahle ich dafür, weil wir so spät mit den Hausaufgaben angefangen haben.«

Sarah zögerte. Sie hatte kein Recht, das zu verlangen. Kate war immer so beschäftigt. Einmal, kurz nach der Geburt von Kates zweitem Kind, als sie beschloss, ihren Job als Finanzanalystin aufzugeben, hatte Jo sie abfällig gefragt, was sie eigentlich den ganzen Tag so treibe. Als Kate mit ihrer Aufzählung fertig gewesen war, hatte Sarah von den trägen Nachmittagen in Paraguay geträumt, wenn man Mais mahlte oder Tortillas rollte.

»Entschuldige, Sarah, ich bin abgelenkt. Kann ich dir helfen?«

»Komm her. Ich brauche eine Zeugin.«

Sie hatte nicht fragen wollen. Sie wusste, dass es nicht in Ordnung war. Sie war nicht vollkommen blind. Sie wusste, dass sie, als sie in die Staaten zurückkehrte, anders tickte als der Rest der Welt und dass Jo, Kate und Rachel sich immer sehr bemüht hatten, sie vor Peinlichkeiten zu bewahren oder – in einem besonderen Fall – sogar vor einer Festnahme. Das jetzt von Kate zu verlangen hieße, ihr gutes Herz auszunutzen.

Doch sie brauchte eine Freundin.

Sarah schloss für einen Moment die Augen und wünschte, sie wäre zu Hause in Vermont, in dem riesigen Farmhaus mit ihren Eltern und ihren zehn Schwestern und Brüdern und den zwölf Nichten und Neffen. Ihr Vater, der Pfarrer, würde ihr helfen zu beten, während er den Gemeindecomputer hochfuhr.

»Ich?«, fragte Kate. »Du willst, dass ich zu dir komme?«

»Ich könnte eine Freundin gebrauchen, die mich wegen meiner Fixierung auf eine uralte Sache aufzieht, damit ich es endlich hinter mich bringe.«

»Sarah, ich ... kann nicht. Die Kinder baden. Und Michael muss heute Abend noch an seiner Blockhütte bauen, oder wir kriegen das Ding nie fertig ... Ich habe noch nicht die Aufsätze durchgesehen, und ich muss noch Proviant für morgen fertig machen, und gerade jetzt nehme ich die erste von drei Ladungen Wäsche in Angriff. Paul hilft Anna, aber er ist ...«

»Ich hätte nicht fragen sollen.« Super! Jetzt konnten ihre Freundinnen sie auch noch »jämmerliche Quenglerin« nennen, neben »ahnungslos« und »hilflos«. »Ich habe Jo schon angerufen, aber sie hatte Besuch.«

Erzähl es auf keinen Fall Kate!

»In die Stadt muss ich auch noch. Um diese Uhrzeit. Parken ist ein Alptraum.«

»Im Ernst, Kate.« Sarah stellte die Füße fest auf den Boden. »Es ist schon in Ordnung. Schließlich handelt es sich ja nicht um Fallschirmspringen. Ich muss endlich aufhören, so ein Feigling zu sein, und es selbst erledigen.«

»Diese verdammten Aufsätze ... und morgen Abend ist das PTA-Treffen, für das ich noch nicht einmal die Tagesordnung geschrieben habe. Michael, ich komme gleich zu dir hoch, einen Moment noch. Ja. Moment. Tess, ich habe dir schon gesagt: Schau im Wäscheschrank!«

»Kate, schon gut, ich lasse dich jetzt in Ruhe.«

»Nein!«

Das konnte nur am Vollmond liegen. Jeder benahm sich seltsam.

»Leg noch nicht auf. Ich … ich brauche nur noch eine Minute.«

Sarah hörte Kates Schritte. Hörte sie denken. Mit dem ganzen Chaos und dem Lärm im Hintergrund.

»Ja.« Kate atmete tief durch, als ob sie aus einem Wirbelsturm auftauchte. »Okay, Sarah, ich komme. Ich bin in einer Stunde bei dir.«

Und tatsächlich, eine knappe Stunde später stürzte Kate in das Apartment, eine Flasche Wein in der Hand. Sie trug immer noch das T-Shirt und die Yoga-Hose, die sie unter dem Fallschirmsprunganzug am Morgen getragen hatte. Sarah wühlte in den Küchenschubladen und förderte einen von sechs Flaschenöffnern zutage. Während Kate den Korken aus der Flasche zog und zwei Gläser einschenkte, ließ sie den Blick über die Flohmarktmöbel, die Zulu-Maske an der Wand und die Zimmerdecke aus gehämmerten Blechplatten schweifen.

»Das ist ja mal eine Wohnung.«

»Es ist eine kostenlose Unterkunft. Tim ist selten daheim und lässt in der Zwischenzeit immer Freunde hier übernachten.«

»Schau mal, man sieht meine Fußspuren auf dem Boden. Hier ist es richtig dreckig.« Kate blickte zum Computer, der noch lief, auch wenn die Internetverbindung unterbrochen war. »Himmel, was ist das denn? Aus den Sechziger Jahren übrig geblieben?«

»Leider funktioniert er auch. Ich hatte eine gute Verbindung, als ich dich angerufen habe, doch man muss sich einwählen, und ich will Tim keine Riesenrechnung hinterlassen. Ich dachte, ich könnte mich ja noch mal einwählen, wenn du hier bist und mich wiederbeleben kannst, sollte ich ohnmächtig werden.«

Sarah tippte die Nummer ein und wartete auf das Wählsignal. Dieses Mal klappte die Verbindung sofort. »Setz dich. Es dauert mindestens ein Glas Wein, bis die Seite geladen ist.«

Kate fand sofort den gemütlichen Platz auf dem Sofa, Sarah setzte sich ans andere Ende. Sie nahm einen Schluck Wein, der sicher ein guter Jahrgang war, doch sie trank nur selten und konnte es im Grunde nicht beurteilen. Die Pfarrerstochter in sich wurde sie eben einfach nicht los.

»Okay, Miss Sarah. Das wird weh tun. Bist du bereit?«

»Ärzte sagen so was, bevor sie die Knochensäge hervorholen.«

»Was willst du herausfinden? Ich meine, was wäre das Beste, was du erfahren könntest?«

Sarah schwenkte den Wein in ihrem Glas. Einmal hatte Colin Fußball mit den Kindern im Dorf gespielt. Eine Schweißspur hatte sein T-Shirt am Rücken verdunkelt. Eine Woche zuvor hatte er sich zuletzt rasiert. Er hatte ihr einen raschen Blick über die Schulter zugeworfen und dabei gegrinst.

Weiße Zähne, zerzaustes Haar.

»Ich hoffe«, sagte sie, »dass er immer noch sein Sixpack hat.«

»Nicht gemein werden.«

»Okay, okay.« Dann also die Wahrheit. »Ich wünsche mir, dass er glücklich ist.«

»Das Internet wird dir das aber nicht sagen.«

»Vielleicht doch. Ich kenne den Mann.« Jeden Zentimeter von ihm. Von der v-förmigen Narbe an seinem Hals, genau unter seinem Ohr, bis hin zu den langen Füßen mit den lustigen Zehen, seiner scharfsinnigen Intelligenz und seinem großen Herzen. »Wenn ich herausfände, dass er immer noch für eine Hilfsorganisation oder Ähnliches arbeitet, dann wüsste ich, dass er glücklich ist.«

»Was, wenn er verheiratet ist?«

Das Wort schlug ein wie eine Granate. Sarah krümmte sich und stellte ihr Weinglas klirrend auf der Tischplatte ab. Das war es, nicht wahr? Die Wurzel allen Übels. Er war neununddreißig Jahre alt. Sie konnte sich nicht vorstellen, dass ein Mann wie der, den sie in Paraguay gekannt hatte, über vierzehn Jahre hinweg Single und kinderlos bleiben sollte. Für sie war die gemeinsame Zeit mit ihm heilig und überstrahlte jeden neuen Beziehungsversuch. Doch vielleicht – nur vielleicht – waren Colins Gefühle nie so tief gewesen wie ihre.

Schließlich war er nie zurückgekommen.

»Wenn er verheiratet ist«, sagte Sarah und würgte an dem Wort herum, »dann ist seine Frau die glücklichste Hexe der Welt.«

»Und deine Aufgabe ist beendet. Hier und jetzt, in diesem Zimmer.«

Viel mehr als das wird beendet sein. Sarah rieb sich die Braue, wie um ihre Gedanken zu verbergen. Kate lebte nicht ihr Leben, sie würde es nicht verstehen. Und Sarah würde sie auch nicht mit den neuesten, erst wenige Wochen alten Ereignissen im Lager in Burundi belasten. Sarah hatte die Unmenschlichkeit von Menschen schon früher mit angesehen: humanitäre Hilfsgüter, die schon im Hafen für irgendwelche Warlords abgezweigt wurden, medizinische Verbrauchsgüter, die von Achtjährigen gestohlen wurden, damit sie ihre Sucht befriedigen konnten, Budgeteinschränkungen parallel zum Ausbruch von Masernepidemien. Aber das arme Mädchen, das sie in der schlammigen Lagergasse gefunden hatten, hatte all das noch übertroffen.

Sie war ein winziges kleines Ding, mit zwei schiefen Zöpfen, die von Holzperlen zusammengehalten wurden. Bei den von einer Vergewaltigung herrührenden Verletzungen war Dr. Mwami nicht sicher gewesen, ob er sie operieren konnte.

Sarah zog die Brauen zusammen und verdrängte die Erinnerung. Sie zwang sich, kräftig durchzuatmen. Dann verbannte sie die schrecklichen Bilder zu all den anderen tief in ihrem Innern, wo sie in einer dunklen Ecke eingelagert wurden.

Deshalb brauchte sie die Erinnerung an Colin, redete sie sich ein. Um sich zu vergewissern, dass es noch Ehrlichkeit, Hingabe und das Gute auf dieser Welt gab. Sie fürchtete um ihr Gleichgewicht, sollte sie herausfinden, dass Colin der internationalen Notfallhilfe den Rücken gekehrt hatte, dass er als von Gicht gebeugter Allgemeinmediziner ein ruhiges Leben mit einer Hütte am Lake Michigan lebte.

»Okay, Sarah, jetzt zum unangenehmen Teil.«

»Ein Kind auf die Welt bringen?«, fragte sie und schüttelte die Schwermut ab. »Einen Guinea-Wurm aus einem infizierten Bein drehen?«

»Was, wenn er Single ist?«

Die Vorstellung strömte durch die sie hindurch, vertrieb die letzten Reste der Dunkelheit wie ein Fluss aus Licht. Sie hatte sich bisher nicht erlaubt, sich einen ungebundenen Colin vorzustellen. Denn allein schon der Gedanke daran implizierte die Möglichkeit für mehr, und keine vernünftige Frau würde um mehr bitten, als der Himmel geben konnte.

Kate deutete mit dem Weinglas in Richtung Schreibtisch. »Der Computer läuft. Tipp seinen Namen in eine Suchmaschine.«

»Aber …«

»Er war der beste Liebhaber, den du je hattest. Bitte, nicht rot werden. Du hast es uns an dem Abend gestanden, als wir dich zu einem zweiten Wodka überredet haben. Du hast uns sogar davon erzählt, was er mit seinen Zehen getan hat …«

»Ist denn gar nichts heilig?«

»Hey, hast du nicht Paul und mich einmal auf der Waschmaschine erwischt ...«

»Genug!«

»Also«, fuhr Kate mit einem immer breiter werdenden Grinsen fort, »hast du daran gedacht, wie es wäre, wieder mit ihm zusammen zu sein?«

Sarah nahm einen Schluck Wein. Er war kräftig und trocken. Sie dachte an seinen Körper, drahtig, lang, stark.

»Selbst wenn es nur ein Mal wäre ...« Kate ließ nicht locker. »Ein einziges Mal noch. Selbst wenn sonst nichts passierte ...« Kate beugte sich nach vorn. »Ist es nicht das, was Rachel für dich wollte, Sarah? Entweder vorangehen ... oder ihn zumindest hinter dir lassen.«

Sarah stellte ihr leeres Weinglas ab. Der Monitor blinkte. Die Webseite war endlich geladen. Ihr Blick fiel auf Rachels Umschlag. In einem plötzlichen Anfall von Courage setzte sie sich auf den Schreibtischstuhl und tippte »Google« ein.

Kate blickte ihr über die Schulter. »Weißt du, als ich meinen Brief las, konnte ich nicht glauben, was Rachel von mir verlangte.«

»Wenn du sie im Himmel triffst«, murmelte Sarah, »stoß sie von einer Wolke.«

»Immerhin habe ich drei Kinder. Eine Riesenverantwortung. Ich habe nicht mehr das Recht, mein Leben zu riskieren. Mein Leben gehört mir nicht mehr.«

Verdammt noch mal, war dieser Computer langsam! Er lud immer noch die einfache Google Seite.

»Ich bin die Sklavin von Wollmäusen und überenthusiastischen jungen Erzieherinnen, die glauben, sie hätten das Recht, meine Wochenenden mit ›Familienprojekten‹ zu belegen.«

Endlich erschien das Eingabefeld der Suchmaschine.

Sarah fröstelte, und das lag nicht an der durch das offene Fenster hereinwehenden Oktoberbrise.

»Aber Rachel hatte recht.« Kate schob ihr Glas auf den Schreibtisch und hinterließ eine Spur in dem Staub. »Es war gar kein so großes Risiko. Es war wohlkalkuliert. Und in diesen paar Minuten und den Stunden, seit ich aus zweitausend Metern Höhe abgesprungen bin, habe ich mich lebendiger gefühlt, stärker und klarsichtiger als jemals zuvor. Ich lebe nicht das Leben, das ich leben sollte, Sarah. Es wird sich etwas ändern.«

Tipp es ein! Dr. Colin O'Rourke. Nein. Colin Quinn O'Rourke.

»Für dich werden sich die Dinge auch ändern.« Kate legte Sarah eine Hand auf die Schulter. Warm. Fest. Sicher. Sie sprach ihr ins Ohr. »Los, Sarah. *Spring!*«

Sein Name blinkte in dem kleinen Eingabefeld. Dr. Colin Quinn O'Rourke.

Liebe meines Lebens.

Sie drückte die Enter-Taste.

Kate umarmte sie von hinten. Sarah packte Kates Unterarm und lehnte sich gegen ihre Freundin. Ihr Herz raste. So etwas Dummes! Sie benahm sich wie ein Kind, konnte nicht auf den Bildschirm schauen. Sie wusste, es würde dauern, bis die Suchergebnisse geladen waren. Sie überlegte, ob sie Kate bitten sollte, sie zuerst zu überfliegen und ihr dann das Schlimmste zu sagen.

Kate beugte sich vor. »Gott, ist dieses Ding langsam!«

»*Tranquilo.*« Sarah sprach mehr zu ihrem heftig klopfenden Herzen als zu Kate. »Die Neuigkeiten werden schon kommen.«

Da war er. Colins Name. Über den ganzen Bildschirm verteilt. Zwölf Treffer insgesamt.

Und als sie seinen Namen dort sah, so fest und so real, änderte sich alles: Ihre Angst verwandelte sich in Hunger.

Sie beugte sich ruckartig nach vorn, packte die Maus und scrollte durch die Einträge, saugte die Informationsfetzen auf, verarbeitete sie, sah, wie sie sich zu einem Bild zusammenfügten.

Dann kam sie zum letzten Link. Kate sog scharf die Luft ein. Sarah schlug die Hand vor den Mund.

»Oh, mein Gott!«

Kapitel 4

»O mein Gott!«

Jo hielt sich am Rahmen des Krankenhausbettes fest, als Dr. Mulcahey etwas, das wie ein Angelhaken aussah, in Grace' Stirn versenkte.

Grace – die dem Geplauder der plastischen Chirurgin über die Vorzüge von SpongeBob gelauscht hatte – wandte ihren Blick zu Jo. Die erstarrte. *Lass dir deine Angst nicht anmerken.* Jo lockerte den Griff um den Bettrahmen. *Lächle. Alles ist in Ordnung, alles ist prima.* Man hatte Grace sicher nach allen Regeln der Kunst betäubt. Wahrscheinlich spürte das Kind gar nichts. Moment, ist das … ist das Grace' Schädelknochen unter der zerfransten Haut?

Nicht in Ohnmacht fallen!

Die Augen fest auf die Wunde gerichtet, sagte die Ärztin: »Halt still, Grace, nur einen Moment noch.« Stechen. Ziehen. Abschneiden. »Schwester, begleiten Sie doch bitte Miss Marcum zum Empfang. Wenn ich richtig verstanden habe, muss sie noch einige Formulare unterschreiben.«

Jo gab dem sanften Druck der Hand der Krankenschwester nach und merkte erst, als sie hinter dem Vorhang und außer Sichtweite von Grace war, wie sehr ihr Kiefer schmerzte, weil sie die ganze Zeit wie eine Idiotin gegrinst hatte.

Sie folgte der Schwester in die blendend weiße Empfangshalle und überlegte, ob sie sich in einen der Plastikstühle sinken lassen sollte. Sie war immerhin ein Südstaatenmädchen, und ohnmächtig zu werden war damit ihr Vorrecht. Es befreite eine Frau unmittelbar von sämtlicher Verantwortung.

Doch Bobbie Jo Marcum wurde nicht ohnmächtig. Konnte es nicht. Zumindest jetzt noch nicht. Denn der Rezeptionstroll starrte sie vom anderen Ende der Eingangshalle an.

Die untersetzte und unerbittliche Verwaltungsangestellte hatte sie aufgehalten, als sie mit Grace in die Notaufnahme gestürzt war. Grace war blutüberströmt gewesen, ebenso wie Jo. Der Wachhund hatte das schreiende Kind ignoriert und Antworten auf Unmengen nervtötender Fragen verlangt. Etwa der nach Grace' Geburtsdatum. *Februar, richtig, Kleine? Oder war es Juni?* Und der Geburtsort? *Ähm … Teaneck?* Ob ihr Impfpass auf dem neuesten Stand war. Fragen nach all den Dingen, die eine Mutter wüsste, aber nicht ein soeben erst bestellter Vormund … oder eine pädophile Kidnapperin.

Jetzt winkte der Troll mit einer Plastikkarte, die Jo ihr zur Ablenkung hingeworfen hatte, bevor sie sich an dem Empfangstresen vorbeigedrückt und Grace einer verblüfften Krankenschwester übergeben hatte.

»Wir schreiben hier keine Vielfliegermeilen gut, Ms Marcum.«

Offensichtlich würden ein breites Lächeln und eine zuckersüße Entschuldigung sie hier nicht weiterbringen. Schmeicheleien auch nicht, dachte Jo, als sie ihren Blick über den ausgeblichenen grünen Kittel und das eisengraue Haar des Trolls schweifen ließ. Daher ließ sich Jo einfach in einen Plastikstuhl sinken und erlaubte sich eine flüchtige Fantasie von St. Lucia im Februar.

Der Troll wandte seine Aufmerksamkeit wieder dem Computermonitor zu. »Vollständiger Name?«

»Bobbie Jo Marcum.« Sie zog ihren Führerschein hervor. »Bobbie mit ie.«

»Verhältnis zur Patientin?«

»Ich schätze, ich bin ihr gesetzlicher Vormund.«

»Sie schätzen?«

»Es ist kompliziert.«

»Ich habe Zeit.«

»Meine Freundin ist gestorben. Rachel Braun, Grace' Mutter.« Jo rief sich den Brief in Erinnerung. *Ich weiß, dass du das hier für einen Fehler halten wirst …* »In ihrem Testament hat sie mich zu Grace' Vormund bestimmt.«

»Haben Sie eine Kopie dabei?«

Jo deutete auf ihre winzige Leder-Clutch. »Glauben Sie, die würde hier hineinpassen?«

»Dann vielleicht Adoptionspapiere?«

»O bitte!« Jo verspürte plötzlich das Bedürfnis nach Nikotin. »Rachel ist gerade erst gestorben.«

»Was ist mit dem Vater?«

»Er war ein anonymer Teelöffel voll Samen in einem Reagenzglas.«

Die Eisenfrau zuckte nicht mit der Wimper. »Andere Familienmitglieder? Ein Blutsverwandter, der Ihren Anspruch bestätigen kann?«

Anspruch?

»Ihre Großeltern leben in New Jersey, aber die haben zurzeit selbst jede Menge gesundheitlicher Probleme.« Und ganz sicher erlitten sie auch noch einen Herzinfarkt, wenn sie am Telefon erführen, dass sich ein weiteres Familienmitglied im Krankenhaus befand. »Ich übernehme die Rechnung, wenn das Ihre Sorge ist.«

In diesem Moment bemerkte Jo, wie drei offiziell aussehende Personen die Empfangshalle betraten. Es waren keine Ärzte. Ganz eindeutig nicht. Zwei sprachen leise und eindringlich miteinander und blickten auf ihre Klemmbretter, als sie durch die Halle gingen. Die dritte Person war blau gekleidet und trug ein Abzeichen. Jo beobachtete, wie sie sich Grace' Zimmer näherten und es gemeinsam betraten.

Ach du meine Güte!

Sie hatte diesen Typ Mensch schon öfter gesehen. Immer wenn ihre Mutter Sozialleistungen beantragen musste, kamen sie und parkten ihre Autos vor dem Mobile Home – eins von diesen transportablen Fertighäusern –, gingen die Einfahrt entlang und beäugten das Haus mit der verstörten Neugier von Anthropologen. Dann musterten sie ihre Mutter immer von oben bis unten, ihre geborgte Kleidung, und fragten sie, sichtlich um Gelassenheit bemüht, ob sie denn überhaupt für ein Kind sorgen könne ... unter solchen Umständen.

»Okay, ich rufe meinen Anwalt an.« Jo zog ihr Handy aus der Handtasche. »Barry Leibowitz von Leibowitz & Rabin in Hoboken. Er wird den Letzten Willen bestätigen ...«

»Sie dürfen hier drin kein Handy benutzen.«

»Dann nehme ich Ihr Telefon ...«

»Das ist der Apparat der Notaufnahme, Ms Marcum. Gehen Sie nach draußen zum Telefonieren. Der Anwalt soll unter dieser Nummer zurückrufen.«

Jo stürmte durch die automatischen Türen. Als sie das Telefon aufklappte, spürte sie das Brennen gebieterischer Augen in ihrem Rücken. Sie warf einen Blick über ihre Schulter und bemerkte, dass ihr einer der Wachleute aus dem Gebäude gefolgt war – als ob er ganz plötzlich etwas frische Luft benötigte.

Sie tippte die Nummer des Anwalts ein und erreichte nur den Anrufbeantworter. Offensichtlich hatte Barry Leibowitz keine Erfahrung mit Verbrechen. Es war beinahe halb elf Uhr abends, und seine fröhliche Ansage enthielt keine Nummer für spätabendliche Notfälle. Jo klappte das Telefon zu und atmete tief durch, bevor sie den Anruf erledigte, den sie unbedingt hatte vermeiden wollen.

»*Wo* ist sie?«

Jo bemühte sich um einen neutralen Tonfall. »Es war ein Unfall, Jessie. Ich habe ein Geräusch gehört, aufgeblickt und sie durch meinen Flur laufen sehen. Sie hat mich nicht gehört, als ich nach ihr rief. Sie ist einfach weitergelaufen … bis zum Rand der Treppe.« Jo verzog das Gesicht bei der Erinnerung an den Knall, als Grace' Kopf gegen den Glastisch gestoßen war. »Ich habe auf einem plastischen Chirurgen bestanden. Sie wird gerade genäht.«

»Und *wo* bist *du* und rufst *mich* an, während Grace gerade wieder *zusammengeflickt* wird?«

»Ich versuche, verdammt noch mal, nicht jeden einzelnen Röntgenapparat in diesem Krankenhaus zu stören.«

»Du solltest bei ihr sein. Sie ist sieben Jahre alt und muss eine Todesangst haben. Ich komme sofort.« Jessie atmete schwer, rannte offensichtlich eine Treppe hinauf. »Was, zur Hölle, hast du nur angestellt, Jo? Sie war noch nicht mal einen Tag bei dir …«

»Jessie, wenn du jetzt nicht einfach nur meine Fragen beantwortest, wird Gracie die Nacht bei einer New Yorker Pflegefamilie verbringen, während ich eine Blechtasse gegen die Gitterstäbe einer Gefängniszelle schlage.«

»Wie bitte?«

»Stell dir das mal vor! Ich komme hier mit einem blutenden Kind an. Sie hat einen anderen Nachnamen als ich. Sie sieht mir so ähnlich wie ein Opossum einer Schneeziege. Ich weiß nicht einmal Grace' Geburtsdatum …«

»15. Juni.«

»… ich weiß nicht, in welche Klasse sie geht …«

»Die zweite!«

»... oder ob sie an Allergien leidet, früher schon mal im Krankenhaus war oder eine Krankenversicherung hat. Die glauben hier, dass ich eine durchgeknallte Kidnapperin bin, und die Sozialarbeiter haben sich schon vor ihrem Zimmer positioniert.«

Jessie verstummte. Hinter Jo scharrte der Wachmann mit den Füßen über den Asphalt.

»Vielleicht hättest du mir also besser ein paar grundlegende Einzelheiten verraten«, fuhr Jo fort, »als du heute Morgen ihr Gepäck in meinen Kofferraum geladen hast.« Jo drehte den Papierfetzen um, den der Troll ihr gegeben hatte, und schrieb sich Grace' Geburtsdatum und Schulklasse auf. »Jetzt sag mir ihre Krankenversicherungsnummer, damit ich dem Troll etwas zum Beißen geben kann, bis du ihn selbst anrufst, um ihn mit den restlichen Informationen zu versorgen.«

»Äh ... einen Moment, bleib dran!«

»Jessie!«

Zu spät, Jessie legte den Hörer ab, und Jo hörte sie fortgehen. Jessie berichtete jetzt bestimmt Grace' Großmutter Leah von den neuesten Ereignissen, die die letzten drei Monate ausschließlich damit verbracht hatte, kranke Angehörige in Krankenhäusern zu besuchen.

Jo ließ sich gegen die Ziegelwand sinken. Eine Spitzenmutter würde sie abgeben. Und war das nicht abzusehen gewesen? Jo war ohne Vater im Schatten einer Hühnerverarbeitungsfabrik aufgewachsen und hatte Kleider von der Heilsarmee getragen. Diesen Babyhunger würde sie garantiert nie verspüren, hatte sie Rachel einmal gesagt.

»Hallo, da bin ich wieder.« Jessie hantierte mit dem Hörer. »Bist du noch dran?«

Nein, ich habe mich ohne Grace in Richtung Cayman-Inseln abgesetzt.

»Also, ich habe eine Mappe im Büro meines Onkels gefunden, die mit ›Grace‹ beschriftet ist.«

»Du hast doch Leah und Abe nichts erzählt?«

»Bist du verrückt? Als ob die beiden nicht schon genug zu bewältigen hätten. Also, hier sind eine Geburtsurkunde, einige Zeugnisse …«

»Wie heißt die Schule?«

Nachdem Jessie den Namen genannt hatte, blätterte sie weiter durch die Unterlagen. »Wir haben … das hier müsste ein Impfpass sein. Er liegt bei den Sachen, die Rachel für Grace' Anmeldung in der Schule eingeschickt hatte. Und hier ist eine Visitenkarte … ich kenne den Mann. Dr. Migliore. Das muss Grace' Kinderarzt sein. Willst du seine Telefonnummer?«

»Was glaubst du?«

»Okay. Hier ist Grace' Krankenversicherungskarte.«

»Großartig.«

Jessie hielt inne. »Ich schätze, das hätte ich dir alles besser mitgeben sollen.«

»Hey, die haben dir ja auf dieser schicken Schule in der Stadt doch was beigebracht.«

»Ich habe nicht damit gerechnet, dass du die Unterlagen so *schnell* brauchen wirst.«

»Süße, im Moment habe ich hier einen Wachmann am Hals, und auch wenn er in seiner Uniform recht heiß aussieht, habe ich gerade nicht den Kopf frei, ihn aufzureißen.« Jo drehte sich auf dem Absatz um, um den Wachmann von oben bis unten zu mustern. »Ich gehe jetzt wieder rein, um nach Grace zu sehen. Du wirst diese Nummer anrufen und dem Tro… – der Dame am Empfang all diese Informationen geben. Dann muss ich vielleicht nicht die Nacht unter einer nackten Glühbirne bei endlosen Befragungen verbringen – und auch das Jugendamt wird seine dreckigen Finger von Grace lassen. Okay?«

Jo gab Jessie die Nummer der Notaufnahme, klappte das Telefon zu, straffte die Schultern und rauschte an dem Wachmann vorbei. Die automatischen Türen öffneten sich zischend, und schon hörte Jo das Telefon am Empfang klingeln. Der Troll nahm ab und warf Jo dann einen bedeutsamen Blick zu. Jessie hatte sich offenbar ins Zeug gelegt.

Jo näherte sich dem Empfangstresen und stellte sich ein Samtband mit einem adretten Portier dahinter vor. Sie wusste, wie sie mit unsichtbaren Barrieren umzugehen hatte. Schließlich hatte sie den größten Teil ihres Lebens damit verbracht, diese einzureißen. Deshalb ging sie einfach mit größtmöglicher Selbstsicherheit weiter, an dem Troll vorbei, um die Ecke und durch die Empfangshalle. Ihre Schultern verspannten sich. Doch niemand folgte ihr, niemand hielt sie auf. Als sie sich Grace' Zimmer näherte, traten gerade der Police Officer und die beiden Sozialarbeiter ins Gespräch vertieft auf den Gang.

Die Frau in der Gruppe erblickte sie und kam ihr entgegen. »Sie sind Mrs Marcum?«

»*Ms* Marcum.«

»Ich bin Bonnie Spencer vom Sozialdienst.« Ernster Blick, baumelnde Ohrringe – das wandelnde Klischee. »Mein Kollege und ich haben gerade mit Grace gesprochen.«

»Entspricht es Ihren Richtlinien, eine Minderjährige allein, ohne einen Elternteil oder einen Vormund zu befragen?«

Das Lächeln der Frau verriet ihre Anspannung. »Da sie ja weder noch zu haben scheint, sind wir das Risiko eingegangen.«

Touché!

»Meine Herren« – die Sozialarbeiterin nickte ihren Kollegen zu –, »würdet ihr uns einen Augenblick allein lassen?«

Die Männer entfernten sich, und Bonnie Spencer vom Sozialdienst musterte Jo diskret, aber gründlich von oben bis unten. Sie zeigte damit, dass bestimmte Sozialarbeiter offensichtlich auf dieselbe Schule gingen, wo man ihnen beibrachte, den Wert eines Menschen durch das Lesen der Kleidung, der Körpersprache und der Mimik in Stresssituationen abzuschätzen – und ganze Familien durch die Rückschlüsse aus diesen Beobachtungen zu zerstören.

»Grace ist ein stilles kleines Mädchen«, sagte die Sozialarbeiterin, »aber als ich sie durch Lovey habe sprechen lassen, hat sie Ihre Angaben bestätigt.«

»Hallelujah, ein Stoffkaninchen ist mir beigesprungen. Können wir jetzt nach Hause gehen?«

»Wenn die Ärztin fertig ist. Sagen Sie, haben Sie sie schon mal beim Schlafwandeln ertappt?«

»Dies ist die erste Nacht, die sie bei mir verbringt.«

»Ich verstehe.«

Jo versuchte, ihren Blick ruhig zu halten, was nicht einfach war. Sie wusste genauso gut wie diese Sozialarbeiterin, dass sie in ihren Manolo Blahniks und dem Kaschmirpullover nicht das Bild einer idealen Mutter abgab.

»Sie sollten sie gut im Auge behalten.« Die Frau wühlte in den Taschen ihres Jacketts. »Dieser kleine Stolperer könnte ein Unfall gewesen sein. Oder auch ein Weg, um Aufmerksamkeit zu erregen. Oder vielleicht schlafwandelt sie tatsächlich. Ich glaube nicht, dass sie den Tod ihrer Mutter schon vollständig erfasst hat. Kinder trauern ganz anders als Erwachsene.«

Jo nahm die ihr angebotene Visitenkarte. »Das ist doch hoffentlich Mary Poppins' Telefonnummer.«

»Nein, das ist Dr. Rodriguez' Nummer. Sie ist eine ausgezeichnete Kinderpsychiaterin, eine der besten der Stadt. Ich empfehle Ihnen, so bald wie möglich einen Termin bei ihr zu vereinbaren. Eine professionelle Einschätzung wird helfen.«

Dann verabschiedete sie sich. Die Sohlen ihrer weichen Schuhe machten keinerlei Geräusch, während sie sich durch die Empfangshalle entfernte und Jo mit der Erkenntnis zurückließ, dass sie nicht einfach die einzige Beschützerin eines siebenjährigen Mädchens war. Nein, sie war die einzige Beschützerin eines trauernden, sensiblen siebenjährigen Mädchens, und das bedeutete: Selbst wenn sie der Frau in den Hintern kriechen würde – sie würde todsicher versagen.

Warum, Rachel?

Jo war mit drei Sätzen Kleidung aufgewachsen. Jetzt wurde ihre Wäsche jeden Montag abgeholt und am Donnerstag schrankfertig zurückgebracht. Sie war mit einem Plumpsklo aufgewachsen, das sie mit den Nachbarn teilte. Jetzt putzte eine nette Portugiesin einmal die Woche ihre Toiletten, gleichgültig, ob sie es nötig hatten oder nicht. Jo hatte die Sonntage ihrer Kindheit, an denen sie Zeitungen austrug, gegen Nachmittage eingetauscht, an denen sie Bluegrass hörte und die *New York Times* las, vor allem um zu sehen, ob ihre Arbeit es in den Modeteil geschafft hatte. Sie hatte schon lange einen Ort erreicht, von dem sie früher nur geträumt hatte.

Ihr Leben war vollkommen, so, wie es war.

Und Rachel hatte das gewusst.

»Miss Marcum, geht es Ihnen gut?«

Die plastische Chirurgin stand vor ihr, Grace' Krankenunterlagen in der Hand.

Nein. »Ja, ich war nur etwas abgelenkt. Sind Sie mit dem Nähen fertig?«

»Fünf Stiche, ja.« Dr. Mulcahey zog einen Stift aus ihrer Kitteltasche und schrieb etwas in die Akte. »Sie ist ein tapferes Kind. Sehr ernst. Sie hat nicht geweint, nicht geschrien, eine perfekte Patientin. Geben Sie ihr Acetaminophen, wenn Sie daheim sind. Wie schwer ist sie – etwa fünfundzwanzig Kilo?«

Als ob ich das wüsste! Jo nickte verhalten.

Die Ärztin rechnete kurz nach und schrieb dann die Dosierung auf – in Millilitern. Jo fragte sich, seit wann es Acetaminophen als Tropfen gab.

»Vereinbaren Sie bitte für nächste Woche einen Termin«, fuhr sie fort und riss die Entlassungspapiere von einem Block ab, »damit wir die Fäden ziehen können.«

Jo hoffte, dass die Ärzte auch samstags Sprechstunden abhielten, doch daran wollte sie jetzt noch nicht denken. Sie riss sich zusammen und ging in Grace' Zimmer. Die Wunde war geschlossen, die Enden der Fäden standen in alle Richtungen ab. Die Krankenschwester am Bett sah auf, als Jo den Raum betrat, und warf ihr einen Blick zu, der zu sagen schien: *Wo, zur Hölle, waren Sie? Wie konnten Sie dieses Kind allein lassen?*

»Ah, da ist sie ja, Grace«, sagte die Krankenschwester. »Bestimmt willst du jetzt nach Hause in dein eigenes Bett, nicht wahr?«

Grace' Augen leuchteten auf. »Gehen wir nach Hause?«

»Ja, Kleines.« Jo nahm Grace' Jacke. »Wir werden wieder eines dieser lustigen gelben Autos anhalten, so eins wie das, in dem wir hergekommen sind, das so schnell gefahren ist, weißt du noch? Damit fahren wir nach Hause.«

»Zu Nana?«

Jo schüttelte die Jacke aus und steckte Grace' Arm in einen Ärmel und verbarg so ihr Gesicht. »Zurück zur langweiligen alten Nana? O nein, du wirst eine Weile bei Tante Jo bleiben. Das wird ein Abenteuer, meinst du nicht?« Bisher war es das ganz sicher gewesen. »Hey, aber was ist das denn?« Jo kniff die Augen zusammen, musterte die Stiche und tat so, als wollte sie daran zupfen. »Kleines, du hast eine Raupe auf der Stirn!«

Grace hob eine Hand und fuhr mit einem Finger über die mit antibiotischer Lösung getränkte Naht, als ob sie sie erst jetzt bemerken würde. Ihre Augen weiteten sich, und sie zog ihre Knie an die Brust, die Füße in den Braunbärhausschuhen gekreuzt.

Mist!

»Ich mache doch nur Spaß, Grace, die Naht wird von deinen Haaren bedeckt. Morgen um diese Zeit wirst du schon gar nichts mehr davon merken.« Jo zog dem Mädchen das Nachthemd über die Knie. »Na, komm schon, hilf mir, dir die Jacke anzuziehen.«

Sie drängte Grace aus dem Zimmer, bemühte sich, die Tränen zurückzuhalten, und plapperte unaufhörlich den ganzen Weg bis zum Aufzug. Nach einem Zwischenstopp in der Krankenhausapotheke, wo Jo aus einer Überzahl an Schmerzmitteln für Kinder schließlich Tylenol mit Orangengeschmack auswählte – »Bei Kirsche«, erklärte Grace, »muss ich mich übergeben« –, riefen sie ein Taxi und fuhren nach Hause.

Manuel, der Portier, kniete sich vor Grace auf den Boden. »Wie geht es dir, Gracie? Alles wieder in Ordnung?«

Jo antwortete anstelle des schweigenden Mädchens. »Alles genäht, ja.«

»Genäht?« Er musterte Grace mit zusammengekniffenen Augen, legte den Kopf zur Seite, verzog das Gesicht, als er so tat, als würde er mit den Fingern etwas von ihrer Naht abzupfen. »Ähm, Gracie, ich sage dir das ungern, aber du hast da was vom Krankenhaus mitgebracht.«

O nein, o nein …

»Du hast eine Raupe auf der Stirn!«

Jo schlang die Arme um den Oberkörper.

Grace lachte.

Sie *lachte?*

Als sie den Aufzug betraten, rief Manuel Grace hinterher: »Drück nicht auf den Knopf, Gracie, du bist noch zu klein dafür – nein, nicht den Knopf drücken!« Grinsend tippte Grace auf den Knopf. Jo winkte, als sich die Türen schlossen, und sagte dann fröhlich zu Grace: »Nicht die Acht drücken!«

Verschreckt zog sich das Mädchen in eine Ecke des Aufzugs zurück.

Resigniert drückte Jo selbst auf die Acht. Morgen, sagte sie sich, morgen wird ein besserer Tag.

In der Wohnung ging Grace schnurstracks zum Tatort und starrte auf die Blutflecken auf dem Teppich.

»Ich werde das in Ordnung bringen, Schätzchen, mach dir keine Gedanken. Ab nach oben mit dir.«

»Mag nicht hinaufgehen.«

»Bist du denn nicht müde? Das war doch so ein anstrengender Tag.«

Grace kaute an der Spitze des Stoffkaninchenohres. »Mag die Puppen nicht.«

»Die Puppen?«

»Die in dem großen Glasschrank.«

Jo runzelte die Stirn. Sie hatte das Kuriositätenkabinett im Gästezimmer völlig vergessen, das mit Porzellanpuppen in viktorianischen Kleidern gefüllt war. Ein Hobby, mit dem sie kurz nach Antritt ihres ersten Jobs begonnen hatte.

»Du darfst morgen mit ihnen spielen«, erwiderte Jo, »wenn du möchtest.«

»Sie starren mich an.«

»Sie haben tolle Augen, nicht wahr? Sie blinzeln auch.«

Grace packte ihr Kaninchen noch fester.

»Ich meine, wenn man sie bewegt, dann blinzeln sie. Sonst nicht.«

Ach herrje, und jetzt noch die Teufelspuppen.

Grace strich mit dem Finger über die Armlehne des Sofas. »Bei Nana darf ich auf der Couch liegen, wenn ich krank bin.«

»Wie bitte?«

»Und ich darf Zeichentrickfilme ansehen.«

Zahllose Gedanken schossen Jo durch den Kopf. Die meisten gingen in Richtung *Manipulation* und *ein schlechtes Beispiel geben* und *ganz falsch anfangen*, doch angesichts zweier brauner abgewandter Augen kam sie zu dem Schluss, dass es jetzt auch nicht mehr drauf ankam. Der Anfang war sowieso verkorkst. Also holte sie eine Decke und sagte: »Du darfst auch hier auf meiner weißen Couch schlafen, wenn du willst.«

Jo wählte für Grace einen Fernsehsender, der die ganze Nacht Zeichentrickserien zeigte, und schrubbte dann den Teppich sauber. Als Grace schließlich einschlief, dimmte Jo das Licht und schenkte sich einen Scotch ein, den sie in einem dankbaren großen Schluck trank.

Sie sagte sich, dass sie den Alkohol zur Beruhigung brauchte. Die Nacht in ihrem modernen Wohnzimmersessel zu verbringen würde nicht sehr bequem werden. Sie hatte ihn schließlich eher wegen des Designs und nicht wegen des Komforts gekauft. Doch welche Wahl hatte sie schon? Sie konnte Grace nicht allein hier unten lassen. Was, wenn die Kleine in der Nacht aufwachte und auf die Toilette musste? Sie würde eine Vase umwerfen oder über den Teppich stolpern oder gegen eine Wand laufen. Was, wenn sie ein Glas Wasser haben wollte? Sie würde auf einen Stuhl klettern, sich nach einem Glas strecken, es fallen lassen und dann barfuß in die Scherben treten. Dann müssten sie ein zweites Mal in die Notaufnahme fahren …

Wie soll ich das nur schaffen?

Ihre eigene Mutter hatte es allein bewältigt. Sie hatte in

Tagschichten gearbeitet – später dann in Nachtschichten – und Jo abwechselnd bei Freunden in der Stadt untergebracht oder in inoffiziellen Tagesstätten, die sie sich eigentlich nicht leisten konnte, bis das Kind alt genug war, einen Hausschlüssel um den Hals tragen zu können. Wann war das gewesen … als sie neun Jahre alt war? Jo erinnerte sich daran, wie ihre Mutter nach zehn Uhr abends nach Hause kam, nach Hühnerstall und Blut roch und Hühnerfedern von ihrer Kleidung schüttelte. Sie arbeitete für den gesetzlichen Mindestlohn, zu einer Zeit, als man in Kentucky davon noch leben konnte, und schnitt Hühnerbrüste vom Knochen. Gütiger Himmel! Als Teenager hatte sich Jo geschworen, dass sie niemals arm in einer Stadt in Kentucky leben würde.

Und Jo lebte nicht vom gesetzlichen Mindestlohn. Im Gegenteil, sie verdiente richtig, richtig gut.

Dann dachte Jo an Kate. Die hypereffiziente Kate, die ihre sauberen Kinder von einer Sportgruppe zur nächsten chauffierte, das Haus staubfrei hielt, Cookies backte, die sie nach der Schule den Kindern mit einem Glas fettarmer Milch vorsetzte, die jeden Abend ein anständiges Familienessen auf den Tisch brachte. Kate, die in ihrem großen, weitläufigen Haus lebte mit ihrem Bring-bitte-Speck-mit-Ehemann, und die sich benahm, als wäre ihr persönliches Leben mit der Geburt des ersten Kindes zu Ende gegangen.

Jo stellte das Glas auf dem Tresen ab und presste beide Handflächen auf die Arbeitsplatte. Sie betrachtete sich lange in der Mikrowelle aus rostfreiem Stahl in dem maßgefertigten Schrank.

Dann rief sie sich in Erinnerung, dass sie Bobbie Jo Marcum war, Herrscherin ihres Universums. Zweiundzwanzig Menschen waren von ihr abhängig. Die Unternehmen der *Fortune*-500-Liste bezahlten ihr obszöne Geldsummen, um ihre neuesten Produkte auf unglaublich schicken Partys vorzustellen. Sie musste aufhören, wie Kate über die Mutterschaft zu denken – sie als etwas Überwältigendes, Ausweglosес zu sehen, als etwas, das ihren eigenen Vorstellungen vom Leben einen Riegel vorschob. Sie musste Grace' Erscheinen in ihrem Leben wie jedes andere Überstundenprojekt behandeln. Es würde nicht einfach werden, großes Organisationstalent erfordern, und auch die Suche nach professioneller Hilfe war nötig, doch für Leistungen dieser Art wurde sie schließlich jeden Tag bezahlt. Darin war sie gut.

Vielleicht hatte Rachel sie deshalb ausgewählt und nicht Kate.

Jo wusste außerdem, dass es kein verdammtes Problem auf der Welt gab, das man nicht mit Geld lösen konnte.

Zusammengerollt auf meinem Bett
In meinem engen, alten Zimmer
Teaneck, New Jersey

Liebe Kate,
wenn du das liest, Liebes, dann ist meine letzte verzweifelte Behandlung fehlgeschlagen, und ich werde tot sein.
Es tut mir leid, dass du es so erfahren musst. Ich wünschte, ich hätte euch allen früher von dem Krebs erzählt. Doch ich war so davon überzeugt, ihn besiegen zu können! Wie einen weiteren Berg hatte ich ihn mir vorgestellt, den ich zu bezwingen hatte. Ich wollte nicht, dass ihr euch um mich sorgt und großes Aufhebens darum macht, wo ich doch sicher schon bald wieder ich selbst sein würde.
Schon seltsam, worüber man so nachdenkt, wenn man die schlechte Nachricht erhalten hat. Als mir die Ärzte die Diagnose zum ersten Mal mitteilten, wollte ich eines mehr als alles andere tun: Fallschirmspringen. Es macht meinen Kopf frei, bündelt meine Energien und zeigt mir, was wirklich wichtig ist im Leben. O Mann, habe ich das gebraucht.
Dann habe ich dich angerufen, Kate. Du warst die erste Freundin, an die ich gedacht habe. Jahrelang habe ich versucht, dich dazu zu überreden, mich einmal zu begleiten. Ich hatte einen Grund dafür, Kate, denn schon lange hatte ich das Gefühl, dass dein Leben dich erdrückt. Du musst es mal von außen betrachten, um alles besser sehen zu können. Aber du hattest immer eine Entschuldigung. Erinnerst du dich? Du musstest bei einem Fußballspiel von Tess dabei sein. Eines Tages aber, hast du versprochen, würdest du mitkommen. Eines Tages.

Dieser Tag ist jetzt gekommen, meine Liebe. Da, wo ich hingehe, gibt es keine Mobiltelefone. Deshalb steht meine allerletzte Bitte an dich in diesem Brief. Geh Fallschirm springen, Kate! Im Geiste werde ich bei dir sein, wenn du dich aus dem Flugzeug fallen lässt. Ich werde bei dir sein, wenn du die Reißleine ziehst. Du wirst mich nicht sehen, Kate, aber ich werde dort sein und zuschauen, wie du wieder zum Leben erwachst. Tust du das für mich?

In Liebe,
Rachel

Kapitel 5

Kate flog abermals – diesmal fast allein.

Der Wind sog ihr den Atem aus der Lunge. Der lose sitzende Anzug flatterte um ihren Körper. Bubba schwebte zu ihrer Linken und hielt ihren Arm und die Hüfte. Ein magerer junger Kerl namens Keifer schwebte zu ihrer Rechten und hielt sie dort fest.

Ich bin am Leben!

Ein einziger Gedanke, der ihren Geist elektrifizierte. O ja, sie verstand, dass sie mit tödlicher Geschwindigkeit auf den Erdboden zuraste, auf all die stacheligen Bäume und Stromleitungen und betonierten Flächen. Und sie blieb aufmerksam genug, um auf Keifers Signale zu achten und sich die Anweisungen von vier Stunden Training ins Gedächtnis zu rufen. Doch all das lief so automatisch ab, wie ihr Herz schlug, so unbewusst wie das Atmen. Vor allem spürte sie die brennende Sicherheit, dass sie *am Leben war*.

Sie hob den Kopf und strahlte in die Kamera, die an Keifers Helm befestigt war. Der Wind riss ihr das Lachen aus dem Mund. Irgendwo unter ihr entließen zwei Trainer einen weiteren Schüler, der nach einigen Augenblicken die Reißleine zog. Ein roter Fallschirm explodierte in den Himmel.

Kate atmete durch die Nase und spürte, wie ihr Körper durch die Atmosphäre hoch über der Erde schwebte. Sie fühlte sich zu allem imstande, zu *allem,* frei von jeder Kontrolle, so wie sie sich vor langer, langer Zeit einmal gefühlt hatte. Ehe sie verheiratet, vermuttert und mit Hypotheken verschuldet war. Hier im Himmel fiel das Gewicht dieser Jahre nach und nach von ihr ab und verschwand in die Vergessenheit.

Keifer gab ihr ein Zeichen, das sie erwiderte. Plötzlich lockerte sich der Griff der Männer. Sie schwebten von ihr weg, vom Wind fortgesogen.

Sie fiel allein.

Ich tue es wirklich! Kate beugte die Arme. Sie schwankte, kam dann wieder in die Waagrechte. Die Luft trug sie. Sie hatte nur drei Sekunden.

Eins.

Warum hatte sie das nie zuvor gewagt? Rachel hatte so oft versucht, sie zu überreden. Jedes Mal, wenn Rachel das Training für ein Fahrradrennen oder eine Klettertour begonnen, für den Tauchschein geübt oder Erste Hilfe beim Roten Kreuz gelernt hatte, immer hatte sie gefragt, ob Kate sie begleiten wolle.

Zwei.

Zuerst hatte die Arbeit sie zu sehr in Anspruch genommen, danach ihr Ehemann, und viel zu bald darauf war sie zum ersten Mal Mutter geworden und dann noch einmal und noch einmal. Und dann waren die Hypothek auf das Haus und College-Konten für die Kinder, Kommunionen, Elterntreffen …

Drei.

Trauer wallte in ihr auf. Sie ließ es geschehen. Sie wollte *fühlen*. Deshalb hatte Rachel ihr das hier angetan. Seltsam, wie so ein Sprung den Nebel im Kopf lichten konnte. Kate wollte sich ab sofort für immer so intensiv fühlen.

Zieh!

Mit einem Pfeifen entfalteten sich die Schnüre. Der Wind fuhr unter die blaue Wolke des Fallschirms, der sich weit aufbauschte. Plötzlich riss der Schirm an ihrem Gurtzeug und sie in die Vertikale. Nach einer Sekunde verstummte das Brüllen des Windes, der Sog auf ihren Lungen verschwand, und sie lehnte sich zurück.

Sie schwebte durch den Himmel, bewunderte den weißen Dunst am Horizont, die goldfarbenen und roten Blätter, die aus dem grünen Teppich der Welt heraussprossen. Sie hieß die Trauer willkommen, ja selbst die Schuld. Wie sehr sie und Rachel sich voneinander entfernt hatten! Wie viele Male sie abgelehnt hatte! Wie sie Rachels Entschluss, ein Kind ohne einen Vater zu bekommen, stirnrunzelnd verurteilt hatte! Rachel hatte es ihnen bei einem Abendessen eröffnet, als ob es sich um eine weitere Reise in den brasilianischen Dschungel handelte.

Heute, gerade jetzt, wo die Grenzen ihrer Welt so weit waren wie der Horizont, konnte Kate sie beinahe verstehen.

Die Landefläche schimmerte hellgelb auf dem Rollfeld und wurde immer größer. Sie befolgte die Handzeichen ihrer Lehrer und zog an den Schnüren, wie man es ihr beigebracht hatte, um sich dem Zielfeld zu nähern.

Doch ihr Blick ruhte nicht auf dem kleinen gelben Kreis, sondern auf einem in allen Regenbogenfarben schillernden Volkswagen Käfer, der am Rand der Rollbahn hinter einem hohen Zaun, der von Stacheldraht gekrönt war, parkte. Hinter dem Zaun stand eine dicke Eiche, durch deren dicht wachsende Zweige sie das Auto ihres unwissenden Ehemannes erkannte.

Er war gekommen!

Wie sie ihn gebeten hatte – sie hatte ihn mit der Aussicht auf ein mittägliches Schäferstündchen auf dem Parkplatz eines verlassenen Flughafens gelockt –, doch hatte sie ihm eine winzige Kleinigkeit verschwiegen: dass sie selbst mit dem Fallschirm kommen würde.

Sie riss am rechten Griff, zog ihn nach unten und über ihre Brust. Die anderen zwei Flugschüler, die schon am Boden standen, sprangen zur Seite und winkten ihr zu. Ihre Fallschirme bauschten sich zu ihren Füßen. Kate hielt den Blick auf das Stück Metall zwischen den Zweigen gerichtet. Als sie zur Erde schwebte, verschwand der Baum aus ihrem Sichtfeld. Dann sah sie Paul, seine schlaksige Figur gegen die Motorhaube gelehnt.

Ihr wurde warm ums Herz. Auf diesen Moment hatte sie gewartet, seit sie zum ersten Mal gesprungen war. Natürlich war sie ein wenig nervös, wusste nicht, wie er bei dem Anblick, seine Frau aus dem Himmel fallen zu sehen, reagieren würde. Doch sie rief sich in Erinnerung, dass sie beide schließlich einmal Abenteurer gewesen waren. Nach dem College waren sie mit dem Rucksack durch Europa gereist, hatten in Absteigen übernachtet und bei der Weinlese gearbeitet, um die Reise verlängern zu können. Einmal hatten sie sich beim Wandern in den Adirondack Mountains drei volle Tage lang verirrt. In den Flitterwochen waren sie auf den Killerwellen am O'ahu Makapu'u Strand gesurft. Sobald Paul die Überraschung überwunden hatte, wäre er sicher begeistert, sie herabschweben zu sehen.

Doch jetzt durfte sie nicht an ihn denken, sie musste sich auf die Landung konzentrieren. Der Erdboden kam immer näher, die Umgebung raste an ihr vorbei. Einer ihrer Lehrer winkte und signalisierte ihr, den linken Griff zu ziehen. *Ziehen!* Der Landekreis unter ihr war nun riesig. Sie konnte ein braves Mädchen sein und dort landen. Dies war ihr erster Freifall. Es war viel zu früh, auf eigene Faust etwas zu unternehmen. Man würde sie danach beurteilen, wie gut sie landete.

Doch das Teufelchen auf ihrer Schulter siegte.

Sie scherte bei der letzten Kurve nach links aus und streckte ihren Arm. Einer der Lehrer rief etwas, das sie ignorierte. Das gelbe Zielfeld unter ihren Füßen schwebte vorbei.

Der glatte Asphalt unter ihr mündete in ein altes Straßenpflaster, das aufgerissen und von Wurzeln durchzogen war, und immer noch schwebte sie, getragen vom Wind. Schließlich befand sich unter ihr nur noch ein Schotterweg. Sie berührte den Boden und hinterließ mit ihren Füßen zwei tiefe Spurrinnen, bis sie in einer Spalte hängen blieb und stolperte. Sie fing sich rasch wieder und stolperte erneut, als der Fallschirm sie von hinten überwältigte und sich keine zwanzig Meter entfernt von ihrem Ehemann aufrollte.

Hinter dem hohen Maschendrahtzaun lächelte Paul träge und applaudierte. Kate suchte in seinem Gesicht nach einem Zeichen des Erkennens. Seine Gesichtszüge erstarrten für einen Moment, doch das war nicht das Zeichen des Wiedererkennens. Dieser Ausdruck deutete bei ihm auf eine plötzliche Idee hin, die auch beim Abendessen über ihn kommen konnte, wenn er gerade dabei war, sich einen Löffel mit Erbsen in den Mund zu schieben. Wahrscheinlich würde er sich später in seinem Büro daheim vergraben und daran tüfteln, wie er einen sich aufblähenden Fallschirm so realistisch wie möglich in seinem nächsten Computerspiel simulieren konnte.

Bubba und Keifer kamen von der Landezone her angerannt.

»Es geht mir gut, alles in Ordnung!« Kate wischte sich mit den Händen den Sprunganzug ab und hakte das Gurtzeug mit dem Fallschirm los. Dann zog sie den Helm vom Kopf. Ihr Haar wehte im Wind. Ganz wie Lola Lipstick, die schwertschwingende Heldin mit der Wespentaille und den beeindruckenden Brüsten aus einem von Pauls etwas erwachseneren Computerspielen.

Paul erstarrte mitten im Klatschen.

Sie ging geradewegs auf ihn zu – rasch, zielgerichtet, als könnte sie ohne weiteres durch den Maschendrahtzaun treten und auf ihn prallen. Dann breitete sie die Arme aus und griff mit beiden Händen an den Zaun.

Sie konnte nicht aufhören zu grinsen. »Hallo, Liebling.«

Er gab ein würgendes Geräusch von sich und stolperte rückwärts gegen die Motorhaube des VW. Es fiel ihm sichtlich schwer, sich zu beherrschen. Unverständnis stand in seinen blauen Augen … und Schock. »Was, zur Hölle, ist das denn?«

Kate presste ihren Körper gegen den Zaun, spürte den Druck des Drahtes an ihren Brüsten. »Hast du Lust auf ein Mittagessen, Liebling? Ich ja. Ich bin vollkommen *ausgehungert.*«

Paul blickte blinzelnd auf den gelben Sprunganzug, auf den nun schlaffen Fallschirm auf dem Boden und dann auf die Lehrer seiner Frau, die in respektvoller Entfernung stehen geblieben waren und lächelten. Er schaute so entgeistert, als sei soeben eins seiner neuen Computerspiele bei einem Testlauf unerklärlicherweise sechs Level weitergesprungen.

»Kate … was machst du denn hier?«

Sie beugte sich gerade so weit von dem Zaun zurück, dass sie den Reißverschluss ihres Anzuges bis zum Schritt aufziehen konnte. Ihr T-Shirt rutschte dabei empor und enthüllte keck ihren Bauchnabel. »Ich bin aus einem Flugzeug gesprungen – mit ein bisschen Hilfe –, aus zweieinhalbtausend Meter Höhe.«

Paul schüttelte reflexartig den Kopf. Sie bemerkte seine frisch geschnittenen Haare. Als sie jung waren, hatte er sie immer bis zum Kragen wachsen lassen, bevor er zum Friseur ging.

Seine Hand rutschte von der Motorhaube, er verlor den Halt und stieß mit der Hüfte gegen das Auto. »Warum ...«, fragte er mit heiserer Stimme zwischen aufgeregten Atemzügen, »warum zum Teufel hast du das getan?«

»Wegen Rachel.«

»Rachel«, plapperte er wie ein Papagei nach. Eine Falte der Konzentration zwischen seinen Brauen vertiefte sich. »Rachel ist tot.«

»Es war ihr letzter Wunsch. Sie hat mich gebeten, einen Fallschirmsprung zu absolvieren.« Kate hob ihr Gesicht zur Sonne. »Also habe ich das getan.«

»Ich kann dich nicht dazu bewegen, eine Sicherungskopie von deiner verdammten Festplatte zu machen, aber ein Wort von Rachel ...« Seine Stimme klang seltsam, gequetscht. Er stieß sich vom Auto ab, schlug die Hände an den Kopf, drehte sich auf dem Absatz um und ging ein paar Schritte. Dann krümmte er sich wie ein Baseball-Fänger, schien auf dem Boden nach Antworten zu suchen. Kate konnte förmlich hören, wie er sich durch die Level zurückdachte und den Fehler im Algorithmus suchte.

Dann brüllte er plötzlich: »Hast du deinen *verdammten Verstand* verloren?«

Die Euphorie fiel abrupt von ihr ab. Sie fühlte sich wie in einem Flugzeug, das durch ein Luftloch flog. Natürlich war er schockiert. Natürlich war er verwirrt. Sie hatte in den letzten Tagen ganz genau darauf geachtet, dass er keine Ahnung bekam von dem, was sie vorhatte. Doch in ihrer Fantasie hatte sie sich eine andere Reaktion ausgemalt. Sie hatte sich so etwas wie den glorreichen Abschluss von Pauls letztem Adventure-Computerspiel vorgestellt – da warf sich die Kriegerfrau in einem explodierenden Sternenregen dem fähigsten ihrer männlichen Mitstreiter in die Arme.

Doch so lief das offenbar nicht. Sie musste näher an ihn herankommen, bevor seine Verärgerung diese fantastische Gelegenheit endgültig ruinierte. Sie stieß sich von dem Zaun ab und suchte nach einem Durchgang. »Paul, sei nicht böse.«

»Ich soll nicht böse sein?« Er hob seinen Kopf lange genug, um in den Himmel zu blicken, wo eine weitere Cessna gerade über der Landefläche kreiste. »Das ist hier schließlich nicht dasselbe, als wenn du meinen Computerschraubenzieher dazu verwendest, um ein Sirupglas zu öffnen! Ich habe gerade meine Frau und die Mutter meiner drei Kinder *aus einem Flugzeug springen sehen!*«

»Ich habe heute vier Stunden lang trainiert.« Kate blickte mit zusammengekniffenen Augen den Zaun entlang. War das dort hinten ein Tor? »Ich hatte zwei professionelle Springer an meiner Seite, die mich nach unten geleitet haben. Ich hatte zwei Fallschirme. Den Hauptschirm und noch einen in Reserve. Wenn einer ausgefallen wäre, hätte der andere …«

»Soll mich das etwa *beruhigen?*«

»Ich weiß, wie man schwebt. Ich weiß, wie ich meinen Höhenmesser zu bedienen habe. Ich weiß, wann ich die Reißleine ziehen muss. Ich weiß, wie ich den ersten Fallschirm abstoßen und den zweiten aktivieren muss, wenn etwas schiefläuft. Ich habe eine Stunde gelernt, wie man aus einem Flugzeug springt. Es spielt doch überhaupt keine Rolle. Ich hätte ebenso gut auf der Fahrt zu diesem Flughafen hier ums Leben kommen können. Ich könnte morgen wegen eines Aneurysmas zusammenbrechen. Wir können jederzeit sterben, genauso wie Rachel …«

»Du hast das nicht zum ersten Mal gemacht«, unterbrach Paul sie und richtete sich zu seiner vollen, schlaksigen Größe auf. »Am Dienstag, bevor du zu mir ins Büro gekommen bist …«

Kate ließ die Finger über den Maschendraht gleiten und lächelte bei der Erinnerung an den grandiosen Sex, den sie auf seinem Schreibtisch gehabt hatten.

Paul fluchte inbrünstig.

Ich muss näher an ihn heran. Sie drehte sich auf dem Absatz um und ging auf das Tor zu. Als sie den Schatten der Eiche verließ, traf die Sonne brennend auf ihre Schultern. Kate blinzelte in den blauen Himmel. Dort oben war sie gerade noch gewesen, im freien Fall, den Wind im Gesicht. Sie spürte es immer noch, auch wenn die Empfindung zu einer Erinnerung verblasste. Wie sie den Aufwind geschickt genutzt hatte. Wie wäre es gewesen, wenn sie ihre Position verändert oder sich aufgerichtet hätte? Vielleicht könnte sie den Fall kontrollieren, wenn sie wollte. Sie hätte über den Himmel fliegen können. Mit ein paar zusätzlichen Stunden Training konnte sie allein springen und nach dem Entfalten des Schirms die Handgriffe so steuern, dass sie genau in der Mitte der Landefläche landete.

Wie wäre es, für immer so zu leben? Im Moment zu leben, lebendig zu sein, vollkommen und ohne Rücksicht auf Verluste.

Paul ging mit schnellen Schritten auf der anderen Seite des Zauns neben ihr her. »Du hast es den Kindern nicht gesagt?«

»Natürlich nicht.«

»Es ist gut zu hören, dass du nicht vollkommen den Verstand verloren hast.«

Paul hatte Körperspray benutzt. Der Geruch hing zwischen ihnen, von seinem Körper erwärmt. Kate spürte die Erregung in sich wachsen, wollte auf der Stelle mit ihm schlafen, auf dem Rücksitz dieses winzigen Autos, auch wenn er wütend war. Sie wollte ihn um den Verstand vögeln, wollte gleichzeitig Verstand in ihn hineinschütteln. Er sah heute so gut aus in seinem gestärkten weißen Hemd und der blauen Krawatte – Mr Businessman –, und wie gern hätte sie ihm die Kleider vom Leib gerissen. Unter der Geschäftsweltuniform schlug das Herz eines entspannten Surferjungen mit einer Begabung für Mathematik, einem sorglosen Verhältnis zur Zeit und einem verruchten Sinn für Spaß. Seit Tess' Geburt war er immer normaler und bürgerlicher geworden, wenn auch auf charmante Art. Doch im College hatten sie sich regelmäßig um drei Uhr morgens im Waschkeller getroffen: sie ohne Unterwäsche, er mit einer Handvoll Vierteldollarmünzen und einer Flasche Olivenöl.

Gott, wie sie diesen Mann zurückhaben wollte!

Paul, der wütend versuchte, mit ihr Schritt zu halten, zerrte an seiner Krawatte. »Hör mal, wenn das hier so ein Midlife-Crisis-Ding ist, dann verkaufe ich den alten Käfer und hole mir ein rotes Sportwagencabrio ...«

»Das ist keine Midlife-Crisis! Ich wollte einfach etwas tun, was Spaß macht, etwas ganz *anderes*. Das haben wir doch früher auch getan.«

»Dann geh bladen, in die Oper, nimm Kickbox-Unterricht. Aber hier hättest du mich fragen müssen.«

»Damit du ein Flussdiagramm zeichnest und mir mein Vorhaben ausredest?«

»Ehe. Team. Gemeinsame Front.«

»Ich wusste doch, was du sagen würdest.« Sie zählte seine Einwände an den Fingern ab. »Das kannst du nicht machen. Du hast schließlich drei Kinder. Du wirst mich umbringen. Es passt nicht in meinen verdammten Zeitplan. Es ist zu gefährlich ...«

»Kate, es ist eine Sache, eine hässliche pinkfarbene Paisley-Couch zu kaufen, ohne das vorher mit mir zu besprechen ...«

»Eine Couch, die du mittlerweile heiß und innig liebst, nur mal nebenbei bemerkt ...«

»… weil eine Couch nicht deine Eingeweide über den Asphalt verteilen wird.«

»Wann hätte ich denn überhaupt mit dir darüber sprechen sollen? Während du den Zug erwischen musst und ich die Kinder für die Schule fertig mache? Es stand doch auch nicht auf der Liste der sich gegenseitig mitzuteilenden Informationen, als du Mike bei seinem Blockhüttenprojekt geholfen hast und ich mit Tess mit ihren Algebra-Hausaufgaben gekämpft habe.«

»Tolle Ausrede, Kate, wirklich.«

Natürlich hatte er recht. Sie hatte das alles bewusst vor ihm geheim gehalten, aus Angst, dass er genau so reagieren würde, wie er es jetzt tat. Gleichzeitig hatte sie sich den Kopf darüber zerbrochen, wie sie jemandem ihre Gefühle erklären könnte, der keine Ahnung vom Fallschirmspringen hatte.

Sie beschleunigte ihren Schritt und änderte die Strategie. »Erinnerst du dich, als du letzten Monat mit deinen Kumpels zu eurem alljährlichen Golfwochenende gefahren bist?«

»Ja?«

»Ihr musstet Flugtickets kaufen, Hotelzimmer reservieren, Abschlagzeiten buchen, Koffer packen …«

»Worauf willst du hinaus?«

Sie schluckte eine wütende Erwiderung hinunter und kickte einen Brocken Erde aus dem Weg. »Nach Rachels Beerdigung bin ich doch in der Stadt geblieben. Da musste ich dasselbe tun. Ich hatte mit Jo vereinbart, bei ihr zu übernachten. Da habe ich für den Abend einen Tisch in einem Restaurant reserviert und dann meinen Koffer gepackt. Aber ich hatte noch mehr zu erledigen.« In einer Art Schockstarre, die von den vergangenen Ereignissen herrührte, war das wie in Trance geschehen. »Ich musste außerdem für die Kinder zwei Übernachtungen bei Freunden arrangieren. Ich habe sechs andere Mütter angerufen, um drei zu finden, die bereit waren, unsere Kinder zu ihren jeweiligen Klavier-, Fußball-, Taekwondo-Stunden und wieder zurück zu chauffieren, damit an diesem ersten Nachmittag alles wie gewohnt ablief. Dann habe ich ein Mädchen von der Highschool organisiert. Schließlich sollten die Kinder nicht allein zu Abend essen. Das Essen hatte ich natürlich im Voraus gekocht und mit ausführlichen Anweisungen zum Aufwärmen versehen, so dass ihr alle nicht verhungern würdet. Ich habe den Kühlschrank gefüllt und drei Ladungen Wäsche gewaschen, damit niemand von euch schmutzige Unterwäsche tragen musste …«

»Ich warte immer noch …«, unterbrach er sie, »… auf den Teil, in dem es ums Fallschirmspringen geht.«

»Der Punkt ist«, antwortete sie und wünschte, dass das Tor nicht so weit entfernt wäre, »dass ich vorher nicht noch hunderttausend Vorbereitungen treffen musste. Ich bin einfach hergefahren und Fallschirm gesprungen. Denk doch mal darüber nach, Paul! Wenn *du* etwas tun willst, dann machst du es einfach. Wenn es um mich geht, sind selbst bei einfachen Dingen ein Dutzend andere Menschen betroffen, und ich muss mit unzähligen Terminen und Arrangements jonglieren. Ich fühle mich manchmal so *gefangen.*«

Kate blieb stehen und blickte Paul eindringlich an. Er neigte dazu, sich in seinen Gedanken zu verlieren und dann abrupt und verwirrt in die Welt zurückzukehren. Sie betrachtete sein vertrautes Gesicht, die prägnanten Wangenknochen und den scharf geschnittenen Kiefer und wusste, dass sie nicht seine volle Aufmerksamkeit hatte. Sie wusste, dass er nicht verstand, worauf sie hinauswollte.

Seine wundervollen blauen Augen waren dieselben geblieben. Als verliebte junge Frau hatte sie Stunden damit zugebracht, in ihnen zu versinken.

»Das ist doch ein Witz, nicht wahr?«, fragte Paul ungläubig.

Kate stolperte, als hätte sie einen Stoß in den Solarplexus gekommen. Der Boden kippte unter ihren Füßen zur Seite. Sie griff nach dem Zaun, um das Gleichgewicht zu halten. Die letzten Überreste ihrer Euphorie verpufften wie Rauch.

Paul hob seine Hand und zählte seine Argumente eins nach dem anderen an den Fingern ab. »Wir haben doch ein perfektes Leben. Wir haben ein Haus mit vier Schlafzimmern. Wir haben drei großartige Kinder. Wir haben genug Geld auf der Bank. Keiner von uns leidet an einer tödlichen Krankheit …«

»Ich weiß, ich weiß«, unterbrach sie ihn, stieß sich vom Zaun ab und ging weiter auf das Tor zu. »Ich weiß, wie gut wir es haben. Ich weiß, dass wir gut versichert sind, dass wir einen Plan für die Rente haben und Sex wie ein Uhrwerk dienstags und samstags …«

»Du kannst bei unseren Kindern zu Hause bleiben«, fuhr er fort und starrte sie wütend an. »Wir fahren zweimal im Jahr in Urlaub …«

»Ja, ja.« Sie seufzte. »Und ich liebe diese Reisen, von ganzem Herzen, auch wenn wir sie immer in derselben Stadt, im selben Hotel, im selben Zimmer verbringen, wo ich jeden einzelnen Tag das Mittagessen koche und wir jeden Abend zu denselben Imbissrestaurants gehen.«

»Die Kinder finden das toll.«

»*Chicken of the Sea* am Montag, *The Clam Shell* am Dienstag, *The Hammerhead* am Mittwoch – auch wenn Tess statt des üblichen gebratenen Dorschs manchmal Schmetterlings-Shrimps nimmt …«

»Du solltest unbedingt mal mit Sarah sprechen«, sagte er verärgert und wandte sich ab. »Vielleicht bekommst du dann mal wieder einen richtigen Blick auf das Leben.«

Kate presste die Lider zusammen, dachte an Sarah und ihre Geschichten von Parasiten und weiblicher Beschneidung. »Paul, ich beschwere mich doch nicht! Ich weiß, dass wir ein gutes Leben haben. Ein fast perfektes Leben.« Sie fuhr sich mit der Hand durch ihr zerzaustes Haar und spürte, wie ihre Frustration immer größer wurde, weil sie wusste, dass es nicht vernünftig war, sich so zu fühlen, trotz des ganzen Wohlstands. Aber stimmte es etwa nicht, dass materieller Wohlstand eben nicht gleichbedeutend mit Glück war? Stimmte es etwa nicht, dass sie und Paul sich viel näher gewesen waren, sich viel mehr geliebt hatten, als sie noch von *Ramen*-Nudeln lebten und in Jugendherbergen übernachteten?

»Hör zu«, sagte sie, »dass ich heute zum Fallschirmspringen gegangen bin, hatte nichts mit Rachel zu tun. Um sie ging es bei dem Sprung am Dienstag. Heute bin ich wegen uns gesprungen.«

Dafür, wie es früher war, bevor Ehe, Elternschaft und Hypothek sie in die nun festgelegten Rollen drängten. Bevor Pflichten und Verantwortung ihre Tage füllten und die Spontaneität erstickten. Dafür, wie Paul sie früher durch einen Raum voller Menschen hinweg angesehen oder auf Dinnerpartys unter dem Tisch ihre Hand genommen hatte.

»Verdammt noch mal!« Er nestelte wütend am obersten Knopf seines Hemdes. »Kannst du nicht einfach das Massageöl auf dem Nachttisch stehen lassen?«

»Paul, so einfach ist es nicht.«

»Nein?«

»Ncin!«

»Hör zu, Kate, hör mir zu!« Er verlangsamte seinen Schritt und atmete tief durch, während seine Finger am Zaun entlangstrichen und ihre Fingerspitzen in den Zwischenräumen berührten. »Ich weiß, dass Rachels Tod dich erschüttert hat.«

»Das kann man wohl sagen.«

»Letzte Woche habe ich die Erdnussbutter im Kühlschrank gefunden. Und gestern hast du Michaels Unterwäsche in meine Kommode geräumt.«

Hast du auch bemerkt, dass ich mir die Nägel bis aufs Fleisch abkaue? Oder mich bis zwei Uhr morgens schlaflos im Bett wälze?

»Aber wir müssen uns doch wie vernünftige Erwachsene verhalten«, fuhr er fort. »Versprich mir, dass du nicht mehr Fallschirm springst.«

»Aber ich finde es großartig.« Sie schlang die Arme um ihren Oberkörper. »Und der Freifall-Kurs besteht aus zwei Abschnitten. Ich habe gerade mit Abschnitt I begonnen.«

»Abschnitt I?«

»Um die USPA-A-Sprunglizenz zu bekommen, muss ich zwei Abschnitte absolvieren. Jeder besteht aus zwanzig Niveaus.«

»Deine *Lizenz?*«

Seine Stimme klang so ungläubig, so verächtlich, dass ihr Rücken vor Wut prickelte. »Weißt du, vor fünfzehn Jahren hättest du mir dafür applaudiert, dass ich so etwas wage.«

»Vor fünfzehn Jahren hatten wir auch nicht drei Kinder und eine Hypothek.«

»Vor fünfzehn Jahren«, wiederholte Kate, als sie endlich an dem etwa zwei Meter breiten Tor ankamen, »wärest du mit mir gesprungen.«

»Vor fünfzehn Jahren glaubten wir, dass wir nichts zu verlieren hätten. Wir waren *Kinder*. Wir glaubten, wir wären *unsterblich* …«

Kate rüttelte an dem Tor und starrte wütend auf die Kette mit dem schweren Schloss daran.

»… aber wir sind keine Kinder mehr, Kate. Und jetzt planst du, regelmäßig dein Leben aufs Spiel zu setzen.

Und wofür?« Paul schlang seine Finger durch die Drahtmaschen um ihre, um sie davon abzuhalten, am Zaun zu rütteln. »Wofür, Kate? Für richtig guten Sex?«

Sie riss ihre Hände zurück. »Wie wäre es damit: für eine richtig gute Ehe?«

Paul erstarrte.

Verdammt!

Sie stieß sich vom Zaun ab, weg von ihm, weg vom Nachhall ihrer Worte. So hatte sie das nicht geplant. Sie hatte nach dem Sprung mit ihm schlafen wollen, hatte sich eine wilde, ungestüme Vereinigung vorgestellt, um ihm anschließend das nächste winzige Häppchen Information unterzujubeln, wenn er noch milde gestimmt war. In der postkoitalen Atmosphäre wäre er dafür zumindest einigermaßen empfänglich gewesen. *Nein, nein, nein!* Sie wollte sich jetzt nicht in diesen Vorstellungen verlieren, nicht jetzt. Und selbst unter den besten Umständen wäre es ein Kampf gewesen, ihm zu erklären, was mit ihr seit ihrem ersten Sprung am Dienstag geschehen war.

Rachel hatte in ihrem Brief geschrieben, dass Fallschirmspringen Kates Kopf freimachen, ihre Energien bündeln und sie dem näherbringen würde, was wirklich wichtig war im Leben. Nun, um die Wahrheit zu sagen, Kate wusste nicht, *was* sie im Moment fühlte. Sie wusste nur, dass starke Emotionen sie im Griff hatten, dass sie ihren gesunden Menschenverstand ausschalteten und sie, Kate, ihnen einfach *ausgeliefert war*. Sie musste ihren Instinkten folgen, wohin auch immer diese sie führten. Eine Umkehr war unmöglich. Wie konnte sie Paul etwas so Komplexes erklären, etwas so elementar Emotionales, etwas so unglaublich Wichtiges? Sie war sich ganz sicher, dass sie dabei war, in dem verrückten, durchgeplanten Wahnsinn ihres Lebens jemanden zu verlieren.

Und das war nicht Rachel.

Sondern Paul.

Sie begann, in einem engen, ungleichmäßigen Kreis zu laufen. »Paul, wann hast du mich das letzte Mal ausgeführt?«

Seine Stimme klang voll und wütend. »Du wechselst das Thema.«

»Das *ist* das Thema. Es geht um unsere Ehe. Denk darüber nach!«

»Darüber brauche ich gar nicht nachzudenken. Es war vor zwei Wochen. Wir sind zu dem Portugiesen in der Stadt gegangen …«

»… mit deinen Kunden.«

Er starrte sie ärgerlich an. Die Falte zwischen seinen Brauen vertiefte sich. »Wir waren Sushi essen. An unserem Hochzeitstag.«

»Vor sieben Monaten. Und das habe ich geplant. Ich habe den Tisch zwei Monate vor dem Termin reserviert. Den Babysitter engagiert. Den Bus in die Stadt genommen …«

»Willst du auf etwas Bestimmtes hinaus?«

»Ja.« Sie rieb sich über die Stirn, hinter der ein dumpfer Schmerz lauerte. »Ich weiß, dass unser Leben angenehm ist. Und das ist wunderbar.« Und doch hatte sie erst aus einem Flugzeug springen müssen, um zu erkennen, dass etwas nicht stimmte. »Unser Alltag ist so angenehm, Paul, dass ich den schnurgeraden Pfad bis ans Ende sehen kann. Ich sehe uns beide als alte Leute, wie wir am Samstagabend schweigend in der örtlichen *Applebee*-Filiale essen …«

Paul unterbrach sie. »Wer ist das denn, verdammt noch mal?«

Kate drehte sich um. Bubba kam auf sie zugelaufen. Er hatte seinen Sprunganzug abgelegt und sah in T-Shirt und enger Jeans geradezu mager aus. »Hey, Kate!«, rief er. »Das Video ist fertig, und im Hangar warten alle auf dich.«

»Ich komme.«

»Bring deinen Freund doch mit. Wir haben ein paar sensationelle Aufnahmen.«

»Einen Moment noch.«

Bubba warf ihnen einen Blick zu, ging ein paar Schritte rückwärts und joggte dann zurück zum Hangar.

»Ist das Sven?«

»Wie bitte?«

»Mr Universe ... der verdreht dir den Kopf.«

»Sei kein Idiot, Paul!«

»Dann geht es um Lola Lipstick, oder? Du schaust mich immer so an, wenn du einen von den Prototypen siehst ...«

»Vergiss es!«

Sie wandte sich ab und lief Bubba nach. Paul würde es nicht verstehen, jetzt nicht und auch später nicht, wenn sie ihm ihre Pläne offenbarte.

Fünfzehn Jahre flossen dahin wie Wasser über Kiesel.

»Kate. Kate!«

»Ich muss los.« Dennoch blieb sie stehen, gehalten von der Eindringlichkeit seiner Stimme.

»Kate, hör zu!« Paul packte den Zaun und rüttelte ihn. »Okay, du hast gewonnen.« Er fühlte sich sichtlich unwohl. »Dieses Wochenende kann ich nicht, aber nächsten Samstag gehen wir aus. Ein Date. Nur du und ich. Ich übernehme die Reservierung. Das *Highwood Manor* ...«

»Ich habe nächsten Samstag keine Zeit.« Sie gab alle Hoffnung auf, ihm die Wahrheit schonend beizubringen. »Es ist schon alles organisiert. Heute habe ich meine Impfungen bekommen.«

»Impfungen? *Impfungen?*«

»Ich habe bereits deine Mutter angerufen. Sie kommt, um auf die Kinder aufzupassen. Ich habe alles nach deinem Zeitplan arrangiert. Der Kühlschrank wird voll sein, die

Wäsche gewaschen, die Langzeitprojekte abgeschlossen, und selbst die Halloween-Kostüme sind bis dahin fertig. Nur für den Fall, dass ich etwas länger bleibe …«

»Länger bleibe …?«

»Paul, als ich zu Rachels Beerdigung gefahren bin, ist mir etwas klargeworden. Es war das erste Mal seit Jahren, dass ich allein weg war, nur mit meinen Freundinnen. Das ist doch erbärmlich. Ich sehe sie nur noch, wenn eine von ihnen stirbt.«

»Du verlässt uns.«

»Mach es nicht so kompliziert, Paul. Ich bin nicht dein Vater. Ich verlasse dich nicht, ich fahre nur in Urlaub. Sarah braucht mich, und ich werde viel von der verlorenen Zeit aufholen. Du brauchst dir nicht mal Sorgen ums Geld zu machen, wir können es uns leisten. Ich werde in der Vorweihnachtszeit in der Mall arbeiten und dort Geschenke einpacken, um für die Kosten aufzukommen …«

»Hier geht es schon wieder um Rachel, stimmt's? Wenn sie dich dazu bringt, klettern zu gehen oder Base-Jumping …«

»Es hat nichts mit Rachel zu tun. Ich tue das für *uns.*« Kate bohrte einen Fuß in die Erde, drehte sich um und ging geradewegs wieder auf den Zaun zu. Zentimeter vor den Maschen, Zentimeter vor seinem wütenden Gesicht, Zentimeter vor diesen kräftigen Muskeln blieb sie stehen, nahe genug, um seine Körperwärme zu spüren. »Hör mir zu! Sarah wird mich nicht unablässig brauchen, wenn wir dort sind. Sie wird entweder sehr beschäftigt sein oder ganz schnell wieder in einem Flieger nach Burundi sitzen. Aber ich werde die ganze Zeit dort bleiben. Und ich möchte, dass du auch kommst.« Sie hielt dem wütenden Blick aus blauen Augen stand. »Doch dieses Mal werde ich nicht alles planen, Paul. Dieses Mal musst *du* es wahr werden lassen.«

Er krallte seine Finger um die Maschen und starrte Kate an, als sähe er sie zum ersten Mal im Leben.

»Am Dienstag fliegen Sarah und ich nach Indien«, fügte sie hinzu.

Kapitel 6

Nachdem sie einem Zollbeamten eine dreiste Lüge aufgetischt hatte, bestätigte sich Sarahs Verdacht, der sie auf der zwanzigstündigen Reise nach Bangalore immer wieder beschlichen hatte: Es war ein Fehler gewesen, Kate nach Indien mitzunehmen.

»Kate, geh doch gerade!« Sarah stolperte, aus dem Gleichgewicht gebracht von Kates Gewicht und ihrem zum Bersten gefüllten Koffer. Sie schob die größere Freundin in eine aufrechte Position. »Nur ein paar Minuten noch. Wir haben den Zoll fast hinter uns.«

»Es ist so heiß!«

»Nun, sei dankbar dafür.« Sarah widerstand dem Drang, zurück zu den Zollbeamten zu sehen, deren Blicke sich in ihre verschwitzten Rücken bohrten. »Wenn die Klimaanlage hier funktionieren würde, wärst du trotzdem in Schweiß gebadet, und wir wären immer noch dort hinten und würden uns mit den kleinen Paschas herumstreiten.«

»Schon klar, aber musstest du ihnen unbedingt erzählen, dass ich betrunken bin?«

»Eine betrunkene Touristin ist besser als eine kranke.« Sarah riss an Kates überdimensionalem Koffer. »Ich habe deinen Hintern vor der indischen Quarantäne bewahrt. Also geh weiter!«

»Ich bin nicht krank.«

Sarah schloss die Augen – die Lider fühlten sich an wie Sandpapier – und beschwor erneut Geduld herauf. Ihr Rücken schmerzte nach so vielen unbequemen Stunden in einem vollgestopften, stinkenden Flugzeug. »Kate, wie viele Impfungen hast du letzte Woche bekommen? Diphtherie und Tetanus? Polio? Hepatitis A? Meningitis?«

»Ich muss noch die Typhus-Kapseln nehmen …«

»O nein! Du nimmst nur noch Aspirin. Und hör auf, dich an meinem Rucksack festzuhalten, du ziehst mich zu Boden.«

»Welche Tür?«

Sarah blickte auf die einzelne Tür, die aus dem Zollbereich hinaus in die Haupthalle des Flughafens führte. Dann warf sie einen Blick auf Kate, die vor Schweiß glänzte. Das Gesicht bis zum Haaransatz gerötet, den Blick unruhig umherschweifend, versuchte ihre Freundin, einen Fuß vor den anderen zu setzen. Das geschulte Auge der Krankenschwester sagte Sarah: mindestens achtunddreißig Grad Celsius, vielleicht auch ein wenig mehr. Kate stand kurz vor dem Delirium. Den Arzt, der ihr all diese Impfungen in so kurzer Zeit verpasst hatte, sollte man auspeitschen. Kate lag jetzt womöglich tagelang flach.

Tage, in denen Sarah Kate würde gesund pflegen müssen, eingesponnen in die Behaglichkeiten des westlichen Hotels, auf dessen Buchung Kates Mann gedrungen hatte, dasselbe Hotel, in dem Colins Konferenz stattfinden würde. Wie leicht wäre es, sich in ihrem klimatisierten Zimmer zu verstecken und die Gelegenheit, Colin wiederzusehen … einfach verstreichen zu lassen.

Rachels Stimme, klar wie ein Gewehrschuss.

Feigling!

Ein Bild erschien vor Sarahs innerem Auge: Rachel in voller Klettermontur, die von einer schroffen Felsnase auf eine verschwitzte und erschöpfte Sarah hinuntergrinste, die mit einer schwierigen Stelle kämpfte.

Tut verdammt weh, nicht, Pollard? Beiß die Zähne zusammen, Kleine, denn hier oben wartet der Himmel auf dich.

Sarah verlagerte Kates Gewicht und schleppte sie beide voran, den Schildern zu den öffentlichen Verkehrsmitteln folgend. Sarah wusste, dass es verdammt weh tun würde, Colin zu begegnen. Den ganzen Flug über hatte sie nur an ihn gedacht, während sie durch das Flugzeugfenster die Welt unter sich vorüberziehen sah. Er war hier, irgendwo in Bangalore, hielt sich im selben Zehn-Quadratmeilen-Karree auf wie sie selbst. Bald war er aus Fleisch und Blut und nicht mehr nur eine strahlende Erinnerung.

Während sie Kate und deren wuchtigen Koffer in die chaotische Ankunftshalle schob, fragte sie sich, ob er jetzt gerade durch diese Menge lief, zwischen den Frauen in ihren leuchtenden Saris umherspazierte, den lachenden Kindern auswich, die überall herumsprangen. Vielleicht holte er einen Kollegen vom Flughafen ab, einen weiteren Teilnehmer der Tagung zum Thema »Behandlung von Kiefer-Gaumen-Spalten und anderen kraniofazialen Anomalien im Team«. Vielleicht durchstöberte er aber auch das Angebot der Verkaufsstände – wie dem, an dem sie Kate gerade vorbeizog, der stapelweise Räucherstäbchen verkaufte. Oder dem nächsten, der massenhaft Skulpturen aus Sandelholz anbot. Vielleicht war er bei dem Gewürzhändler genau gegenüber und kaufte Kreuzkümmel, Koriander oder Safran.

Ich muss verrückt sein!

Kate stöhnte: »Sind wir schon da?«

Sarah war plötzlich mitten im Terminal stehen geblieben. Männer mit geschulterten Koffern eilten an ihnen vorbei, rempelten sie ohne Entschuldigung an. Eine Frau in einem blauen Sari murmelte etwas, als sie ihre Kinderschar an ihnen vorbeischeuchte.

Sie durfte jetzt nicht an Colin denken: Sie musste sich konzentrieren. Oberste Priorität hatte es, durch die Phalanx von Kofferträgern, Schleppern und Rikschafahrern zu gelangen, die sich an den Türen zum Pre-Paid-Taxistand drängelten. Sarah war sicher, dass sie dort nicht übers Ohr gehauen würden. Und dann rasch zum Hotel, wo sie Kate Flüssigkeit einflößen, ihr Medikamente verabreichen und sie ins Bett stecken musste.

Ein Zerren an Kates Koffer sagte ihr, dass man zum Angriff übergegangen war.

»Lassen Sie mich das nehmen, Madame, ich habe ein sehr, sehr gutes Taxi …«

»Nein danke«, antwortete Sarah und zog den Koffer bestimmt zu sich heran. »Hier wartet ein Taxi mit Zähler auf uns …«

»Ein solches Taxi wird Sie betrügen«, sagte der Mann, und sein klarer englischer Akzent machte sie aufmerksam. »Ich werde Sie gratis nach Bangalore fahren.«

Sie blinzelte hinauf in ein Paar lachender brauner Augen in einem mahagonifarbenen Gesicht. Ihr Herz machte einen seltsamen kleinen Satz, als sie das breiter werdende Grinsen erkannte. Er trug wie üblich ein abgewetztes Baumwollhemd und ein Paar abgetragene Khakihosen. In Afrika hatte sie ihn selbst auf eine Entfernung von fünf Kilometern an seinem wunderschön geformten Kopf erkannt, wenn er mit seinem Jeep herumfuhr. Doch Sarah traute ihren Augen nicht, denn es gab keinen Grund, weshalb Samuel Roger Tremayne, der britisch-nigerianische Verantwortliche für den Nachschub im Flüchtlingscamp in Burundi, vor ihr am Flughafen von Bangalore stehen sollte.

»Ich finde es auch schön, dich zu sehen«, sagte Sam und

zog sanft am Griff des Koffers. »Aber wir verschieben den Small Talk auf später und gehen zum Auto. Ich parke in zweiter Reihe, und die Bobbys hier mögen das nicht besonders.«

Er verschwand in der Menge.

Kate fragte: »Hat dieser Leckerbissen gerade mein Gepäck gestohlen?«

»Wie bitte? Nein!« Sarahs Gedanken rasten und vermochten doch nicht mit den Ereignissen Schritt zu halten. »Nein, er ist ein Freund ... ein Kollege.«

»Du bist unglaublich. Sogar in Indien hast du Agenten vom Sarah-Überlebens-Netzwerk.«

Sarah schob sich an einer Gruppe von Touristen, die über einen Reiseführer gebeugt dastand, vorbei und reckte den Hals, um Sam und das Schlachtschiff von einem Koffer nicht aus den Augen zu verlieren. »Sarah-Überlebens... wer?«

»SÜN.« Kate wedelte mit der Hand gefährlich nahe an Sarahs Wange vorbei. »Es geht darum, wie man von einem Ende der Welt zum anderen gelangt trotz leerem Geldbeutel und komplett überzogenen Kreditkarten.«

»Was macht er hier?« Sarah stieß die Türen des Terminals mit der Schulter auf und prallte gegen eine undurchdringliche Wand aus Feuchtigkeit. Mit großer Kraftanstrengung bugsierte sie Kate durch eine Reihe von Taxis. Sam öffnete den Kofferraum eines weißen Autos, ein weitaus saubereres Modell als das, was er sonst fuhr. »Er sollte eigentlich in Burundi sein«, sagte sie spitz, als sie in Hörweite kamen, »und während meiner Abwesenheit auf das Camp aufpassen.«

»Dr. Mwami hat genügend Ausrüstung und Vorräte«, antwortete Sam und wuchtete den Koffer ohne ersichtliche Mühe in den Kofferraum. »Und ich brauchte Ferien.«

»Sarah, wirst du mich noch vorstell...«

»Ferien, Sam? In Bangalore?«

»Die Strände in Goa sind ein Traum, Sarah-Belle.« Er öffnete die Tür zum Rücksitz und bedeutete Kate einzusteigen. »Man kann sie von hier aus mit dem Auto erreichen. Dort gibt es lauter kleine Buden, an denen man eisgekühltes Bier bekommt und Essen, das sogar für mich scharf genug ist. Ich habe eine saubere Unterkunft für drei Dollar am Tag gefunden. Und die Strände sind voll von weißem Sand, der so weich ist wie die Haut einer Frau.«

Sarah spürte, wie sich ihre helle Haut rötete. Sie wandte sich ab, um Sams Blick auszuweichen, und half Kate beim Einsteigen. »Als ich das letzte Mal mit dir gesprochen habe«, entgegnete sie, während sie ihren Rucksack ins Auto hievte, »hast du nur davon geredet auszusteigen und wie sehr du Würstchen mit Kartoffelbrei und Kricket im Fernsehen vermisst.«

»Die indische Kricket-Nationalmannschaft trainiert heute in einem Vorort von Bangalore. Außerdem werden unter der Woche noch Spiele stattfinden …«

»Dr. Mwami hat dir erzählt, dass ich herkomme, nicht wahr?«

Sie blickte zu rasch auf. Er hatte einen Arm auf die Tür gelegt und die andere Hand auf das Autodach und hielt Sarah so in seiner Körperwärme gefangen. Sie konnte die schwache Erhebung der Narbe auf seiner Wange erkennen, die aus seiner Kindheit stammte. Sie hatte Rachel, als sie Sam im Jahr zuvor kennengelernt hatte, zu dem Geständnis verleitet, dass er das geschmeidige, exotische Aussehen des Popsängers Seal und eine doppelt so starke sexuelle Ausstrahlung besaß.

Doch sie selbst und Rachel hatten die Menschen immer unterschiedlich wahrgenommen.

»Ja, das kann schon sein. Der gute Doktor …«, entgegnete Sam, und die Narbe auf seiner Wange bewegte sich.

»Und deshalb bist du nach Bangalore gereist.«

»Indien ist nicht Burundi, Sarah-Belle. Wer soll dich denn vor den Verbrechern der großen, bösen Stadt bewahren? Wer wird die Kaution stellen, wenn man dich ins Gefängnis steckt, weil du im eingeschränkten Halteverbot in der zweiten Reihe geparkt hast?«

Sarah verstand den Wink. Ein Polizeibeamter näherte sich und bedeutete ihnen mit seinem Schlagstock, das Auto wegzufahren. Sie schloss die Wagentür hinter Kate und setzte sich rasch auf den Beifahrersitz, während Sam die Hände hob und den Ahnungslosen spielte. Er schob seine lange Gestalt auf den Fahrersitz und trat aufs Gas.

Sam lenkte den Wagen schwungvoll in den vorbeiströmenden Verkehr. Sarah packte das Armaturenbrett, und ein vertrauter Ärger stieg in ihr auf. Dieser Mann hatte die einzigartige Fähigkeit, sie aus dem Gleichgewicht zu bringen. Sie fühlte sich reizbar und genervt.

»Du hättest nicht kommen sollen, Sam«, sagte sie. »Ich muss nicht gerettet werden.«

»Wer hat etwas von Rettung gesagt?« Sam schlug das Lenkrad ein, um einer Rikscha auszuweichen, die sich unvermittelt in den Verkehrsstrom einreihte. »Ich brauche Urlaub, du brauchst einen Fahrer, und hier bin ich.«

»Ich hätte einen Fahrer mieten können.«

»Du wärst betrogen worden.«

»Ein einheimischer Fahrer würde diese Straßen besser kennen als du.« Eine Ampel ragte über einer Kreuzung empor. »Es ist grün.«

»Ich kenne diese Straßen gut genug«, antwortete er und schnitt ein zerbeultes Taxi, um noch bei Grün über die Ampel zu kommen. »Außerdem verlange ich kein Bakschisch und werde dich auch nicht zum Räucherwerkladen von irgendeinem Onkel fahren statt zu dem Tempel, den du eigentlich sehen willst …«

»Hat Dr. Mwami dir auch gesagt, *warum* ich hergekommen bin?«

Sam wandte seine Augen nur eine Minute von der Straße, doch sein fester Blick sagte ihr, dass er *alles* wusste.

Ihr wurde heiß und kalt. Das konnte nicht sein! Sie hatte Dr. Mwami erzählt, wohin sie reiste, aber nicht den Grund genannt – ihrem Vorgesetzten gegenüber würde sie nicht zugeben, dass sie einer alten Flamme hinterherjagte. Und doch spürte Sarah die Hitze von Sams Wissen, und sie wäre vor Scham am liebsten gestorben. Sam war ein Mann, der in seinem Kopf eine Karte von sich ständig verändernden Informationen über drei Regierungen und sechs Rebellenbewegungen gespeichert hatte, die ihn unentbehrlich machte für die Versorgung des isoliert gelegenen und oftmals belagerten Flüchtlingscamps mit Nahrung, Treibstoff und medizinischen Utensilien. Was Sam nicht wusste, erfuhr er bald. So war es offensichtlich auch dieses Mal gewesen.

Sarah wandte sich von diesen wissenden Augen ab, lehnte den Kopf gegen das Seitenfenster und blickte auf die Bollywoodplakate, mit denen die beschleunigende Auto-Rikscha neben ihnen gepflastert war. Ihre Kehle schmerzte vor Durst, ihr Körper vor Schlafmangel, ihre Augen fühlten sich an wie Sandpapier. Kate begann auf dem Rücksitz zu singen, eine seltsam hüpfende Melodie, die nur ihr selbst etwas sagte. Sarah seufzte leise. Jetzt musste sie sich auch noch mit Sam auseinandersetzen. Er war eine enervierende Komplikation in ihrem Leben und ein Mann, der zufällig auch in Paraguay gewesen war, als sie und Colin ein Paar waren.

Kates Finger krallten sich um den Vordersitz, und sie zog sich hinauf, so dass sie ihr Kinn auf die Rückenlehne stützen konnte. »Sarah, stellst du mich jetzt endlich vor, oder muss ich über den Rücksitz kotzen, um deine Aufmerksamkeit zu erlangen?«

»Sam, das ist Kate, eine alte Freundin von mir.« Sarah behielt die Ampel vor ihnen im Auge. »Gelb! Das könntest du noch schaffen«, ergänzte sie.

»Die Freude ist ganz auf meiner Seite, Kate«, sagte Sam und ließ sein Ich-könnte-einem-Hutu-eine-Ziege-abschwatzen-Lächeln im Rückspiegel aufblitzen, während er an einem schwerfälligen Lastwagen vorbeiraste. »Bist du etwa die mit den Kindern?«

»Es sind drei. Wie viele hast du?«

»Oh, gar keins. Zumindest keines, von dem ich wüsste.« Er drückte energisch auf die Hupe, als sich ein Rikschafahrer mit einem gefährlichen Manöver vor ihm einfädelte. »Hat dir der Flug so zugesetzt, oder hat man dich bei Air France mit Wein abgefüllt?«

»Kate leidet an Idiotie«, warf Sarah ein, während die benommene Kate Sams Charme erlag – buchstäblich, denn sie bettete ihre Wange auf die Rückenlehne des Vordersitzes. »Sie hat zu viele Impfungen in zu kurzer Zeit verabreicht bekommen.«

»Oh! Nun, Schwester Sarah hat dich in ein oder zwei Tagen sicher so weit wiederhergestellt, dass du den Palast des Maharadschas besichtigen kannst. Ich kenne sie bei der Arbeit. Es gibt keine Bessere.«

»Rot, Sam. *Rot!*«

Sam trat auf die Bremse, und mit quietschenden Reifen brachte er das Auto um Haaresbreite vor der Motorhaube eines anderen Wagens, der in die Kreuzung hineinragte, zum Stehen. »Wenn du nicht schneller wirst, Sarah, enden wir noch in einem indischen Krankenhaus …«

»… in dem einige der besten Ärzte der Welt arbeiten. Das wird meine Strafe dafür sein, dass ich in ein Auto mit einem farbenblinden Chauffeur gestiegen bin.«

Die in sich zusammengesunkene Kate gab ein hohes Quietschen von sich.

»Hauptsächlich blau-grün«, erklärte Sam rasch. »Gelb-rot macht mir an bewölkten Tagen zu schaffen. Aber es sind nur acht Kilometer bis zum Hotel, und ab jetzt fahren wir meistens auf dem Highway. Mach dir also keine Sorgen.«

Kates Stimme kletterte eine Oktave in die Höhe. »Sarah?«

»Sam ist in Burundi unser Logistiker«, erklärte Sarah. »Er sorgt dafür, dass unser Lager über ausreichende Vorräte verfügt. Manchmal schmuggelt er auch Gewehre, die in medizinischen Geräten versteckt sind, durch Checkpoints.«

»Sarah, soll Kate etwa einen falschen Eindruck von mir bekommen?«

»Ist er denn tatsächlich so falsch?«

Kates Kopf fuhr hoch. »Du bist ein Waffenschmuggler?«

»Sarah gleicht der Prinzessin im Turmzimmer. Sie macht sich eine Vorstellung davon, wie alles sein *sollte,* ohne sich die Lage auf dem Erdboden mal genauer anzusehen. Übrigens, Sarah, wie funktioniert eigentlich das Dialysegerät?«

»Gut.«

»Und der mobile Sonograph?«

»Ausgezeichnet.« Sarah zuckte zusammen, als die Ampel die Farbe wechselte. Sam lenkte hart nach links und schnitt einem Lastwagen den Weg ab. Sie wurde gegen die Tür geschleudert. »Wie läuft es denn mit der letzten Ladung Kalaschnikows, Sam? Kurz vor meiner Abreise glaubte ich, an der Grenze zu Ruanda ein paar davon zu hören.«

»Ich befinde mich mit einem afrikanischen Waffenschmuggler in ein und demselben Auto«, murmelte die der Ohnmacht nahe Kate.

»Ich schmuggle keine Waffen. Und ich bin Engländer,

Kate. Meine Mutter kommt aus Nigeria, mein Vater aus England. Ich bin in Sussex aufgewachsen …«

»… und du warst in Oxford«, unterbrach ihn Sarah, »und solltest es daher besser wissen.«

»Ich rase mit einem nigerianischen Überläufer durch die Straßen von Bangalore.« Kate ließ sich in den Rücksitz sinken. »Jetzt kann ich glücklich sterben.«

Sam stieß einen langen Pfiff aus, als er vor dem *Chancery*, dem vornehmsten Hotel in Bangalore, anhielt. »Ich werde mit dem Bezirksleiter in Burundi reden müssen. Ganz offensichtlich bezahlt er dich sehr viel besser als mich.«

»Das war Pauls Idee.« Ein Angestellter mit weißen Handschuhen öffnete die Beifahrertür. »Paul ist Kates Mann. Von mir wollte er nur den Namen dieses Hotels. Ich sollte nichts weiter organisieren. Er bezahlt sogar.«

Kate richtete sich mühsam auf und murrte: »Er sagte, dass Sarah uns sonst in einem billigen Hostel mit Eisenbetten und Hockklos einquartieren würde …«

Was ich wahrscheinlich auch getan hätte, dachte Sarah und rettete ihren Rucksack aus den Händen eines Hotelangestellten.

»… und dass ich in der Nacht von dem Geräusch einer Ratte aufwachen würde, die an meiner Zahnpasta nagt.«

Sams und Sarahs Blicke trafen sich über die Motorhaube des Wagens hinweg, und seine Lippen zuckten. »Diese Probleme wirst du hier nicht haben, Kate, da kannst du sicher sein.«

»Ich vermute, dass du hier ebenfalls ein Zimmer gebucht hast, Sam?«, fragte Sarah spitz.

Er deutete mit dem Kopf in Richtung der überfüllten Straße. »Ich bin ein Stück die Straße runter untergebracht, wo alles ein bisschen einheimischer ist.«

»Dann danke fürs Mitnehmen.« Mit einem erleichterten

Kribbeln legte sich Sarah Kates Arm über die Schulter und verteilte das Gewicht der Freundin über ihren Rücken. »Wir sehen uns dann sicher …«

»Was für eine Sorte Gentleman wäre ich denn«, fiel Sam ihr ins Wort und warf die Autoschlüssel dem Hotelangestellten zu, »wenn ich nicht so lange bliebe, bis ihr euch eingerichtet habt.«

Sarah biss die Zähne zusammen. Sie wandte sich ab und schob sich und Kate durch die Eingangstüren des Hotels. Sie konnte Sam im Moment wahrlich nicht gebrauchen. Doch es würde sie zu viel Kraft kosten, ihn davon zu überzeugen, sie allein zu lassen. Es war sinnlos, mit ihm zu streiten, wenn er in dieser Stimmung war. Er war auf genauso fröhliche Art starrsinnig gewesen, als sie vor sechs Monaten darauf bestanden hatte, in die Berge zu reisen, um Impfungen gegen Meningitis durchzuführen. Sam hatte eingewandt, dass die Reise für eine Person allein zu gefährlich sei. Es hatte bewaffnete Auseinandersetzungen zwischen Hutus und Tutsi gegeben. Seine freundliche Beharrlichkeit hatte sie schließlich mürbe gemacht, und sie waren gemeinsam gereist. Die Fahrt war ereignislos gewesen.

Bis auf diesen Kuss am See.

Um ihr plötzliches Erröten zu verbergen, bugsierte Sarah die schlaffe und verschwitzte Kate in einen der Sessel in der Lobby. »Pass auf Kate auf«, murmelte sie und drehte sich um. »Ich werde uns einchecken.«

Sie durchquerte die kühle, hell erleuchtete Halle. Ihre Sneakers quietschten auf dem polierten Boden. Aus versteckten Lautsprechern ertönte westliche Fahrstuhlmusik. Sarah dachte, umgeben von Rauchglas und schimmerndem, rosigem Holz, dass sie sich genauso gut in einem *Sheraton* in Topeka oder einem *Hilton* in Berlin befinden könnte, hätten nicht einige wertvolle handgewebte Teppiche einheimischen Ursprungs die Wände hinter dem Empfangstresen geschmückt.

Plötzlich hielt sie abrupt inne. Beim Empfang stand eine Stellwand, die die Teilnehmer an der Internationalen Konferenz zu kraniofazialen Operationsmethoden willkommen hieß. Aufgeführt waren auch die Referenten, darunter ein Chirurg namens Dr. Colin O'Rourke.

Als sie den Namen in dicken schwarzen Buchstaben geschrieben sah, empfand sie erneut den übermächtigen Stolz, den sie auch bei der ersten Internetrecherche nach ihm empfunden hatte. Seit er Paraguay verlassen hatte, hatte er viel erreicht: fünf harte Jahre allgemeine chirurgische Ausbildung gefolgt von einer zweijährigen Assistenzarztzeit in plastischer Chirurgie und daraufhin noch ein Jahr Spezialisierung in kraniofazialer Chirurgie, zweifache Prüfung. Dann war er Jahre durch die Welt gereist, angestellt gewesen bei einer Organisation, die sich auf die Korrektur von schweren Gaumenspaltenmissbildungen und missgebildeten Schädeln bei Kindern, die sonst nie ein normales Leben führen könnten, spezialisiert hatte.

Sein Werdegang zeigte ihr, dass er sich nicht geändert hatte. Er war immer noch derselbe hingebungsvolle, beharrliche Mann wie damals, als er in die Hütte in Paraguay kam und trotz aller Risiken Werais zerfetztes Bein rettete. Sie hatte sich Großes von ihm vorgestellt – erwartet, erhofft, erträumt. Dabei war sie sich sicher, dass kein Mann – kein Mensch – ihren Erwartungen entsprechen könnte. Und doch hatte er zumindest auf dem Papier all dies zuwege gebracht.

Morgen, dachte sie, während sie Unterlagen aus ihrem Rucksack hervorzog und dem Portier am Empfang reichte, morgen, nachdem sie sich zwanzig Stunden Flug abgewaschen, ausgeschlafen und sich mit einem eiweißreichen Frühstück gewappnet hatte, morgen, wenn ihr nicht mehr allein schon beim Lesen seines Namens schwindeln würde, dann würde sie ihn auftreiben.

Nachdem Sarah eingecheckt hatte, drehte sie sich mit der Schlüsselkarte in der Hand um und schaute zu der Sesselgruppe, wo sie Kate und Sam zurückgelassen hatte. Zu ihrem Entsetzen erblickte sie dort drei Männer, die sich offensichtlich besorgt über Kates schlaffe Gestalt beugten, und Sam, der steif danebenstand.

O Gott! Sie durchquerte eilig die Halle, ihre Gedanken überschlugen sich. War Kate etwa bewusstlos? Hatte sie Fieberkrämpfe? Die Nebenwirkungen von so vielen Impfungen konnten gefährlich werden. Hatte Kate sich den Polioimpfstoff spritzen lassen oder die orale Schluckimpfung verabreicht bekommen? Sarah ging im Kopf die verschiedenen Impfungen durch, die bekannten Nebenwirkungen und die selteneren Komplikationen. *Ich hätte sie nie hierherbringen dürfen. Sie ist nicht mehr sie selbst. Seit ihrem ersten Fallschirmsprung verhält sie sich so seltsam …*

»Sam, was ist passiert?«, fragte sie atemlos.

Er wirkte angespannt, seine Augen waren seltsam leer.

»Sam?«

»Es geht ihr gut, Sarah«, antwortete er kurz angebunden. »Diese Männer sind Ärzte.«

Sarah kauerte sich neben den Sessel und sah erleichtert, dass Kate bei Bewusstsein war. Tatsächlich grinste sie zu dem Arzt empor, der ihr Handgelenk hielt und ihren Puls tastete.

»Sieh doch, Sarah-Belle«, sagte Kate mit einem seltsamen Kichern, »ich werde von Indiana Jones untersucht.«

Der Arzt lachte tief und rauh. »Sie deliriert ganz offensichtlich.«

Vielleicht war es das Lachen. Vielleicht war es der breite amerikanische Akzent. Oder vielleicht war es der Anblick dieser gebräunten langen Finger, die auf Kates Handgelenk lagen. Gewandte, geschmeidige Finger. Wissende Hände. Die Hände eines Chirurgen.

Colin.

Solche Dinge passierten nur in Träumen. Sarah fühlte sich schwerelos, körperlos. Sein Blick war ihr einziger Anker, der sie an Ort und Stelle hielt. Um ihn herum verblasste die Welt.

Die Zeit hatte einige weiße Strähnen in seinem Haar hinterlassen, das er heute sehr viel ordentlicher geschnitten trug als früher. Sie bemerkte den Schatten seines Schlüsselbeins durch den Ausschnitt seines frischen weißen Hemdes, das leichte Pulsieren einer Ader an seiner Kehle, die v-förmige Narbe genau unter seinem Ohr. Binnen eines Herzschlags war er aus ihren Fantasien herausgerissen und zu einem Mann aus Fleisch und Blut geworden, der sich nur Zentimeter von ihr entfernt über ihre Freundin beugte.

Colin. In seinen Augenwinkeln zeichneten sich Fältchen ab, die da in Paraguay noch nicht gewesen waren. Er hatte in den letzten vierzehn Jahren offensichtlich viel gelacht. Fast konnte sie dieses Lachen hören, wie es durch den langen Schlauch seiner chirurgischen Praxis dröhnte, wie er freundlich mit friedfertigen Kindern in den Stunden scherzte, bevor er ihre Gesichter wiederherstellte.

Erinnerung flackerte in seinen grauen Augen auf, und sie bemerkte den bernsteingelben Kranz um seine Pupillen, die whiskeyfarbenen Ringe, die seine Augen so unverwechselbar machten. Argwöhnisch starrte er sie an, ehe wachsende Erkenntnis sein Gesicht mit einem warmen Leuchten überzog. Sie beobachtete ihn, betrachtete vierzehn Jahre, die wie Wasser zwischen ihnen dahinflossen. Dann blickten sie sich in die Augen, als wären diese Jahre nie vergangen.

»Sarah?« Er schüttelte den Kopf, schnell und kaum wahrnehmbar. »Sarah Pollard?«

»Colin.«

Es war nur ein Flüstern, beinahe kraftlos, und doch klang sein Name wie eine Verheißung.

Aus der Ferne ertönte eine weitere Stimme. Dann noch eine. Es folgte ein verlegenes Lachen, das Sarah nur gedämpft wahrnahm. Sie versuchte, diese Störungen nicht zu beachten, doch Colin richtete sich auf und zerstörte so den Zauber.

Die Welt brach über sie herein, die Stimmen der Menschen. Kleine Gruppen von Männern und Frauen strömten durch die Hoteltüren in die Lobby. Die Aufzüge öffneten sich mit einem »Ping«. Kate summte in ihrem Sessel. Colins Begleiter betrachteten sie mit unverhohlener Neugier. Im Hintergrund beobachtete Sam die Szenerie – mit einem ebenso grimmigen wie angespannten Gesichtsausdruck.

»Ich bin sprachlos vor Überraschung«, sagte Colin zu seinen Kollegen, wobei er den Blick nicht von Sarah wandte. »Gentlemen, das ist Sarah Pollard, eine alte Freundin von mir. Wir waren zusammen mit dem Friedenscorps in Südamerika. Sam war auch dabei. Wie lange ist das jetzt her … fünfzehn Jahre?«

Sarah straffte den Rücken. Sie besaß wieder ein Gewicht, einen Körper. Das Pochen in ihren Schläfen verstärkte sich. Sie wurde sich schmerzhaft ihres zerzausten Haares und des zerknitterten Musselinhemdes bewusst, während Colin sie seinen Kollegen vorstellte, deren Namen sie sofort wieder vergaß.

Kate unterbrach das Summen und stöhnte auf.

Der Arzt Colin beugte sich besorgt zu ihr hinunter.

»Das sind die Impfungen«, erklärte Sarah und versuchte, den Nebel von ihren Sinnen zu vertreiben. »Sie hat fünf bekommen, alle auf einmal.«

»Welche?«

Wie eine gute Krankenschwester in einem Notfall ratterte Sarah die Namen herunter. »Alle in der letzten Woche«, fügte sie hinzu. »Im Flugzeug ging es ihr plötzlich schlecht. Wir sind erst vor ein paar Stunden angekommen.«

Ich bin wegen dir gekommen.

Sam mischte sich ein. »Wenn du den Zimmerschlüssel hast, sollten wir sie schleunigst ins Bett bringen.«

»Ich helfe euch.« Colin nahm Kates Hand und überredete sie aufzustehen. »Ich werde Sie dort genauer untersuchen.«

Seine Kollegen gaben höfliche Bemerkungen von sich und verschwanden. Colin legte der unsicheren Kate einen Arm um die Schultern und führte sie zu den Aufzügen. Sarah lief hinterher und versuchte, ihn nicht allzu offen anzustarren. Er war nicht mehr so hager wie in Paraguay, doch das zusätzliche Gewicht war eindeutig auf Muskeln zurückzuführen. Er besaß einen athletischen Körper, der von gelegentlichem Mountainbiking, zwanglosen Baseballspielen am Wochenende und Bergsteigen zeugte.

So hatte Sarah sich ihre erste Begegnung mit Colin nicht vorgestellt. Auf dem Weg zu ihrem Zimmer plauderte er ungezwungen mit der nur begrenzt kommunikationsfähigen Kate. Er überredete sie zu einer aufrechten Haltung. Er drückte seine Überraschung darüber aus, sowohl Sam als auch Sarah hier zu sehen, und ließ seinen Blick zwischen ihnen beiden hin- und herwandern. Er fragte, für welche Hilfsorganisation sie arbeiteten, wie lange sie bleiben würden und ob sie wegen der Konferenz gekommen seien. Sarah antwortete ausweichend: Sie arbeite jetzt für *Ärzte ohne Grenzen* und sei nicht wegen der Konferenz nach Bangalore gereist. Als sie verstummte, schloss Sam die Informationslücke. Er erzählte Colin, dass er vor einem Jahr nach Burundi berufen worden und zuständig für die

Versorgung von Sarahs Flüchtlingslager sowie die einiger anderer sei. So hatten er und Sarah sich wiedergetroffen.

Nicht zum ersten Mal verfluchte Sarah ihre helle Haut, die sie mit jedem Erröten demütigte.

Nachdem sie Kate in ihrem Zimmer ins Bett verfrachtet hatten, flüchtete Sarah mit ihrem Rucksack ins Bad, um sich das Gesicht zu waschen, sich die Haare zu kämmen und ihr wild schlagendes Herz zu beruhigen.

Ich bin wegen dir gekommen!

»Es geht ihr sicher bald besser«, sagte Colin, als Sarah aus dem Badezimmer kam. Kate war eingeschlafen. »Ich werde morgen früh vor der Konferenz noch einmal nach ihr sehen.« Dann neigte er den Kopf auf so vertraute Weise, dass Sarah sich in einem plötzlichen Schwindelanfall an der Wand abstützen musste. »Ich habe nach Aspirin gesucht«, fügte er verlegen hinzu und deutete auf den offenen Koffer. »Er war ganz schön voll gepackt, daher …«

»Ich bin mir sicher, dass es ihr nichts ausmacht.«

»Sie reist nicht gerade mit leichtem Gepäck. Und wahrscheinlich auch nicht oft …«

Sarah schüttelte den Kopf. Ihre Ohrringe, Trauben aus Bernsteinperlen, klimperten. »Das ist eine sehr lange Geschichte.«

»Dann lass uns etwas trinken.« Seine Augen ruhten für den Bruchteil einer Sekunde auf ihr, bevor er mit einem Blick zu Sam hinzufügte: »Komm doch mit! Wir haben uns sicher viel zu erzählen.«

Der liebe Colin! Immer bezog er alle mit ein, immer war er großzügig, immer höflich, doch an der Art, wie sein Blick auf ihr haftete, erkannte Sarah, dass er nur mit ihr sprechen wollte, mit ihr allein. Dieses Wissen genügte. Hitze breitete sich träge in ihrem Bauchraum aus, doch Timing war alles. Zuerst wollte sie durchatmen, sich sammeln.

»Vielleicht morgen«, sagte sie. »Wir sind gerade erst angekommen, und ich sollte wirklich bei Kate bleiben …«

»Geh ruhig, Sarah«, sagte Sam plötzlich. »Ihr beide habt sicher viel zu besprechen.«

Sam? Sein Gesicht war ausdruckslos, seine Hände steckten in den Hosentaschen.

»Mach dir keine Sorgen um Kate.« Sam zuckte mit der Schulter, griff nach der Fernbedienung für den Fernseher und machte es sich auf dem zweiten Bett gemütlich. »Ich werde auf sie aufpassen. Sie wird ganz sicher begeistert sein, in einem fremden Hotelzimmer neben einem nigerianischen Waffenschmuggler aufzuwachen.«

Colin lachte.

Und Sarah war verloren.

Kurz darauf glitt Colin in einem der beiden Hotelrestaurants im Erdgeschoss auf einen Barhocker und bestellte einen Sherry. Sarah tat es ihm gleich, denn das war einfacher, als sich ein anderes Getränk zu überlegen. Sie fühlte sich, als hätte jemand die Verbindung zwischen ihrem Gehirn und ihrem Mund unterbrochen.

»Auf alte Freunde.« Colin hob sein Glas. »Und gute Zeiten.«

Sarah nahm einen Schluck. Der Sherry war kräftig und süß und brannte in der Kehle. Sie fühlte Colins Blick auf sich ruhen und spürte heiße, tastende Hände.

»Du hast dich kein bisschen verändert.« Er strich ihr mit dem Daumen über die Nase. »Vielleicht hast du ein paar Sommersprossen mehr.«

Ihr Glas stieß klirrend gegen den Tresen. Sie packte es fester. Er musste sich erinnern. Er hatte einmal versucht, ihre Sommersprossen zu zählen. Die auf ihren Beinen. Er hatte mit seiner Zunge Punkteverbinden gespielt, bis …

Er räusperte sich und stellte sein Glas ab. »Es ist komisch, dich und Sam hier zu treffen.«

»Ja.«

»Auf der anderen Seite ... die Welt ist klein, und es gibt nur eine begrenzte Zahl an Hilfsorganisationen. Aber euch beide auf einmal ... zusammen ...«

»Mmm.«

Würde es so weitergehen? Er und sie, so nahe beieinander, über Nichtigkeiten sprechend, die Stille zwischen ihnen mit Small Talk füllend ... nach allem, was zwischen ihnen geschehen war?

»Sarah?« Er blickte ihr in die Augen und wartete einen Moment lang. »Du und Sam – seid ihr ein Paar?«

»Ein Paar?«

»So, wie er dich im Hotelzimmer angesehen hat, dachte ich, dass ihr vielleicht zusammen seid. Aber dann hat er dich weggeschickt.«

»Nein, nein, wir sind nicht ... Sam und ich sind nur ...« Eine Erinnerung blitzte auf: der See im Regen. »Wir sind nur Kollegen.«

»Die zusammen Urlaub machen«, sagte er in zweifelndem Ton. »In Bangalore.«

»Genau.«

Sie beließ es dabei. Sie brauchte eine ohnehin schon komplizierte Situation nicht noch komplizierter zu machen, indem sie ihm das enervierende Verhältnis offenbarte, das sie und Sam während des letzten Jahres gepflegt hatten, das aus kaum mehr als einem Aufruhr von unerwünschten Gefühlen und, ja, altmodischer körperlicher Anziehung bestand. Jedenfalls hatte es überhaupt nichts mit dem zu tun, was in dieser Bar vor sich ging, jetzt, auf dem Barhocker, Colin gegenüber.

Sarah blickte prüfend in die bernsteinfarbene Flüssigkeit ihres Drinks und wünschte für einen Moment, sie wäre wie Jo: frei und ungezwungen im Umgang mit Männern, mit dem Wissen um die geheime Sprache der Barhockerunterhaltung und der Körpersprache, dem Wissen, wie man die tiefsten Sehnsüchte mit einem Blinzeln, einem winzigen Lächeln, dem Dekolleté oder dem Überschlagen eines nackten Beines übermitteln konnte. Doch auch wenn Sarah Englisch, Spanisch, Guaraní und ein wenig passables Bantu sprach, war sie in dieser Situation so unwissend wie eine Tutsi-Jungfrau, die ihrem Ehemann im Austausch für Kühe, Ziegen und Hacken übergeben wurde.

Bring ihn dazu, über sich selbst zu reden, Süße. Dem kann kein Mann widerstehen.

»Erzähl mir, worum es bei der Konferenz geht«, sagte sie, Jos Stimme im Ohr.

Colin begann, über seine Arbeit zu sprechen. Er wollte einige hochentwickelte chirurgische Techniken präsentieren und demonstrieren, in der Hoffnung, die jungen Ärzte vor Ort könnten sie in den ärmeren Regionen Indiens zur Rekonstruktion von schweren kraniofazialen Missbildungen verwenden. Je länger er sprach, desto bewusster wurde Sarah, dass auch er nervös gewesen war. Seine Schultern entspannten sich. Er gestikulierte mit den Händen, und er trank beiläufiger von seinem Sherry. Er sprach über die Woche, in der er durch das Land gereist war. Er sprach über die Arbeit, die in den folgenden Tagen vor ihm lag. Er erzählte die Geschichte von einem Jungen, den er letztes Jahr bei einer ähnlichen Konferenz operiert und den er jetzt wieder besucht hatte, der aufgeblüht war, weil er zum ersten Mal in seinem Leben feste Nahrung zu sich nehmen konnte, ohne beinahe daran zu ersticken.

Als er verstummte, sagte Sarah: »Du bist ganz schön weit gekommen, seit du Werais Bein im Hinterland von Paraguay zusammengeflickt hast.«

Colin lachte. Eine leichte Röte überzog seine Wangen, und ihr Herz floss über. Er war immer noch so bescheiden wie früher, obwohl er nicht nur das Bein des Jungen, sondern sogar sein Leben gerettet hatte.

Ohne zu erwähnen, warum er damals das Land verlassen hatte, sprach er über die Zeit danach: seine Assistenzzeit in der Chirurgie, die Spezialisierungen, die Prüfungen, seinen Lebenslauf, den sie schon im Internet gefunden hatte. Er beugte sich zu ihr, sprach mit seinen Händen, seinen Schultern, seinem Kopf, seinem ganzen Körper, und sie beobachtete ihn, während ihr das Herz in der Brust anschwoll, denn dies war der Colin, an den sie sich am besten erinnerte. Der Mann, dessen Arbeit seine Leidenschaft war, der Mann, der für seine Ideale lebte.

Sie wollte ihn.

Es war nicht der Sherry, auch wenn sie bereits den zweiten trank und sie nie viel vertrug. Es war *er,* in all seiner sauberen, starken Herrlichkeit, auferstanden aus ihren Träumen.

»Jetzt habe ich die ganze Zeit über mich geredet und weiß gar nichts über dich.«

Ihre Blicke trafen sich. Eine wilde Sehnsucht durchfuhr sie, rasch und heiß, und ließ ein schmerzendes Verlangen nach wohl erinnerten Freuden zurück.

Dann lehnte sich Colin abrupt nach hinten, zog sich von ihr zurück, von dem Knistern zwischen ihnen. Unsicherheit zeichnete sich auf seinem Gesicht ab. Er fuhr sich mit einer Hand übers Kinn. »Sarah«, begann er und seufzte leise. »Da ist noch etwas …«

»Nein!«

Sarah legte ihre Hand auf seine, dort, wo sie sein Knie umfasste und verschränkte ihre Finger mit seinen. Sie spürte den Schauder seiner Unsicherheit, doch sie schob ihn beiseite, zwang ihn, zu verschwinden. Sie würde Jos großen gesunden Lebenshunger heraufbeschwören. Sie war nicht um die halbe Welt gereist, um jetzt wimmernd zu kneifen.

Sie war nicht um die halbe Welt gereist, um jetzt ein Lippenbekenntnis von Rachels Letztem Willen abzugeben. Sie war nicht um die halbe Welt gereist, um einfach nur auf Wiedersehen zu sagen.

»Willst du denn gar nicht wissen«, fragte sie leise und spürte, wie ihre Lippen unter seinem Blick anschwollen, »warum ich hier bin?«

Er wirkte benommen, geradezu verwirrt. »Das habe ich mich schon gefragt.«

»Ich bin wegen dir gekommen.«

Sie beugte sich vor, sein Mund war das Ziel, die kräftige, geschwungene Unterlippe. Sie beugte sich vor und überraschte ihn und presste ihre Lippen auf seine. Es war ihr gleichgültig, dass der Barkeeper in der Nähe stand, es war ihr gleichgültig, dass viele seiner Kollegen sich ebenfalls in der Bar aufhielten, alles war ihr gleichgültig außer Colins heißem Atem und seinem feuchten Mund, als er den Kuss erwiderte.

Als er sprach, war seine Stimme voller Verheißung. »Sarah!«

Sie presste ihre Stirn an seine und legte ihre Finger um seinen Nacken, fühlte die kurzen Locken. »Hast du ein Zimmer?«

»Ja.« Es klang atemlos.

»Nimm mich mit.«

Einen Moment lang saß er still da, nur einen kurzen Moment des Zögerns. Sie spürte, wie er sich auf diesem Barhocker verankerte, selbst als er hastig an ihrer Wange atmete, selbst als sich seine Finger um ihre Taille schlangen. Er wollte sie. Er widerstand ihr. Sie ignorierte es – ebenso wie sie das Gefühl in ihrem Nacken ignorierte, das Kribbeln von Schuld, das Wissen darum, dass sie sich nicht an die Regeln hielt.

Er war zuerst *ihr* Liebhaber gewesen.

Sie drückte sich enger an ihn und ließ ihre Brüste hauchzart über seine Brust streichen. Er hatte ihre Brüste immer geliebt, klein, wie sie waren. Näher am Knochen, hatte er gesagt, voller Nervenenden, hatte er gesagt, herrlich empfindlich.

Er glitt von dem Hocker. Sein Körper berührte ihren. Sie spürte, wie sich sein Rückgrat unter dem Griff ihrer Finger entspannte.

Da wusste sie es. Heute Nacht würde er ihr gehören. Und vielleicht, im Laufe der Zeit, wäre es dann sie – Sarah Elizabeth Pollard –, die Colins geliebte Verlobte wäre. Und nicht diese weit entfernte Kalifornierin, die er in drei kurzen Monaten heiraten würde.

Kapitel 7

Okay, okay, hör zu!«, sagte Hector. »Es ist ein Puzzle, aber die Teile sind alle durcheinander, so dass man nicht erkennen kann, wen es darstellen soll, doch man kann genug sehen, um zu wissen, dass es jemand Junges und Hippes sein soll, denn sie tragen Designer-Kleidung, aber wir haben uns noch nicht entschieden ...«

»Ich habe verstanden, Hector.« Jo korrigierte den Sitz ihrer Hörmuschel, als ein Piepen ankündigte, dass eine neue E-Mail eingetroffen war. »Aber ...«

»Warte, warte, ich habe dir das Tollste noch gar nicht erzählt. Also, so sieht's aus: Das ganze Puzzle wird die Form eines Puzzlestückes haben. Ein Puzzle in einem Puzzlestück – ist das nicht brillant?«

»Nett.«

»In den Zeitungsanzeigen werden wir am unteren Rand einfügen: ›Wer ist das Gesicht von *Mystery*?‹ Oder: ›Wer errät das Gesicht von *Mystery*?‹ Wir haben bisher noch keinen richtigen Knaller gefunden. Casey schlägt vor, ein Gewinnspiel zu machen. Die Leute schicken ihren Tipp auf einer Postkarte ein, und dann wird aus den richtigen Antworten ein Gewinner gezogen, oder so ähnlich, du weißt schon. Einen Preis könnte es auch geben, vielleicht ein Kosmetikköfferchen ...«

»Vergiss es!« Jo beugte sich auf ihrer Couch nach vorn und überflog den groben Entwurf des Projektexposés, während sie die Seite hinunterscrollte. »Zu bieder, das klingt zu sehr nach *Family Circle*. Unsere Zielgruppe sind die Fußball-Mütter mit den versteckten Nabelpiercings und die Teenager mit den Zungenpiercings.«

»Gut. Der Grafikerstreber arbeitet an der Videopräsentation. Er sagte, er hätte einige neue Ideen, wie man die Teile mischen könnte. Wann hast du Zeit für ein persönliches Gespräch?«

»Morgen.«

Jo blickte aus ihrem Behelfsbüro im Wohnzimmer nach oben, wo Grace im Gästezimmer wie ein Eichhörnchen herumraschelte. Zweimal schon hatte Jo hinaufgehen und nachsehen wollen, was das Kind da trieb, war aber beide Male durch Telefonanrufe daran gehindert worden. Nun sagte ihr der verführerische Duft nach warmem Käse, der aus der Küche herüberdrang, dass Benito, der Koch, den sie für den Tag engagiert hatte, letzte Hand an das Mittagessen legte. Sie würde nach Grace sehen, wenn das Essen fertig war.

Jo trommelte mit dem Stift auf den von Tinte verschmierten Tagesplan, mit dem sie am Morgen um sechs Uhr begonnen und den sie seither energisch in ihrer besten Herrscherin-des-Universums-Manier abgearbeitet hatte, um ihr Leben wieder in den Griff zu bekommen. »Bis heute Abend werde ich alles fertig haben, Hector. Aber dieses Exposé ist wertlos, solange wir kein Gesicht finden. Wen hast du bekommen?«

»Niemanden. Ich habe alle angerufen, die du genannt hast, doch keiner hat angebissen. Und stell dir vor: Die Soulsängerin mit dem Riesenhintern arbeitet an ihrem eigenen Parfüm.«

»Mist!«

»Vielleicht wird das der Name. Und diese Girl-Band, die du vorgeschlagen hast … nun, ich habe mit der Leadsängerin gesprochen. Sie glaubt immer noch, dass sich alles nur um Musik dreht.«

»Was ist mit diesem Starlet aus dem Sundance-Film, die, die den lesbischen Vampir gespielt hat?«

»Kein Rückruf. Hör mal, Jo«, sagte Hector, »du wirst mir wahrscheinlich die Eier abreißen und sie mir auf einem Tablett servieren, aber Sophie könnte mit dem Supermodel recht haben.«

Zorn regte sich in Jo. Sophies Einfluss auf dieses Projekt – *Jos* Projekt – glich einer Giftwolke. »Sprichst du etwa von dem Koksnasenmodel? Das einzig Geheimnisvolle an ihr ist doch die Frage, wo sie ihren Vorrat versteckt.«

»Aber sie wäre jetzt billig zu kriegen. Und sie ist verzweifelt. Wenn das Parfüm auf den Markt kommt, hat sie den Entzug überstanden, sich an Barbara Walters' Schulter ausgeheult und ihre Sozialstunden abgeleistet. Sie wird wieder für Versace laufen …«

»… und hinter der Bühne auf dem Hintern ihres Freundes Linien ziehen. Kommt überhaupt nicht in Frage! Von unserem Model hängt alles ab. Wir müssen jemand anderes finden.«

»In zehn Tagen?«

»Wer hat denn einen Film am Start? Eine CD? Eine TV-Serie in der Zwischensaison?« Es läutete an der Tür, und Jo blickte auf die Uhr. »Finde jemanden, der ein bisschen Publicity gebrauchen kann, Hector. Ich arbeite von hier aus daran. Wir sprechen uns in einer Stunde noch einmal.«

Der untersetzte Mann, der vor ihrer Tür stand, trug ein rotes Polo-Shirt und dunkelblaue Hosen. Er war höchstens etwas über einen Meter sechzig groß und bestand nur aus Muskeln. Seine Schultern wölbten sich so stark nach oben, dass sie beinahe seinen glänzenden kahlen Schädel verschluckten.

Er warf einen Blick auf sein Klemmbrett. »Sind Sie Bobbie Jo Marcum?«

»Ja.«

»Ich bin George von SafeKiddies.com.« Er beugte seine Arme. Die Muskeln, die sich von seinem Nacken über seine Schultern erstreckten, zuckten auf eine Weise, die irgendwie nicht menschlich war. »Ich bin hier, um Ihnen zu zeigen, wie Sie Ihr Kind vor den Gefahren des Haushalts schützen können.«

»Kommen Sie herein!« Jo ging zur Couch und schob ihren Laptop zur Seite, räumte den Wohnzimmertisch so frei wie möglich von Papieren, bis sie erkannte, dass der Kerl, der aussah wie ein Hydrant, noch nicht einmal über die Türschwelle getreten war.

»Lebt *hier* etwa das Kind?« Er warf einen Blick in das zweigeschossige Apartment, ließ das Klemmbrett sinken und fuhr sich mit der Hand über den Schädel. »Ach herrje! Wie lange geht das schon so, Lady?«

Jo blickte sich um. Papierstapel bedeckten die Couch. Teller, Löffel und Schüsseln standen überall herum. Ihr Blazer war vom Haken gerutscht und lag auf dem Boden. Zwei Pullover zierten das Geländer. »Normalerweise ist es ordentlicher«, gab sie zu. »Maria kommt morgen.«

»Ein Kind könnte die Treppe hinunterfallen und sich den Kopf an diesem Glastisch hier zu Hackfleisch schlagen«, stellte er mit einer Geste zum oberen Stockwerk hin fest.

Benito, der in der Küche fröhlich Sinatra sang, geriet ins Stottern.

George fügte hinzu: »Das Kind ist nicht da, oder?«

»Doch, sie ist hier«, antwortete Jo. »Sie spielt in ihrem Zimmer.«

»Allein?«

»Ja, allein.« Sie blinzelte. »Grace ist sieben Jahre alt ...«

»Gibt es Jalousien in dem Zimmer? Mit Schnüren?«

»Natürlich.«

»Auch ungeschützte Steckdosen, wie diese hier? Bücherregale, auf die man klettern kann, wie diese hier?« Er packte ein Regal, so dass die Fotos und Bücher darin ins Schwanken gerieten. »Ist Ihnen klar, wie schnell ein Kind das umwerfen kann? Woher wissen Sie, dass die Kleine nicht schon zu einem Haufen Asche verbrannt ist oder sich jeden Knochen im Leib gebrochen hat?«

Jo brachte ein schmallippiges Südstaatenlächeln zustande. Warum schickte SafeKiddies.com nicht einen jungen, knackigen Fitnesshengst? Für komplizierte Kerle hatte sie wirklich keine Zeit. »Weil«, sagte sie und hielt lange genug inne, um das Geraschel zu hören, das sie schon den ganzen Vormittag verfolgte, »ich den kleinen Schatz immer noch hören kann.«

»Sie könnte im Todeskampf liegen.«

»Dann werde ich wohl einfach mal nach ihr sehen müssen, schätze ich.« Jos Telefon vibrierte und beschallte den Raum mit dem mitreißenden Refrain von »I Will Survive«. »George ist Ihr Name, nicht wahr? Bitte entschuldigen Sie mich, ich muss diesen Anruf annehmen. Beginnen Sie ruhig schon mit der Überprüfung.«

»Herrje, Lady, schauen Sie sich doch nur diesen Tisch an! Wir werden Tonnen von Material brauchen, um den sicher zu machen.« George warf erneut einen Blick auf sein Klemmbrett und zog einen Stift hinter dem Ohr hervor. »Es ist ein Wunder, dass sich die Kleine noch nicht die Pulsadern an diesen Kanten aufgeschlitzt hat. Und diese Stufen! Da fällt man ja aus zweieinhalb Metern! Da müssen wir auf jeden Fall ein Gitter anbringen.«

Jo wandte sich ab und sah direkt in Benitos weit aufgerissene Augen über einer Schüssel mit gemischtem Salat. Sie atmete tief durch und warf einen Blick auf die Nummer auf dem Display, bevor sie den Anruf entgegennahm.

»Jessie, hast du die Unterlagen gefunden?«

»Ich habe versucht, alles zusammenzusuchen«, antwortete die Gesprächspartnerin, »doch es wird leider noch eine Weile dauern.«

»Zeit ist genau das, wovon ich im Moment nicht viel habe, Jessie.« Jo ging in die Küche und spähte durch die Ofenklappe, hinter der etwas blubberte und langsam braun wurde. Sie war hungrig. Seit sieben Uhr morgens hatte sie nichts mehr gegessen. »Ich kann Grace nicht länger zu Hause behalten. Sie muss zur Schule. Dafür gibt es in Kentucky Gesetze und in New York sicher auch.«

»Der Arzt wird dir die Impfunterlagen schicken, doch das Büro braucht ein paar Tage. Ich habe wegen der Kopien in Grace' alter Schule angerufen. Sie müssen direkt an die neue geschickt werden. Ich muss also wissen, auf welche Schule Grace gehen wird. Ich brauche die vollständige Adresse …«

»Leg das, was du hast, aufs Fax, das geht schneller.«

Der Hydrant wuselte geschäftig durch die Wohnung und pfiff durch die Zähne, als er Kanten befühlte, Vorhänge zur Seite schob und kopfschüttelnd den Heizkörper unter dem Fenster untersuchte. Er stieß einen bestürzten Schrei aus, als er die Abstände zwischen den Geländerstreben im oberen Stockwerk ausmaß.

»In Ordnung«, sagte Jessie seufzend. »Aber es gibt noch ein anderes Problem. Ich kann die Geburtsurkunde nicht finden.«

»Jessie, Süße, das ist ein wirklich wichtiges Dokument.«

»Du weißt doch, wie unordentlich Rachel mit dem Papierkram war. Ich habe überall nachgesehen, die Urkunde ist nicht hier. Ich muss beim Standesamt eine beglaubigte Kopie anfordern.«

»Es ist Oktober.« Jo beäugte hungrig den Haufen Karotten auf dem Küchentisch. »Das Kind muss in die Schule.«

»Es könnte eine Woche dauern. Oder auch zwei.«

Jo ging rasch aus dem Weg, als Benito die Ofenklappe öffnete und sein Werk prüfend betrachtete. »Das ist unmöglich.«

»Ich weiß. Sie muss in Mathe und Rechtschreibung Wochen im Rückstand sein. Du solltest versuchen, das zu Hause mit ihr aufzuholen.«

»Schätzchen, ich bin keine Lehrerin.« Jo schüttelte den Kopf. »Zumindest nicht für den Stoff, den Grace deiner Meinung nach lernen soll.«

»Dann sprich mit dem Rektor oder engagier einen Hauslehrer. Du, ich muss los. Ich werde dir so schnell wie möglich die fehlenden Unterlagen schicken.«

Jo zog sich das Headset vom Kopf, warf es auf die Arbeitsfläche aus Granit und lehnte sich gegen den kühlen Stein. Jetzt also auch noch einen Hauslehrer! Sie sollte noch einen Experten für das Projekt engagieren. Für ein Projekt, dessen Budget bereits jetzt deutlich überzogen war.

Auf solche Weise hatte ihre Mutter sie sicher nicht aufgezogen, allein, in einer hinterwäldlerischen Kleinstadt. Eine Nanny in Manhattan kostete locker zweiunddreißigtausend bis vierundsechzigtausend Dollar im Jahr. Für die Wäscherei waren zusätzliche wöchentliche Kosten fällig, ebenso wie für die gelieferten Nahrungsmittel für einen Kühlschrank, der normalerweise gähnend leer war. Diese Wohnung kindersicher zu machen würde auch nicht billig werden, wenn sie sich anschaute, wie der Hydrant mit seinem Maßband herumfuhrwerkte. Sie hatte großes Glück, dass sie so viele Jahre lang voll in die Pensionskasse eingezahlt und auch beinahe ein Jahresgehalt für Notfälle zurückgelegt hatte. Sie war die Vizepräsidentin einer großen Medienagentur, sie bekam ein gutes Gehalt, sie konnte das alles finanzieren … doch geplant hatte sie es nicht. Rachels Gründe, ihr Grace anzuvertrauen, wurden immer nachvollziehbarer.

»Keine Fenstersicherung?«, rief der Hydrant. »Sie haben keine Fenstersicherung? Die Kleine könnte jeden Moment hinunterstürzen und auf der Zweiundachtzigsten Straße zu Brei werden! Welches Stockwerk ist das hier, das neunte?«

Jo sank auf einen der drei Barhocker an ihrem Küchentisch. »Benito, was halten Sie davon, wenn Sie mir eine schöne große Margarita mixen?«

»Nein, nein, keine Margarita.« Der Koch schob seine Unterlippe vor. »Die passt nicht zum Essen.«

»Dann ist doch hoffentlich ein ordentlicher Schluck Bourbon im Essen.«

»Sie haben mich engagiert, damit ich für ein Kind koche. Ich koche Makkaroni mit Käse.« Er öffnete die Ofenklappe mit behandschuhten Händen und zog die weiße Kasserolle heraus. »Sie sagen, sie isst nicht. Diesen Auflauf wird sie essen. Schauen Sie!«, rief er und zeigte ihr das Gericht, bevor er die Form auf einen Untersetzer stellte. »Die besten hausgemachten Gabelspaghetti – nach dem Rezept meines Vaters – mit den besten Käsesorten: geräucherter Gouda, Parmesan, ein Stück scharfer Cheddar und einem Tropfen Worcestersoße für den Geschmack, dann bestreut mit Brotkrumen, das Ganze perfekt gebräunt. Sie wird essen, jawohl, sie wird essen!«

»Benito, Sie sind ein Genie!«

»Deshalb haben Sie mich engagiert.«

Für hundertundfünfzig Dollar waren das die teuersten

Makkaroni mit Käse, die je zubereitet wurden. Benito deutete eine Verbeugung an, bevor er sich den Karottenschnitzen widmete, die er zu Rosen formte.

Nachdem sich Jo eine Tasse frischen Kaffee eingeschenkt hatte, kehrte sie an ihren Laptop zurück. Zuerst suchte sie im Internet nach Hauslehrern für die Grundschule. Es gab unzählige Agenturen, die Hausunterricht für alle Altersstufen anboten. (Kindergarten? *Kindergarten?* Wozu brauchte ein Kindergartenkind einen Hauslehrer?) Jo tat, was sie schon den ganzen Vormittag über getan hatte: Sie entschied sich für die Agentur mit der größten Anzeige.

Die Türglocke läutete erneut, als sie sich gerade mitten in einem Telefonat mit einer munteren jungen Frau befand, die sich ausführlich über die Qualitäten der Tutoren im College-Alter ihrer Agentur ausließ. Jo bat sie, noch am selben Nachmittag jemanden vorbeizuschicken, und beendete das Gespräch, um die Tür zu öffnen.

Für Biker-Brunhilde.

Zumindest kam ihr beim Anblick der schrankförmigen Frau vor ihrer Tür dieser Name in den Sinn. Sie trug eine eng anliegende Lederjacke und hautenge schwarze Jeans, die in schwarzen Stiefeln steckten. Ihr weißblondes Haar war mit Gel aufgestellt, und sie hatte eine Tasche von der Größe einer Kreditkarte bei sich.

»Mrs Marcum?«

»Ms«, verbesserte Jo.

»Nein, ich bin keine Miss. Sie können mich Greta nennen.«

»Greta?«

»Die Agentur hat mich geschickt.« Sie reichte Jo ein Stück Papier. »Wo ist die Kleine? Bringen Sie mich zu dem Kindchen.«

»Sie ist in ihrem Zimmer.« Jo trat zur Seite, und Greta

spazierte energisch in die Wohnung. »Aber zuerst müssen wir beide uns unterhalten.«

»Wo ist das Kind? Ich will die Kleine kennenlernen. Ich muss mir doch ein Bild machen, wenn ich auf sie achtgeben soll.«

Jo brachte ein weiteres schmallippiges Lächeln zustande, als sie sich auf die Couch setzte und Gretas Papiere durchblätterte. »Wie ich sehe, waren Sie bei Ihrer letzten Stelle acht Jahre lang.«

»Ja. Zwei kleine Kindchen, nette jüdische Familie an der Upper East Side. Keine Disziplin in dem Haus.« Greta untersuchte den Stuhl misstrauisch auf Krümel und nahm dann vorsichtig am Rand der Sitzfläche Platz. Sie legte die kleine Handtasche im Schritt ihrer allzu eng sitzenden Hose ab. »Die Kinder waren wild, sehr wild.«

»Sind Sie deshalb gegangen?«

»O nein! Ich habe gekündigt, als Jason aufs College kam. An die Columbia University ist er gegangen, mein kleiner Schüler. Sie haben zwei Kinder?«

»Nur eins.«

»Oh! Einzelkinder sind problematisch. Haben niemanden zum Spielen und glauben, ich bin ihre Spielkameradin. Und wer ist das?«

Benito stellte ein Glas Milch und einen Teller mit Makkaroni mit Käse auf den Tisch. »Das Mittagessen«, sagte er, während er sich ein Geschirrtuch über die Schulter warf.

»Sie haben einen Koch?« Gretas Stirn legte sich in Falten, die an den Balg eines Akkordeons erinnerten. »Sie haben *ein* Kind und einen Koch?«

»Danke, Benito, ich werde Grace gleich holen …«

»Warten Sie nicht zu lange«, befahl Benito. »Das Essen hat genau *jetzt* die richtige Temperatur.«

Benito war der Souschef des *Poulet*, einem trendigen Restaurant in Soho, was ihm zwar eine Menge Prestige, aber wenig Geld einbrachte und außerdem seine Bereitschaft erklärte, Makkaroni mit Käse für einen Privatkunden zuzubereiten. Doch auch seine hochnäsige Art rührte daher. Jos Gesicht schmerzte bereits von all dem gezwungenen Lächeln.

»Und wer ist dieser andere Mann, der hier herumläuft?« Greta starrte den Hydranten und sein Maßband verärgert an. »Haben Sie die Handwerker da? Ich arbeite nicht in einem Haus, wo es staubt und gehämmert wird.« Sie tätschelte ihre üppige Oberweite. »Nicht gut für mein Asthma.«

»Die hier müssen sofort verschwinden.« Der Hydrant strich mit den Fingern durch die Flusskiesel in einer Schale auf dem Couchtisch. »Das Kind steckt sich einen davon in den Mund, atmet zu tief ein, und das war's. Sie wird so blau, als hätte man sie in einen Müllsack gestopft, und ist sofort tot.«

Jo fuhr auf. »Ich hole Grace am besten mal zum Essen.«

Sie packte das Geländer – dessen Streben offensichtlich zu weit auseinanderstanden – und machte einen Satz nach oben. *Ich bin die Herrscherin des Universums. Ich befehle über zweiundzwanzig Angestellte. Darunter ist ein Kerl mit einer Phiole voll Blut um den Hals. Ein anderer praktiziert Wicca. Mindestens zwei meiner Angestellten sind Junge Republikaner. Die anderen sind reine Rettet-die-Seekuh-Liberale. Wir kommen alle gut miteinander aus. Die Vorstände großer Konzerne sind für die Organisation ihrer Büroweihnachtsfeiern, ihrer Produkteinführungen, ihrer PR-Kampagnen und ihrer internationalen Tagungen auf mich angewiesen. Ich kann das! Ich kann mein Leben und das von Grace am Laufen halten. Gleichzeitig.*

Jo stieß die Tür zum Gästezimmer auf. »Hallo, Kleine, das Essen ist fertig.«

Gedämpftes graues Licht fiel durch die Streifen der hinuntergelassenen Jalousien. Nachdem sich ihre Augen an das Dämmerlicht gewöhnt hatten, bemerkte Jo eine Art Fort in der Ecke des Raumes – ein Durcheinander aus Kleidung, Stühlen und Stricken. Erst als Grace ihren Kopf unter einem Ärmel hervorstreckte, erkannte Jo, dass dieses Fort aus ihrer frisch von der Wäscherei gelieferten Kleidung bestand.

Jo stockte der Atem beim Anblick eines verknoteten blauen Seidenrocks von Versace und des verknitterten Ärmels eines Ralph-Lauren-Blazers. »Gr… Grace«, stotterte sie, »was … was tust du da?«

»Ich habe ein Fort gebaut.« Das Mädchen verbarg ein Auge hinter einem Moiré-Ärmel. »Ich wollte die Säcke benutzen, aber der Mann hat sie mir weggenommen.«

Der Hydrant war schon hier gewesen! Ein Haufen Kleiderbügel und Plastikschutzhüllen ragte aus dem Mülleimer hervor. Die Schnüre der Jalousien waren hoch oben zu großen Schleifen gebunden.

Warum hatte er nicht ihr Vera-Wang-Kleid gerettet?

»Er hat gesagt, wenn ich das Plastikzeug nehme«, murmelte Grace, »werde ich wie ein kleiner Hund ersticken und tot sein.«

Jo atmete tief durch und sagte sich, dass das kein Beinbruch war. Die Kleider konnte man bügeln. Man konnte sie noch mal reinigen und noch mal bügeln und sie noch mal in frische Schutzhüllen verpacken und sie dann in ihrem Schrank verstauen. Es war nicht Grace' Schuld, sondern ihre eigene. Spielzeug für das Kind zu kaufen stand zwar auf ihrer Liste, aber erst für den Nachmittag.

»Kümmere dich nicht um ihn«, sagte Jo und zwang sich zur Ruhe, »er versucht, die Wohnung sicherer zu machen.«

»Stimmt es, dass ein Auge wirklich heraushüpfen kann? Denn der Mann hat gesagt, die Spitze eines Kleiderbügels …«

»Nein, nein, hör gar nicht auf ihn! Meine Großmutter würde sagen, er erzählt nur Schauergeschichten. Los, es ist Zeit, das Fort zu verlassen, Kleine. Unten gibt es etwas zu essen …«

»Keinen Hunger.«

Wie immer. Sie hatte *nie* Hunger. Grace hatte seit ihrer Ankunft nicht mehr als einen Schokoriegel gegessen. Es zeichneten sich zwar verräterische Spuren um ihren Mund herum ab, die an Haferbrei erinnerten. Aber woher nur hatte sie Haferbrei? »Es gibt dein Lieblingsgericht« – laut Jessie – »Makkaroni mit Käse.«

Grace zog sich in das Designerfort zurück. Weit zurück. So weit hinter Jos liebste schwarze Hose, dass Jo sich auf den Boden kauern musste, um das Mädchen zu sehen. Grace kniete auf einem regenbogenbunten Haufen aus Seidentops und ließ zwei schäbig aussehende Stofftiere miteinander reden, die währenddessen auf und ab hüpften. Das Kaninchen trug ein zerfranstes Band um den Kopf, der Bär hatte einen Riss am Nacken, aus dem kleine weiße Bällchen sickerten.

»Na, komm schon, Grace!«, sagte Jo. »Ich werde deine Hilfe bei diesen Makkaroni mit Käse brauchen. Der Koch hat genug für General Lees ganze Armee gemacht.«

»Teddy sagt, dass ich nicht nach unten gehen soll, weil es wie das letzte Mal sein wird.«

»Wie war das letzte Mal?«

»Das war an dem Tag, als Tante Jessie mir gesagt hat, dass Rachel weggegangen ist … als so viele Leute da waren.«

Jo bemerkte verschiedene Dinge. Erstens: Grace sprach über die Beerdigung ihrer Mutter. Zweitens: Grace nannte ihre Mutter »Rachel«. Und drittens: Das Kind sprach durch einen ausgestopften Bär.

Nun, Jo hatte genügend Zeit mit Krimiserien im Fernsehen verbracht, um zu erkennen, dass es sich um Bewältigungsstrategien handelte. Vielleicht konnte sie von diesen Schauspielern, die in die Rolle von Bezirksstaatsanwälten geschlüpft waren, ein paar Tricks übernehmen, wie man am besten mit trauernden Kindern umging.

Jo ließ sich behutsam auf dem Boden nieder und achtete darauf, sich nicht auf die andere Hälfte des Ralph-Lauren-Anzugs zu setzen. Bewusst sah sie Grace nicht direkt an. »Das war ein Tag, nicht wahr? So viele Menschen im Haus. So viel Lärm. Und jeder hat dich wie ein Pony getätschelt.«

Grace zog an den Ohren des schlaffen Kaninchens.

»Als ich noch ein Kind war, hatte ich eine Tante. Sie hieß Lauralee. Sie hat immer versucht, mich abzuküssen, und sie hatte so ein großes dickes Geschwür an ihrer Lippe. Wenn sie in meine Richtung kam, bin ich immer sofort in den Keller gerannt und habe mich dort versteckt.«

Grace zupfte weiter an dem Stofftier. Das arme Kaninchen würde bald seine Ohren verlieren, und Jo war in allen Angelegenheiten, die Nadel und Faden erforderten, auf die Zunft der Schneider angewiesen.

»In dem Keller waren lauter Spinnen«, fuhr Jo fort. »Riesige, haarige Biester, so groß wie Opossums. Ich hatte furchtbare Angst vor ihnen, aber ich musste unbedingt weg von Tante Lauralee.«

Und weg von deren Tiraden, welch schlechter Mann doch Jos Vater war, der beim ersten Problem das Weite gesucht und ihre Mutter gezwungen hatte, mit ihrer Tochter in einem Einzimmerloch zu hausen. Wie verfluchte sie den Tag, an dem Mom ihn kennengelernt hatte! Und nun musste sie in diesem heruntergekommenen Apartment ohne Garten für Jo leben …

»Und mein Onkel Gabe«, fuhr Jo fort, »hatte eine dicke, rot geschwollene Nase, die so groß war, dass sie gar nicht mehr zu ihm zu gehören schien. Sie sah aus wie ein großer roter Blumenkohl in seinem Gesicht.«

Jo glaubte, ein Lächeln zu sehen, ein flüchtiges, verschwommenes nur, doch immerhin. Sie beugte sich ein Stück vor und deutete auf den verletzten Bären. »Ist das Teddy?«

»Teddy Michael Joseph Braun.«

»Er sieht ganz schön hungrig aus.«

»Teddy hat Hunger.« Grace zupfte an dem Faden, der lose am Nacken des Stofftiers hing. »Aber er will lieber hier essen.«

Unter dem Baldachin aus Dolce & Gabbana. *Das kam nicht in Frage!* »Sag Teddy, dass nur drei Menschen hier sind, und sobald er sich an den Tisch setzt, werden zwei davon gehen.« Benito war mit seiner Arbeit fertig. Und auch der Hydrant hatte inzwischen sicher alle in ausreichendem Maße terrorisiert.

Grace' Augen waren hinter einer verfilzten Haarsträhne verborgen. Hatte sie sich nicht gekämmt? Kämmten sich siebenjährige Mädchen etwa nicht selbst? »Sag Teddy, dass auch die dritte Person gegangen sein wird, wenn er sein Essen beendet hat«, fügte Jo hinzu.

Biker-Brunhilde war sowieso nicht die Richtige. Zum Glück hatte Jo für den Nachmittag noch zwei weitere Vorstellungsgespräche vereinbart. Der Duft von Makkaroni mit Käse wehte von der Küche herauf. Jo war hungrig, und Grace musste praktisch kurz vorm Verhungern sein. Bei den Füßen des Mädchens stand eine Schuhschachtel, die teilweise zerrissen war und als Bett für die Stofftiere diente. Grace stieß sie mit den Füßen an und schob sie dann plötzlich, ohne ein Wort, aus dem Fort hinaus.

Jo seufzte vor Erleichterung. Sie griff nach Grace' Hand und führte ihren Schützling aus dem dämmrigen Zimmer in die helle untere Etage, wo Greta und der Hydrant in ein angeregtes Gespräch vertieft waren.

»… ist über den gewachsten Boden geschlittert, und er hat seine nassen Hände ausgebreitet, um den Sturz abzufangen, und dann ist er mit einem Finger genau in die Steckdose geraten. Fump. Da war er Matsch.«

»Ohne Disziplin passiert so was.«

»Das Kind war nur noch ein Haufen rauchender Asche.«

»Diese Leute! Lassen ihre Kinder einfach tun, was sie wollen.«

»Nur eine kleine Plastikabdeckung hätte es gebraucht, drei für einen Dollar fünfzig. Hätte das Kind vor dem Grilltod gerettet.«

»Das Essen wird kalt, Jo«, sagte Benito, als er sie die Treppe herunterkommen sah. »Es gibt nichts Schlimmeres als kalten geschmolzenen Käse.«

Greta und der Hydrant unterbrachen ihr Gespräch und starrten sie an. Benito stellte scheppernd den letzten Topf auf das Abtropfgestell. Jo legte eine Hand auf Grace' Kopf. »Leute, das ist Grace. Sie ist ein sehr hungriges Mädchen, also lassen wir sie am besten in Ruhe essen, während wir alles besprechen.«

Greta musterte die Kleine von oben bis unten, von den groben schwarzen Stichen auf der Stirn bis zu den Kanten ihrer Söckchen, die unter den Hochwasserjeans hervorlugten. Plötzlich bemerkte Jo Grace' schmutzige Knie und ihr verwaschenes T-Shirt, ein offensichtlich geliebtes Shirt, auf dem noch der schwache Abdruck einer Zahl zu erkennen war.

Jo fügte im Geiste »Kleidung« zu der Liste mit Dingen hinzu, die sie dringend besorgen musste.

»Na, dann los!« Jo hob Grace auf den Barhocker, während das Mädchen die Stofftiere auf der Tischplatte absetzte. Hinter ihr zischte der Hydrant.

»Zuerst sollten diese Stühle verschwinden, Lady. Sie wird wahrscheinlich nach hinten kippen, und ihr Kopf wird wie eine Melone zerplatzen …«

»Ich werde das ganz sicher bedenken.« Jo gab Grace einen Löffel. »Schau, Grace, Benito hat Rosen aus den Karotten gemacht!«

»Wenn hier dann alles erledigt ist«, sagte Benito und zog das Geschirrtuch durch den Herdgriff, »mache ich mich auf den Weg. Ich muss noch Pintobohnen einweichen und die Täubchen marinieren, sonst wird Pierre mich …«

»Das wäre alles, Benito, danke.« Das Telefon läutete. Jo nahm den Anruf entgegen, während sie ihre Tasche auf der Suche nach Geld durchwühlte. Das aufgeweckte Tutorenmädchen hatte drei Kandidaten gefunden, die ebenfalls am Nachmittag kommen würden.

Greta schob ihre massige Ledergestalt neben Grace. »Bist *du* aber ein süßes Mädchen! Woher hast du denn die Wunde an der Stirn? Magst du dein Essen nicht?«

Grace erstarrte. Sie hielt den Löffel in ihrer Faust. Einen sauberen Löffel.

»Lady, ich bin hier fertig«, ließ sich der Hydrant wieder vernehmen. »Das meiste habe ich erfasst, aber es wäre grob fahrlässig, zu gehen, ohne …«

»Einen Moment noch, bitte.« Jo klappte ihr Handy zu und zählte Geld für Benito ab. Aus dem Augenwinkel heraus sah sie Grace' unberührten Teller. »Ich dachte, du hättest Hunger, Liebes?«

Grace verstärkte den Griff um ihren Löffel und piepste: »Du hast gesagt, du hättest Makkaroni und Käse für mich gemacht.«

»Ja, ist das nicht fein? Benito hat nur für dich gekocht …«

»Das sind aber keine Makkaroni mit Käse!«

Jos und Benitos Blicke trafen sich, dann faltete Jo die

Geldscheine und reichte sie dem Koch. »Doch, natürlich, Süße.«

»Da ist ekliges braunes Zeug drauf.«

Benito erstarrte.

Jo warf ihm einen um Entschuldigung bittenden Blick zu. »Oh, das ist die Kruste, gebräunter Käse mit Brotkrumen. Das ist im Ofen so geworden. Es sind ganz besondere Makkaroni mit Käse.«

»Warum isst du nicht dein Mittagessen, hm?« Greta griff nach einem Servierlöffel, nahm sich einen gehäuften Löffel Nudeln mit Käse und schob ihn sich in den Mund. »Gutes Essen«, murmelte sie und nickte nachdrücklich. »Gut, sehr gut.«

»Schau, Grace«, sagte Jo und trat neben das Mädchen, »wir können die braune Kruste abmachen.«

Grace war blass geworden. Die graue Masse um ihren Mund herum stach noch deutlicher hervor. Hier und da blitzten Farbpartikel auf. Blau und Rot. Sie erinnerten verdächtig an die zerrissene Schuhschachtel.

Karton? Grace kaute Karton?

»Sieh mal, Süße«, sagte Jo, während sie die braune Kruste von den Nudeln kratzte. »Darunter sind ganz normale Makkaroni mit Käse …«

»Nein, das stimmt nicht!«

Grace schlug mit dem Löffel auf den Tisch. Er glitt ihr aus der Hand und schlitterte von der Tischplatte.

»Aber Gracie …«

»Nein!« Grace stellte sich auf die Fußstreben des Barhockers und hämmerte mit der Faust auf die Platte. »Das stimmt nicht!«

Jo trat einen Schritt zurück. Benito hielt auf halbem Weg zur Tür inne.

»Kindchen, sprich nicht so mit deiner Mutter …«

»Du hast *gelogen!*« Grace krallte ihre kleinen Fäuste um

die Tischkante, als wollte sie ihn umkippen. *»Das sind keine Makkaroni mit Käse!«*

»Grace …«

»Das sind keine Makkaroni mit Käse! Du hast mir Makkaroni mit Käse versprochen!« Sie hämmerte mit den Fäusten auf die Granitplatte und stieß dabei ihren Teller um. Nudeln landeten auf ihrem T-Shirt. »Ich will Makkaroni mit Käse. Ich will Makkaroni mit Käse!«

Jo erstarrte. Greta packte ihre Tasche und drehte auf dem Absatz um. Der Hydrant und Benito eilten hinter ihr her.

Grace kniff die Augen zusammen. Das Haar fiel ihr in wilden Strähnen um das gerötete Gesicht. Die Hände zu Fäusten geballt, stand sie auf den Fußstreben des Barhockers und trommelte schreiend auf den Tisch. *»ICH WILL MAKKARONI MIT KÄSE! ICH WILL MAKKARONI MIT KÄSE! ICH WILL MAKKARONI MIT KÄÄÄÄÄÄÄÄÄÄÄSE!«*

Jo gefror das Blut in den Adern.

Hinter ihr fiel die Wohnungstür mit einem Klicken ins Schloss.

Kapitel 8

Ich reite in Indien auf einem Elefanten.

Kate ließ sich diesen Gedanken im Rhythmus des schwankenden Elefanten auf der Zunge zergehen. Die üppige Vegetation bildete ein Dach über ihrem Kopf. Tropfen des morgendlichen Regenschauers fielen auf ihre weiten Baumwollhosen. Der Geschmack von starkem Kaffee – der geradezu schmerzhaft süß serviert worden war, bevor sie Bandipur verließen – lag noch auf ihrer Zunge.

Ich reite in Indien auf einem Elefanten.

Der Mahout des Tieres – ein dürrer junger Mann namens Naseem – rief ein knappes Kommando, als ein wilder Pfau den Weg des Pachydermen kreuzte. Der Elefant stapfte unbeeindruckt weiter, während der Vogel sich eilends ins Unterholz verzog, wobei er seine saphirblauen Schwanzfedern wie die Seidenschleppe eines Bollywoodstars hinter sich herzog.

Kate schloss die Augen und legte den Kopf in den Nacken. Sie atmete die Luft des Dschungels ein, die nach Rosenholz, Sandelholz und Teak duftete. Einer der Guides hatte gesagt, dass sie das Tierschutzgebiet zur besten Jahreszeit besuchten, nach dem Monsun, wenn die lilafarbenen Jacarandablüten in voller Pracht standen, der indische

Bison und der wilde Eber brünstig waren und der ganze Wald vor Leben schier barst.

Wenn nicht die Insekten gewesen wären, das Geplapper der deutschen Touristen auf dem nächsten Elefanten und die gelegentlichen Wellen der tierischen Darmeruptionen, dann hätte sie sich gefragt, ob dies nicht ein weiterer Fiebertraum war.

Aber es war kein Traum. Sie war wirklich *hier*. Einen Ozean und einen Kontinent von daheim entfernt. In einem fremden Land. Ein wenig nagte die Sorge um Mikeys Blockhüttenprojekt, Annas Samenprojekt und Tess' komplizierte Fußballtrainingsfahrgemeinschaft an ihr. Würde ihre Schwiegermutter auch nicht vergessen, die Vitamine zu verteilen, mit den Kindern Diktat zu üben und Paul an das Treffen der Eltern-Lehrer-Vereinigung zu erinnern, an dem er während ihrer Abwesenheit teilnehmen musste? Doch mit einer Leichtigkeit, die sie eine Woche zuvor noch schockiert hätte, verklangen die surrenden Bedenken in den Geräuschen des Dschungels.

Heute Nacht würde sie zwischen Tigern schlafen. Für Schuldgefühle war später noch genügend Zeit.

Sie warf über die Schulter einen Blick zu Sam, der hinter ihr hin und her schwankte. »Sag, dass du froh bist, dass ich dich zum Mitkommen überredet habe.«

»In Burundi ist es kühler«, beschwerte er sich und schlug nach einer Fliege. »Und der Dschungel ist schöner.«

»Ich würde den Unterschied nicht bemerken. Ich bin nicht mehr aus New Jersey herausgekommen, seit George Michael Wham verlassen hat!« Kate fuhr sich mit den Fingern durchs Haar und spürte die Hitze in den Strähnen. »Ich freue mich, dass du trotzdem mitgekommen bist, Sam.«

»Das ist das mindeste, was ich tun kann, da Sarah« – er betonte den Namen nachdrücklich – »dich verlassen hat.«

Kate ließ es durchgehen. Sarah hatte schließlich anderes im Kopf. Sie war nicht von ihrer abendlichen Unterhaltung mit Colin zurückgekehrt, und man brauchte kein Hellseher zu sein, um zu erkennen, was geschehen war. Oder – fragte sich Kate mit einem Seitenblick auf Sams stolzen Kopf – warum ist mein Begleiter den ganzen Morgen über schon so mürrisch?

»Es ist besser, dass Sarah nicht hier ist«, sagte sie. »So kannst du mein Zeuge sein.«

Sam legte den Kopf schief. »Zeuge? Wofür?«

»Zeuge meiner Entführung.«

»Verdammt! Ich wusste doch, dass du noch einen Tag länger gebraucht hättest, um dich zu erholen.«

»Um meinen ersten Urlaub seit fünfzehn Jahren damit zu verschwenden, im Hotelzimmer zu liegen? Kommt nicht in Frage.« So hoch oben auf einem Kissen aus Gras sitzend, das mit einer Decke aus Seide bedeckt war, fühlte sich Kate wie eine Maharani, die Frau eines Maharadschas, die durch den Dschungel zu einem fernen Ort geleitet wurde. Dort würde man ihr Trauben reichen, junge, heiratsfähige Männer würden ihr Luft zufächeln und dann nach allen Regeln der Kunst vernascht werden. »Du hast doch die Geschichten über Veerappan und seine Räuberbande gehört, Sam. Er handelt mit illegalem Elfenbein, wildert Sandelholz und entführt Leinwandidole. Er und seine Männer treiben sich in diesem Dschungel herum. Man sagt, er habe fünfzig Frauen, weil er unaufhörlich nach der einen Frau sucht, die das strahlende Juwel ist.«

»Kate, du bist eine Romantikerin.«

Kate duckte sich, um einem Farnwedel und der Käferhorde, die sich daran gütlich tat, auszuweichen. So hatte sie nie von sich gedacht, wenn sie in der Schulcafeteria Nudelauflauf mit Tomaten- und Käsesoße in Papierschüsseln gefüllt hatte. Sie vermutete, dass sie früher tatsächlich eine

Romantikerin gewesen war. Damals, als sie noch acht Wochen Bauchtanzunterricht genommen hatte, um Paul zu ihrem fünften Jahrestag mit einem Schleiertanz zu überraschen.

Noch ein Talent, das auf dem Altar der Mutterschaft geopfert worden war.

»Ist dir schon in den Sinn gekommen«, fragte Sam, »dass dein Bandit uns andere töten wird?«

»Mach mir mein Luftschloss nicht kaputt.«

»Und du wärst eine Frau unter vielen. Das soll wirklich was für dich sein?«

»Ich habe gehört, dass das Leben im Harem ganz reizend sein kann. All die Schleier und Juwelen und Badehäuser ...«

»Du vermischst da die Kulturen.«

»Man hört nie davon, dass diese Frauen den Abwasch machen oder kochen oder Wäsche waschen oder Dinge erledigen ...«

»Sie sitzen herum und warten auf die Aufmerksamkeit des gemeinsamen Mannes.«

»Ganz ehrlich, ich sehe durchaus einen Sinn darin, den Mann mit einer zweiten Frau zu teilen.«

»Hast du etwa immer noch Fieber?«

»Solange sie den ganzen Haushalt übernimmt. Im Ernst! Sie könnte ein Kind zum Fußballplatz bringen, während ich das andere zum Turnen fahre. Sie könnte daheimbleiben und auf das Baby aufpassen, während ich ins Fitnessstudio gehe. Und wenn ich Kopfweh habe ...«

»Das ist doch Schwachsinn!«

»Außerdem, wenn Veerappan dieselben tiefgründigen braunen Augen hat wie Naseem ...«

»Du müsstest dich mal hören!« Sam lachte dröhnend. »Sarah hat behauptet, Rachel sei die verrückteste von euch Freundinnen gewesen.«

»Rachel *war* auch die Verrückte von uns.«

Plötzlich standen ihr die Bilder von einem Skiausflug in die Rocky Mountains vor Augen und die von Rachels verrenktem Körper im Schnee.

»Kannst du mich hören? Rachel? Kannst du dich bewegen? Mist! Du hast dir das Bein gebrochen.«

Rachels Atem ging kurz und flach, ihre Haut war bleich, doch sie lachte. »Das war doch ein toller Stunt, oder etwa nicht?«

»Ein ganz ausgefallener Stunt, da hast du wohl recht! Was zum Teufel hast du dir dabei nur gedacht?«

»Du fluchst. Du verbringst zu viel Zeit mit Jo.«

»Wenn du doch nur den Nachmittag mit ihr auf der Tribüne verbracht hättest, in eine Decke gewickelt und mit einer Thermoskanne heißer Schokolade.« Kate winkte das Schneemobil mit den Sanitätern heran. »Hast du jemals daran gedacht, so etwas einfach nur zum Spaß zu machen?«

»Jetzt sind leider meine Schnorchelpläne für nächste Woche dahin.«

»Schnorcheln? Ist das deine einzige Sorge? Verdammt noch mal! Hast du dir je Gedanken darüber gemacht, was mit uns passieren würde, wenn du draufgehst?«

»Ob du's glaubst oder nicht.« Rachel grinste mit blutig aufgerissener Lippe. »Ja, das habe ich.«

Trauer schnürte Kates Herz zusammen. Es schmerzte, aber es tat auch gut, dieses Gefühl intensiv zu spüren. »Du hättest sie gemocht, Sam. Sie hat das Leben ohne Rücksicht auf Verluste gelebt.«

»Ich habe sie kennengelernt, als sie Sarah letztes Jahr besucht hat. Aber was ich immer noch nicht verstehe: Wenn Rachel die Verrückte von euch war, was macht dann Kate Jansen mit einem völlig Fremden hier im Dschungel?«

»Leben – zum ersten Mal seit langer, langer Zeit.« Kate

zog ihre Beine höher. »Ich wette, dass du bis zu diesem Zeitpunkt noch nie etwas über mich gehört hast.«

Sam zögerte für den Bruchteil einer Sekunde. »Sarah hat dich mal erwähnt …«

»Du bist ein lausiger Lügner. Sarah hat mich nie erwähnt, weil es über mich nichts zu erzählen gibt.« Wann hatte sich das geändert? Wann hatte die alte bergsteigende, mit diversen Master-Abschlüssen ausgestattete Kate ihren Biss verloren? »Ich bin nicht aufregender als eine Angabe aus einer Statistik. Ich bin eine mittelalte weiße Vorortfrau.«

Sam warf ihr einen zweifelnden Blick zu. »Ich kenne nicht so viele Frauen, die in solchen Statistiken vorkommen und gleichzeitig im indischen Dschungel campen.«

»Rachel ist tot. Irgendjemand muss jetzt die Fahne hochhalten.«

»Nun, ich sag's dir gleich: Bitte mich nur nicht, Fallschirm zu springen. Es reicht schon, dass wir den Dschungel durchqueren, durch den, soweit ich weiß, eine wichtige Opiumschmuggelroute führen könnte und in dem sich offensichtlich bewaffnete Tamilen …«

»*Tranquilo*, Sam«, murmelte sie lachend. »Uns passiert nichts.«

Sein Mund verzog sich zu einem kleinen Grinsen, das von Melancholie getrübt wurde. »Genau das würde Sarah sagen.«

Drei Stunden später liefen Kate und die übrigen Teilnehmer des Ausflugs erschöpft auf das Camp zu – die Elefanten hatten sie zurückgelassen, als sie undurchlässigeres Gebiet erreichten. Es war eine Behelfsunterkunft, von der aus man auf ein schlammiges Wasserloch schaute. Eine grob gezimmerte Hütte stand in der Mitte, von Wasser aufgequollen und von Moos überzogen, gerade groß genug, um die Reisenden vor Regen zu schützen. Ein breiter Graben umgab das Camp. Der Guide erklärte, dass er die wilden Elefanten daran hinderte, ins Lager zu trampeln – oder die Tiger, die nicht darüberspringen konnten.

Kate grinste. Alles war tadellos.

Zwei Männer in weißen Sarongs betreuten einige Feuerstellen. Kessel hingen darüber, in dem etwas köstlich Duftendes vor sich hin brodelte. Als Kate ihren Rucksack auf dem langsam anwachsenden Gepäckhaufen ablud, erschien ein dritter Mann, ebenfalls in einem weißen Sarong, mit einem Tablett voller Getränke.

»Das ist *Jal jeera*«, erklärte Sam und nahm einen vorsichtigen Schluck von dem limonadeartigen Getränk. Er hatte es am Tag zuvor auf dem Marktplatz probiert.

Durstig stürzte Kate die Flüssigkeit hinunter und genoss die erfrischende Mischung aus Minze, Salz und Kreuzkümmel.

Am Feuer unterhielten sich Kate und Sam mit den Deutschen, die eifrige Vogelbeobachter waren und sie, wie sich herausstellte, für ein Ehepaar hielten. Kate machte sich nicht die Mühe, sie zu korrigieren.

Das Essen wurde auf einem breiten, starren Bananenblatt serviert. Sam wies sie an, zuerst einen süßen, milchigen Brei auf die untere rechte Seite des Blattes zu streichen. Dann probierten sie sich mit Hilfe des Guides durch die süßsauren Chutneys, die Currys, die runden, gewürzten Chips, den gewürzten gegrillten Fisch und ein sehr scharfes, feuriges Gericht namens *sambar*, bis alles mit frischer Kokosmilch aus einer rauhen Frucht hinuntergespült wurde. Die Mahlzeit war eine Geschmacksexplosion aus Pfefferkorn, Zimt, Kardamom sowie grünen und roten Chilis und – wie jedes Gericht, das *für* sie und nicht *von* ihr zubereitet worden war – unvergleichlich köstlich.

Es wurde dunkel im Dschungel. Bald umgab undurchdringliche Schwärze das Camp. Das Licht der Feuerstellen wurde zum Licht der Welt. Insekten lärmten an der Überdachung. Kate betastete ein Betelblatt – zur Verdauung und nicht betäubender als eine Marlboro, wie der Guide betont hatte – und legte es schließlich zur Seite. Abgesehen davon, dass es die Zähne verfärbte, wollte Kate keine zusätzlichen Stimulanzien zu sich nehmen, die die Erfahrung dieser Nacht verfälschten.

Dann zog einer der Männer gegen die Parkordnung – keine lauten Geräusche, keine Musik – eine Sitar hervor, ein anderer eine hohe, schlanke Trommel. Der Sitarspieler stimmte ein rhythmisches, verführerisches Lied an. Alte Musik erklang, exotisch und unwiderstehlich. Sie ging ihr durch und durch und brachte ihre Hüften zum Schwingen.

Sam flüsterte ihr ins Ohr: »Los, wir brechen noch eine Regel.«

Sie zog eine Augenbraue hoch. Er nahm seine Tasche und klemmte sich seine Schlafmatte unter den Arm. Der Schein der Feuer spielte auf den dunklen Flächen seines Gesichts. Er lächelte verschwörerisch, und Kate fragte sich, ob er es nicht etwas zu ernst mit dieser Pseudoehe nahm. Auch wenn sie wusste, dass sein romantisches Interesse einer anderen galt, erschauerte Kate vor Erregung, dass ein so attraktiver Mann wie Sam in ihr mehr sehen könnte als nur die langweilige amerikanische Hausfrau. Hey, es war nur eine Fantasie – und sie war sicher.

»Na los!« Sam entfernte sich. »Man sieht die Sterne besser, je weiter man vom Feuer weg ist.«

Kate packte ihre eigene Schlafmatte und folgte ihm. In der Dämmerung auf der anderen Seite der Hütte entrollte Sam seine Matte und enthüllte eine Flasche.

»Dies ist *fenny*«, erklärte er. Er zog ein Schweizer Taschenmesser aus seiner hinteren Hosentasche und öffnete die Flasche. »Ich habe es in Goa gekauft. Es handelt sich um einen Likör, der aus Kokossaft hergestellt wird.«

Kate rollte ihre Matte neben seiner aus. »Und du bist damit fünfzehn Kilometer durch den Dschungel gewandert.«

»Camping ist langweilig, Kate. Nichts zu tun außer trinken und … nun …« Seine Zähne blitzten in der Dunkelheit. »Du bist verheiratet. Die deutschen Mädchen glauben, *wir* sind verheiratet. Ich komme also bei niemandem zum Zug.«

Er hielt ihr die Flasche hin. Kate packte sie am Hals und nahm einen tiefen Schluck. Die Flüssigkeit brannte. Hustend setzte sie sich auf die Matte und gab ihm die Flasche zurück. »Und ich dachte, du wärst schwul.«

Sam spuckte einen großen Schluck *fenny* in hohem Bogen aus.

»Das heißt, in dem Moment, als ich dich kennenlernte, wusste ich trotz des Fiebers schon, dass ich unrecht hatte.« Kate legte sich auf seine Matte, um die Sterne besser betrachten zu können. »Doch davor wusste ich nur, was Sarah uns erzählt hatte, und so nahm ich an …«

»Sarah weiß *sehr* gut, wo meine Präferenzen liegen.«

»Hör mal, wir haben im letzten Jahr durchaus von dir gehört, aber auf Sarahs Art. Jedes Mal, wenn Sarah einen Mann erwähnt, forschen wir ein wenig nach. Wir wollen sie schon seit langer Zeit zurück ins Leben zerren. Doch unsere Fragen wehrt sie immer ab, und als wir herausgefunden hatten, dass du weder Frau noch Freundin hast, nun … was hätten wir sonst denken sollen?« Sie streckte sich träge auf der Matte aus. »Wir mussten glauben, dass du ihr schwuler Kumpel bist.«

»So viel also zur Geduld als Tugend.« Sam schloss seine Hand um den Flaschenhals und setzte sie an die Lippen. Seine Kehle bewegte sich, als er einen tiefen Schluck nahm.

Drei Lichtstreifen schossen über den Himmel. Die Wärme des Alkohols breitete sich von Kates Bauch in ihrem ganzen Körper aus. Sams warmer Körper neben ihr – ein großer, lebendiger Mann – weckte ihre Sehnsucht nach Paul, dem jungen Paul, der nie zu beschäftigt für besondere Situationen gewesen war. Dem Paul, der sich Zeit für sie nahm, in der Dunkelheit, unter dem Sternenhimmel, als sie noch keine Kinder hatten.

»Hier draußen ist alles anders, Kate. In dem Umfeld, in dem Sarah und ich arbeiten, kommen und gehen die Menschen.« Sam stellte die Flasche auf der Matte zwischen ihnen ab und wühlte in seinem Rucksack nach einer Schachtel Zigaretten. »Sie kommen aus ihrem vertrauten Leben in ein Land, in dem es kein Abwassersystem gibt. In dem es Hunger und Krankheiten gibt und oft auch bewaffnete Auseinandersetzungen. Es ist immer gefährlich. Und für zwei Wochen oder zwei Monate oder ein halbes Jahr haben sie ein vollkommen anderes Leben. Sie nehmen große Risiken auf sich. In solch einer Ausnahmesituation verliebt man sich manchmal Hals über Kopf.«

Kate schloss die Augen. »Ich weiß, ich hätte mich mit Sarah dem Corps anschließen sollen.«

»Klingt super, ja.« Er zündete sich eine Zigarette an. Die Spitze glühte in der finsteren Nacht. »Ich war einige Zeit im Kongo. Dort habe ich eine Frau geliebt.«

»Gerade hast du den Anfang eines Liebesromans gesprochen.«

»Nun, er ist zugleich das Ende. Als diese Frau die geplanten zwei Monate hinter sich hatte, ist sie nach Kansas zurückgekehrt. Zwei Monate lang hatte sie mich jeden Abend angerufen. Doch als sie sich wieder in ihrem alten Leben integriert hatte, rief sie immer seltener an. Sie sprach von unserer gemeinsamen Zeit wie von einem Traum.« Sam legte die Zigarette neben der Decke auf der festen

Erde ab, so dass sich der Rauch emporschlängelte. »Ihre Erinnerungen an den schwarzen Briten, den sie im Kongo geliebt hatte, hat sie auf ein Regalbrett mit der Aufschrift ›Jugendsünden‹ gestellt. Kaum ein Jahr später war sie mit einem Maisfarmer verheiratet.«

Kate wandte den Kopf, um sein Profil zu betrachten, während er sich eine zweite Zigarette anzündete. Sie hatte ganz vergessen, wie Alkohol und Dunkelheit es erleichterten, sich die intimsten Dinge zu erzählen. »Sam, es tut mir so leid …«

»Es braucht dir nicht leidzutun. So etwas passiert immer wieder. Wir nennen es ›Abenteurersex‹.«

»Abenteurer-Was?«

»Das Verlangen nach einer Verbindung an einem gefährlichen Ort«, erklärte er und legte die zweite Zigarette zu ihren Füßen ab. »Es geschieht automatisch, wenn man aus seinem eigenen, bequemen Leben gestoßen wird. Man fühlt sich von einem Fremden angezogen, man fühlt den Hunger nach einer tieferen Verbindung.«

Kate verstand ihn besser, als er ahnte. Das, was er gesagt hatte, erklärte, warum ihr Körper in dieser Nacht, umgeben vom Dschungel, ausgestreckt auf einer Matte unter den Sternen, vor sexueller Erregung prickelte und sie die Erinnerung an Pauls schlaksigen Körper nicht verdrängen konnte.

Sie spreizte die Finger auf ihrem Bauch.

Paul, warum bist du nicht einfach mitgekommen?

»Diese Dinger werden dich umbringen«, sagte Kate, als Sam nach der dritten Zigarette griff.

»Ja, aber es wird noch eine Weile dauern.« Die Spitze glühte rot in der Dunkelheit. »In der Zwischenzeit«, erwiderte er, als er die dritte Zigarette auf der Erde neben ihrem Kopf ablegte, »wird der Rauch uns einhüllen und die Moskitos vertreiben.«

»Ah.«

»Berufsrisiko«, erklärte Sam und streckte sich in angemessenem Abstand ebenfalls aus. »Nach dem ersten Malariaanfall lernt man, Moskitonetze und Insektenschutzmittel wertzuschätzen. Nach dem ersten Anfall von Abenteurersex lernt man eine andere Art von Disziplin, Geduld und Selbstverleugnung. Besonders im Umgang mit denen, die einem am meisten am Herzen liegen.« Er verschränkte die Hände hinter dem Kopf. »Deshalb gehe ich Frauen mit hungrigen Augen auf ihrem ersten Überseeeinsatz aus dem Weg.«

»Äh … soll ich jetzt versprechen, vorsichtig zu sein?«

Sam lachte. »Nein, ich habe nicht von dir gesprochen, Kate. Jeder Idiot kann sehen, dass du an einer langen, starken Leine hängst, die dich bald wieder nach Hause ziehen wird. Ich habe von Sarah gesprochen. Und von mir. Wir arbeiten seit einem Jahr zusammen, und nicht einmal …« Er stieß einen langen Seufzer aus.

»O Sam, such die Schuld nicht bei dir«, sagte Kate mitfühlend. »Sarah war bisher zu keiner ernsthaften Beziehung fähig.« Obwohl sie selbst, Rachel und Jo jeden noch so kleinen Hoffnungsschimmer zum Anlass für eine Ermunterung genommen hatten. »Wir glauben, dass sie Colin einfach nicht vergessen kann.«

»O ja, der gute Dr. O'Rourke. Das ist das perfekte Beispiel für schwülstigen Abenteurersex.«

»Nein, nein, auf keinen Fall.« Kate stützte sich auf einen Ellbogen auf. »Er ist keine Eintagsfliege. Sie betet ihn schon so lange an.«

Ein Muskel, vom Mondlicht poliert, zuckte in Sams Wange. »Sarah ist eine sehr loyale Frau mit starken Überzeugungen. Dr. O'Rourke ist ihr einziger blinder Fleck.«

»Dieser indische Alkohol ist ganz schön stark, aber ich kann unserem Gespräch noch gut genug folgen, um zu wissen, dass wir über denselben Mann reden. Es geht um den Chirurgen, der ein Kind mit Spucke und ein bisschen Faden genäht hat, den Mann, der ein ganzes Dorf von der Notwendigkeit einer Masernimpfung für die Kinder überzeugt hat …«

»Das war Sarahs Verdienst«, entgegnete Sam scharf. »O'Rourke ist mit dem Impfstoff erst dazugestoßen, nachdem Sarah schon monatelang auf die Mütter eingeredet hatte. Sie hatte sich ihren Respekt und ihr Vertrauen längst verdient.« Ein tiefes Grollen drang aus seiner Kehle. »Sie nimmt ihre Erfolge nie für sich in Anspruch.«

Kate wusste das. Sarahs Bescheidenheit konnte einen zum Wahnsinn treiben.

»Das Schlimmste ist«, fuhr Sam fort, »dass *ich* derjenige war, der den verdammten Mistkerl bis zu ihrer Tür gefahren hat.«

Kate schoss in die Höhe. »Du warst dort? In Paraguay?«

»O ja!« Das blasse Sternenlicht beschien seine markanten Wangenknochen. »Damals habe ich beide kennengelernt.«

Sam verstummte. Ein angespanntes Schweigen breitete sich aus, und sein Blick wanderte durch die Zigarettenrauchschwaden bis zu einem unbestimmten Punkt am Himmel. Kate verharrte bewegungslos und hoffte, er würde ihr seine Variante der Geschichte erzählen. Natürlich hatte sie Sarahs Version gehört, so oft, dass sie sie nachsprechen konnte, mit allen verträumten Seufzern. Im Laufe der Jahre war die Erzählung zu einer Art Legende geworden. Und Kate konnte dem kleinen egoistischen Aufruhr nicht widerstehen, möglicherweise – *endlich!* – die Faszination zu verstehen, die Colin noch immer auf Sarah ausübte.

»Sarah war eine Weile allein im Camp gewesen.« Wieder bewegte sich der Muskel in Sams Wange, stärker diesmal. »Ich sah sie ein- oder zweimal im Monat, wenn ich Waren geliefert habe. Die Guaraní sind Fremden gegenüber normalerweise nicht gerade aufgeschlossen. Sie haben mich nur geduldet, weil ich selten zu ihnen kam und Dinge brachte, die sie brauchten. Aber Sarah haben sie beinahe von Anfang an wie eine der ihren behandelt.« Er zuckte mit den Schultern. »Sie hat so etwas an sich.«

»Als ob ihre Füße nicht ganz den Boden berühren.«

»Genau.« Sam atmete tief ein und wieder aus. »Eines Tages kam ich mit einem ganzen Kofferraum voller Impfstoffe und einem weiteren Friedenscorps-Freiwilligen an, einem jungen Arzt, den man beauftragt hatte, die Einheimischen zur Impfung ihrer Kinder zu überreden. Er war ein netter Kerl. Wir haben uns über die üblichen Dinge unterhalten – wie lange wir uns verpflichtet haben, wie hübsch doch die Vögel sind, ob es Kneipen gibt. Er schien ein ganz normaler Typ zu sein. Dann kamen wir also in das Dorf, wo etwas im Gange war. Die Frauen jammerten, man hörte sie schon aus einer halben Meile Entfernung. Die Kinder kamen herbeigerannt und umringten das Auto. Sie sprachen Guaraní, und ich verstand nur zwei Worte: *caiman*, Krokodil, und *mitò*, Junge. Ganz offensichtlich war ein Kind verletzt.«

Kate nahm die Flasche und hielt sie Sam hin, aber er machte eine abwehrende Handbewegung.

»Dr. O'Rourke sprang aus dem Jeep. Die Kinder wussten, dass er Arzt war. Jeder Weiße in der Gegend war entweder ein Ingenieur auf Ölsuche oder ein Mitarbeiter einer Nichtregierungsorganisation. Deshalb haben sie ihn in eine der Hütten gezogen, wo Sarah verzweifelt versuchte, den Jungen vor dem Verbluten zu retten. O'Rourke nahm den behelfsmäßigen Verband ab und betastete das Bein. Sarah war blutüberströmt, ihr Gesicht glänzte vor

Tränen oder Schweiß, aber sie sah nicht mich an, sondern den Arzt.«

»Sie hat mir erzählt«, sagte Kate, während sie nach einem Moskito auf ihrer Hüfte schlug, der zusammen mit einigen anderen Plagegeistern den Schutzwall aus Zigarettenrauch durchbrochen hatte, »dass sie damals glaubte, er wäre geradewegs aus dem Himmel herabgestiegen.«

»Ja, vom Beifahrersitz *meines* Jeeps.« Sam setzte sich auf und wühlte in seinem Rucksack. »Wie auch immer, Colin wollte das Kind in ein Krankenhaus bringen. Manche von den Ärzten kommen in diese Camps und glauben, dass es um die nächste Ecke eine Apotheke gibt. Sie fragen nach Verbandsmaterial und antibiotischer Lösung und wollen eine Pinzette gereicht haben und dann bitte auch noch Penizillin. Manche Ärzte kommen in solche Gegenden und glauben, sie können sich zum Mittagessen ausstempeln. Ich erklärte ihm also, dass das nächste Krankenhaus über hundert Kilometer durch unwegsames Gelände entfernt lag, und er starrte mich an, als ob ich verrückt geworden sei. Aber – das gestehe ich dem Mann zu – er hatte den Schock nach einer Minute verdaut.« Sam warf Kate eine kleine Tube zu – Mückenschutzmittel – und sank zurück auf einen Ellbogen. »Dann begann er, Befehle zu bellen. Sarah und ich waren die Einzigen, die Englisch sprachen, weshalb wir Morphium und Nahtmaterial zusammensuchten und der Kerl in sechs langen Stunden das Bein dieses Kindes wieder zusammenflickte. Und Sarah stand die ganze Zeit neben ihm und sah zu ihm auf, als ob er die Sonne wäre.«

Während Kate sich dick mit dem stark riechenden Mückenschutzmittel einrieb, nahm Sam die *fenny*-Flasche, trank aber nicht. Er drehte und bohrte die Flasche in die Decke. »Ich sah dabei zu, wie sie sich an diesem Tag verliebte.«

Kate hörte das Bedauern in seiner Stimme.

Er lachte ein knappes und freudloses Lachen, das mit einem Kopfschütteln erstarb. »Weißt du, was die Ironie an dem Ganzen ist, Kate?« Er setzte die Flasche an die Lippen und nahm einen langen, tiefen Schluck. Dann wischte er sich mit dem Unterarm über den Mund. »Ich habe herausgefunden, dass Colin nicht einmal das Richtige tat. Er brach jede medizinische Regel, die man brechen konnte, indem er versuchte, den Jungen zusammenzuflicken. Sicherer und besser wäre es gewesen, das Bein rasch zu amputieren. Stattdessen riskierte er eine sechsstündige Operation in einer schmutzigen Hütte. Die darauffolgenden Infektionen hätten das Kind eigentlich umbringen müssen, langsam und unter großen Schmerzen. Die Chancen, dass der Junge überleben würde, standen eins zu einer Million.«

»Aber er hat überlebt.«

»Ja, Colin hat sein Wunder gewirkt.«

»Genau vor den Augen einer Pfarrerstochter«, murmelte Kate und reichte Sam die Tube zurück.

»Eine Pfarrerstochter, die Arglist nicht erkennen kann.« Sam warf das Mückenschutzmittel mit mehr Nachdruck als erforderlich in Richtung seines Rucksacks. »Sarah hat es nicht kommen sehen. Als es für den Arzt an der Zeit war abzureisen, hat er die üblichen Versprechungen gemacht. Man würde in Kontakt bleiben, hat er gesagt, sie würden sich wiedersehen. Schöne Lügen.«

»Vielleicht hat er es so gemeint.«

»Mit guten Absichten kann man sich in Gatumba nicht mal einen Nachttopf kaufen.« Sam trank die letzten Tropfen und warf die Flasche auf die Decke. »Der Arzt ist in die Staaten zurückgekehrt und hat ihr Herz auf ein Regal mit der Aufschrift ›Jugendsünden Paraguay‹ gestellt. Und das war's dann.«

»Aber nicht für Sarah.«

Sam legte sich wieder hin und verschränkte die Hände hinter dem Kopf. Sein Blick wanderte in den Himmel hinauf, um dem ihren auszuweichen. Er spannte die Schultern an, als ob ein Stein durch die Decke in seinen Rücken drückte. Kate fragte sich, wann Sam erkannt hatte, dass er Sarah liebte. War es im letzten Jahr gewesen, als sie wieder zusammengetroffen waren? Oder hatte er sie seit Paraguay im Auge behalten, in der Hoffnung, dass sich ihr Herz in eine andere Richtung wenden würde?

Kates eigenes Herz rührte sich, als sie an Paul dachte, Paul und sie selbst, wie es an jenem Abend gewesen war, an dem sie sich kennenlernten. Es war Liebe auf den ersten Blick. Schon an diesem ersten Abend hatten sie mit Gewissheit gewusst, dass sie füreinander geschaffen waren. Wie furchtbar musste es sein, solche Gefühle zu haben, wenn sie nicht erwidert wurden! Wie unerträglich musste es sein, eine solche Verbindung für immer zu verlieren.

Sorge nagte an ihr, ein kleines Unbehagen, wie das Stechen eines Holzsplitters. Paul war so weit weg. Und sie hatten sich in so schlechter Stimmung getrennt.

Sie schüttelte die Erinnerung ab. Sie wollte sich davon nicht den ersten Urlaub seit Jahren verderben lassen. Paul brauchte einfach noch ein paar Tage, um sich zu beruhigen und endlich ein Flugticket nach Bangalore zu kaufen, um seiner Frau bei ihrem Abenteuer Gesellschaft zu leisten.

Kate zwang sich zurück in den Dschungel mit seinen kreischenden Insekten und den schimmernden Sternen. »Sam, die anderen und ich versuchen seit Jahren, Sarah zum Weitergehen zu bewegen«, sagte sie.

»Gutes kommt zu denen, die warten, und ich habe gewartet. Und wie ich gewartet habe! Burundi ist ein gnadenloser Ort, Kate – er zerbricht dich wie kein anderer –, und diese letzten Monate habe ich ernsthaft darüber nachgedacht, dieses Land zu verlassen.« Sein trauriges Lächeln wirkte eher wie eine Grimasse. »Ich bin geblieben in der Hoffnung, Sarah mit meinem unerbittlichen Charme doch noch mürbe zu machen.«

Du bist der bessere Mann, Sam.

»Aber es wurde doch etwas seltsam«, fuhr er fort, »als ich einen Brief von eurer Freundin Rachel bekam.«

Kate schrak auf. »W… wie bitte?«

»Ja. Ein kleiner weißer Umschlag von einer Frau, die ich nur einmal getroffen hatte. Rachel bat mich, in den folgenden Monaten in Sarahs Nähe zu bleiben. Deshalb bin ich ihr wie ein Pfadfinder gefolgt. Und jetzt bin ich hier gelandet, als unfreiwilliger Zeuge ihres Verderbens.«

»Bild dir ja nichts darauf ein! Rachel hat *mich* immerhin dazu gebracht, Fallschirm zu springen.«

»Verdammt!« Sam legte seine Arme flach auf den Boden. »Vielleicht wäre mir das lieber gewesen, als mit anzusehen, wie dieser verfluchte Arzt Sarah das Herz noch einmal aus der Brust reißt.«

Verflixte Rachel! Hatte auf der ganzen Welt ihre Finger im Spiel.

»Weißt du, in den Wochen bevor Sarah Burundi verließ, hat es zwischen uns ganz schön geknistert.« Sam drehte sich auf die Seite. »Ich dachte, endlich, *endlich* würde ich die Mauer durchbrechen, die sie zum Schutz vor mir aufgebaut hatte. Dank Rachels Brief hat diese Mauer nun einen Namen.«

»Aber es gibt doch Hoffnung … oder?«, fragte Kate.

»Ich bin mir da nicht so sicher. Wenn eine Frau wie Sarah sich verliebt, dann gilt das für die Ewigkeit.«

Memorial Sloan-Kettering Krebszentrum
Rockefeller Ambulanz-Pavillon
Chemotherapie

Liebe Sarah,
all diese Monate habe ich mir immer wieder gewünscht, du würdest nicht am anderen Ende der Welt leben. Ich bin total fertig, Süße, ich habe Krebs. Ich habe ihn schon eine ganze Weile, und es hat mich schwer erwischt. Ich schreibe diesen Brief während der Chemotherapie, einem meiner letzten verzweifelten Versuche, diese Krankheit zu besiegen. Da du aber den Brief liest ... hat der Krebs wohl gewonnen. Es tut mir unendlich leid, dass ich es dir nicht früher gesagt habe. Es tut mir unendlich leid, es dir auf diese Weise mitzuteilen. Ich hätte so viele Dinge besser machen können, ich weiß, aber es hilft nichts, Vergangenes zu bejammern. Ich versuche, mich jetzt auf meine Freunde und meine Familie zu konzentrieren und auf die Frage, was ich mit der Zeit, die mir noch bleibt, anfangen kann.
Ich habe oft über dich nachgedacht in der letzten Zeit, Sarah. Erinnerst du dich daran, wie wir uns kennengelernt haben? Es war am ersten Tag im Bergsteigerclub. Du hattest Birkenstocks an und einen knöchellangen Rock, und du bist wie eine warme Brise in den Raum geschwebt. Dich umgibt so viel heitere Gelassenheit. Wir alle – ich, Jo, Kate – brauchen das. Wenn du bei uns bist, wird unser Leben wieder in die richtige Perspektive gerückt.
Und doch gibt es einen Punkt in deinem Leben, an dem deine Wahrnehmung verzerrt ist, Sarah. Ja, ich meine Colin. Vor Jahren, als ihr euch getrennt habt, war es vollkommen normal, für eine Weile zu trauern.

Aber diese Zeit ist schon lange vorbei. Deine Trauer hat sich in etwas Hartes verwandelt, das dich zwar vor Liebeskummer schützt, aber auch von wahrer Freude abschottet. Du bist blind für die Liebe geworden. Du würdest sie nicht erkennen, selbst wenn sie groß, dunkel und gutaussehend genau vor dir stünde. Du darfst dich nicht vor der Liebe verstecken, Sarah, gleichgültig, wie schwierig dein Leben werden wird. Du musst Colin finden, du musst dich ihm stellen. Du musst ihn zurückgewinnen oder dich für immer verabschieden.
Bitte, Sarah, ich möchte, dass du das für dich selbst tust. Und wenn du das nicht kannst … dann tu es für mich.

In Liebe,
Rachel

Kapitel 9

Ich habe dich immer geliebt.

Sarah lag bewegungslos da und war sich wohlig der Baumwolllaken bewusst, die ihre nackte Haut liebkosten. Über ihr an der Zimmerdecke drehte sich ein Ventilator. Fahles Licht drang durch Jalousien. Wenn sie aufstünde, durch den Raum ginge und sie öffnete, würde sie nur den vom Monsun gewaschenen indischen Himmel sehen. Doch es gab keinen Grund, sie zu öffnen. Ihre Welt – ihr ganzes Leben – hing in der Schwebe, hier und jetzt, in diesem Doppelbett. Neben ihr lag Colin auf dem Rücken, seine breite Brust hob und senkte sich langsam.

Sie hatte so viel vergessen. Die Schwärze seiner Wimpern, mit goldenen Spitzen. Wie rasch sein Bart wuchs. Die vielen Farben darin – strahlendes Blond, jungenhaftes Rot, durchzogen von hellen weißen Härchen.

Ich habe dich immer geliebt.

Sie sagte es still vor sich hin, aus alter Gewohnheit – sie sagte es still, weil sie nicht wagte, es laut auszusprechen, noch nicht. Er bewegte sich im Schlaf, und sie dachte: Wach nicht auf! Sie wollte diesen Moment in ihrer Erinnerung bewahren – dieses süße, zerbrechliche Gefühl der schläfrigen Gemeinschaft, in der sie so tun konnte, als ob die letzten vierzehn Jahre nicht gewesen, als ob sie immer noch jung und ungebunden in Paraguay wären. Wenn er jetzt aufwachte, hätte er die Realität ebenfalls geweckt. Den Geist der anderen Frau.

Plötzlich öffnete er die Augen.

»Sarah!«

Sie küsste ihn, um das leichte Erstaunen in seiner Stimme zu vertreiben. Sein Mund war warm. Sie legte ihre Hand an seine Wange, wollte dadurch den Moment festhalten. Bartstoppeln kratzten an ihrer Handfläche. Sarah schob ihr Knie sein Bein hinauf. Vierzehn Jahre war es her, doch ihr Körper erinnerte sich, wie es war, bei Colin zu sein.

Sie hatten sich letzte Nacht dreimal geliebt. Das erste Mal war atemlos und hektisch gewesen, sie hatten sich nur die Kleider vom Leib gerissen, die im Weg gewesen waren. Er hatte sie an der Wand neben der Tür genommen, ihren Rock über ihre Taille geschoben, den Slip um ihre Fußknöchel geknüllt. Sie sagte sich, dass das ein lange unterdrückter Hunger gewesen war. Sie sagte sich, dass damit nicht sein erwachendes Gewissen beiseitegeschoben, dass damit nicht eine Sünde begangen werden sollte, bevor beide wieder einen klaren Gedanken fassen konnten. Als sie sich das zweite Mal liebten, blickten sie sich in der Dunkelheit schwer atmend in die Augen, machten sich nichts mehr vor. Sie hatten sich gegenseitig ausgezogen und entdeckten den Körper des anderen neu. Beim dritten Mal war sie davon erwacht, dass er sich an sie drückte, Colin war ihr gieriger Dämon in der Dunkelheit, als wären sie wieder jung, und der Regen trommelte auf das strohgedeckte Dach, und vor ihnen erstreckten sich Stunden träger südamerikanischer Zeit.

Und jetzt, als das Tageslicht durch die Jalousien hereindrang, wollte sie Colin daran erinnern, wie es war, ihren warmen, willigen Körper in seinem Bett zu haben. Bei ihm war sie schon immer schamlos gewesen. In Paraguay hatte sie sich oft gefragt, ob Pombero, der lüsterne, schelmische Kobold der Nacht, ihren Geist in Besitz genommen hatte. Doch tief im Herzen gestand sie sich nun ein, dass mehr als Gier hinter dieser Leidenschaft stand. In dieser seltsamen Konstellation – sie und Colin und der Geist dieser anderen Frau – fand sie sich in der Rolle der Angreiferin wieder.

Doch schon bald bemerkte sie seine Zurückhaltung, seine Hand auf ihrer Hüfte bewegte sich nicht. Ihre Küsse blieben unerwidert. Sie hielt inne, fuhr mit ihrer Nase an seiner entlang und zog sich dann weit genug zurück, um ihm ins Gesicht sehen zu können.

Und wünschte sich, dass es nicht so hell im Raum wäre.

Er schob sie sanft zur Seite und setzte sich in einer fließenden Bewegung auf. Die Muskeln an seinem Rücken spannten sich an, als er die auf dem Boden liegende Kleidung durchsuchte, seine Unterhose fand und sie überstreifte. Sarah hüllte sich in das Laken, doch keine Decke der Welt hätte genügt, die Kälte abzuhalten.

»Es ist fast neun Uhr.« Er sprach knapp, heiser. »Ich muss in dreißig Minuten bei einem Symposium sein.«

Sarah rollte sich zusammen, als sei jedes seiner Worte ein Schlag. Sie zwang sich, ruhig und besonnen zu bleiben. Er war um die halbe Welt geflogen, um an dieser Konferenz teilzunehmen. Sie konnte nicht von ihm erwarten, dass er alles um sich herum vergaß – tüchtige Ärzte und bedürftige Patienten –, nur um bei ihr zu sein.

Lügen konnte sie aber auch nicht, nicht einmal vor sich selbst. Colin hätte einen Zulu-Dialekt sprechen können, und sie hätte immer noch die internationale Körpersprache eines Mannes verstanden, der sich nach der Nacht mit einer anderen Frau schuldig fühlte.

»Ich muss da erscheinen«, fuhr er fort und mied ihren Blick, als er seine Hose anzog. »Ich bin einer von zwei Podiumsgästen.«

Sarah streckte sich über den Bettrand und ließ das Haar vor ihr Gesicht fallen, als sie auf dem Fußboden nach dem korallenroten Farbfleck ihres Rockes suchte. Sie fand ihren BH. Auf dem langen Flug nach Bangalore hatte Kate ihr ermutigende Worte ins Ohr geflüstert – *Alles ist erlaubt in der Liebe und im Krieg!* –, und sie hatte daraufhin praktischerweise die Tatsache ignoriert, dass Colin einer von den Guten war, ehrenwert, ein Mann, dessen Wort man trauen konnte und der natürlich Schuldgefühle wegen seiner Untreue, selbst außerhalb der Ehe, hätte. Würde sie einen anderen Mann haben wollen?

»Das ist wirklich blöd.« Er fand sein Hemd, zog es über und fingerte konzentriert an den Knöpfen an den Handgelenken. »Ich muss jeden Tag einen Beitrag zur Konferenz liefern. Heute Nachmittag eine chirurgische Vorführung, einen Vortrag am …«

»Colin, es reicht!« Mit dem Unterarm strich sie sich das wirre Haar aus dem Gesicht. »Ich erwarte nicht, dass du wegen mir deinen Tagungsplan änderst.«

Mit einem frustrierten Seufzer ließ er von den Knöpfen ab. Er drehte sich um und ging zu den Fenstern, wo er betont interessiert den Staub auf den geschlossenen Jalousien betrachtete. »Um Himmels willen, Sarah, glaubst du, ich würde das nicht lieber tun, nach dem, was zwischen uns geschehen ist?«

Sie zerknüllte den Rock in ihrem Schoß. Alles hätte sie ertragen, nur seinen Zorn nicht. »Ich habe dich letzte Nacht in die Enge getrieben. Das weiß ich. Es tut mir leid …«

»Nein!« Er hob seine Hand, als ob er ihre Worte zurückstoßen wollte. »Du brauchst nicht um Entschuldigung zu bitten.«

»Ich weiß, dass es bessere Möglichkeiten gegeben hätte, dich zu kontaktieren. Ich hätte in deinem Büro in Kalifornien anrufen können. Eine E-Mail schreiben …«

Aber ich musste dein Gesicht sehen.

»Das hätte keine Rolle gespielt.« Er stemmte die Hände in die Hüften. »Dich gestern Abend zu sehen war wie ein Adrenalinschock. Wie auch immer es passiert wäre, das Ergebnis wäre dasselbe gewesen.« Er drehte sich abrupt um und starrte ihr über diese schreckliche Entfernung hinweg in die Augen. »Aber das Timing ist unglaublich. Warum jetzt?«

Sie zog das Laken höher, auch wenn es ihre sommersprossige Nacktheit nur unzureichend bedeckte. Sie suchte verzweifelt nach Worten, war sich schmerzhaft bewusst, wie vorsichtig sie sein musste. Wenn sie ihr Mantra – *ich habe dich immer geliebt* – jetzt laut sagte, würde sie ihn nur noch tiefer in die wütende Verwirrung treiben.

»Erinnerst du dich an meine Freundin Rachel?«

Er runzelte die Stirn, schüttelte dann den Kopf. Sie war überrascht, dass er sich nicht erinnerte. In Paraguay hatten sie sich oft lange unterhalten. Ganz bestimmt hatte sie ihre Freunde und ihre Familie erwähnt. Bestimmt hatte sie von den Mädchen aus dem Kletterverein gesprochen und von der wildesten von allen erzählt.

Doch damals waren Gespräche zwischen ihr und Colin immer nur ein Weg gewesen, zu intensiveren, physischen Arten der Kommunikation hinüberzugleiten.

»Sie war eine meiner besten Freundinnen. Sie ist gestorben.« Sarah erzählte ihm von den schicksalhaften Briefen und dass es ihre Aufgabe gewesen war, ihn ausfindig zu machen. »Ich konnte mich nicht weigern, konnte meiner toten Freundin den letzten Wunsch nicht abschlagen.«

»Das ist alles? Deshalb hast du dich um die halbe Welt geschleppt?«

»Du hast mich verlassen, Colin«, sagte sie ohne Vorwurf. »Ich musste annehmen, dass du das Interesse an mir verloren hattest.«

»Ich hatte das Interesse nicht verloren!« Aufgeregt ging er auf und ab. »Nachdem ich aus Paraguay fortgegangen war und als Assistenzarzt in der Chirurgie angefangen hatte, gab es keinen leichten Weg zurück.«

»Ich bin nicht wegen einer Entschuldigung hier.«

»Oh, aber du verdienst eine. Das und eine ganze Menge mehr.« Er lehnte sich in einer Ecke an die Wand und ging in die Hocke. »Sarah Pollard! Nach all diesen Jahren tauchst du ausgerechnet in Indien auf. Wie ein Geist aus der Vergangenheit.«

Sie musste ihre Bluse finden. Sie suchte den Teppich ab, doch vermutlich steckte sie zwischen den zerknüllten Laken. Im nächsten Augenblick würde sie dieses Zimmer – Colins Zimmer – verlassen, sagte sie sich, nur einen Augenblick noch. Angezogen und außer Sichtweite würde sie sich der Schuld stellen, sie würde das Zittern zulassen, und sie würde den nächsten Flug nach ... egal, irgendwohin nehmen. Nur nicht hierbleiben.

»Ich habe deinen beruflichen Werdegang verfolgt, weißt du.«

Seine Stimme ließ sie innehalten.

»Nachdem du das Corps verlassen hattest«, fuhr er fort und rieb sich über die Bartstoppeln an der Wange, »hast du einen Abschluss als Krankenschwester an der New York University gemacht. Ich konnte mir dich nicht in dieser großen Stadt vorstellen.«

Ein Prickeln wanderte ihren Rücken hinauf.

»Du hast dich *Ärzte ohne Grenzen* angeschlossen. Ich weiß noch, wie ich gedacht habe, dass du genau dort hingehörst.« Er verlagerte das Gewicht, den Rücken an die Wand gelehnt, und legte den Kopf in den Nacken, um den Stuck an der Zimmerdecke zu betrachten. »Weißt du, wie oft ich an dich gedacht habe, wie du allein in diesem schlammigen Dorf in Paraguay gearbeitet hast, wie du

Guaraní gelernt hast, als wäre es deine Muttersprache? Du bist mit dieser Welt verschmolzen. Niemals bist du wütend geworden, weil nie etwas funktioniert hat, weil keiner pünktlich kam und weil nie Geld da war.«

Das Prickeln verstärkte sich, und eine neue Schwäche bedrohte ihren Verstand.

»Im Krankenhaus habe ich den Chirurgen zugesehen und den anderen Assistenzärzten gesagt: ›Das hier ist gar nichts. Versucht mal, in einer Schlammhütte zu operieren.‹ Ich habe ihnen gesagt: ›Geht in die Dritte Welt! Dort bekommt ihr in zwei Wochen mehr OP-Praxis als hier in zwei Jahren.‹ Ich habe ihnen gesagt: ›Dort habe ich eine Frau kennengelernt. Sie hat ein Gesicht wie ein Engel von Botticelli, doch ein Rückgrat aus Stahl. Sie hat nicht eine Miene verzogen, als sie Blutegel aus dem zerfetzten Bein eines Kindes pflückte …«

»Der Junge – Werai – ist mittlerweile verheiratet«, unterbrach sie ihn. Sie musste wieder zu Atem zu kommen. »Und er hat zwei Kinder. Der ältere Sohn heißt Colin.«

»Tatsächlich!« Colin lachte kurz auf, dann blickte er sie an. »Ich kann immer noch nicht glauben, dass du hier bist. Es ist, als ob der Himmel dich geschickt hätte.«

Ihr Herz schlug wie wild. Schwarze Flecken engten ihr Sichtfeld ein. Sie war geschickt worden. Von Rachel. Und vielleicht durch Rachel auch von einer höheren Macht. Ihre Gebete waren einmal erhört worden, als Colin damals eintraf, um Werai zu retten … und jetzt waren sie hier, beieinander.

Vielleicht hatte Kate doch recht damit gehabt, dass man um die Liebe kämpfen musste.

Dann schlug er sich plötzlich mit den Händen auf die Knie. »Ich kann jetzt nicht darüber nachdenken.« Er warf einen Blick auf die Uhr auf dem Nachttisch. »So seltsam das klingen mag, aber ich sage die Wahrheit wegen der

Podiumsdiskussion um halb zehn.« Er richtete sich auf, das Hemd klaffte über der nackten Brust. »Ich muss mich waschen, meine Unterlagen zusammensuchen und mich vorbereiten.«

Sarah nickte und versuchte, ihre Atmung unter Kontrolle zu bringen. Sie spürte, wie es in seinem Kopf arbeitete, wie er einzelne Punkte ordnete, um sie dann der Reihe nach zu bearbeiten. »Ich bin vorübergehend vom Flüchtlingscamp beurlaubt«, sagte sie und wäre gern zu einer seiner Prioritäten geworden. »Ich kann zwei Tage bleiben ... oder aber zwei Wochen.«

Oder zwei Monate. Oder länger. Ihr Vorgesetzter in der Niederlassung von *Ärzte ohne Grenzen* in der Nähe von Bujumbura hatte es deutlich gesagt. Er wusste, wie es war, in einem Flüchtlingscamp zu leben. Außerdem wusste er von dem verletzten Mädchen mit den schiefen Zöpfen, das gebrochene kleine Mädchen, das Sam aus der schmutzigen Gasse gerettet und in die Klinik gebracht hatte, damit Sarah sich um die Kleine kümmern konnte. Als Sarah dann Urlaub beantragt hatte, um an Rachels Beerdigung teilnehmen zu können, hatte ihr Vorgesetzter gesagt, sie könne sich so lange freinehmen, wie sie wollte.

Was, wie sie jetzt erkannte, ganz von Colin abhing.

Er trat an den Bettrand. Sein Blick strich über ihre nackten Schultern, eine Berührung so heiß wie eine Hand. Er folgte der Einbuchtung unter ihrer Kehle, glitt über ihre Sommersprossen zum Rand des Lakens, das sie hatte sinken lassen, gefährlich nahe an den Ansatz ihrer Brüste, wo er letzte Nacht seine Wange gerieben hatte, bis sie gestöhnt hatte.

»Wenn ich ein besserer Mann wäre«, murmelte er, »würde ich sagen, dass du sofort nach Hause fahren solltest.«

Sie hielt den Atem an, beobachtete den Kampf auf seinem Gesicht, bis es zur Ruhe kam – dann hatte er eine wichtige Entscheidung getroffen. Daran erinnerte sie sich.

»Übermorgen werde ich in ein Dorf etwa hundert Kilometer von hier fahren«, fuhr er fort. »Nur zwei einheimische Ärzte und ich. Es gibt dort ein Krankenhaus, in dem wir drei Kinder operieren werden. Wir werden eine neue kraniofaziale Technik anwenden …« Er machte eine wegwerfende Handbewegung und hielt mitten im Satz inne. »Egal. Was ich eigentlich sagen will, ist … wir könnten eine erfahrene Krankenschwester brauchen.«

Langsam, vorsichtig atmete sie ein. Es war zwar eine seltsame Einladung, zu einem Arbeitseinsatz, doch zweifellos eine Einladung.

»Gern, Colin, ich bin dabei.«

Kapitel 10

»Indien? Heilige Mutter Gottes, was meinst du damit, sie ist in Indien?«

Durch das Wartezimmer der Kinderpsychiaterin warf eine Mutter mit einem Pagenschnitt Jo einen strafenden Blick zu. Jo klemmte sich das Handy zwischen Ohr und Schulter, packte ihre Handtasche und rettete sich in die Privatheit des Eingangsbereichs.

»Paul, was du sagst, ergibt keinen Sinn«, sagte sie, während sie die Tür des Wartezimmers hinter sich schloss

»Natürlich nicht, es ergibt tatsächlich keinen Sinn. Ich bin derjenige, der in einer Hippiekommune aufgewachsen ist, nicht wahr? Ich bin derjenige, der nach Indien abhauen sollte – wie mein Vater, der nach Nepal ging, um da bei irgendeinem Guru zu lernen …«

»Paul …«

»Stattdessen lässt Kate mich sitzen. Kate, die aus einer ordentlichen Familie aus dem Mittleren Westen kommt, verdammt noch mal!« Im Hintergrund kreischte ein Kind, und etwas fiel mit einem lauten Knall zu Boden. »Michael, geh *sofort* mit dem Basketball nach draußen. Jo … hat sie dir denn nichts davon erzählt?«

»Keinen Ton.« Kate war in Indien? *Ohne die Kinder?* »Wann ist sie geflogen?«

»Vor ungefähr fünfzig Jahren ... äh ... am Dienstag. Such mal die Fußballschuhe, Tess. *Du* hattest sie zuletzt an, *du* hast sie ausgezogen. Such die verdammten Dinger also selbst!«

Jo lehnte sich an die Wand. Sie hatte überhaupt nicht anrufen wollen. Sie hatte nahezu sämtlichen Stolz über Bord geworfen, um diese verflixte Nummer zu wählen. Doch sie war in einer Arztpraxis, weil sie schon zum zweiten Mal in dieser Woche ärztliche Hilfe benötigte. Ihr Stolz durfte ihr nicht länger im Weg stehen, sonst würde Grace noch im Leichenschauhaus enden. Hier stand sie also, bereit, die Waffen zu strecken, zuzugeben, dass sie Kate gegenüber eine ahnungslose Idiotin gewesen war, elf Jahre lang, dass sie bereit war, sich vor der Großen Mutter und ihrer unendlichen Weisheit in den Staub zu werfen – und dann war Kate nicht einmal da, um sich an ihrem Unglück zu weiden.

»... wenn du die Stollenschuhe beim letzten Mal ordentlich weggeräumt hättest, wären wir jetzt für das Fußballspiel nicht zu spät dran.«

»Paul, wann kommt sie zurück?«

»Gute Frage. Offizieller Rückreisetermin ist Mittwoch in einer Woche, aber sie will schauen, ›wie es läuft‹. Sie hat den Palast des Tipu Sultan noch nicht gesehen. Und man weiß ja nie, was passiert, wenn sich ehemals Liebende wiedertreffen – Sarah könnte etwas *moralische Unterstützung* brauchen.«

»Mittwoch in einer Woche.« Jos große Präsentation war in sechs Tagen. Sie musste nach Grace' beeindruckendem Wutanfall eine Nanny finden. Keine der Agenturen rief sie zurück, und sie war inzwischen zu der Überzeugung gelangt, dass all diese Nanny-Agenturen untereinander vernetzt waren. »Paul, ich kann nicht bis Mittwoch in einer Woche warten.«

»Ich auch nicht. Dann fährt meine Mutter zurück in ihre Kommune und lacht sich ins Fäustchen. Ich werde meinen Job aufgeben müssen, um mich um die Kinder zu kümmern, denn wenn ich vom Esszimmer aus arbeite, wird Lola, die Herrscherin von Kundahar, am Ende noch Bratpfannen spucken anstatt brennende Gaskugeln ... Tess, was meinst du damit, dass wir an der Reihe sind, Snacks mitzubringen? Schau mal in der Speisekammer, was wir haben. Anna, ich mache dir gleich ein Sandwich, also Finger weg von der Erdnussbutter! Jo, ich habe wirklich keine Zeit mehr ...«

»Warte! Hast du ihre Telefonnummer in Indien?«

»Mach dir nicht die Mühe. Als ich das letzte Mal angerufen habe, hat sie mich abgewürgt. Hat mir gesagt, wenn ich im ganzen Haus keine Seife finden könne, dann solle ich doch, verdammt noch mal, welche kaufen. Was, zur Hölle, ist in sie gefahren?«

»Gib mir die Nummer, Paul. Mir wird sie zuhören.«

»Sie wohnt im *The Chancery* in Bangalore. Sarah hatte versucht, sie in irgendeiner Absteige mit Wanzen und ohne Spültoiletten unterzubringen. Mir wäre es mittlerweile lieber, Kate würde zum Fallschirmspringen gehen.« Er raschelte mit einigen Papieren, während er Tess drängte, ihre Fußballschuhe anzuziehen und ins Auto zu steigen. »Und wenn du sie erreichst«, sagte er, nachdem er ihr die Telefonnummer durchgegeben hatte, »frag sie doch bitte, wo sie die Glühbirnen aufbewahrt und wo Annas Sockenpuppe ist und warum wir kein Waschmittel mehr haben.«

»Klar, mach ich.«

»Hey, einen Moment noch ... Jo?«

»Noch dran.«

»Du bist eine Frau.«

»Süßer, glaub mir, das habe ich auch schon bemerkt.«

»Wo kann man Styroporbälle und hölzerne Wäscheklammern kaufen?«

Jo lehnte die Stirn an die Wand. Sie konnte Tess' Rufe im Hintergrund hören, Annas Weinen und das entfernte Geräusch eines Balls, der auf einen Holzboden aufprallte.

Paul stieß einen langen, erschöpften Seufzer aus. »Ja, ja, ich weiß, blöde Frage. Ich dachte nur, du als Frau …«

»Paul, ich verrate dir mal, was ich gelernt habe. Talent zur Mutterschaft? Das hat man nicht automatisch, nur weil man Titten hat.«

Jo unterbrach die Verbindung, klappte das Telefon zu und schaltete es auf Vibrationsalarm, während sie ins Wartezimmer zurückkehrte. Sie versuchte, nicht an Paul zu denken, der seit über zehn Jahren Vater war und schon nach ein paar Tagen allein mit seinen eigenen Kindern den Verstand verlor. Wie sollte da sie, die nie Mutter gewesen war, sich um ein halbpsychotisches Waisenkind kümmern?

Eine Frau in einer an Schwester Ratched erinnernden Tracht warf einen Blick um die Ecke. »Ms Marcum? Dr. Maria Rodriguez hat jetzt Zeit für Sie.«

Es stellte sich heraus, dass Dr. Rodriguez etwa halb so alt wie Jo war, was sie durch einen strengen Haarknoten und eine übergroße Brille mit flaschendicken Gläsern zu verbergen suchte. Als Jo das Büro betrat, sprang die Therapeutin auf, kam um den Tisch herum und streckte ihr eine Hand mit so langen falschen Fingernägeln entgegen, dass sie als Waffen hätten durchgehen können.

»Ms Marcum, ich bin Dr. Rodriguez.« Sie verzog den Mund zu einem angedeuteten Lächeln. »Grace ist also Ihre Tochter?«

»Nun, sie ist nicht meine leibliche …«

»Ich weiß, ich habe die Akte gelesen.« Die Nägel klackerten, als sie Jos Erklärung wegwedelte. »Grace ist ein großartiges Kind, aufgeschlossen und blitzgescheit. Aber sie hat auch viel mitgemacht. Erzählen Sie mir doch, wie es zu der Wunde an ihrer Stirn kam.«

Jo blinzelte. Dies war jetzt das dritte Mal, dass man sie das in der psychiatrischen Praxis fragte. »Sie ist in meiner Wohnung die Treppe hinuntergefallen und hat sich dabei die Stirn an der Tischkante aufgeschlagen.«

»Die müssen Sie abpolstern lassen«, antwortete die Psychiaterin und klackerte wieder mit den Fingernägeln. »Es gibt da etwas, das sich *Glasswrap* nennt. Es passt genau um die Kanten. Wie ist sie gefallen?«

Jos Telefon vibrierte, doch sie ignorierte es. »Es war die erste Nacht in meiner Wohnung. Ich vermute, sie hat die Stufen nicht gesehen …«

»Wahrscheinlich ist sie schlafgewandelt.« Die Psychiaterin nickte, setzte sich dann wieder hinter ihren Schreibtisch und notierte etwas auf ihrem Block. »Ja, Schlafwandeln. Das passt ins Profil.«

»Profil?«

Dr. Rodriguez rutschte auf ihrem Stuhl herum, nahm ihre Brille ab und legte sie auf die Akte. »Ms Marcum, Sie brauchen sich keine Sorgen zu machen. Sie haben es …« – sie gestikulierte in Grace' Richtung, die hinter einem großen Fenster in einem Zimmer spielte, das so gelb gestrichen war, dass es in den Augen schmerzte – »… mit einem absolut normalen Kind zu tun.«

Jo hätte sich erleichtert fühlen müssen, doch stattdessen hatte sie Angst. Sie konnte das Bild von Grace' verzerrtem Gesicht einfach nicht verdrängen, als das Mädchen den Teller mit Makkaroni mit drei Käsesorten durch die Küche geworfen hatte.

»Was nicht bedeutet, dass sie keine Probleme hat.« Klackklackklack machten die Nägel. »Und was für Probleme Grace hat! Ich meine, denken Sie nur daran, wie sich ihr Leben in den letzten zwei Wochen verändert hat. Ihre

Mutter ist tot – das übersteigt ihre Vorstellungskraft übrigens noch –, dazu kommt ein plötzlicher Wohnortwechsel, der sie nicht nur von ihren bisherigen Erziehungsberechtigten« – jetzt setzte die Ärztin die Brille gerade lang genug auf, um einen Blick in die Akte zu werfen –, »sondern auch von ihren Freunden aus der Nachbarschaft und ihren Haustieren, so sie welche hatte, getrennt hat.«

Haustiere?

»Natürlich weiß sie nicht mehr, wo oben und unten ist. Kann man ihr das verübeln? Doch das Schlimmste ist der Verlust ihrer Mutter, und deshalb versucht sie, neue Grenzen auszutesten, wenn sie mit einem Teller Nudeln nach Ihnen wirft.«

»Eigentlich hat sie ihn durch die ...«

»Wie auch immer. Sie müssen das Kind begreifen.«

Klackklackklack. »Kinder sind besondere Wesen und vollkommen anders als Erwachsene. Deshalb gibt es Menschen wie mich«, sagte sie mit einer Handbewegung zu den gerahmten Diplomen an der Wand, »die sich auf die einzigartigen Herausforderungen kindlicher Psychologie spezialisiert haben. Ein Kind trauert nicht so wie Sie und ich. Meine *tía* María zum Beispiel geht zu jeder Beerdigung in Queens, um mal wieder aus vollem Herzen zu weinen. Zugegeben, mit den meisten Verstorbenen ist sie verwandt, aber deshalb geht sie nicht dorthin. Sie geht wegen des Weinens zu den Beerdigungen. Und ich meine tatsächlich *weinen*, mit allem, was dazugehört: heulen, schluchzen, jammern, sich über den Sarg werfen, das ganze Programm. Sie lässt die Trauer heraus, verstehen Sie? Sie verdrängt nichts. Doch ein Kind von sieben Jahren ist zu jung dafür. Es kann noch nicht begreifen, was ›für immer weg‹ bedeutet.«

»Moment, warten Sie mal ... Grace versteht nicht, dass ihre Mutter tot ist?«

»Richtig. Ich habe eine Cousine in ihrem Alter, die immer noch glaubt, Goldie käme zurück, obwohl sie gesehen hat, wie der aufgeblähte Fisch die Porzellanrampe hinuntergespült wurde. Natürlich ist es auch nicht hilfreich, dass mein Onkel dauernd Doppelgängerfische kauft und sie ebenfalls Goldie nennt. Bisher hatte sie sieben. Meine Cousine weiß besser als jedes Mitglied der St.-Joseph's-Pfarrei, was Wiederauferstehung bedeutet.«

Jo lehnte sich auf ihrem Stuhl nach hinten, um einen größeren Abstand zwischen sich und die Fingernageldolche zu bringen. Sie versuchte zu verstehen, was die Therapeutin ihr sagen wollte. Ihr Telefon vibrierte erneut, ein dröhnendes Geräusch in dem kleinen Büro.

»Mit einer Mutter kann man das natürlich nicht machen. Man darf Grace nicht glauben machen, dass ihre Mom zurückkehrt, denn sie wird nicht zurückkehren, und je mehr Zeit vergeht, desto besser wird sie es verstehen. Diese erbarmungslose Erkenntnis wird in plötzlichen Schüben kommen. Gestern haben Sie einen dieser ›Schübe‹ erlebt. Vielleicht war es der erste.«

»Nein, nein«, widersprach Jo. »Es hatte nichts mit ihrer Mutter zu tun. Sie hat wegen der Makkaroni die Fassung verloren.«

»Übertragung. Es ging nicht um die Makkaroni mit Käse. Nein, falsch, es waren schon die Nudeln, aber in dem Sinne eines Triggers.«

»Ein Trigger?«

»Es war ihr Lieblingsessen, nicht wahr?«

»Das hat mir ihre Tante zumindest erzählt.«

»Nun, dann waren es vielleicht nicht die richtigen Makkaroni mit Käse.«

»Die richtigen.« Jo fühlte sich wie ein Zombie, der alles wiederholte.

»Hören Sie!« Klackklackklack. »Kinder sind Gewohnheitstiere. Ich habe einen Patienten, der nur einen ganz bestimmten Käse isst, und den auch nur frisch vom Laib. Wenn man ihm eine andere Marke gibt oder die eingeschweißte Variante, dann verliert er vollkommen die Fassung. Ich spreche vom Wutanfall eines Profis: blaues Gesicht, Krämpfe, Schreien, Sie wissen schon. Welche Makkaroni mit Käse auch immer Sie Grace vorgesetzt haben – es waren die falschen. Sie müssen herausfinden, welche sie mag, und ihr das nächste Mal die richtigen auftischen.«

Jo sank tiefer in ihren Stuhl.

»Sie müssen auch im Kopf behalten, dass das der erste Zwischenfall war, den Sie bemerkt haben. Grace treibt vermutlich sehr viele verrückte Dinge. Dazu gehört auch Schlafwandeln. Schlafprobleme sind bei Kindern, die unter emotionalem Stress stehen, sehr verbreitet. Ihre Essgewohnheiten sind vielleicht auch gestört.« Die Ärztin blätterte wieder in der Akte. »Sagten Sie nicht, dass sie kaum etwas gegessen hat und dass Sie den Verdacht haben, dass sie an etwas Merkwürdigem gekaut hat?«

»Karton.«

»Passt total ins Profil. Ich warne Sie: Es wird weitergehen. Jedes Kind verhält sich anders, doch Grace könnte auch in der Schule auffällig werden. Prügeleien auf dem Schulhof, Störungen im Unterricht. Man wird vielleicht versuchen, bei ihr eine Aufmerksamkeitsdefizitstörung zu diagnostizieren, doch Vorsicht! Die hat sie nicht. Grace wird von ihren Emotionen hin- und hergeworfen werden. Sie wird Sie treffen, und dann wird sie abdrehen, und man kann nicht vorhersehen, in welche Richtung. Ihre Aufgabe als ihr Vormund ist es, wachsam zu sein für diese Momente, sie behutsam von selbstzerstörerischem und gewalttätigem Verhalten wegzulenken und sie auf ihre Art trauern zu lassen.«

Jos Knie wurden weich. Sie würde ohnmächtig werden.

Sie würde tatsächlich ohnmächtig werden, aber nicht so anmutig wie ein Mädchen aus den Südstaaten normalerweise.

»Das alles wird sich bestimmt nicht so bald ändern«, fuhr die Psychiaterin fort. »Grace hat ihre Mutter verloren, und das ist endgültig. Sie wird dreizehn Jahre alt werden und zum ersten Mal ihre Periode bekommen, und dabei wird sie plötzlich in Tränen ausbrechen, weil ihre Mutter nicht da ist, um diesen Moment mit ihr zu teilen.«

Ein roter Schleier zog sich über Jos Blickfeld. Dr. Rodriguez notierte etwas auf einem kleinen blauen Zettelblock.

»Das wird für eine Weile helfen.« Die Psychiaterin riss das Rezept ab. »Es ist ein mildes Mittel, aber es wird ihr helfen zu schlafen.« Sie füllte ein neues Rezept aus. Klackklackklack. »Und dieses kann ihr über den schlimmsten Schock hinweghelfen. Wenn Sie sie in acht Wochen zur erneuten Beurteilung herbringen, werden wir die Dosierung neu einstellen …«

»Dosierung?« Jo starrte auf die Rezepte. Sie kannte das Medikament. Erst vor kurzem hatte sie daran gedacht, es sich selbst verschreiben zu lassen. »Sie wollen Grace Antidepressiva geben?«

»Sie sind sehr mild, haben nur eine schwache Wirkung. Grace ist traumatisiert. Sie braucht Zeit.«

»Nein!«

Hatte sie tatsächlich laut gesprochen?

»Es ist Ihre Entscheidung, aber überlegen Sie es sich. Es ist nur für eine begrenzte Zeit. Um Ihrer beider willen.«

Die Psychiaterin setzte ihre Brille auf und erhob sich. Das Gespräch war beendet. Jo stand ebenfalls auf, mit zitternden Beinen. Ihr Handy brachte die ganze Tasche zum Vibrieren. Beide Rezepte in der Hand, ging sie benommen aus dem Büro in das Spielzimmer, um Grace abzuholen.

»Okay, Grace«, sagte Jo und blickte auf den Fleck, den

ihr Daumen auf den kleinen blauen Zetteln hinterlassen hatte. »Es ist Zeit zu gehen.«

Das Mädchen antwortete nicht. Sie war in den Bau einer Burg aus Bauklötzen vertieft.

»Grace …«

»Ich bin fast fertig.«

Jo zerknüllte die Rezepte in der Hand. Grace war erst seit knapp zwei Wochen bei ihr, und schon dachte sie darüber nach, das Mädchen unter Drogen zu setzen. Alles in ihr sträubte sich dagegen, aber konnte sie ihrem Bauchgefühl wirklich vertrauen? Was wusste sie denn schon über die Erziehung eines normalen, glücklichen Kindes, geschweige denn über die eines emotional und psychisch traumatisierten Kindes? Was wusste sie über die verschiedenen Zubereitungsarten von Makkaroni mit Käse? Was wusste sie über die Langzeitbetreuung eines potenziell gewalttätigen und trauernden Kindes? Wie sollte sie mit den täglichen Anforderungen eines bedürftigen Kindes fertig werden, wenn selbst ihre Martha-Stewart-Freundin einen Mann hatte, der seine eigenen drei Kinder kaum unter Kontrolle bekam?

Ihre Hände zitterten. Und nicht nur die. Ihr ganzer Körper zitterte, von Kopf bis Fuß. Sie sank in einen roten Plastikstuhl, der zu klein für ihren Kentucky-Hintern war. Sie vibrierte wie das verflixte Telefon in ihrer Tasche.

Als sie es aufklappte, ertönte Hectors panische Stimme.

»Hör zu, Jo, du musst ehrlich mit mir sein. Liegst du irgendwo am Strand einer tropischen Insel? Denn wenn du das tust …«

»Gott, ich wünschte, ich wäre dort.«

»Wann also kommst du *ins Büro?*«

»Bald.«

»Wenn du nicht *sehr* bald kommst, dann kannst du den Kunden vergessen.«

Jo schloss die Augen und massierte ihren Nasenrücken. »Was ist denn jetzt schon wieder los?«

»Miss Sophie gibt wirklich alles bei der Präsentation. Sie hat das ganze Büro dazu gebracht, für Miss Koksnase als Gesicht von *Mystery* zu stimmen, und die Grafiker …«

»Was? Habt ihr denn immer noch keine Alternative? Muss ich denn alles selbst machen?«

Hector verstummte. Sie spürte durch die Leitung, wie verletzt er war. Im Hintergrund konnte Jo auch das Geräusch von tippenden Fingern auf einer Computertastatur hören, undeutliche Stimmen und das Surren eines Druckers. Die Geräusche waren wie ein Wiegenlied für sie. Sie wollte ins Büro gehen. Sie wollte Hector sagen, dass er sich tapfer schlug und dass es ihr leidtat. Sie wollte so gern im Büro sein, weg von ihrem Alltag mit Kind, dass es weh tat.

Sie hatte noch nie Beruhigungsmittel genommen, aber jetzt fragte sie sich, ob sie sich nicht etwas von Grace' Medikamenten für sich selbst verschreiben lassen sollte.

»Hector … es tut mir leid.« Jo unterdrückte das Zittern. »Das war unmöglich und absolut unfair. Ich weiß, dass du unter Druck stehst, und ich schätze es sehr, dass du mich vertrittst.«

»Du musst dich sehen lassen, Boss.« Er klang immer noch verletzt. »Wenn du diesen Kunden verlierst, verlierst du vielleicht auch deinen Job, und falls du es noch nicht bemerkt haben solltest, geht dann der Stern dieses jungen Mannes gemeinsam mit deinem unter.«

»Ich komme heute noch rein.« Sie blickte zu Grace' gebeugtem Kopf, ihrem verfilzten Haar und ihren zu kurzen Jeans. Sie atmete tief durch. Sie würde zur Arbeit gehen, alles hinter sich lassen. Sie würde ein lebhaftes Gespräch mit kreativen Individuen führen und an der Kaffeemaschine über die gestrige Folge von *Law & Order* sprechen.

»Ich muss noch ein paar Dinge erledigen, aber bis mittags bin ich bestimmt da.«

Als Jo das Telefon zuklappte, erkannte sie rasch drei Dinge.

Sie erinnerte sich an das vergangene Jahr, als eine der Presseagentinnen ihren zweijährigen Sohn mit ins Büro gebracht hatte. Die Tagesmutter war abgesprungen, und die Angestellte hatte keine Urlaubs- oder Überstunden mehr, die sie nehmen oder abfeiern konnte. Sie hatte den Jungen in einem Konferenzraum mit der *Sesamstraße* geparkt und war dann zu einem Meeting gegangen. Als sie zurückkam, waren die Wände über und über mit einem Edding bemalt. Es hatte fünfzehnhundert Dollar gekostet, den Raum neu streichen zu lassen. Außerdem war er eine Woche lang unbenutzbar gewesen, und auch wenn Jo wie alle anderen der Mutter gegenüber Verständnis vorgegeben hatte, hatte sie außer Hörweite Klartext geredet. Beim nächsten Mal sollte die Frau einen unbezahlten Urlaubstag nehmen und mit dem Kind daheim bleiben.

Jetzt würde Jo selbst mit einem Kind im Büro erscheinen, mit einem Kind, das theoretisch noch viel schlimmere Dinge anstellen konnte, wenn man ihm nicht den richtigen Stift gab. Und ebenso wie die puterrote, erschöpfte Presseagentin hatte Jo kaum eine Wahl.

Sie erinnerte sich außerdem lebhaft an den Anblick ihrer Mutter, die jeden Abend mit blutbespritzten Schuhen nach Hause kam und Jo erklärte, es sei zwar nur eine Geflügelverpackungsfabrik, aber die Arbeit brächte mehr Geld als die im Ramschladen, so dass sie ein Dach über dem Kopf und Essen auf dem Tisch und Kleidung für Jo hätte. Und wenn ihre Mutter dabeibliebe, würde sie vielleicht zur Abteilungsleiterin aufsteigen, und dann könnten sie endlich den Linoleumboden in der Küche reparieren lassen.

Außerdem verstand Jo absolut, warum Kate die Nase

voll gehabt hatte und nach Indien abgehauen war. Die große Frage war, warum sie das erst jetzt getan hatte.

»Sind wir jetzt fertig?«

Grace stand mit ernsten braunen Augen und einem erdbeerroten Mund vor ihr.

»Ja, Kleine.« Jo stand auf und nahm Grace' Jacke von dem lilafarbenen Kleiderständer. Mit einer Hand half sie dem Mädchen hinein. »Ja, wir sind fertig, genauso fertig wie angebrannter Toast.«

»Ich mag keinen angebrannten Toast.«

Dinge, die Grace nicht mag: 1. Benitos Makkaroni mit Käse. 2. Angebrannten Toast. 3. Meinen Humor.

»Nun, ich verwette mein bestes Paar Schuhe, dass es dir dort, wo wir jetzt hingehen, gefallen wird«, sagte Jo.

»Tante Jessie hat das auch mal gesagt. Und ich habe Tante Jessie gesagt, dass ich Lots o' Tots nicht mag.«

»Wie bitte?«

»Es riecht da so komisch wegen den Babys. Und sie weinen die ganze Zeit.«

»Grace, wir gehen nicht zu Lots o' Tots.« Jo warf der Rezeptionistin ein nervöses Lächeln zu und verließ mit Grace die Praxis.

»Tante Jessie hat mich da *ewig* bleiben lassen.«

»Ich lasse dich nicht allein, Kleine. Du darfst sogar mit mir zur Arbeit gehen.«

Grace ging stumm neben ihr die Treppen hinunter. Ihre Schnürsenkel hatten sich gelöst. *Können sich Siebenjährige die Schuhe noch nicht selbst binden?* Unten angekommen, warf Grace ihr einen schüchternen Blick zu. »Arbeitest du auf Bergen?«

»Äh ... nein.« Jo hielt die Tür auf, und sie traten in das helle Oktoberlicht hinaus. Es war ein Tag, an dem Rachel mit dem Mountainbike über die Adirondack-Wege gebrettert wäre. »Ich arbeite in einem Büro. Mit Telefonen und Faxen und großen Zimmern, in denen du spielen kannst.«

»Habt ihr auch Computer?«

»Ganz viele, ja.«

»Bei Lots o' Tots hatten sie die auch. Ich fand die Computer gut, aber sie haben mich überhaupt nicht damit spielen lassen.«

Jo überlegte fieberhaft. Gab es im Büro einen unbenutzten Computer? Und hatte er Spiele? Gab es irgendwo einen Laptop, den sie konfigurieren und auf dem sie ein paar Spiele installieren konnte?

»Ich hatte gerade die Maulwürfe erledigt«, erzählte Grace. »Ich hatte alle A-Maulwürfe und fast alle B-Maulwürfe, und ich war gerade an den C-Maulwürfen dran, als der Lehrer gesagt hat, es wäre genug. Und die C-Maulwürfe waren so lustig! Sie hatten lange Beine, und sie waren total schnell.«

Jo erhaschte einen Blick auf ein freies Taxi. Sie winkte und packte Grace' Hand. »Nun, ich weiß einen wunderbaren Ort, wo wir genau das Spiel kaufen können, Grace, und dann werden wir es in meinem Büro installieren.«

Und ich kann vielleicht zumindest meinen Job retten.

J. C. Richards war eines der größten Spielwarengeschäfte der Stadt und residierte auf der Fifth Avenue. Jo war dort bereits einige Male gewesen, als sie Geschenke für die Kinder der Angestellten und für Kates Kinder gekauft hatte, doch wenn möglich hatte sie einen Assistenten hingeschickt. Denn der Riesenladen glich, wie heute auch, einem Irrenhaus voller kreischender, überzuckerter Kinder.

Ein Dschungel war offensichtlich das Dekorationsthema für das Erdgeschoss. Ein riesiger Affenbrotbaum wuchs aus der Mitte empor, gepflasterte Wege führten um seinen Stamm herum. Plüschpythons hingen von den Zweigen, bunte Vögel drängten sich zwischen den Seidenblättern.

Affen schwangen sich an Lianen von einem Ast zum anderen, und eine fast drei Meter hohe Giraffe streckte ihren Hals, um an die grünen Zweige zu kommen. Aus versteckten Lautsprechern ertönten typische Dschungelgeräusche wie Vogelgezwitscher, Affengeschrei und das Brüllen eines Löwen, laut genug, um das Kreischen der Kinder zu übertönen.

Grace machte große Augen. »Wow ...«

»Das ist das Paradies, nicht wahr, Kleine?« Jo ging neben ihr in die Hocke. »Und weißt du was? Heute ist dein Glückstag. Du darfst dir ein Spielzeug aussuchen – was immer du magst.«

»Egal was?«, kiekste das Mädchen.

»Egal was.«

Hallo, Giraffe!

Grace machte sich von Jo los und rannte zu dem tonnenschweren Nilpferd. Jo ging langsam hinter ihr her und fragte sich, wie sie es ins Taxi und in ihr Büro bringen sollte. Sie war sich nicht sicher, ob das Geschäft auch nach Hause lieferte. Doch als sie bei Grace angekommen war, rannte die schon zu dem Löwen und griff dann nach einer Schlange. Sie legte sie sich um den Hals wie eine, nun ja, Boa, riss sie sich wieder herunter und rannte in eine andere Richtung auf die Bauklötze zu. Dann zu den Chemiebaukästen. *Bitte, lieber Gott, davon bitte keinen.* Jo stellte sich vor, wie der Konferenzraum in Flammen aufging. Dann war Grace schon auf dem Weg zu den Actionfiguren, dann zu den Kinderkostümen, und dann entdeckte sie die Rolltreppe in den ersten Stock, die in eine ganz andere Welt aus Knetmasse und Plastikperlen und Lego und Computerspielen und unzähligen Puppen führte.

Sie fanden ein Computerspiel zum Lesenlernen, das laut der Systemanforderungen problemlos auf Jos Laptop laufen würde. Jo legte es in einen Einkaufskorb und erklärte

Grace, dass es nicht als Spielzeug zählte, woraufhin das Mädchen zum nächsten Gang rannte. Jo nutzte die Gelegenheit, einen weiteren Anruf von Hector anzunehmen, musste sich allerdings ein Ohr zuhalten und versuchen, in dem ganzen Lärm nicht zu laut zu schreien. Sie erinnerte sich daran, dass sie am Abend zuvor einen heißen jungen kenianischen Sänger in einer Late-Night-Show im Fernsehen gesehen hatte. Man hatte ihn als den »schwarzen Frank Sinatra« angekündigt. Wer sagte denn, dass das Gesicht von *Mystery* eine Frau sein musste? Wäre das nicht der Clou schlechthin und würde das der Kampagne nicht viel mehr Aufmerksamkeit einbringen, wenn sie sich für einen Mann entschieden? Sie trug Hector auf, den Agenten des Kenianers ausfindig zu machen und ihm ein Angebot zu unterbreiten.

Als sie das Handy wieder in ihrer Tasche verstaute, stand Grace gerade an einem Tisch voller Eisenbahnschienen und magnetischer Modellbauzüge. Sie ließ einen Waggon auf ihrer Handfläche hin- und herfahren.

»Möchtest du einen davon?«, fragte Jo und dachte, dass das Set mehr kostete, als sie je im Leben für Spielzeug ausgegeben hatte. »Die machen bestimmt viel Spaß.«

Grace antwortete nicht sofort. Sie stellte den Waggon ab und nahm einen anderen. Sie betrachtete ihn so angestrengt, als ob sie versuchte, die Hieroglyphen auf der Seite zu lesen. »Du hast gesagt, es ist egal, was ich mir aussuche, nicht wahr?«

Also doch die Drei-Meter-Giraffe. »Was du willst, Kleine.«

Grace stellte den Waggon ab, drehte sich um und ging zurück zu den Gängen mit den Malutensilien, an den Regalen mit Vorschulspielzeug vorbei, der Knete und den Babypuppen, die man füttern, wickeln und pupsen lassen konnte. Grace ging bis zur allerletzten Regalreihe des

Ladens. Dort stellte sie sich auf die Zehenspitzen und holte die dritte Schachtel herunter. Nicht die zweite, nicht die erste. Die dritte, vom vierten Regalbrett von unten.

Grace hielt eine altmodische Barbiepuppe in der Hand, komplett mit blauem Lidschatten, schwingenden blonden Locken und einem pinkfarbenen Organzaballkleid mit goldenem Glitzer.

Jo sah Grace an, wie sie sie noch nie zuvor angesehen hatte. Sah, wie sehnsüchtig Grace die Puppe mit ihrer ach so perfekten Figur und den hohen Wangenknochen und den gebogenen Füßen, die in durchsichtigen Plastikschühchen steckten, betrachtete. Sie sah *Grace* mit ihrem zerzausten langen Haar und den Hochwasserhosen. Bemerkte das schmutzige pinkfarbene Band, das sie wie ein Armband um ihr Handgelenk geknotet hatte, und die pinkfarbenen Baumwollturnschuhe, die auch schon bessere Tage gesehen hatten.

Grace murmelte: »Darf ich die hier haben?«

Die Erkenntnis traf Jo wie der Schlag. Endlich fielen einige Puzzleteilchen an ihren Platz.

Sie stellte sich Rachel vor, die mit Grace durch diese Gänge hier ging. Stellte sich vor, was Rachel beim Anblick einer Barbie sagen würde. *Schau dir die nur an, Grace, so sieht doch keine Frau auf der ganzen Welt aus. Krankhaft dürr, riesige Brüste. Und wer trägt denn überhaupt noch solche Kleider? Los, wir gehen zu den Rollerblades.*

Und sie stellte sich Jessie vor, erschöpft, weil sie dauernd irgendeinen Verwandten zum Arzt fahren musste, wie sie Grace in der Tagesstätte unterbrachte. *Nein, Grace, du kannst heute nicht mitkommen. Du wirst bei Lots o' Tots bleiben. Vielleicht kann morgen die alte Mrs Henson auf dich aufpassen. Nein, Grace, du musst leider auch am Nachmittag hin. Magst du das Essen dort nicht? Du kannst da aber auf dem Spielplatz spielen. Grace, Liebes, nimm deinen Gameboy mit, wir werden eine ganze Weile in der Arztpraxis sein … Grace, deine Mutter ist müde. Fahr doch draußen ein bisschen mit dem Roller, bist du so lieb?*

Sie stellte sich vor, wie Rachel die dunklen Feenhaare ausfielen, als die Chemotherapie in ihrem Körper wütete. Wie die rasch fortschreitende Krankheit das Leuchten aus ihrem Gesicht riss, die Weichheit aus ihrer Haut. Dass sie eine blonde Perücke tragen würde, denn das wäre genau Rachels Humor: als Blondine zu sterben. Außerdem würde sie Grace nicht mit der haarlosen Wahrheit ängstigen wollen.

Rachel, du hättest es uns sagen sollen. Wir hätten dir helfen können.

Jo ging in die Knie. Grace blickte immer noch auf die Puppe, ihre Fingerknöchel traten weiß hervor, so fest umklammerte sie die Schachtel.

Jo sagte: »Oh, das ist aber eine wunderschöne Barbie.«

Grace betrachtete gebannt ihren Schatz. »Sie hat so schöne Haare.«

»Schau, es ist auch eine Bürste dabei«, bemerkte Jo und warf einen Blick auf Grace' wilden Schopf. »Es wird großartig sein, sie zu bürsten. Du hast eine gute Wahl getroffen, Kleine.«

Niemand hatte es bemerkt. Nicht Jessie, nicht Grace' Großeltern, nicht einmal Rachel, alle waren sie zu sehr mit sich selbst beschäftigt gewesen. Wer hätte denn erwartet, dass Rachels Kind – das Kind der Superathletin, dem Adrenalinjunkie, dem größten Wildfang auf Erden – ein richtiges kleines Mädchen werden würde?

So einfach konnte es doch nicht sein. Kinder waren kompliziert, irrational und unkontrollierbar. Sie durfte sich nicht einbilden, dass alle Probleme so einfach zu lösen wären. Es war nicht einfach nur der Kauf eines banalen Spielzeugs, der das Leuchten auf Grace' Gesicht gezaubert hatte. Jo wusste, dass sie Grace alle Spielzeuge der Welt kaufen könnte und sie damit nicht glücklicher machen würde. Grace liebte ihre Barbie, keine Frage, doch viel mehr noch liebte sie Aufmerksamkeit. Jemand hörte ihr zu, hörte ihre Wünsche und nahm sie ernst.

Das Handy vibrierte in ihrer Tasche. Jo griff hinein und packte das Gerät. Hielt es fest.

Sie dachte an ihren Job: Die Position als Vizepräsidentin, auf die sie mit Achtzig-Stunden-Wochen hingearbeitet hatte, der Gehaltsscheck, der die Karamell-Lattes und den Single-Malt-Scotch bezahlte, der den bitteren Geschmack von Dosengemüse und zwei Tage altem Brot ihrer Jugend wegwusch, und ihr Sparkonto, das ihr eines Tages die Unabhängigkeit von Schufterei und Schulden sichern würde – eine Zwillingsfalle, aus der sich ihre Mutter nur mit dem Tod hatte befreien können.

Das Handy in Jos Hand vibrierte immer noch.

Grace blickte sie mit Rachels unergründlichen braunen Augen an, voller unverhüllter, bebender Hoffnung, und Jo tat, was sie tun musste.

Sie schaltete das Telefon aus.

Kapitel 11

Beschwingt und hoffnungsfroh rekelte sich Kate auf dem riesigen Bett in ihrem Hotelzimmer. Paul würde kommen, das wusste sie. Während des letzten Telefongesprächs hatte er versprochen, sich zu überlegen, einen Flug nach Indien zu nehmen. Wärme hatte in seiner Stimme gelegen, die bei all den anderen Anrufen – zwei pro Tag seit ihrer Ankunft – gefehlt hatte. Wärme und ein Versprechen, die sie dahinschmelzen ließen.

Seither hatte er nicht mehr angerufen. Seit achtundvierzig Stunden hatten sie nicht mehr miteinander gesprochen. Das konnte nur eines bedeuten: Er saß bereits in einem Flugzeug nach Bangalore.

Sie rieb sich das Knie mit dem nackten Fuß und spielte mit der Schleife an ihrem roten Seidennegligé. Versöhnungssex mit Paul war immer heiß und leidenschaftlich. Sie hatte das Nachthemd nur für ihn gekauft, nur für diesen Anlass. Das Einwickelpapier lag noch zerknüllt auf dem Boden, die Tüte in einer Ecke. Am Abend zuvor hatte sie im Internet nach Flügen von Newark nach Bangalore gesucht. Wenn man einen halben Tag rechnete, um daheim und bei der Arbeit alles zu organisieren, und berücksichtigte, dass er in Frankfurt würde umsteigen müssen, dann müsste er eigentlich jede Minute im Hotel eintreffen. Sie würde ihn darum bitten, die Zimmertür hinter sich abzuschließen, damit Sarah sie nicht bei ihrer üblichen frühmorgendlichen Rückkehr überraschte.

Sie fragte sich, ob er wohl Blumen vom Flughafen mitbringen würde. Sie fragte sich, ob er daran denken würde, die Schokoladenkörpercreme einzupacken, die im Nachtschränkchen langsam schal wurde. Doch im Grunde war es ihr gleichgültig, wenn er mit leeren Händen kam, denn der Mann, der durch diese Tür treten würde, wäre ohne Zweifel das einzige Geschenk, das sie sich wirklich wünschte, der Paul, den sie geheiratet hatte, der Surferjunge mit dem Sinn für Humor, der Mann, der in ihrem Leben wieder für Aufregung sorgen würde.

Sie hatte ihm bereits all die bösen Dinge vergeben, die er ihr seit ihrer Ankunft in Indien gesagt hatte. Anspannung und Wut waren die Ursache gewesen, von Schock, Verwirrung und Frustration hervorgerufen. Ein scharfer Einschnitt wie dieser war wie eine Geburt. Der Schmerz war notwendig. Nur so wurde seine Bedeutung erfasst. Sie hatte nicht vergessen, dass erst ein Sprung aus zweieinhalbtausend Metern Höhe sie selbst hatte wachrütteln können.

Der Türknauf klapperte, und Kate sprang vom Bett. Ihre Haare, offen und frisch geföhnt, schwangen um ihr Gesicht. Sie stolperte über ein Paar Joggingschuhe, das auf dem Boden lag, und die Tür öffnete sich.

»Sa… Sarah!« Kate hielt abrupt inne. »Du bist es!«

Sarah erstarrte blinzelnd, die Schlüsselkarte in der Hand. Sie trug denselben batik-braunen Rock und die zerknitterte weiße Baumwollbluse, die sie am Abend zuvor getragen hatte, als sie aus dem Zimmer geschlüpft war. Ihr Gesicht wirkte frisch gewaschen.

»Hallo.« Sarah zog eine Augenbraue hoch, als sie Kates Nachthemd wahrnahm. Dann blickte sie plötzlich angespannt zum Bett. »Passiert hier etwas, von dem ich wissen sollte?«

»Nein, nein, noch nicht.« Kate schob die Jeans, die sie am Abend zuvor einfach auf dem Boden hatte liegen lassen, zur Seite. Dann steckte sie den Kopf durch die Zimmertür und blickte nach links und rechts auf den langen Flur. »Paul müsste eigentlich jede Minute hier sein.«

»Oh! Welch glücklicher Mann!« Sarah schüttelte sich kurz und trat ins Zimmer. Interessiert betrachtete sie das ockerfarbene Muster auf Kates Unterarm. »Ist das für ihn?«

Kate blickte auf die Ranken, die sich bis zum Ringfinger ihrer linken Hand erstreckten. »Ja, ich habe es gestern auf dem Markt machen lassen.« Sie schloss enttäuscht die Tür und lehnte sich mit dem Rücken dagegen. »Sam hat eine tolle Hennakünstlerin für mich gefunden. Die Frau muss mindestens hundert Jahre alt gewesen sein.« Sie musterte Sarah von oben bis unten, von der steilen Falte zwischen ihren Brauen über ihre steifen Schultern bis zu dem zerknitterten Rock, der nachlässig auf ihren mädchenhaften Hüften saß. »Sam und ich wollten dich eigentlich mitnehmen, aber du hast so tief geschlafen, da mochte ich dich nicht wecken.«

»Du hast zu früh mit Wasser hantiert.« Sarah streifte ihre Umhängetasche aus Hanf ab und legte sie auf das Bett, auf dem sich schon ihr Rucksack und ein Paar Sandalen tummelten. »Es müsste eigentlich dunkler sein.«

»Ich weiß.« Unter der roten Seide trug Kate noch eine andere Bemalung, die dunkler war, die sie noch nicht gewaschen hatte: eine verführerisch geschwungene Schlange. Das Reptil wand sich um ihre Seite und erstreckte sich fast bis zu ihrem Schritt, das Maul weit geöffnet und die gespaltene Zunge nach unten deutend. »Bräute werden so bemalt, weißt du?« Kate schaute ihre unergründliche, mundfaule Freundin an. »Du solltest dir auch so ein Tattoo machen lassen, Sarah. Vielleicht für deine und Colins baldige … Verlobung?«

Sarah erstarrte über ihrem Rucksack, aus dem Kleidung hervorquoll. »Ich bin nicht Tess, Kate. Bemuttere jemand anderen.«

»Ich bemuttere dich nicht.« Kate stieß sich von der Tür ab und setzte sich auf ihr Bett. Die Seiten einer Zeitung flatterten zu Boden. »Okay, zugegeben, vielleicht wirkt es so. Immerhin habe ich die letzten Jahre nichts anderes getan. Aber im Ernst, Sarah, ich versuche nur, deine *Freundin* zu sein. Bin ich etwa nicht deshalb hier? Du verbringst so viel Zeit mit dem Kerl und bist gespannt wie eine Gitarrensaite. Was ist denn los? Hat er irgendetwas über seine Verlobte erzählt?«

Sarah riss sich den Rock mit mehr Nachdruck als nötig vom Körper. Ihr BH wurde nur von einem Haken zusammengehalten, und das Gummiband war in Auflösung begriffen.

»Ach, Sarah«, sagte Kate seufzend, als sich das Schweigen in die Länge zog. »Das ist gar nicht gut …«

»Kate, ich möchte jetzt wirklich nicht darüber reden.«

»Wie ist es denn«, bohrte Kate weiter, »mit einem Mann zu schlafen, der an eine andere Frau denkt?«

»Wir sprechen nicht über sie.« Sarah wühlte in ihrem Rucksack und zog einen Rock von der Farbe des Tropenhimmels hervor. »Wir reden nicht über die Staaten. Wir reden über Paraguay, über seine Konferenz und meine Arbeit in Burundi. Wir haben sowieso nicht viel Gelegenheit, uns zu unterhalten.«

»Heißer Sex lässt einen Kerl sofort verstummen.«

»Tatsächlich? Keine Ahnung.« Sarah warf den Rock auf ihr Bett und suchte nach einem passenden Oberteil. »Wir hatten in der ersten Nacht ›heißen Sex‹, und seither hat er mich kaum berührt.«

Kate war bestürzt. Das war doch nicht Sarahs Ernst! Soweit sie sich erinnern konnte, hatte es in den ersten fünf Jahren ihrer Beziehung keinen Tag gegeben, an dem Paul und sie nicht voller Gier übereinander hergefallen waren. Sie hatten die Hände einfach nicht voneinander lassen können.

Ihre Brüste wurden plötzlich schwer, ihre Lippen feucht und geschwollen.

Paul, komm zu mir!

»Weißt du, Kate, obwohl Jo anderer Meinung ist, dreht sich nicht alles um Sex.« Sarah knüllte den getragenen Rock zusammen und warf ihn in die Ecke des Zimmers, die für die Schmutzwäsche vorgesehen war. »Colin will mich in seinem Bett haben. Das hat er gesagt. Nachts kann es dann schon mal ein bisschen …« Sarah zog das Haargummi von ihrem Pferdeschwanz und schüttelte die Haare aus. Ihr Gesicht rötete sich, wie sich nur das sommersprossige Gesicht einer Pfarrerstochter röten konnte.

Kate verstand. »Er kämpft also dagegen an.«

»Wenn ich das nur wüsste.« Sarah griff nach den sauberen Kleidern und presste sie an ihre Brust. »Die Hutu machen es richtig. Sie bauen eine Hütte und bieten dem Vater ein paar Kühe und eine Ziege an. Das macht alles viel einfacher.«

Kate sprang zur Seite, als Sarah auf das Badezimmer zusteuerte. Als Colin Sarah das letzte Mal das Herz gebrochen hatte, hatte es anderthalb Jahre gedauert, bis sie sich einigermaßen davon erholte. Sarah hatte sechs Monate bei ihrer Familie in Vermont verbracht, wo sie Holz hackte und die Hühner fütterte und durch die Green Mountains spaziert war. Rachel hatte sie schließlich dort herausgeholt und nach New York gebracht. Sarah war bis auf die Knochen abgemagert gewesen, hohlwangig und abgezehrt.

Doch Rachel war nicht mehr da.

Kate berührte Sarahs Arm, als sie an ihr vorbeiging. »Ich mache mir Sorgen um dich, Sarah-Belle.«

»Das weiß ich.« Sarah drehte sich um und warf Kate ein müdes Lächeln zu. »Aber ich kann jetzt wirklich nicht reden. Ich muss duschen und dann nach unten. Colin fährt mit einem Chirurgenteam in ein Dorf südlich von hier. Es wurde verlegt, heute soll dort operiert werden. Er hat mich gefragt, ob ich sie begleite. Sie könnten noch eine zusätzliche Krankenschwester brauchen. Ich treffe mich in zwanzig Minuten mit ihnen.«

»Oh!«

Sarah warf Kate einen scharfen Blick zu. »Ist das etwa ein Problem? Es sieht doch so aus, als wolltest du mich sowieso nicht hier haben, wenn Paul kommt.«

»Ist dieser Ausflug gefährlich?«

»Hör dir doch mal selbst zu!« Sarah schob eine leere Kunststoffwasserflasche mit dem Fuß zur Seite und hielt dann mit der Hand am Knauf der Tür zum Bad inne. »Wir sind hier in Indien, Kate, in einem zivilisierten, demokratischen, überbevölkerten und vollkommen unberechenbaren Land. Ich mache mir nicht die geringsten Sorgen. Und du solltest dir auch keine machen.« Mit diesen Worten schloss sie die Badezimmertür hinter sich.

Kate kaute auf ihrer Unterlippe, während Sarah die Dusche laufen ließ. Paul würde sicher heute ankommen, doch Kate wusste nicht, wann. Flugzeuge verspäteten sich, Anschlussflüge wurden verpasst. Vielleicht war es auch nicht so einfach gewesen, bei der Arbeit alles zu organisieren. Die Vorstellung, den ganzen Tag in einem Zustand unterschwelliger sexueller Erregung zu verbringen und auf seine Ankunft zu warten, behagte ihr gar nicht. In Bangalore hatte sie sich schon gründlich umgesehen und die Gärten, den Markt, die Hindu-Ruinen und die Paläste besucht. Da wäre es doch eine gute Idee, das Abenteuer noch ein wenig anzureichern und die seltene Gelegenheit zu ergreifen, Sarah bei der Arbeit zuzusehen. Vielleicht konnte sie ihr so doch noch ein paar Informationen entlocken.

Damit würde sie allerdings Pauls Überraschung zunichtemachen.

Zehn Minuten später, nachdem sie zwei Dutzend Ziffern für das Überseetelefonat eingetippt hatte, hielt Kate den Telefonhörer ans Ohr und wartete darauf, dass daheim jemand abnahm. Schließlich hörte sie die Stimme von Pauls Mutter.

»Barbara? Ich bin's, Kate.«

»Ah, die Braut auf der Flucht.« Barbara hielt inne, und durch die knisternde Leitung konnte Kate hören, wie ihre Schwiegermutter andächtig an einer Zigarette zog – wahrscheinlich an einer Virginia Slim. »Bist du noch in Indien?«

»Hörst du das nicht an der Verbindung?«

»Schön für dich.« Barbara blies geräuschvoll den Rauch aus. »Und? Hast du meinen nichtsnutzigen, diebischen Ehemann schon gesehen? Er hat wahrscheinlich eine Glatze und einen dicken Bauch und trägt eine dieser roten Togas.«

»Barbara, ich habe es dir doch schon gesagt! Ich bin in Indien, nicht in Nepal. Hier werde ich ihn wohl kaum treffen.«

Kate hätte nicht einmal gewusst, wie er aussah. Alles, was Paul von seinem Vater besaß, waren ein paar dreißig Jahre alte Fotos, die einen vollbärtigen, dürren Mann mit nacktem Oberkörper und tief sitzenden Hüftjeans zeigten.

»Man weiß nie, wo der Mistkerl sich gerade rumtreibt.

Wenn du ihn siehst, hau ihm an meiner Stelle eine rein. Es darf auch gern etwas mehr sein. Und sag ihm, von wem es kommt.«

»Klar, mach ich.«

»Und bleib ruhig ein paar Tage länger. Mach dir eine schöne Zeit. Jetzt verstehe ich, warum du mich hierherbestellt und dabei wie eine Verrückte geklungen hast.« Barbara zog wieder deutlich hörbar an ihrer Zigarette. Kate hoffte, sie rauchte auf der Terrasse und nicht im Haus. »Das hier ist ein Irrenhaus. Die ganze Zeit klingelt das Telefon, der Postberg ist fünfzehn Zentimeter hoch, dauernd läutet es an der Tür, seltsame Frauen kommen ins Haus und holen deine Kinder ab, und die Schmutzwäsche wächst im Keller wie Pilze im Mist.«

Kate schloss die Augen. Sie wollte das alles gar nicht wissen, wollte es sich nicht einmal vorstellen. Barbara – die Paul in einer kalifornischen Hippiekommune aufgezogen hatte – lebte einigermaßen sorglos in Unordnung. Eine Eigenart, die Kate, als sie die schmutzigen Gläser und die verstreute Kleidung in ihrem Hotelzimmer betrachtete, erst jetzt zu schätzen begann.

»Aber halt dich von den Opiumhöhlen fern, Kate. Das ist etwas anderes als Gras. Opium macht einen fertig.«

»Keine Angst, Barbara, ich bleibe sauber.«

»Willst du mit dem mürrischen alten Mann sprechen?«

»Klar.« Kate grinste. »Sag bloß, er ist zu Hause.«

»O ja, er ist die ganze Zeit zu Hause. Und total am Boden. Er nervt. Er ist wütend auf dich, Mädchen, sogar stinkwütend.«

»Ich weiß.«

»Er hat sich diese Woche drei Tage Urlaub genommen.«

»Hm.« *Sie deckt ihn, falls ich im Büro anrufe.*

»Gerade arbeitet er mit Anna an einem Schulprojekt. Sie soll einen Webstuhl bauen oder so etwas – irgendwas Verrücktes. Als Paul klein war, hat er ein paar farbige Papierstreifen zu einem Tischset geflochten, und das war's. Zehn Minuten, maximal. Die drei Stunden, die er im Kindergarten war, hat er laut ›Kumbaya‹ gesungen. Aus ihm ist auch ohne diese ganze institutionalisierte, gehirnerweichende Beschäftigungstherapie etwas geworden. Ah, da ist er ja. Willst du mit deiner Frau sprechen?«

Kate erstarrte. Im Hintergrund war eine männliche Stimme zu hören.

Nein!

Paul konnte nicht in New Jersey sein. Er saß doch gerade in einem Flugzeug in ein paar tausend Metern Höhe über ihrem Hotel und schwebte langsam auf den Flughafen von Bangalore hinab!

Das Telefon wurde übergeben. Kate sprang auf und legte die Hand auf ihren Bauch, unterdrückte eine plötzliche Gefühlsaufwallung.

»Hallo«, sagte Paul lebhaft. »Bist du am Flughafen?«

Sie versuchte zu schlucken. »Paul, ich dachte, du würdest *hierher*kommen.«

»Newark oder LaGuardia?«

»Hierher, Paul. *Hierher!*« Sie ging an der Bettkante entlang, und ihre Knie streiften die Bettlaken, auf denen sie sich eigentlich den ganzen Tag mit ihm hatte lieben wollen. »Nach Bangalore. Ins *Chancery*. Als wir das letzte Mal telefoniert haben, hast du gesagt, du würdest es dir überlegen …«

»Du bist immer noch in Indien?«

»Natürlich. Und ich warte auf dich.«

Er gab einen kurzen ärgerlichen Laut von sich, der deutlich hörbar durch die knisternde Satellitenleitung drang. »Und ich warte hier auf dich, Kate, weil du gesagt hast, du würdest darüber nachdenken, früher nach Hause zu kommen.«

»Du hast mir gesagt, du würdest darüber nachdenken, nach Indien zu kommen.«

»Das habe ich auch getan. Etwa zehn Sekunden lang. Und dann ist mir klargeworden, hey, wir haben Kinder! Einer von uns muss sich um sie kümmern.«

Sie schloss die Augen. Schuldgefühle, eine schlechte Mutter zu sein, brauchte sie jetzt wirklich nicht. Sie hatte sich vor der Abreise um alles gekümmert, wie immer. Sie hatte das Haus im Griff wie eine gut geölte Maschine, so dass alle anderen nur die seltenen Zwischenfälle bemerkten.

»Die Speisekammer ist voller Essen.« Sie krallte die Finger in die Seide des Nachthemds und presste dann die Faust gegen ihr wild klopfendes Herz. »Die Rechnungen für diesen Monat sind bezahlt. Ich habe jeden Fetzen Wäsche vor der Abreise gewaschen. Deine Mutter ist auch da …«

»Sie fährt kein *Auto*, Kate. Sie achtet auf ihre persönliche CO_2-Bilanz.«

»Ich habe alles organisiert …«

»Aber es kommt immer etwas dazwischen.«

»Du könntest die anderen Mütter fragen …«

»Ich kenne diese Frauen doch gar nicht.«

»Ich habe auf dich gewartet, Paul.« Sie schluckte mühsam. »Ich habe vierundzwanzig Stunden lang auf dich gewartet.«

»Ich warte seit über einer Woche auf dich.« Seine Wut vibrierte durch die schlechte Verbindung. »Ich warte darauf, dass du dich in ein Flugzeug setzt, nach Hause fliegst und endlich wieder zur Vernunft kommst.«

Kate ging zum Fenster und zog an der Leine für die Jalousien. Unter ihr zog sich der lange, gepflegte Boulevard dahin. Dahinter konnte sie die Türme von zwei Moscheen erkennen und die Planen, die das Ende des Marktes kennzeichneten.

»Paul, wenn du hier wärst, könnten wir ein Motorrad mieten.« Sie lächelte verträumt. »Wir könnten durch die Stadt fahren. Jeder fährt hier Motorrad, selbst die Frauen in ihren Saris. Sie fahren hinter ihren Männern im Damensitz und halten sich fest.«

»Mach das nur, Kate, mach das mit Sarah. Rast mit dem Motorrad durch die Straßen von Bangalore. In der Zwischenzeit fahre ich Mike zum Training, koche das Abendessen, gehe um elf Uhr abends noch mal los, um das *spezielle* Shampoo für Tess zu kaufen, zerre einen Kamm durch Annas *fürchterlich* langes Haar und wühle mich durch das Chaos im Spielzimmer auf der Suche nach Tess' verschwundenen Fußballschuhen.«

Durch die Lamellen der Jalousien blickte Kate in den blauen Himmel hinauf, der von hohen weißen Wolken durchzogen war. Als Tess gerade geboren war und Kate sich so schwach, so verletzlich gefühlt hatte, so hilflos, als sie sicher gewesen war, sich nicht um diesen winzigen Säugling kümmern zu können, da hatte Paul sich vor ihren Augen verwandelt. Er hatte seine Hände mit den langen Fingern ausgebreitet und Tess perfekt gehalten. Der kleine Kopf des Kindes lag in seiner Handfläche, und seine Hände hatten nicht wie ihre eigenen gezittert. Damals hatten sie in der Nähe von Malibu gewohnt. Sie war so dankbar gewesen, als er ihr gesagt hatte, dass er für eine Weile mit dem Surfen aussetzen wolle.

War es da geschehen?

Oder damals, als er den Headhunter kontaktiert hatte, der ihm den Job in New Jersey verschafft hatte? Einen Job, der ihm sehr viel mehr Geld einbrachte als ein ums Überleben kämpfendes Start-up-Unternehmen. Er hatte ihn angenommen, obwohl das bedeutet hatte, aus den Jeans zu steigen und sich ein ordentliches Hemd anzuziehen. Die Stelle bedeutete außerdem, dass sie es sich leisten konnten, dass Kate ihren Job aufgab und zu Hause blieb. Die Kinder in Tagesstätten groß werden zu lassen erinnerte Paul allzu sehr an seine wilde, unkonventionelle Jugend in der südkalifornischen Kommune.

Kate schloss die Jalousien wieder. »Ruf Kathy Hayward an. Sie kann Mike mitnehmen. Ihr Sohn ist in seiner Klasse. Die Telefonnummer steht an der Pinnwand.« Sie wandte dem Fenster den Rücken zu und hielt sich den Arm, als wäre ihr kalt. »Nimm recht viel von der Spülung für Annas Haare und wasch sie jeden zweiten Tag. Sag Tess, dass sie bei Hannahs Trampolin nach ihren Schuhen suchen soll – dort verliert sie sie nämlich normalerweise. Und deine Mutter ist aus einem einzigen Grund bei euch: Sie soll das Abendessen kochen.«

»Spaghettikürbis mit Rosinen, Okra-Schoten, vegetarische Lasagne, die nicht mal der Hund essen würde.«

»Es schadet den Kindern überhaupt nicht, wenn sie mal anderes Essen probieren.« Kate schob die Kleider in der Schmutzwäscheecke zu einem Haufen zusammen. »Dann lernen sie mein Essen vielleicht endlich zu schätzen. Und die Welt geht auch nicht unter, wenn sie ein- oder zweimal das Fußballtraining verpassen.«

»Sag das mal Tess!«

»Tess muss es endlich lernen.« Sie trat ein letztes Mal gegen den Kleiderhaufen. »*Vermisst* du mich denn überhaupt nicht, Paul? Stinkt es dir etwa einfach nur, dass deine Hemden nicht gebügelt im Schrank hängen und nicht jeden Abend ein frisch gekochtes Essen auf dem Tisch steht?«

»Ich vermisse eine Partnerin in dieser Ehe.«

»Mir geht's nicht anders.« Kate ging an der Kommode vorbei, klemmte das Telefon zwischen Wange und Schulter und hob alte Zeitungen und Schokoriegelpapiere auf, warf alles in den Abfalleimer, obwohl sie wusste, dass das Zimmermädchen bald kommen würde. »Den Kindern wird es schon gutgehen mit deiner Mutter …«

»Mit meiner Mutter? Du sprichst von der Frau, die nicht herkommen durfte, als die Kinder noch klein waren? Du hast gesagt, dass sie nach Rauch stinkt. Dass sie zu viel flucht. Sie durften viel zu lange aufbleiben. Meine Mutter hatte nicht auf den Zeitplan geachtet …«

»Du willst gar nicht kommen, nicht wahr?« Kate griff nach zwei Paar Schuhen und schob die Schranktür mit dem Fuß auf. Sie warf die Schuhe auf den Schrankboden, während ihr heiße Tränen in den Augen brannten. »Da hast du die Chance, nach fünfzehn Jahren mal eine Woche allein mit deiner Frau zu verbringen, und du lässt sie einfach an dir vorüberziehen.«

»Sag mir nur eins, Kate: Wird das von jetzt an immer so sein? Du haust einfach ab, wenn dir gerade danach ist?«

»Ich würde lieber abhauen, wenn *uns* danach ist.«

»Du hast nicht ein Mal nach den Kindern gefragt. Ob ihnen das Ganze denn gar nichts ausmacht …«

»Ich bin nicht dein verdammter Vater, Paul. Ich verlasse dich und die Kinder nicht, um auf irgendeinem Berggipfel zu meditieren.«

»Gut. Denn ich will meine Frau zurück. Die, die Verantwortung trägt. Nach dieser Woche weiß ich gar nicht mehr, wer du überhaupt bist.«

Das war zu viel. Kate ließ sich so abrupt auf das Bett fallen, dass es wackelte und quietschte. Sie wartete durch das Knistern in der Leitung hindurch auf eine geflüsterte Entschuldigung, darauf, dass er sagte, wie überwältigt er sei, dass er sich ebenfalls daran erinnere, was sie miteinander gehabt hatten, was sie geteilt hatten, vor langer Zeit.

»Offensichtlich hast du *mich* ganz vergessen.« Wieder griff sie in den Stoff ihres Nachthemdes. »Oder vielleicht hast du auch nur aufgehört …«

Mich zu lieben.

Sie ließ den Hörer in ihren Schoß fallen. Er glitt über die rote Seide und fiel zu Boden. Sie hörte, wie Paul mehrfach ihren Namen rief, immer zorniger wurde. Als sie nicht antwortete, unterbrach er die Verbindung.

Hundert Jahre später betrat Sarah das Zimmer. Sie legte den Telefonhörer auf und ging vor Kate in die Knie.

Ihre Hände waren warm und noch feucht von der Dusche, und ihr Gesicht war weich vor Mitgefühl, eingerahmt von kleinen nassen Locken. »Keine guten Nachrichten, hm?«

Kate schüttelte den Kopf.

Ich weiß nicht mehr, wer du überhaupt bist.

»O Kate!« Sarahs Griff verstärkte sich. »Ich will dich hier nicht allein lassen.«

Kate stand wie betäubt auf. Sie ging zu der Kommode und zog die Schublade unter dem Fernseher auf. Vorgestern war sie bei einem Sariverkäufer gewesen und hatte barfuß auf einer weißen Baumwollmatratze gesessen, während der Verkäufer ihr einen Ballen schillernder Seide nach dem anderen präsentiert hatte. Sie zog das aus einem kaftanartigen Oberteil und einer weiten Hose bestehende saphirblaue Punjabi-Gewand hervor, das sie hatte anfertigen lassen. Die Farbe erinnerte sie an Pauls Augen, deshalb hatte sie sie ausgesucht.

»Dann nimm mich mit, Sarah«, sagte sie, während sie achtlos ihr Nachthemd abstreifte und es mit einem Tritt unters Bett beförderte. »Ich brauche ein bisschen Leben um mich herum.«

In der Lobby herrschte Chaos. Zwei Männer stritten mit dem Portier. Gepäckträger trugen Arzttaschen zu einem wartenden Kleinbus. Eine Gruppe Ärzte unterhielt sich erregt neben den Eingangstüren. Eine Inderin im traditionellen Sari stand ein Stück von ihnen entfernt, rauchte ruhig eine Zigarette und beobachtete die Männer mit einem ebenso amüsierten wie gelangweilten Gesichtsausdruck.

Kate trat hinter Sarah aus dem Lift, immer noch mitgenommen von dem Gespräch mit Paul. Sarah steuerte mit entschlossenen Schritten durch die Lobby auf die Ärzte bei den Türen zu und berührte dort den Arm eines breitschultrigen Amerikaners.

Das musste der berühmte Colin O'Rourke sein. Kate betrachtete ihn wie aus weiter Ferne. Als er sie bei ihrer Ankunft im Hotel untersucht hatte, war sie zu benommen gewesen, um ihn sich genauer anzusehen. Sie wusste, dass Jo einen detaillierten Bericht erwartete. Sarah hatte kein Foto von ihm, und nachdem er sie verlassen hatte, war es zu schmerzhaft gewesen, seinen Namen zu erwähnen, geschweige denn Sarah zu fragen, wie er aussah. Wegen seiner Kunststückchen im Dschungel hatten sie sich ihn als einen etwas schmuddeligen Clive-Owen-Verschnitt vorgestellt. Einen von eher schroffer Attraktivität. Verschwitzt, mit Bartstoppeln, einen Einzelgänger mit schmutzigen Fingernägeln, der voll und ganz in seiner Arbeit aufging.

Ganz sicher hatten sie sich nicht diesen typischen Amerikaner mit den Khakihosen vorgestellt, der sich nun zu ihr umdrehte, angetan mit einem ordentlich gebügelten Hemd und einer gelben Brooks-Brothers-Krawatte. Er war nur ein paar Knitterfalten von einer Firmenuniform entfernt.

Wie Paul eine trug.

Nein, ich darf jetzt nicht daran denken!

Colin ergriff Kates Hand und lächelte sie offen an. Ein blendendes Lächeln. Die Zähne ganz klar gebleicht. »Als ich Sie das letzte Mal gesehen habe«, sagte er und musterte ihr Gesicht mit ausdrucksvollen Augen, »haben Sie von Einhörnern geträumt.«

»Es geht mir jetzt besser.«

»Sie sehen auch besser aus. Wie gefällt Ihnen Bangalore? Ich habe gehört, dass Sie auf einem Elefantenritt durch den Dschungel waren.«

»Wir haben gecampt und hinter dem Graben Tiger brüllen gehört.«

Es schien sehr lange her zu sein und seltsam unwichtig.

»Ich habe das schon seit Jahren nicht mehr gemacht«, sagte Colin. »In welchem Naturschutzgebiet waren Sie denn?«

Er ist gut im Small Talk, dachte Kate, während sie sich unter Sarahs nervösem Blick unterhielten. Doch sie fragte sich auch: Ist das wirklich der legendäre Dr. O'Rourke? Sarah hätte diesen Mann auf dem Campus jeder Universität treffen können, die ein Lacrosse-Team der National Collegiate Athletic Association hatte. Er war etwas älter als sie selbst, schlank und durchtrainiert, doch mit einem klitzekleinen Wohlstandsbäuchlein versehen. Er sah so ... amerikanisch aus und glich so gar nicht den Mitarbeitern von Hilfsorganisationen, die sie bisher kennengelernt hatte, die keinen besonderen Wert auf ihr Äußeres legten und ständig in Bewegung waren.

So wie Sam, der plötzlich in all seiner großen, dunklen Pracht erschien. »Alles geklärt«, sagte er zu Colin. »Sie können mein Auto haben.«

Sarah erstarrte. »Dein Auto, Sam?«

»Es ist mir furchtbar unangenehm«, erklärte Colin, »aber ich habe Sam gefragt, ob wir sein Auto ausleihen könnten. Einer der beiden Kleinbusse ist mit wichtiger Ausrüstung liegengeblieben. Wir mussten die Fahrt schon zweimal verschieben. So etwas passiert immer wieder.«

»Ich habe mich freiwillig angeboten«, erklärte Sam und musterte Sarah. »Ich habe keine anderen Pläne, also dachte ich, ich könnte mich euch fröhlichen Abenteurern anschließen.«

»Es ärgert mich.« Colin fuhr sich mit der Hand durchs Haar. »Irgendetwas kommt immer dazwischen. In diesem Fall können wir alle Personen in den beiden Autos unterbringen, aber nicht die ganze Ausrüstung. Und wir sind so spät dran, dass wir, wenn wir darauf warten, dass nach Bangalore-Zeit ein anderer Wagen kommt, nicht mehr so viele Kinder behandeln können.«

Kate spürte unterschwelliges Schuldbewusstsein in seinem Redeschwall, doch sie war immer noch zu benommen, um sich darüber eingehendere Gedanken zu machen.

Sam deutete auf seinen weißen Mietwagen, der im Leerlauf vor dem Hotel stand. »Sarah, du und Dr. O'Rourke, ihr könnt mit mir fahren. Ganz wie in alten Zeiten.«

Kate fragte: »Gibt es auch noch Platz für mich? Ich würde gern das wahre Indien sehen.«

Sam, Colin und Sarah tauschten rasch einen Blick, eine wortlose Verständigung, die ihr Punjabi-Gewand vom Basar, ihr feuchtes zerzaustes Haar und ihre Unerfahrenheit umfasste. Sie hatte solche Blickwechsel schon früher gesehen. Bei Cocktailpartys zum Beispiel, wenn sie auf die Frage: »Und was machen Sie beruflich?«, unverblümt geantwortet hatte: »Ich bin Hausfrau.«

»Sind Sie sicher, dass Sie mitkommen wollen, Kate?«, fragte Colin. »Es ist sehr rückständig dort. Sie werden Dinge sehen, die Sie lieber nicht sehen wollen. Und wir werden blitzschnell arbeiten, um alle Patienten zu versorgen.«

Sarah packte sie am Ellbogen und zog sie zu sich. »Kate könnte mir helfen. Ich kann immer ein zusätzliches Paar Hände gebrauchen.«

»Nun ...« – Colin zuckte mit den Schultern und deutete zur Rezeption – »... dann schaue ich mal, was uns noch aufhält.«

Sobald Colin außer Hörweite war, wandte sich Sam an Sarah. »Bist du eigentlich noch zu retten?«

»Ich?« Sarahs Griff um Kates Ellbogen verstärkte sich. »Bist *du* denn noch zu retten, Sam? Musst du dich denn in alles einmischen …«

»Du machst zum ersten Mal seit Jahren Urlaub und willst nach ein paar Tagen schon wieder arbeiten?«

»Es ist für …«

»… einen guten Zweck, ich weiß. So ist es immer.« Sam krempelte seine zerknitterten Hemdsärmel auf. »Hast du schon mal in Erwägung gezogen, einfach nur irgendwo ruhig zu sitzen, an einem Drink zu nippen und vielleicht noch mit dem Schirmchen darin zu spielen?«

»Das habe ich einmal gemacht. Der paraguyanische Zuckerrohrlikör, erinnerst du dich? Danach war ich tagelang bewusstlos.«

»Du übertreibst. Und du warst sehr lustig an diesem Abend.«

Kate stand wie bei einem Tennismatch daneben und beobachtete den hitzigen Schlagabtausch mit wachsendem Interesse.

»Du brauchst ja keinen Alkohol zu trinken«, beharrte Sam. »Sondern einfach nur am Strand zu liegen, die Sonne zu genießen.«

Sarah kniff sich in den sommersprossigen Unterarm. »Ich habe nicht deine Haut. In kürzester Zeit wäre ich ein Brathähnchen.«

»Du arbeitest dich lieber zu Tode.«

Sie neigte den Kopf und brachte damit beinahe den Bleistift zum Absturz, der ihre wilde Mähne im Nacken zusammenhielt. »Dir ist schon klar, dass ich bereits Eltern habe? Und sieben Brüder?«

Sam stützte die Hände auf die schlanken Hüften. »Dann solltest du erst recht wissen, wie man sich entspannt.«

»Wir gehen später ein Bier trinken, in Ordnung?«

»Oh, ich bin sicher, dass der gute Doktor dich für diesen

Abend schon verplant hat und für alle anderen auch.« Sam warf Colin einen Blick zu, der gerade durch die Lobby auf sie zukam. »Gib ihm noch ein paar Tage, und er wird dich vielleicht ganz aus dem Entwicklungshilfegeschäft entführen.«

Colin, der die Spannung zwischen Sarah und Sam gar nicht bemerkte, klatschte in die Hände. »Gute Nachrichten! Wir können aufladen und dem Van folgen.« Er reichte Kate ein Stück Papier. »Für Sie. Ich habe gehört, wie man an der Rezeption die Nachricht entgegengenommen hat, und dachte mir, dass Sie sie sicher sofort haben wollen.«

Kate atmete zögernd ein, als sie den Zettel entgegennahm. Sie hielt ihn wie eine Hostie in der Hand. Erleichterung durchflutete sie. Wie dumm sie gewesen war! Sie hätte sich keine Sorgen zu machen brauchen. Fünfzehn Ehejahre konnten doch nicht durch eine Woche Trennung erschüttert werden. Natürlich würde Paul sie noch einmal anrufen, gleich jetzt, und sich entschuldigen. Vielleicht würde er sogar versprechen, doch noch herzukommen.

Die Nachricht sicher in der Hand, folgte sie der Gruppe durch die Hoteltüren in die feuchte Hitze. Sie warf ihre Tasche ins Auto, setzte sich neben Sam auf den Beifahrersitz und entfaltete andächtig das Papier.

Enttäuschung schmetterte sie nieder.

Sarah packte sie plötzlich an der Schulter. »Kate? Ist alles in Ordnung?«

Sie schluckte, nickte und faltete das Papier wieder zusammen. »Es ist nichts. Ich dachte, es wäre eine Nachricht von daheim.« Sie schob das Papier in die Tasche zu ihren Füßen, gemeinsam mit ihren Hoffnungen. »Sie ist von Jo. Keine weiteren Erklärungen. Sie bittet mich, sie anzurufen.«

»Oh!« Sarah stöhnte. »Dann läuft es sicher nicht gut.«

»Was läuft nicht gut?«

Sarah sagte hastig: »Sam, kennst du die Route?«

»Natürlich kenne ich die verdammte Route.«

Sam reihte sich in den Verkehr ein und drängte sich hinter den weißen Kleinbus mit den anderen Ärzten.

Kate wusste, dass irgendetwas nicht in Ordnung war. Und es hatte diesmal nichts mit ihrer Ehe zu tun.

»Sarah, was meinst du damit, wenn du sagst, dann läuft es sicher nicht gut.«

»Nichts.« Sarah beugte sich zwischen den Vordersitzen nach vorn und blickte durch die Windschutzscheibe. »Es ist grün. Kate, hilf Sam lieber wegen der Ampelfarben.«

»Du bist eine schlechte Lügnerin«, murmelte Kate.

»Ich darf es dir nicht sagen. Pass auf, Sam, die Rikscha!« Sarah hielt sich am Vordersitz fest, als Sam dem Rikschafahrer auswich. »Ach, was soll's? Jo ist weit weg. Und vielleicht kannst du ja helfen.«

»Helfen?« *Ich kann nicht einmal meine eigene Ehe retten.* »Wie helfen?«

»Es geht um Grace, Kate. Jo hat die Vormundschaft für Grace bekommen.«

»Wie bitte?«

»Ich bin mir sicher, Rachel hatte ihre Gründe dafür.«

»Aber …« Kate versuchte, ihre eigenen Probleme abzuschütteln und sich zu erinnern, was Rachel für Grace geplant hatte. »Aber warum ist Grace nicht bei ihren Großeltern geblieben?«

»Die sind offenbar ziemlich schlecht dran. Gesundheitliche Probleme.«

»Aber warum hat Rachel ausgerechnet Jo …«

»Du und Jo solltet euch wirklich einmal in Ruhe unterhalten. Ihr versteht euch einfach nicht. Vertrau Rachel, Kate, ich bin mir sicher, dass sie sich sehr genau überlegt hat, wer für ihre Tochter sorgen …«

»Etwa so, wie sie es sich überlegt hat, als sie sich mit dem Sperma eines Fremden befruchten ließ?«

»Wow!« Unter lautem Hupen schnitt Sam einem anderen Fahrer den Weg ab. »Hat in meinem Auto gerade jemand ›Sperma‹ gesagt?«

»Rachel hatte eine Tochter«, erklärte Sarah, »die sie durch künstliche Befruchtung bekommen hat.«

Sam schüttelte den Kopf. »Ihr Amerikaner.«

»Das ergibt doch keinen Sinn!« Kate hielt sich am Armaturenbrett fest, um nicht bei jeder Kurve gegen die Beifahrertür zu prallen. »*Ich* hätte es doch eigentlich sein müssen! Ich hätte Grace bekommen und Jo hätte aus einem Flugzeug springen sollen!«

Dann hätte sie in gesegnetem Unwissen und mit der angenehmen, wenn auch nicht besonders aufregenden Routine ihrer Ehe weitermachen können.

»›Ihr Amerikaner‹? Was soll das denn heißen?« Sarah packte den Vordersitz, um besser mit Sam sprechen zu können. »Ist künstliche Befruchtung schlimmer als … sagen wir mal … die Witwenverbrennung bei den Hindus? Oder die malawische Tradition der sexuellen Reinigung, bei der ein Mann – nicht der zukünftige Ehemann – vor der Hochzeit mit der Braut Sex hat, weil Sperma angeblich heilende und reinigende Kräfte …«

Sam hob einen Finger. »Die Wahl macht den Unterschied, Sarah. Die Wahl.«

»Colin, hilf mir doch«, sagte Sarah und gab ihm einen Klaps auf den Arm.

»In dieser Angelegenheit stimme ich Sam zu. Ich hatte einen Patienten aus L. A., der mich gebeten hatte, seinen Kiefer so zu operieren, dass er in seiner Drag-Queen-Show Judy Garland ähnlicher sähe. So etwas ist mir noch in keinem Entwicklungsland begegnet.«

Kate ignorierte das Gespräch, verdaute immer noch die

Neuigkeiten. »Der Anwalt muss die Briefe vertauscht haben.«

»Jo hat das überprüft.« Sarah klemmte sich eine Locke hinters Ohr. »Und Colin, wenn du glaubst, dass das seltsam ist, dann warst du noch nicht in Bangkok.«

»Doch, ich war da schon. Am besten erinnere ich mich daran, wie ich vor dem Großen Palast stand und ein kleiner thailändischer Junge Futter für die Tauben verkaufte. Ich habe einen Beutel genommen, und in den dreißig Sekunden, in denen ich mit ihm sprach, hat er mir meine Uhr, meine Geldbörse und die Schlüsselkarte vom Hotel geklaut. Absolut faszinierend.«

»Die Thais zählen zu den besten Gaunern überhaupt«, fügte Sam hinzu. »Sie sind beinahe so gut wie die Zigeuner in Madrid.«

Kate versuchte, sich zu konzentrieren, während Sam sich durch den Verkehr schlängelte und eine Geschichte aus Madrid erzählte. Warum hatte Rachel Grace nicht ihr anvertraut? Als einzigen Grund konnte sich Kate nur vorstellen, dass Rachel geglaubt hatte, sie würde es vermasseln. Deshalb hatte Rachel sie also zum Fallschirmspringen geschickt, in dem sicheren Wissen, dass dies eine Reihe von Ereignissen auslösen würde, so dass Kate schließlich eine halbe Weltreise entfernt von ihrem Ehemann und den Kindern landen würde, die sie wahrscheinlich gerade aus ihrem Leben strichen.

Was, zur Hölle, treibe ich hier eigentlich?

Sie krümmte sich auf dem Beifahrersitz, versuchte, sich gegen den aberwitzigen Verkehr von Bangalore zu schützen. Tuk-Tuks und Rikschas zogen vorüber. Als sie den Stadtrand erreichten, grasten Kühe am Wegesrand oder liefen gemächlich auf der Straße dahin. Sie fuhren an Haufen von verlassenen Lastwagen vorbei, die am Straßenrand vor sich hin rosteten. Um Kate herum drehte sich das Gespräch um die Fahrkünste von Amerikanern und Südindern und um die Gerissenheit und Genialität von Ersatzteilhändlern in Schwarzafrika. Und um andere Orte und Themen, an denen sie nie gewesen war, zu denen sie nichts beitragen konnte.

Was ein nagendes Gefühl der Panik gewesen war, wuchs sich bei ihrer Ankunft in dem Krankenhaus zu einer atemabschnürenden Panikattacke aus. Die große Menschenmenge, die sich vor dem Gebäude versammelt hatte und beim Eintreffen der Autos näher kam, machte die Sache nur noch schlimmer. Halbwüchsige Jungen kletterten auf die Motorhaube. Frauen schrien etwas in Hindi und hielten ihnen ihre Säuglinge entgegen. Abgemagerte Babys. Babys mit seltsam verformten Füßen. Babys mit Kiefer-Gaumen-Spalten.

Sarah drückte Kates Schulter, spürte ihre Panik, doch sie irrte sich bezüglich der Ursache. »Es ist immer so. Die Neuigkeit, dass die Ärzte kommen, verbreitet sich, und dann bringen die Mütter ihre Kinder, weil sie hoffen, dass die Ärzte sich noch einen und noch einen kleinen Patienten anschauen können.«

Sam parkte den Wagen auf dem mit Gras bewachsenen Seitenstreifen. Er stieg aus und begann, laut zu rufen und zu gestikulieren, dass die Leute den Weg freimachen sollten. Colin und Sarah kletterten vom Rücksitz und hievten die Ausrüstung aus dem Kofferraum. Kate stieg ebenfalls aus, nahm automatisch entgegen, was man ihr in die Hand drückte, und folgte den anderen blind durch die Menge in die Klinik, wo ein Dutzend medizinische Mitarbeiter damit beschäftigt war, zwei Behelfsoperationssäle einzurichten.

Sie stellte alles nach Anweisung ab. Junge Ärzte bellten sich Befehle zu und verfluchten das flackernde Licht, da immer mehr Geräte das Stromnetz überlasteten. Colin dirigierte hochkonzentriert die Anordnung der Instrumente. Sarah war mit unzähligen Formularen beschäftigt. Sam kam mit einer weiteren Ladung Ausrüstung herein und verschwand mit dem Versprechen in einem Hinterzimmer, dort einen mobilen Generator aufzustellen.

Kate stand mitten im Raum und wartete auf Anweisungen, doch sie wurde dauernd von hektisch hin- und herlaufenden Angestellten angerempelt, so dass sie sich nach und nach an einen unauffälligen Platz an der Wand zurückzog. Sie war sich der neugierigen Blicke der Einheimischen, die ihr leuchtend blaues, traditionelles indisches Gewand und ihre blonden Haare musterten, nur zu sehr bewusst.

Sarah arbeitete sich durch das Gedränge, während ein Übersetzer ihr wie ein Schatten folgte. Sie beugte sich lächelnd zu einem kranken Kind, dessen Gesicht von Wunden übersät war, und zog spielerisch an seinem Haar, während sie einen Pfleger nach einem bestimmten Antibiotikum schickte. Als sie auf Kates Seite des Raumes angekommen war, blickte sie flüchtig auf und sagte: »Ich gebe dir gleich etwas zu tun, Kate.« Sie strich sich eine Haarsträhne aus dem Gesicht. »Ich muss nur erst noch die Fälle priorisieren.«

Kate lehnte sich gegen die Wand und fühlte sich, als wäre sie gerade aus dem Flugzeug gesprungen, und ihr Fallschirm hätte sich nicht geöffnet, und sie sähe nur den blauen Himmel und die grüne Erde. Unter ihr wartete der Asphalt mit der Landefläche, und er kam immer näher …

Kate zuckte zusammen, riss die Augen auf. Sie lehnte an einer Wand, eine nutzlose Amerikanerin, die in einer indischen Dorfklinik stand und nichts tat, außer mit offenem Mund das Elend der Welt anzustarren.

Was mache ich hier nur?

Sie wusste, was sie hier machte. Sie war mit Sarah hergekommen. Sie wollte einen Einblick in Sarahs unglaublich aufregendes Leben bekommen. Sie wollte exotische Orte sehen und fremdes Essen probieren. Sie wollte sich bis auf Haaresbreite der Gefahr nähern. Sie wollte Anekdoten für zukünftige Dinnerpartys sammeln. *Als ich einmal auf einem Elefanten durch den Dschungel von Mysore ritt …* Sie wollte bei Kanapees Geschichten wie aus der *National Geographic* erzählen, so dass Pauls übergebildete Geschäftspartner und deren schicke, arbeitende Ehefrauen nicht mehr auf die Jeans und mit Babyspucke beschmierte, T-Shirts tragende, geistig degenerierte Hausfrau herabsahen, zu der sie geworden war.

Damit Paul sie sähe, sie *wirklich* sähe.

Kate vergrub das Gesicht in ihren zitternden Händen. Sie war Rachels Sprung gesprungen, doch er hatte sie so weit vom Kurs abgetrieben, um die halbe Welt, an einen Ort, an dem sie so nutzlos war wie nie zuvor.

Es war zu viel. Ein Schleier legte sich über ihr Gesichtsfeld, und sie drohte ohnmächtig zu werden. Rasch lief sie aus dem Warteraum, um ihren Kreislauf wieder in Gang zu bringen. Sie wusste nicht, wohin sie lief, und es war ihr gleichgültig. Sie konnte einfach nicht länger hier herumstehen. An den zwei Operationssälen mit den flackernden Lichtern und den Grüppchen von weißgekleideten Ärzten ging sie vorbei, ziellos, als wollte sie vor sich selbst fliehen.

Und rannte blind in Sam hinein.

»Verdammt!« Er packte sie an den Oberarmen. »Kate? Wohin willst du denn?«

Sie blickte ihm in die Augen. Die Narben auf seinen Wangen verliehen ihm Charakter und Stärke, wie die Kerben im Gesicht einer alten römischen Statue. Sam war eigensinnig und lustig und kompetent und lebte ein sinnvolles Leben voller Engagement, so viel bedeutsamer als das ihre.

Seine Hände lagen immer noch auf ihren Oberarmen.

»Du siehst elend aus. Komm her.« Er zog sie in einen Raum, der voll alter Ausrüstung, Werkzeug und Kabel war. »Geht es dir nicht gut? Du bist noch blasser als sonst.«

Sie konnte nicht sprechen, konnte keinen klaren Gedanken fassen. Sie konnte nur auf seinen Mund blicken und daran denken, wie lange es her war, dass sie und Paul miteinander geschlafen hatten. Sam war groß und aufregend unvertraut. Er sah gut aus und war freundlich. Sein Griff um ihre Oberarme verstärkte sich, selbst als ihr diese Gedanken durch den Kopf schossen.

»Kate, schau mich nicht so verträumt an. Du weißt, dass es nur eine Frau gibt, von der ich mir wünsche, dass sie mich so ansieht. Ist da draußen etwas passiert?«

Sie schüttelte den Kopf. In dem halbdunklen Raum schimmerte ihr Ehering. Ihr Ehering. Sie dachte an Paul, der irgendwo in New Jersey versuchte, den Alltag mit Tess, Michael und Anna zu bewältigen.

»Es tut mir leid.« Sie rieb sich mit den Händen übers Gesicht und wünschte, sie könnte auch die Scham wegreiben. »Ich weiß nicht, was gerade über mich gekommen ist.«

»Sei nicht zu hart zu dir selbst. Nur jemand mit einem Herz aus Stein kommt an einen solchen Ort und bleibt unbeteiligt. Du solltest nach Hause fahren.«

»Ich hoffe, dass ich noch ein Zuhause habe.«

»Natürlich hast du noch ein Zuhause.«

Nein, Sam, so einfach ist es nicht. Paul ist sehr wütend.

»Komm mal her.« Er umarmte sie und klopfte ihr beruhigend auf den Rücken. »Nichts ist so schlimm, wie man zuerst denkt.«

Kate presste ihre Wange an seine Brust. Sein Herz schlug fest und sicher. Sam war ein guter Mann. Sie war eine Idiotin. Sie gehörte nicht hierher. Dies war Sarahs Leben. Wer auch immer Kate einmal gewesen sein mochte, vor langer

Zeit, ehe sie ihren Job und ihre Freiheit für Mann und Kinder aufgegeben hatte: Diese Frau existierte nicht mehr. Vielleicht, trotz Rachels Drängen, trotz ihrer eigenen Erregung in den letzten Wochen, vielleicht hätte diese Frau doch einfach begraben bleiben sollen.

Plötzlich erstarrte Sam.

Kate blickte auf. Er starrte mit zusammengepressten Kiefern zu der offenen Tür. Sarah stand im Flur und beobachtete sie.

Kapitel 12

Was, verdammt noch mal, ist hier los?«

Die Worte waren scharf wie Stahlsplitter.

»Ganz ruhig, Sarah«, sagte Sam. »Kate geht es nicht gut.«

Sarah musterte die beiden wütend. Warum hielt er sie immer noch im Arm? Kate wirkte blass, aber kräftig genug, um allein stehen zu können. »Warum denn?«

»Das ist alles zu viel für sie. Sie ist eine blutige Anfängerin. Anders als du.«

Was meinte er damit? Nicht verträumt und realitätsfremd? Nicht klein mit einem wilden Lockenschopf und sozial unverträglich? Ohne seltsamen Modegeschmack, ignorierte nicht fröhlich wichtige Details? Nein, Kate war die Starke und Begabte. Alles wurde fehlerlos mit Geschmack und Stil erledigt. Selbst ihre Kinder waren perfekt. Sie tat nie etwas halbherzig oder auf gut Glück wie Sarah gerade, die für ein Kind, das an einem fortgeschrittenen Lymphom litt, auf der Suche nach Süßigkeiten war, weil sie nichts anbieten konnte, was wirklich half.

Sarah warf Kate einen wütenden Blick zu. Sie hatte sich während der Fahrt Sorgen um Blondie gemacht. Hatte sich Sorgen gemacht, dass sie sich trotz der Impfungen Malaria oder Typhus oder eine andere tropische Krankheit eingefangen hätte. Ha! Stattdessen hatte Kate eine andere Art Fieber entwickelt – und der Erreger war der hinreißende schwarze Brite, der die irritierende Fähigkeit hatte, Sarah mit seiner bloßen Anwesenheit in den Wahnsinn zu treiben.

Kate entzog sich Sams Griff und murmelte, dass sie kurz zur Toilette wollte. Sarah machte sich nicht die Mühe, sie zu warnen, dass es nur ein Hockklo gab, wo man sich nicht länger als nötig aufhalten wollte. Sie würde es früh genug herausfinden, und Sarah war schließlich noch erschüttert von Kates und Sams Umarmung. Ein roter Schleier zog am Rand ihres Blickfelds auf, obwohl sie sich sagte, dass Kate seit Wochen nicht mehr sie selbst war, seit dem ersten Fallschirmsprung. Der Nebel aus Wut verzog sich auch nicht, als der sanftere Teil ihres Wesens einwarf, dass Kate dabei war, endlich auf dem Boden der Tatsachen anzukommen.

Doch Sam hätte es besser wissen müssen.

Er trat näher und lehnte sich mit verschränkten Armen an den Türrahmen. »Was ärgert dich mehr, Sarah? Dass ich Kate vielleicht geküsst hätte? Oder dass sie es gewesen wäre und nicht du?«

»Hör auf!« Sarah drängte die Erinnerung weit, weit zurück. Sie dachte, dass sie deutlich genug gewesen wäre: Was auf der Reise in die Berge geschehen war, bedeutete nichts. Es war nichts weiter als eine falsche Entscheidung in einer aufreibenden Phase gewesen. »Kate ist verheiratet.«

»Und verletzlich«, fügte Sam hinzu. »Und sie vermisst ihren Mann. Ein Herz ist etwas sehr Zerbrechliches.«

Sarah atmete scharf ein, als ein Gedanke sie wie ein Hieb traf. »Hattet ihr im Dschungel etwa Abenteurersex?«

»Darin bist du die Expertin«, schoss er zurück, »nicht ich.«

Wenn ihr Gesicht noch heißer wurde, würde es sich

zischend bis auf die Knochen auflösen. Es musste auf ihrem ganzen Körper zu lesen sein: Colins Küsse wie Blutergüsse an ihrem Hals, der Abdruck seiner Hände auf ihrer Haut und vor allem die Scham und die Schuld, die an ihr nagten.

»Wechsele nicht das Thema! Hier geht es darum, dass du die Verletzlichkeit meiner Freundin ausnutzt …«

»O nein, Sarah-Belle, es geht um sehr viel mehr.« Sam stieß sich vom Türrahmen ab und trat noch näher an sie heran, zu nahe. So nahe, dass sie die Verbitterung in seinen schokoladenbraunen Augen sehen konnte, die Gefühle, die darin brodelten. »Es geht darum, dass du dich mit jemandem eingelassen hast, den du kaum kanntest, zu einer Zeit, als du einsam und verletzlich warst …«

»Genau! Du weißt, worum es geht. Warum also tust du Kate das an?«

»… und dann die Affäre zu einer großen Liebe zurechtzuträumen, sie mit jedem Jahr größer werden zu lassen, bis ihr Gewicht dich erdrückt, dir so die Augen verschließt, dass du nicht mehr erkennst, was sich genau vor dir bietet.«

»Das stimmt nicht, Sam.«

»Du hättest ihn auch ins Regal stellen sollen. Du hättest das Ganze als das abhaken sollen, was es war: großartiger Sex im Urwald. Aber nein, du nicht, Sarah, nicht die Pfarrerstochter, die nur ein Herz zu vergeben hat, ein großes Herz, die den furchtbaren Fehler begangen hat, dieses Herz an einen Mann zu verschenken, der dich ausgenutzt hat, als du verletzlich und einsam warst.«

»Es reicht!«

Sie schwang das Klemmbrett, als ob sie seine Worte aus der Luft schlagen wollte. Ein Stift schoss davon, prallte an der Wand ab und schlitterte über den Boden. Der rote Schleier überzog ihren Blick, zum Glück, denn sie wollte nicht in Sams Gesicht und in seine wilden Augen schauen. Dieser Sam brachte sie aus der Fassung. So wie damals, unter einer Akazie am Tanganjikasee, als er ihr regennasses Gesicht mit seinen Händen umschlossen und sie geküsst hatte, bis sie nicht mehr klar denken konnte.

Sie drückte das Klemmbrett an die Brust, schützte ihr Herz. »Ich hätte nichts anderes von dir erwarten dürfen«, sagte sie und verabscheute den heiseren Unterton in ihrer Stimme.

Seine Nasenflügel bebten. »Eines Tages wirst du mir die Gewehre verzeihen.«

»Eine wirklich große Sache, wenn vor dir auf dem OP-Tisch ein Patient an einer Schusswunde verblutet …«

»Ich hatte zwei Möglichkeiten: Die Waffen werden durchgeschleust, du bekommst deine medizinische Ausrüstung, und ich überlebe – oder die Waffen werden durchgeschleust, deine Ausrüstung wird auf dem Schwarzmarkt verkauft, und ich lande tot im Straßengraben. Und jetzt sag mir: Welche Entscheidung ist moralisch die bessere?«

Sie schloss die Augen, wollte das alles nicht hören, wollte darüber nicht streiten. Die Welt, in der sie lebte, war voller fauler Kompromisse. Die Mehlsäcke sollen ins Landesinnere transportiert werden? Dann bestich die Beamten im Hafen, den Fahrer, die Wachposten nach jeder Meile, und vergiss nicht die bewaffneten Rebellen, die dich am Ende in Empfang nehmen und die Lebensmittel für ihre Soldaten beanspruchen. Die harte Wirklichkeit nagte an ihren Hoffnungen und Erwartungen. Die harte Wirklichkeit erforderte abwegige Kompromisse.

»Und da wir schon von moralischen Kompromissen reden«, sagte Sam und beugte sich zu ihr. »Sag mir doch, was schlimmer ist, Sarah-Belle: Wenn ich eine verheiratete Frau küsse oder du einen verlobten Mann vögelst?«

Stunden später fand Sarah Kate zusammengekauert hinter der Klinik, den Kopf zwischen den Knien. Als Kate zu ihrer Freundin aufblickte, war ihr Gesicht von ihrem Elend gezeichnet.

Sarah schluckte das Schuldbewusstsein wie eine bittere Pille hinunter. Sie war an diesem Nachmittag nicht besonders versöhnlich gewesen. Nach dem Streit mit Sam hatte sie sich nicht die Mühe gemacht, nach Kate zu suchen, sondern hatte sich in die Arbeit gestürzt, hatte sich in den viel gravierenderen Problemen der unzähligen Patienten verloren. Jetzt trat sie zu Kate und lehnte sich neben ihr an die Wand.

Die Hitze, die der Putz ausstrahlte, brannte durch Sarahs T-Shirt auf ihrer Haut. »Warst du den ganzen Tag hier?«

»So ziemlich.«

Sarah deutete zum Rand des Dschungels, der keine drei Meter entfernt war. »Hast du Tiger gesehen?«

»Nur ein paar Affen.« Kate fuhr sich mit den Händen durch das zerzauste Haar. »Mehr wilde Tiere gibt es hier nicht. Ein paar Affen und eine große blaue Eselin.«

Sarah ließ sich an der Wand nach unten gleiten. Ihr Rock verfing sich an dem rauhen Putz. Sie wühlte in ihrer Rocktasche und zog schließlich ein Feuerzeug und eine dünne, handgerollte Zigarette hervor, die an beiden Enden mit einem bunten Faden zusammengebunden war. Sarah leckte die Spitze ab, steckte sich die Zigarette zwischen die Lippen und zündete sie an.

Kate zog eine Braue hoch. »Harter Tag, hm?«

»Eigentlich nicht.« Sarah stieß einen Schwall süß riechenden Rauch aus. »Nicht härter als die meisten.«

»Du rauchst einen Joint.«

»Das ist ein *bidi*. Die Zigarette des armen Mannes.« Nelkengeruch umwehte sie. »Das Gewürz soll den Geschmack des billigen Tabaks überdecken. Die Patienten drängen sie mir auf, und es wäre unhöflich, sie abzulehnen. Willst du auch eine?«

»Vergesse ich dann diesen Tag?«

»Nein, aber der Rauch hält die Fliegen fern.«

Kate streckte die Hand aus. »Das ist ein Argument.«

Schweigend saßen sie nebeneinander und genossen den Duft nach Nelken. Sarah formte einen Rauchring und verfolgte, wie er sich wabernd ausdehnte und schließlich in den Himmel aufstieg. »Also, Kate Jansen ist in Samuel Roger Tremayne verschossen«, sagte sie und fühlte sich dabei gemein und würdelos.

»O nein, nein!« Kate vergrub das Gesicht in den Händen und blickte dann plötzlich wieder auf. »Ich bin so blöd! Sam hat mich aufgefangen, als ich beinahe gefallen wäre, nichts weiter.«

»Schon klar«, erwiderte Sarah und warf ihr durch den Rauch einen scharfen Blick zu, »er hat dich mit seinen Lippen aufgefangen.«

»Lippen? Nein! Wir haben uns nicht geküsst, Sarah! Ganz bestimmt nicht! Er hat mich nur gehalten. Es ist nichts passiert, wirklich.«

Erleichterung war etwas Heimtückisches.

»Hör zu, ich bin völlig fertig.« Kate raufte sich die Haare. »Ich bin einfach losgeflogen und habe meinen Mann und meine Kinder im Stich gelassen. Ich bin die schlimmste Kreatur auf Erden. Ich bin die schlechte Mutter.«

»Das ist aber ein bisschen hart.«

»Ich muss nach Hause und alles in Ordnung bringen.«

»Kate, ich bin mir sicher, dass sie alle gut zurechtkommen.«

»Du verstehst das nicht.« Kate kreuzte die Arme vor der Brust und umfasste ihre Schultern. »Jeder glaubt, dass ich zu Hause nur Soaps im Fernsehen anschaue und Gourmetmahlzeiten zaubere … doch normalerweise gieße ich riesige Nudelberge ab und schütte Fertigsoße darüber, oder ich renne auf der Suche nach farbigem Karton oder den richtigen Fußballschuhen in der Stadt umher, oder ich repariere bröckelnde Wände oder messe Fieber, während ich am Telefon das nächste Fundraising-Event für die Schule plane. Ich bin immer kurz davor, die Kontrolle zu verlieren. Ich bin hierhergekommen, weil ich dachte, ich könnte mich selbst wiederfinden und dadurch dann sogar meine Ehe wieder aufpolieren – und dabei habe ich Paul einfach den ganzen Wahnsinn vor die Füße geworfen.«

»Endlich brichst du zusammen.«

»Ich buche meinen Rückflug um, sobald wir wieder im Hotel sind. Morgen früh will ich zurückfliegen.«

»Soll ich ehrlich sein?«, fragte Sarah und drehte die *bidi* zwischen den Fingern. »Ich habe schon viel früher mit einem Zusammenbruch gerechnet.«

»Wie meinst du das?«

»Nach dem Schulabschluss, im ersten Jahr am College, hattest du dieses Strandhaus mit der Kreditkarte deines Vaters gemietet. Hast das halbe Wohnheim eingeladen und der Bar vor Ort gezeigt, was eine richtige Party ist.« Sarah rückte ihre sich auflösende Frisur zurecht. »Du hast vier Tage wie ein Tier gefeiert. Zwei davon mit einem verstauchten Knöchel.«

»Ich habe nur ein wenig Dampf abgelassen. Die Abschlussprüfungen und die GMAT-Tests für die Zulassung zum Master fanden praktisch in derselben Woche statt.«

»Dann hast du es im Abschlussjahr richtig krachen lassen. Erinnerst du dich, als du oben ohne auf den Berggipfel geklettert bist und diese zwei Ranger …«

»Hey, das war ein hartes Semester!«

»Kate, ich weiß nicht viel von deinem Leben daheim,

aber irgendetwas sagt mir, dass dieser Zusammenbruch unausweichlich war. Und dass er sich schon lange angedeutet hat.«

Eine Falte erschien zwischen Kates Brauen. Sie zupfte an einem Faden am Saum ihres Punjabi-Gewandes, das jetzt verknittert und verschwitzt war.

Sarah stupste sie mit der Faust in die Seite. »Nebenbei bemerkt: Wenn du es krachen lässt, bist du der Wahnsinn.«

Kate lachte auf, doch es klang eher wie ein Schluchzen. Dann legte sie den Kopf auf Sarahs Schulter. Die Sonne ging langsam unter, die stechende Hitze des Tages wurde milder. Eine vorwitzige Brise tanzte durch die Baumwipfel, jagte Schatten über den Boden, und ein drohender Regenschauer lag in der Luft.

Kate fragte leise: »Wie machst du das nur, Sarah? Wie kannst du so ruhig, so gleichmütig bleiben ... und hier arbeiten?«

Sarah verdrehte die Augen und nahm statt einer Antwort einen tiefen Zug. Nach dem Streit mit Sam wollte sie über dieses Thema am allerwenigsten sprechen. Gerade jetzt fühlte sie sich ganz und gar nicht wie eine beherzte, aufopfernde, moralisch nicht korrumpierbare Entwicklungshelferin.

Sie stieß eine duftende Rauchwolke aus. »Ich werde dafür bezahlt.«

»Mit Zigaretten«, brummte Kate und griff nach dem sich auflösenden Rest. »Die noch dazu eklig sind.«

»Kate, ich erzähle dir doch dauernd davon.«

»Nein, das stimmt nicht. Du bittest nur um Geld.«

»Für Lebensmittel, Vorräte, Bestechung. Wenn ich wirklich über all das reden würde«, sagte Sarah und schloss mit einer Handbewegung die Klinik, das ganze Elend ein, »dann würde ich jedem den Appetit auf Pinot Grigio und Datteln im Speckmantel verderben.«

»Autsch.«

Sarah rieb sich die Augen mit dem Handrücken. Ihr Rücken schmerzte. Selbst gegen die Wand gelehnt, konnte sie den Schmerz nicht bändigen. »Du und ich … wir sehen die Welt mit verschiedenen Augen.«

Kate lachte freudlos auf. »Hey, ich glaube nicht, dass eine rosa Brille dies hier schöner machen könnte.«

»Das meine ich nicht.« Sarah nahm sich die Zigarette und rollte die nasse Spitze zwischen ihren Fingern. »Erinnerst du dich daran, dass ich einmal zu Thanksgiving bei dir und Paul zu Gast war?«

»Klar. Deine Eltern waren auf Missionsreise in Europa.«

»Tess war erst ein paar Jahre alt. Ich glaube, du warst gerade wieder schwanger.« Sarah steckte sich den Rock zwischen die Knie. »Du hattest einen unglaublichen Tafelaufsatz auf dem Esstisch. Eine Schale gefüllt mit Weizengras und Immergrün, das du in der Nachbarschaft gepflückt hattest, und darauf lauter blaue und silberne Dekostücke.«

»Damit alles zu den Stuhlbezügen passte. Hatte ich in *Family Circle* gesehen.«

»Ich habe das ganze Wochenende dieses Gebilde angesehen.« Sarah nahm einen letzten Zug und drückte den Stummel aus, während sie den Rauch ausstieß. »Ich habe die ganze Zeit gedacht: Wie viel Zeit hat sie dafür gebraucht? Und wo, um Himmels willen, findet man Weizengras? Und warum versucht sie so angestrengt, ihr Haus wie die Titelseite von *Schöner Wohnen* aussehen zu lassen?«

Kate zuckte verblüfft mit den Schultern.

»Weißt du, was Jo mal zu mir gesagt hat? Sie hat mir gestanden, dass es in dieser Welt ihr Job ist, unrealistische Ideale zu kreieren. Ein Bild zu erschaffen, das so stark ist, dass selbst gute, ehrliche, hart arbeitende Menschen –

Menschen wie du, Kate – alles tun werden, um diesen unerfüllbaren Erwartungen zu entsprechen.«

Kate wurde sehr still. Ihre Lippen öffneten sich, und ihre Augen blickten weit über den Dschungel hinaus.

»Das meinte ich damit, als ich sagte, dass wir zwei die Welt mit unterschiedlichen Augen sehen.« Sarah klopfte an die Wand hinter ihrem Kopf. »Diese Klinik, dieser Ort hier – stell dir nur vor, wie verrückt ich sein müsste, wenn ich davon überzeugt wäre, dass man alle Probleme hier tatsächlich lösen könnte.«

Die Erinnerung an das niedliche kleine Mädchen mit den schiefen Zöpfen, das blutend auf einer Pritsche im Camp lag, stieg in Sarah auf.

»Aber das ist doch etwas ganz anderes. Ich will nur das Beste für Paul, für die Kinder …«, murmelte Kate.

»Das, was *du* für das Beste hältst? Oder Michaels Lehrer, indem er sich dieses dämliche Blockhüttenprojekt einfallen lässt? Oder das, was diese Zeitschriften für das Beste halten?« Sie stieß Kate mit der Schulter freundschaftlich an. »Du musst deinen Instinkten mehr vertrauen, sonst wirst du verrückt. Du wirst ewig auf der Jagd nach dem Regenbogen sein.«

»Himmel, Sarah, woher hast du denn diesen Spruch?«

Die Erinnerung traf Sarah wie eine Faust.

Rachel lehnte entspannt an einem Erdhügel in Burundi und blies einen Rauchring in das blaue Mondlicht.

Für ein Mädchen, das bis zu den Knien im Dreck dieser Welt steht, verschwendest du bei der Liebe ganz schön viel Zeit damit, dem Regenbogen nachzujagen, Sarah.

Rachel, wenn du drei Stunden damit verbracht hast, Schrapnells aus dem Bein eines Achtjährigen herauszuklauben, dann sprechen wir weiter, okay? Lass mir bis dahin meinen scharfen, gutaussehenden Regenbogen.

Kleine, eins solltest du über Regenbogen wissen: Aus der

Ferne sind sie vollkommen. Doch wenn man zu nahe an sie herangeht, verschwinden sie einfach.

»Von Rachel.« Sarah wandte das Gesicht ab, zu den Patienten, die immer noch die Straße bevölkerten, und zu der langsam wachsenden Erkenntnis, wie unerfüllbar ihre Erwartungen an einen bestimmten Mann gewesen waren. »Als sie mich in Burundi besuchte, hatte sie sehr viel über Regenbogen zu sagen.«

»Sarah-Belle, ich finde, dass du die unglaublichste Frau bist, die ich kenne.« Kate schlang ihre Hände um Sarahs Arm und drückte ihre Wange an ihre Schulter.

Kate und Sarah saßen immer noch an der Wand, als sich einige Zeit später die Hintertür der Klinik quietschend öffnete und Colin seinen Kopf herausstreckte. »Da seid ihr ja. Ich habe nach euch gesucht. Wir machen hier gerade Schluss.« Er blinzelte durch die Bäume. »Wir müssen zusammenpacken. Wenn wir nicht bald losfahren, sind wir nicht vor Einbruch der Dunkelheit in Bangalore.«

Sarah schob Kate sanft von ihrer Schulter. »Ist der letzte Junge aus dem OP?«

»Sie machen ihn gerade fertig.« Colins Hemd, zu Beginn des Tages noch frisch und gebügelt, hing ihm nun feucht von den breiten Schultern, der Kragen war schweißgetränkt. Während er auf sie zuging, rollte er seine Hemdsärmel hinunter und knöpfte sie an den kräftigen Handgelenken zu. »Unglaublich komplizierter Fall. Wir mussten die Muskelkräfte an Lippe und Nase ausbalancieren, ohne das Septum umzusetzen. Der Junge wird in einigen Jahren eine Nasenplastik benötigen, doch wenigstens wird er jetzt nicht mehr die Milch in seine Lungen inhalieren.« Er schüttelte den Kopf. »Solche Fälle sieht man in L. A. nicht oft. Sarah, du warst wieder mal unglaublich. Ich habe nie verstanden, warum du nicht Ärztin geworden bist.«

»Das war eben nicht ihre Berufung.« Kate rappelte sich auf. »Ich helfe Sam beim Packen.« Sie strich mit den Händen ihr zerknittertes Gewand glatt und warf Sarah einen bedeutungsvollen Blick zu: *Ich lasse euch dann mal allein.*

Das spielt keine Rolle, dachte Sarah. Mit seinem zerzausten Haar, der verschwitzten Stirn und dem vor Aufregung glühenden Gesicht sah Colin mehr als je zuvor wie der junge Mann aus, den sie in Paraguay geliebt hatte. Doch selbst als ihr Herz einen vertrauten, schmerzhaften Satz machte, hielt sie sich zurück. Auf seinem Gesicht lag, wie schon den ganzen Tag, jener professionell-distanzierte Ausdruck, den sie zu fürchten gelernt hatte. Trotz seiner fröhlichen, umgänglichen Stimme und dem harmlosen Geplauder strahlten seine Augen eine Warnung aus: *Bleib mir vom Leib!*

Colin deutete mit dem Daumen auf Kate, als diese im Gebäude verschwand. »Geht es ihr gut? Sie sieht erschöpft aus.«

»Ach, es ist ein bisschen kompliziert. Hat etwas mit einem von Rachels Briefen zu tun.«

»Ah.«

Die Wand fiel. Rachels Briefe waren ein Thema voller heimtückischer emotionaler Strömungen – die ihn ebenso einschlossen wie sie und ihre seltsame, angespannte Beziehung –, und wie gewöhnlich vermied Colin es ziemlich geschickt, sich in diesen Gewässern zu bewegen.

Sarah fuhr fort: »Kate wird ihren Rückflug umbuchen, sobald wir im Hotel sind. Sie will Bangalore so schnell wie möglich verlassen, am liebsten schon morgen früh.« Ihre Kehle schnürte sich zu, doch die Worte waren nicht aufzuhalten. »Colin, ich werde mit ihr fliegen.«

Sie hob das Kinn und sah ihn direkt an. Gleichzeitig versuchte sie, ihren Herzschlag unter Kontrolle zu bringen, ihren Atem. Sie musste abreisen. Sie konnten so nicht weitermachen. *Sie* konnte so nicht weitermachen.

Körperlich wollte sie ihn immer noch. Selbst jetzt bemerkte sie, wie das Licht auf seiner Haut tanzte und die Vertiefung unter seinem kräftigen Schlüsselbein beschattete. Das Schlüsselbein, in das sie in der Nacht zuvor gebissen hatte, bevor er ihre Hüften gepackt und sie von dem abgehalten hatte, was sie beide wollten.

Doch emotional waren sie Kontinente voneinander entfernt.

Er trat einige Schritte zurück und schob die Hände in die Hosentaschen. Plötzlich zeigte er eifriges Interesse an dem raschelnden Blätterdach des Dschungels über ihnen und blickte konzentriert hinauf.

Sie hatte nicht erwartet, dass er Einspruch erheben würde. Ebenso wenig, dass er sie bitten würde, bei ihm zu bleiben. Doch als sich das Schweigen endlos dehnte, stellte sich die Enttäuschung trotzdem ein. Seit sie Rachels Brief erhalten hatte, hatte sie gewusst, dass dieser Tag kommen würde. Sie hatte sich die Szene in unzähligen Variationen vorgestellt. Auf diese Erschütterung, den sich verstärkenden Schwindel war sie allerdings nicht vorbereitet.

»O Sarah!« Sein Ton war ernst geworden. »Ich war in letzter Zeit nicht gerade ein Superheld.«

»Heute warst du ein Superheld … für das Kind, dem du das Gesicht wiedergegeben hast.« Sie führte die Heiserkeit in ihrer Stimme auf den Rauch der Nelkenzigarette zurück. »Und du warst ein Superheld für all die Medizinstudenten, die den Atem angehalten haben, während du unterrichtet hast. Du bist der beste Chirurg, den ich kenne.«

Das stimmte nicht ganz. Dr. Mwami in Burundi konnte im Licht einer Taschenlampe, bei in der Ferne dröhnendem Gefechtslärm wahre Wunder wirken. Doch das war etwas anderes. Colin hatte sich so sehr spezialisiert, dass seine Art zu operieren einfach magisch war.

»Ich spreche nicht von der Arbeit.« Er verschränkte die Arme und blickte sich um, schaute auf die schmutzige Straße, den rauhen Putz der Klinik, die satten Farben des Dschungels – überallhin, nur nicht zu ihr, die immer noch im Schatten stand. »Ich hatte ganz andere Pläne. Jeden Morgen habe ich mir gesagt, dass ich ehrlich mit dir sein muss. Aber dann hast du mich mit diesem wunderbaren Ausdruck auf deinem Gesicht angesehen. Du hast mich mit deinem Blick verführt, Sarah. Damals in Paraguay. Und jetzt hier.« Er zuckte mit den Schultern und schob die Hände wieder in die Hosentaschen. »Was soll ich sagen? Ich habe mich von meiner exotischen, anbetungswürdigen Krankenschwester verführen lassen.«

Exotisch? Mit ihrer blassen, sommersprossigen Haut und dem mausbraunen Haar hielt sich Sarah eher für durchschnittlich. Ganz sicher war sie in der Kunst der Verführung nicht geübt. Im Ausland fühlte sie sich neben dunklem Rocky Road oder Marmorkuchen oder Pekannussbutter oder Mandelmokka immer wie langweilige Vanille.

Neben kräftiger, dunkler Schokolade erging es ihr ebenso.

»Sag mir, meine Pfarrerstochter aus Vermont«, fuhr Colin fort, während er mit dem Schuh ein Muster in den Staub zeichnete, »welche Sünde ist es, der Mann sein zu wollen, für den du mich hältst?«

Sarah schüttelte verstandnislos den Kopf.

»Ist es Eitelkeit? Oder Stolz?«

»Es ist keine Sünde, ein guter Mensch sein zu wollen.«

»Das ist der wahre Grund, warum ich nicht zurück nach Paraguay gekommen bin. Ich hatte Entscheidungen getroffen, die du nicht gutgeheißen hättest. Wenn ich zurückgekommen wäre, wärest du vollkommen desillusioniert worden. Es ist ganz schön hart, den Superheld-Umhang zu tragen, Sarah-Belle. Er wiegt tonnenschwer. Es war leichter, die Erinnerung an dich zu den Akten zu legen.«

Auf ein Regal hast du diese Akte gelegt, dachte sie und zuckte zusammen. Die Aufschrift »Leidenschaftliche Affäre im südamerikanischen Dschungel« zierte den Ordner.

»Und jetzt, ausgerechnet jetzt, am anderen Ende der Welt, wo ich zu Hause gerade etwas Neues beginne und mein Leben im Fluss ist …«

Und, ergänzte Sarah lautlos, du bald eine andere Frau heiraten wirst, Victoria Lee, der Mittelpunkt der südkalifornischen Gesellschaft.

»… tauchst du hier plötzlich auf, wie aus dem Nichts. Erinnerst mich an das Leben, das ich einmal hatte, an den besseren Menschen, der ich einmal war.«

»Du bist zu hart zu dir.« Das war die Wahrheit. Colin bewirkte Wunder am Operationstisch. Er widmete seine Zeit immer noch der internationalen Entwicklungshilfe. Er hasste immer noch kleine Ärgernisse wie defekte Ausrüstungen, klapprige Autos oder nicht eingehaltene Zeitpläne. Er zählte immer noch die Bürstenstriche, wenn er sich die Zähne putzte. Und er hatte immer noch die enervierende Angewohnheit, eine unbehagliche emotionale Situation zu ignorieren und ihr so lange wie möglich aus dem Weg zu gehen. Sarah hielt wegen dieses nur allzu menschlichen Fehlers jedoch nicht weniger von ihm. »Ehrlich, Colin, du hast dich seit Paraguay überhaupt nicht verändert.«

»O doch, das habe ich sehr wohl.« Er verzog den Mund zu einem undefinierbaren Lächeln. »Superhelden lügen nicht, Sarah. Und ganz sicher betrügen sie auch nicht ihre Verlobte.«

Jetzt hatte er sie bestätigt, die Verlobung, die ausführlich in der *Los Angeles Times* angekündigt worden war. Er und seine Verlobte hatten eine Hochzeitsliste für Silber und Kristall bei Tiffany's hinterlegt. Sarah hatte erwogen, Colin ein Abschiedsgeschenk zu machen, eine Sauciere aus der gewünschten Geschirrserie, doch sie kostete mehr als vier Monatsrationen Reis für das Camp.

Was ist schlimmer, Sarah-Belle? Dass ich eine verheiratete Frau küsse oder du einen verlobten Mann vögelst?

Sarah wischte sich den Staub von ihrem Rock. »Ich muss jetzt gehen.« Für immer. In die Staaten fliehen und einen Weg finden, sich zu verzeihen, dass sie einen Mann von seinem Versprechen, das er einer anderen Frau gegeben hatte, fortgelockt hatte. »Sam braucht sicher Hilfe beim Einladen …«

»Geh nicht!«

Plötzlich stand er vor ihr. Er legte seine Hand auf ihren wirren Haarschopf.

»Colin, bitte …«

Sie packte sein Handgelenk. Es war stark, sie spürte die geschickte Hand des Chirurgen. Seine Berührung beschämte sie, und seltsamerweise war sie auch von ihm enttäuscht. Sie wollte nicht, dass er sie küsste. Nicht jetzt. Nie wieder. Etwas hatte sich in ihrem Herzen verändert, etwas Grundlegendes. Die Veränderung war noch zu frisch, als dass Sarah sie genauer zu untersuchen vermochte. Wenn Jo hier wäre, würde sie sie verstehen. Jo würde die Situation richtig einschätzen. Sie würde sich von ihm verabschieden, ihm einen Kuss geben und davongehen, würde die samtigen Ketten der Hingabe einfach hinter sich in den Staub fallen lassen.

Sarah kannte nur Ehrlichkeit. »Es war nicht richtig von mir, dir aufzulauern, Colin, obwohl ich wusste, dass du verlobt bist.«

»Du wolltest mich finden.« Er zog sanft an ihren Locken. »Ich weiß, dass du es darauf angelegt hast.«

»Wenn Rachel mir nicht von ihrem Totenbett aus diesen Brief geschickt hätte, dann hätte auch ich die Erinnerung im Regal gelassen.«

Die reine, perfekte, niemals hinterfragte Erinnerung.

Das hätte längst nicht so weh getan.

»Vielleicht.« Sein Blick wanderte zu ihrer Kehle. »Aber in deinem Herzen wolltest du mich finden.«

»Und ich bin froh, dass es mir gelungen ist.« Das war eine Plattitüde, doch Sarah ließ sie so stehen. Sie wusste nicht, was sie im Moment fühlte, jetzt, da Colin viel mehr bei der Sache war als die ganze Woche, viel offener und vertrauter, als es ihr recht war. »Aber jetzt ist es Zeit zu gehen. Was ich wirklich will – das Einzige, was ich von Anfang an von dir erwartet hatte –, ist ein würdiger Abschied.«

Die bernsteinfarbenen Ringe um seine Pupillen zogen sich zusammen. »Das meinst du doch nicht ernst. Wir haben schließlich miteinander geschlafen.«

»Ja«, sagte sie und verfluchte ihre brechende Stimme. »Du hast recht. Und es war wunderschön, aber es war auch falsch.«

»Nein. Nein!« Er schüttelte den Kopf, kämpfte mit den Worten. »Es war *nicht* falsch.«

»Colin …«

»Ich bin noch nicht bereit, Sarah Pollard.« Er trat dicht an sie heran. »Vielleicht bin ich ja ein Idiot, aber ich bin noch nicht bereit, dich gehen zu lassen.«

Kapitel 13

Kate!« Jo hantierte mit dem Telefon und kämpfte sich dann von der Couch hoch. Sie legte eine Kaschmirdecke über Grace, die in sich versunken den Zeichentrickfilm *Cinderella* schaute. »Süße, bist du endlich zu Hause?«

»Ich wünschte, ich wäre es.« Es knisterte in der Leitung. »Ich rufe aus Bangalore an. Für ungefähr zwölf Millionen Dollar die Minute.«

»Bleib bitte dran, ich zahle die Gebühren … aber leg bloß nicht auf!«

»Das ist Pauls Spezialität. Hat er heute schon zweimal gemacht. Ich zähle auf dich! Sag mir, dass meine Kinder noch am Leben sind.«

»Als ich das letzte Mal bei euch angerufen habe, ging es ihnen gut.« Jo hastete zu den Unterlagen, die über ihren Küchentisch verstreut lagen, und suchte nach einem gelben Block. »Und du lasst dich hoffentlich volllaufen und frönst in der Hotellobby dem Bauchtanz, oder?«

»Jo, ich bin in Indien und nicht in einem Bollywoodfilm, und ich habe noch keinen dieser Stars mit den tollen Haaren und den unaussprechlichen Namen gesehen.« Kate hielt inne. »Es gibt hier allerdings einen scharfen schwarzen Briten. Er ist ein Freund von Sarah.«

Jo erinnerte sich an Pauls verrückte Verdächtigungen bei

ihrem letzten Telefonat und sagte: »Kate, du weißt, dass ich für ein bisschen Spaß immer zu haben bin, aber du bist sehr verheiratet.«

»Ich weiß. Ja, ich bin verheiratet.«

Jo hielt den Atem an und hörte die Furcht in Kates Stimme. Als sie das letzte Mal mit Paul gesprochen und ihn ausgerechnet nach der kindgerechten Zubereitung von Makkaroni mit Käse gefragt hatte, hatte ein wütender, unnachgiebiger Ton in seinem Bericht mitgeschwungen, dass Jo den Versuch aufgab, ihn davon zu überzeugen, dass Kate nicht verrückt geworden war.

»Süße, wenn du deinen Ring trägst, bist du immer noch verheiratet.« Jo konnte sich einfach nichts anderes für Kate und Paul vorstellen. »Okay, jetzt sag schon! Hat Sarah es dir endlich erzählt?«

»Ja. Grace ist bei dir.«

»Die Überraschung hinter dem dritten Türchen.« Jo warf einen Blick ins Wohnzimmer und sah nur Grace' wirres dunkles Haar auf der Armlehne. Die Mäuse versuchten gerade verzweifelt, den Schlüssel über die Stufen nach oben zu transportieren, um Cinderella davor zu bewahren, den Ball zu verpassen. Kein Wunder, dass Mütter den ganzen Tag den Fernseher laufen ließen. Es verschaffte ihnen Augenblicke des Friedens. »Das ist Rachel und ihr verdrehter Sinn für Humor.«

»Gab es schon Knochenbrüche?«

»Fünf Stiche.«

»Du oder sie?«

»Sie. Sie ist schlafgewandelt und dabei meine Treppe hinuntergefallen. Die Psychiaterin sagt, dass das normal ist für ein trauerndes Mädchen.«

Durch die Satellitenverbindung hörte Jo ein unheilvolles Zischen. Vielleicht war es nur eine Störung in der Leitung. »Kate? Bist du noch dran?«

»Bring sie um Himmels willen nicht mehr zu dieser Psychiaterin«, sagte Kate.

»Ich …«

»Schau, manche Kinder brauchen solch eine Betreuung. Vielleicht braucht auch Grace sie irgendwann. Aber ich glaube einfach, dass man jetzt noch sehr viel machen kann … auch ohne Therapie und Medikamente.«

Erleichterung ergriff von Jo Besitz. Vielleicht hatte sie doch etwas richtig gemacht. »Ich habe die Medikamente abgelehnt. Aber sie schlafwandelt immer noch. Ich habe überall Gitter angebracht. Du weißt schon, diese Kindersicherung an der Treppe. Die Wohnung sieht wie ein verdammter Zwinger aus.«

»Vielleicht hast du es ein bisschen übertrieben. Aber besser zu viel als zu wenig. Hast du mich deshalb angerufen?«

»Nein. Okay … ja.« Jo blickte auf die auf dem Tisch verstreuten Unterlagen, die mit blauer Tinte vollgekritzelt waren. Telefonnummern von Nanny-Agenturen, Wäschereien, Nachhilfe-Instituten, Schulen, Kinderärzten. Bücher über die Erziehung von sieben bis zwölf Jahre alten Kindern. Auf ihrem Laptop war jede Webseite über das Muttersein geöffnet, die sie hatte finden können. Keine hatte ihr helfen können, aus Kleidergrößen für Kinder schlau zu werden. »Ich habe angerufen …« Sie wappnete sich gegen den Schlag. »Ich habe angerufen, weil ich dringend deine Hilfe brauche.«

Jo hielt den Atem an. Sie würde es Kate nicht vorwerfen, wenn sich die Freundin jetzt verbal auf sie stürzte. Sie hatte ihr gerade die ideale Vorlage geliefert, sich für viele Jahre anmaßende und herablassende Bemerkungen zu rächen. Jo erinnerte sich an jede einzelne. *Schätzchen, du kennst doch die Regeln: Beim Wein sprechen wir nicht über Ehemänner und Kinder. Sag mal, Kate, ist Paul wirklich so unfähig, dass er nicht einmal ein Kind zu einem Fußballspiel fahren kann? Süße, wenn du dich auf dem Altar der Mutterschaft opfern willst, dann tu das, aber erwarte nicht von mir, dass ich deswegen den Aperitif verschiebe.*

Aber Kate war die einzige Vollzeitmutter, die sie kannte. Natürlich gab es auch in der Firma Mütter, doch die ignorierte Jo geflissentlich, weil sie immer so erschöpft und überarbeitet waren. Und was ihre eigene Mutter anging ... nun, Jo war noch keine zwölf gewesen, als sich der Autounfall ereignet hatte.

Durch das Knistern in der Leitung hörte Jo ein gedämpftes Geräusch. Und noch eines. »Los, lass es raus, Kate. Es ist lächerlich, ich weiß. *Ich* bin lächerlich. Du hättest die Freaks sehen sollen, die sich als Nanny beworben haben. Eine von denen kam *ohne* Schuhe, kannst du dir das vorstellen?«

»Jo ...«

»Und die Haare! Ich hatte angenommen, dass sich Grace selbst kämmt. Davon kann keine Rede sein. Und das bedeutet, dass das Haar etwa fünf Tage nicht gebürstet worden war. Ich habe es aufgeben müssen und bin zu Bangz – ja, der Friseur in Soho – gegangen und habe jemanden bezahlt, damit er ihr die Haare kämmt. Bei mir schreit sie wie am Spieß. Ich bekam Mario zugeteilt, der von Kindern etwa genauso viel versteht wie ich. Stell dir vor: Sie haben mir die dreihundert Dollar zurückgegeben, nur damit wir schnell wieder verschwinden.« Kate gab immer noch seltsame hicksende Laute von sich. »Rachel muss sich auf irgendeinem schneebedeckten Berggipfel etwas eingeworfen haben, als sie ihren einsamen Entschluss fasste. Sie hat wahrscheinlich geglaubt, das sei ein großer Spaß, aber ich bin davon überzeugt, dass man in Bezug auf Kinder eine wohldurchdachte Wahl treffen muss, und jetzt hat sie mir ihre Wahl einfach aufgebürdet. Wenn ich die nächste

Woche überstehe, ohne das arme Kind zu töten, dann küsse ich den Boden zu deinen Füßen.«

»Willkommen in meiner Welt.«

Etwas in Kates gepresster Stimme ließ Jo stutzen. Durch die Geräusche des Fernsehers und das Knistern in der Leitung horchte sie genauer auf die gedämpften, rhythmischen Laute.

»Herrje, Kate, du weinst ja.«

»Nein, das stimmt nicht.« Kate schneuzte sich die Nase. »Ja, du hast recht, ja, ich weine.«

»Liebes, bist du betrunken?«

»Verdammt, ich wünschte, ich wäre es. Ich würde ja runter an die Bar gehen und mir einen Drink bestellen, wenn ich nicht wie ausgekotzt aussehen würde. Ich weine nicht, weil ich traurig bin. Ich weine, weil ich glücklich bin. Jemand *braucht mich*.«

»Liebes, was ist denn da drüben mit dir passiert?«

»Später. Das ist eine lange Geschichte. Kümmern wir uns erst mal um Gracie.« Sie räusperte sich. Jo stellte sich vor, wie sie sich auf dem Hotelbett hinsetzte, ihr Schlabber-T-Shirt zurechtzog, die Lesebrille aufsetzte, von der sie so ungern zugab, dass sie sie brauchte, und sich an die Arbeit machte. »Okay. Was brauchst du?«

In der nächsten halben Stunde machte sich Jo hektisch Notizen. Sie schrieb Listen mit Medikamenten, die sie immer zur Hand haben musste: Cortisonsalbe, eine antibakterielle Lösung für kleinere Wunden, Pflaster in allen Größen und Formen, ein Thermometer, Paracetamolsaft, Ibuprofensaft, Hustensaft sowie das Antihistaminikum Benadryl und Caladryl-Salbe gegen Mückenstiche und allergische Reaktionen. Kate fragte, ob Grace Medizin schluckte, und als Jo zögerte, versetzte sie sie in Angst und Schrecken mit der Bemerkung, dass sie auch Zäpfchen verwenden könne.

Die Tipps kamen Schlag auf Schlag. Wenn ein Kind kein Bad nehmen will, muss man ihm Schaumblasen versprechen oder es im Badeanzug baden lassen, und wenn es keinen hat, dann darf es Unterwäsche tragen.

»Was macht denn schon ein nasses Kleidungsstück?«, sagte Kate.

Weil Jos Wanne keinen Brauseschlauch hatte, empfahl Kate, einen Schlauch zu kaufen, der bis zum Waschbecken reichte und mit einem Kopf versehen war, der einer Badeente glich. Das würde helfen, wenn sie Grace die Haare waschen musste. Haare kämmen? Am besten, während die Kleine Fernsehen schaute oder frühstückte oder anderweitig abgelenkt war.

»Nimm einen Kamm mit großen Zwischenräumen zwischen den Zinken, flicht die Haare zu Zöpfen, damit sie nicht so schnell verfilzen. Und das machst du am besten jeden Tag.«

Als Jo ihr von dem Erlebnis mit Benito erzählte, jauchzte Kate vor Lachen. »O Jo! Sag bloß, du hast versucht, ihr Gourmet-Mac-and-Cheese vorzusetzen?«

»Süße, ich hätte sie mit Trüffeln gefüttert, wenn ich gewusst hätte, dass sie sie isst.«

»Kauf ihr die fertigen Mac and Cheese … die in der blauen Schachtel mit den Zeichentrickfiguren und dem orangefarbenen Käsepulver. *Die* mögen Kinder.«

Kate bestätigte, dass Kinder seltsame Wesen waren. Sie empfahl Apfelschnitze zum Mittagessen, die Grace in Erdnussbutter tauchen konnte. *Zum Mittagessen*? Warum nicht? Obst und Eiweiß.

Sie zählte ein paar weitere Tricks auf: »Nenn Brokkoli ›Bäume‹ und Blumenkohl ›Schneebäume‹. Spiel beim Abendessen ›Schieß die Erbse in den Mund‹. Mach Gesichter aus Bolognesesoße. Vermeide allzu anspruchsvolle Soßen. Mach einfach alles so schlicht wie möglich.«

Jos Hand verkrampfte sich beim Schreiben, und sie musste sie ausschütteln. Kate sprach immer noch.

»Kleidergrößen sagen gar nichts. Einer Elfjährigen kann auch Größe acht passen, wenn sie zierlich genug ist. Richte dich besser nach dem Gewicht, nicht nach dem Alter. Leg dich nicht auf Jeans oder schicke Schuhe oder Strumpfhosen fest. Manche Kinder mögen weder das eine noch das andere. Probier's mit Jogginghosen, einfachen Baumwoll-T-Shirts, robuster und bequemer Kleidung. Kauf Turnschuhe und andere Schuhe immer eine halbe Nummer größer. Kinder wachsen in Schüben, und man weiß nie genau, wann der nächste kommt. Weißt du«, sagte Kate schließlich, »wir haben jetzt fast eine Stunde telefoniert. Durch dich fühle ich mich tatsächlich wie ein Genie.«

»Sich um dieses Kind zu kümmern ist schlimmer, als ein kümmerliches Ferkel für die County Fair zu mästen.«

»Du Arme! Aber so schlimm ist es bestimmt nicht.«

»Gott steh mir bei!«

»Du trinkst doch hoffentlich keinen Wein?«

»Nur Mineralwasser.« Jo warf einer Flasche in ihrem Glasschrank einen sehnsüchtigen Blick zu. »Auch wenn mich der Jack Daniels anlacht.«

»Bleib stark! Du musst immer auf der Hut sein.«

Es knackte wieder in der Leitung. Aber Kate war noch dran. Jo konnte ihren Atem über Tausende Kilometer hinweg hören und wünschte sich sehnsüchtig, dass die Freundin in diesem Augenblick neben ihr säße.

»Weißt du, was mich wirklich ankotzt, Kate? In meiner Welt – der Arbeitswelt – bekomme ich eine Gehaltserhöhung oder eine Beförderung, wenn ich etwas gut mache. Man geht einen Schritt weiter, fühlt sich wertgeschätzt. Und wenn man schlecht in seinem Job ist, nun, dann wird man bald Steine klopfen und sich sehr viel mehr anstrengen müssen als bisher. Aber zu Hause, hier, wo ich die

Mutter spiele? Fremde glotzen mich an, wenn Grace weint. Die Leute verdrehen die Augen, wenn sie im Supermarkt spielt.«

»Was du nicht sagst!«

»Ich meine, mal im Ernst, wo bleibt bei alldem der Lohn? Eines Tages wird Tess an ihrem Hochzeitstag einen Toast auf dich und Paul ausbringen, da bin ich mir sicher – aber das sind vielleicht gerade mal dreißig Sekunden der Wertschätzung. Und wer bestimmt, was wann wie und ob überhaupt belohnt wird? Ehrlich, wenn ein Kind nach Harvard geht, dann hat die Mutter einfach nur das getan, was von ihr erwartet wird, keine große Sache. Aber wenn das Kind plötzlich hinter der Maschinenfabrik Zigaretten raucht, dann ist die Mutter der letzte Dreck.«

Nein, das waren keine Tränen in Bobbie Jo Marcums Augen. Bobbie Jo Marcum war schließlich eine von den Harten, die Herrscherin des Universums, die durch kreative Zauberkunst für eine große Zahl von Werbespots verantwortlich war, die bei den großen Network-TV-Sendern liefen. Bobbie Jo Marcum war nicht mehr das undankbare Mädchen, das es ihrer Mutter übelnahm, weil diese zwar zwei Jobs hatte, ihrer Tochter zum Geburtstag aber trotzdem nicht die hübsche Porzellanpuppe kaufen wollte.

»Wem sagst du das, Jo?«

»Ach Schätzchen, stell dich nicht auf eine Ebene mit mir.« Jo starrte mit tränenfeuchten Augen die Taschentücher an. »Ich muss dich um Entschuldigung bitten. Sobald du deinen gebräunten Hintern wieder hierherbewegt hast, werde ich sie dir in einem eisgekühlten Glas servieren, mit Salzrand und zwei Kirschen an einem Rührstäbchen.«

»Jo …«

»Nein, mach's mir nicht zu leicht. Ich bin eine nachtragende, arrogante Kuh, die gerade erst anfängt zu verstehen, was du alles durchgemacht hast. Und ich werde das einfach nicht ohne deine Hilfe schaffen.«

Kate hickste. Ihre Stimme war heiser vor Tränen. »Du hast keine Ahnung, wie gut es gerade tut, das zu hören.«

Auf dem Küchentisch klingelte Jos Handy.

»Mist, Jo, du hast doch auch noch einen richtigen Job. Wie schaffst du deine Arbeit überhaupt?«

»Arbeit? Was ist das? Oh, ist es das Handy, das alle fünf Minuten klingelt? Oder vielleicht mein Team, das panisch schreit, dass wir den Auftrag verlieren werden, weil ich mich in den letzten zehn Tagen nur zweimal im Büro habe blicken lassen?«

»Ich nehme an, dass du die barfüßige Nanny nicht eingestellt hast.«

»Nein. Aber ich habe vielleicht jemand anderen.«

Latoya – »Mom hat mich so genannt, bevor die Jackson so seltsam wurde« – war Lehramtsstudentin an einem Community College im Norden von Manhattan und setzte gerade ein Semester aus, um Geld zu verdienen, da sie das Studium selbst finanzierte. Jo hatte die Ehrlichkeit des Mädchens gefallen, ihre Unverblümtheit. Und sie besaß eine Fähigkeit, die Jo nicht im Blut lag: Sie konnte ein Kind in einer Millisekunde für sich begeistern. *»Gracie, eine tolle Frisur hast du da!«* Und Grace hatte gestrahlt. Jo hatte Latoya auf der Stelle engagiert. »Morgen machen wir den ersten Versuch. Dann kann ich ein paar Stunden zur Arbeit gehen.«

Als ob es eine Rolle spielte. Der Einfall mit dem Engagement des kenianischen Sängers hatte sich zerschlagen. In ihrem Team herrschte ein eklatanter Mangel an zündenden Ideen. Das Koksnasenmodel als »*Mystery*-Frau« zu nehmen war weit und breit die einzige. Also hatte man sich notgedrungen für sie entschieden. In der vergangenen

Nacht hatte Jo eine Inspiration gehabt, als sie vom Lärm eines Musikkanals – sie war vor dem Fernseher eingeschlafen – auf der Couch aufgewacht war. In dem Video hatte sich eine schwarzhaarige Sängerin verführerisch zu den Klängen einer Funky Sitar gewunden. Als Jo dasselbe Lied dann am Nachmittag aus Latoyas iPod dröhnen hörte, war ihre Muse endlich erwacht: Das perfekte Gesicht für *Mystery* war eine aufstrebende indisch-amerikanische Popsängerin, deren Single gerade überall gespielt wurde. Jo hatte das perfekte Gesicht für *Mystery* gefunden – doch leider zu spät.

Was nach Jos Einschätzung eine Garantie dafür war, dass sie den Auftrag, um den ihre Agentur seit einem halben Jahr kämpfte, nicht bekommen würde.

»Grace schafft das schon«, sagte Kate, die Jos Schweigen falsch interpretierte. »Kinder sind hart im Nehmen.«

»Ja, ja, ich weiß. Wenn sie sich nicht nachts beim Schlafwandeln den Schädel einschlägt …«

»Vertrau einfach deinem Bauchgefühl.«

Das war ja gerade das Problem. Jo konnte ein Geschäft aus dreitausend Kilometern Entfernung riechen, aber sie hatte nicht einen Funken mütterlichen Instinkt. »Kate, du weißt, dass Gracie eigentlich zu dir hätte kommen müssen.«

»Ich bin mir da gar nicht so sicher. Vielleicht konnte Rachel in die Zukunft sehen und hat gewusst, was ich meiner Familie gerade antue.«

»Du hast den Urlaub gebraucht.«

»Mütter haben keinen Urlaub.«

»Sei bloß still! Ich habe im Februar St. Lucia gebucht.«

»Ich nehme Grace dann während der Woche zu mir. In das winzige, heruntergekommene Apartment, in dem ich wohne, nachdem Paul mich rausgeworfen hat.«

Jo klemmte sich das Telefon zwischen Wange und Schulter, verwirrt über die Unsicherheit in Kates Stimme. »Du hast in letzter Zeit nicht mit ihm gesprochen?«

»Bald habe ich dazu Gelegenheit.« Kate schneuzte sich. »Ich habe meinen Flug umgebucht. Übermorgen bin ich wieder da.«

»Wann kommst du an?« Jo notierte sich die Flugnummer und die Ankunftszeit am Rand ihres Blocks. Das Flugzeug kam lange nach dem Termin für das Pitch-Meeting an. Sie würde es sowieso nicht im Büro aushalten, nachdem der Auftrag vermasselt war. »Wie wär's, wenn ich dich abhole?«

»Warum? Brauche ich moralische Unterstützung?«

Jo wägte den Wert einer kleinen Notlüge ab, die Kate noch ein bisschen Frieden verschaffen würde. Da Paul ihre Anrufe nicht erwiderte, konnte Kate vom anderen Ende der Welt sowieso nichts tun.

Andererseits verdiente Kate eine Warnung.

»Süße, ich habe heute mit Paul telefoniert.«

»Mist.«

»Wappne dich, Kate. Wenn das Flugzeug gelandet ist, wirst du in höllischen Schwierigkeiten stecken.«

Nachdem sie aufgelegt hatte, erkannte Jo, welch großen Fehler sie gemacht hatte, indem sie Kate vor der Wucht von Pauls Zorn warnte. Sie hätte den Mund halten sollen. Paul und Kate verband sehr, sehr viel. Doch Jo verstand genug von Beziehungen, um zu wissen, dass, je tiefer die Verbindung war, sie desto explosiver unter Druck stehen konnte.

Das war einer der besseren Gründe dafür, niemals zu heiraten.

Aus dem Fernseher drang laute Musik herüber, während Cinderella in der Kutsche des Prinzen in den Sonnenuntergang fuhr. Grace rührte sich auf der Couch, und Jo gab sich einen Ruck. Sie hatte jetzt keine Zeit, über Kate nachzudenken, denn sie sah sich einem anderen Problem gegenüber: Sie musste Grace ins Bett – und vor allem zum Schlafen – bringen.

Sie überflog die sechs Blätter mit den Notizen aus dem Telefonat mit Kate. Routine! Dieses Worte hatte Kate besonders betont. Dazu gehörte auch eine verlässliche, vorhersehbare Schlafenszeitroutine.

»Hey, Kleine«, sagte sie und erhob sich, »hat dir der Film gefallen?«

»Zu viele Mäuse«, erwiderte Grace gähnend, »und zu wenig Cinderella.«

Jo nahm die Fernbedienung und schaltete den Fernseher aus. Grace hatte sich wieder auf die Couch fallen lassen. Einer ihrer Socken lag neben dem Couchtisch auf dem Boden.

»Was sagst du zu einem schönen Schaumbad und einer Gutenachtgeschichte vor dem Schlafen?«

»Okay.«

Zu Jos Überraschung rannte Grace nach oben und zog sich nackt aus, ganz ohne den verlegenen Blick, den sie ihr gestern zugeworfen hatte, als sie im Laden neue Kleidung anprobierte. Jo überprüfte die Wassertemperatur und erlaubte Grace, sich in die Wanne zu setzen, während sich diese noch füllte. In der Zwischenzeit sammelte sie Kleidung für die Wäscherei zusammen und suchte in ihrem Wäscheschrank nach einem Schaumbad. Sie hatte Badesalz und Öle und Duschgel – und Massageöle und Gleitmittel, die ebenso wie ihr Liebesleben in die letzte Reihe geschoben worden waren. Sie wollte gerade schon aufgeben, als sie das Etikett auf der Rückseite des Duschgels las und erkannte, dass man es auch für die Herstellung von Schaumblasen verwenden konnte.

Sie hoffte, dass Grace der Geruch nach Passionsfrucht

nicht stören würde. Nachdem sie reichlich Duschgel ins Wasser gespritzt hatte, holte sie eine Schwimmbarbie aus einer der Einkaufstüten. Als sie ins Bad zurückkam, war Grace schon bis zum Kinn im Schaum versunken.

»Oh, da habe ich wohl etwas zu viel erwischt, hm?«

Grace lächelte.

Grace lächelte!

Da sie diesen Moment nicht gefährden wollte, zog Jo sich rasch aus dem Badezimmer zurück und ließ Grace allein in der Wanne spielen. Während sie mit Hector telefonierte, beobachtete sie das kleine Mädchen durch den Türrahmen, wie es sich Schaumbärte anklebte und Schaumflocken auf ihren Schultern verteilte, um Cinderellas Puffärmel nachzuahmen. Wasser spritzte über die Fliesen und auf den Boden. Jo war hocherfreut über den Frieden. Sie ließ Grace spielen, bis diese sich beschwerte, dass das Wasser zu kalt sei, nahm sie dann aus der Wanne, spülte sie mit warmem Wasser ab und wickelte sie in eines ihrer großen Handtücher. Erst als Grace sich für die Nacht anzog, wurde Jo klar, dass ihre Sammlung von Ruth-Rendell-Krimis mit den blutrünstigen Einbänden nicht gerade die beste Gutenachtlektüre für eine Siebenjährige war.

Dann fiel ihr Blick auf ein Fotoalbum, das auf dem untersten Regalbrett verstaubte. Sie biss sich auf die Unterlippe und dachte nach. Vielleicht war es eine gute Idee, vielleicht aber auch ein Desaster.

Vertrau deinem Bauchgefühl!

O Gott, bitte hilf diesem Kind!

»Hallo«, sagte Jo, als Grace sich gerade in ihr Nachthemd kämpfte, das blau und seiden war und das sie sich selbst ausgesucht hatte. »Ich dachte, wir könnten vor dem Zubettgehen noch ein Buch lesen.«

Grace zupfte das Nachthemd zurecht und blickte zu

Boden. »Meine Mama hat mir immer *The Poky Little Puppy* vorgelesen.«

»Nun … das habe ich leider nicht. Auch keine anderen Bücher, die so ähnlich sind. Am besten gehen wir beide morgen in eine Buchhandlung und suchen dir ein paar aus.«

»Okay.«

Das schien inzwischen das Lieblingswort des Mädchens zu sein. »Aber ich habe etwas anderes, was dir vielleicht gefallen könnte.« *Tief durchatmen.* »Es handelt von deiner Mutter.«

Grace erstarrte. »Wirklich?«

»Ja.« Sie zog das Fotoalbum hinter ihrem Rücken hervor. »Aus der Zeit, als deine Mutter und ich gemeinsam in der Schule waren, lange bevor du auf die Welt gekommen bist. Wir waren beide noch sehr jung. Nicht so jung wie du, aber etwa so wie … Latoya.«

Jo ließ sich auf dem Fußboden nieder und lehnte sich mit dem Rücken an das Bett. Grace setzte sich neben sie. Das Album öffnete sich mit einem Knacks.

Es war einmal …

Es war einmal ein Mädchen, das Rachel hieß. Fit und stark und voller Leben. Sie hatte dieselben Haare wie du, Gracie. Braun, aber ihre lockten sich, wenn sie lang waren. Hier auf diesem Foto sind sie ganz durcheinander, weil Rachel gerade einen Ruderwettbewerb gewonnen hat. Das hier sind sie und ihre Mannschaft, nachdem sie die örtlichen Titelverteidiger geschlagen hatten. Sarah, Kate und ich hatten sie begleitet – *nicht so sehr wegen der seelischen Unterstützung als vielmehr, um die Dartmouth-Typen zu treffen.* Genau, das hier ist Sarah Pollard, sie hat sich überhaupt nicht verändert, oder? *Dieser tadellose Lebensstil! Wie eine Heilige!* Und das hier ist Kate – Mrs Jansen. Kannst du dich an sie erinnern? Sie hat einen Sohn, Michael, der ist etwa in deinem Alter. Das hier ist sie. Was macht denn deine Mom auf dem Bild? Schau … sie trinkt aus dem Siegerpokal. Das ist ein besonderes Spiel, das man spielt, wenn man gewonnen hat.

Schau, Grace, hier ist noch ein anderes. Hat deine Mutter dir je erzählt, dass sie einen Bergsteigerverein gegründet hat? So haben wir uns alle kennengelernt. Wir waren dem Verein aus verschiedenen Gründen beigetreten. Kate … Mrs Jansen ist ein richtiger Bücherwurm und wollte wohl mal etwas draußen in der Natur machen. Sarah ist aus Vermont und sehr naturverbunden. Sie ist nur durch Zufall dazugestoßen, doch sie blieb, weil wir uns alle so gut verstanden. Ich habe mitgemacht … wegen deiner Mutter. Ich wollte eigentlich zu einem Meeting zukünftiger Unternehmer und bin im falschen Raum gelandet. Deine Mutter und ich sind ins Gespräch gekommen. Sie hat mich überzeugt, beizutreten. Sie sagte, dass ich ein Mensch sei, der ab und zu auf einem Berggipfel stehen sollte.

Des Überblicks wegen.

Einen Augenblick, Gracie, ich habe was im Auge.

Schau, hier sind wir alle zusammen, wie wir eine glatte Felsnase in den Shawangunks hinaufklettern. Da ist Kate. Sieht sie nicht aus wie eine Cheerleaderin aus Texas? Wir lachen alle so, weil das Klettergeschirr in ihren Hintern einschneidet. Sie hat Talkumpuder an den Händen, um einen besseren Griff zu haben. Wenn du genau hinsiehst, kannst du Sarah auf dem Gipfel sehen, sonnengebräunt, der Himmel im Hintergrund ist rosafarben. Und schau dir das hier an, Grace. Das ist deine Mutter, wie sie uns alle umarmt. Wir haben an dem Abend über dem Feuer braune Bohnen gekocht. Sie waren so verbrannt, dass wir sie mit dem Messer vom Topfboden schneiden mussten.

Schau dir die Berggipfel an! *So viele Fotos. Viele Gelegenheiten für einen Perspektivenwechsel, für den Über-*

blick. Wir waren so schlecht im Fotografieren. Ich kann kaum sagen, wer wer ist. Wir sind alle nur Umrisse vor der aufgehenden Sonne. Schau: Da ist deine Mutter. Weißt du, was sie da gerade macht? Sie verzieht sich mit einer Rolle Klopapier in die Büsche. Wenn man campt, muss man draußen aufs Klo gehen. Ignorier die nächsten Fotos einfach. Wir wurden im Laufe des Abends ziemlich albern. Deshalb gibt es so viele schlechte Bilder von Daumen und abgeschnittenen Köpfen.

Bis auf dieses hier. Wahnsinn, welch tolles Lächeln deine Mutter hatte!

Grace fuhr mit dem Finger über die Nahaufnahme. Rachel war eine Frau mit Charisma gewesen, von intensiver Präsenz, und hier war sie, festgehalten auf Fotopapier, voller Lebensfreude. Wie war es nur möglich, dass Rachel nicht mehr auf dieser Welt war? Jo hatte es immer noch nicht begriffen. Manchmal, wenn das Telefon klingelte, erwartete sie, Rachels Stimme zu hören, Rachel, die sie von irgendeinem exotischen Ort aus anrief ... Plötzlich bemerkte sie, dass Grace über dem Fotoalbum erstarrt war, dass ihr kleiner rosa Finger unbeweglich auf dem Bild ruhte, und sie fragte sich, wie das kleine Mädchen mit dieser Lücke in seinem Leben fertig werden sollte, wenn sie selbst derart von dem Verlust der Freundin überwältigt wurde.

»Gracie, ich zeige dir noch ein anderes.« Jo blätterte durch das Album, bis sie das gesuchte Bild fand. »Schau dir das an«, sagte sie. »Erkennst du jemanden? Ja, das bin ich, und das ist Mrs Jansen, und das hier ist Sarah. Wieso wir wie schwarz-weiße Hasen angezogen sind? Das war für eine Halloween-Party. Errätst du, wer das hier in der Mitte ist? Ja, das ist deine Mom. Deine Mom als Tinker Bell!«

Grace brach in Gelächter aus, das viel lauter war, als man

es von solch einem kleinen Mädchen erwartet hätte. Es war ein spontaner Ausbruch purer Heiterkeit, so unerwartet und befreiend, dass Jo einfach einstimmen musste.

Grace lehnte sich an ihre Schulter, ihr Brustkorb bebte vor Lachen. Jo legte den Arm um sie und drückte sie an sich. Grace' feuchtes Haar wärmte ihre Schulter, und Jo spürte die Erschütterungen des Gelächters im ganzen Körper. Jo atmete tief den Duft nach Passionsfruchtschaumbad ein, während eine behagliche Blase in ihrer Brust wuchs, ein unbekanntes, hauchzartes Gefühl, das sie ängstigte.

... und sie lebten glücklich bis ans Ende ihrer Tage.

Mit zitternden Händen schloss Jo das Album und legte es auf Grace' Nachttisch. Sie wünschte dem Kind eine gute Nacht, löschte das Licht und lehnte die Zimmertür an, als sie hinausging. Barfuß lief sie die Treppen hinunter und geradewegs in die Küche, wo sie ihre Auswahl an Alkohol betrachtete.

Ein kleiner Kentucky Bourbon sollte reichen.

Sie goss sich einen ordentlichen Schluck ein und dachte an ihre Jugend zurück. Die meisten Märchen, an die Jo sich erinnerte, stammten nicht von Disney, sondern eher von den Brüdern Grimm. Die wichtigste Lektion daraus war: Wenn eine Mutter jung stirbt, dann helfe Gott den Waisen. Viel zu oft wurden sie von der Hexe im Wald gefressen.

Oder sie wurden von Pflegestelle zu Pflegestelle gereicht, wo erschöpfte Pflegemütter sich darum bemühten, in eine bunt gemischte Sammlung von verletzten und verlassenen Kindern, aus der sie versuchten, eine Familie zu machen, eine weitere verlorene Seele aufzunehmen.

Jo schloss die Augen, als der brennende Bourbon ihre Kehle hinunterrann. Doch der Alkohol half nicht. Die Erinnerungen waren stärker. Sie goss sich noch einen Schluck ein, hielt dann jedoch inne und starrte auf die bernsteinfarbene Flüssigkeit in ihrem Glas. Es gab nicht annähernd genug Bourbon nördlich der Mason-Dixie-Linie, dass sie das Gefühl, nicht gewollt zu sein, vergessen könnte.

Sie hatte früher nie viel über diese Frauen nachgedacht. Damals waren sie Fremde gewesen, Autoritätspersonen, die man ihr aufgezwungen hatte, um sicherzugehen, dass sie die Schule besuchte, nahrhafte Mahlzeiten zu sich nahm, in der Bibel las und sich von den jungen Kerlen fernhielt, die hinter der Maschinenhalle rauchten und Apfelschnaps tranken. Es waren sicher wirklich gute Seelen gewesen, die sich eine so undankbare Aufgabe aufgebürdet hatten. Doch schon die verlassene, verwaiste Zwölfjährige hatte sich dazu gezwungen, sich emotional nicht an einen anderen Menschen zu binden. Wie ihre Mutter konnten diese Pflegemütter schließlich schon morgen wieder verschwunden sein. Deshalb hatte sie niemanden an sich herangelassen, hatte alle ausgeschlossen. Sie wollte nie wieder so verletzt werden.

Stöhnend schloss Jo die Augen und legte ihren Kopf auf die Arbeitsplatte, das Glas noch in der Hand. Es wäre besser für die arme Grace, wenn sie von Wölfen aufgezogen wurde. Die lebten in Rudeln und kümmerten sich um ihre Jungen. Besser ein Rudel wilder Wölfe als eine Frau, die vergessen hatte, wie man liebte.

Kapitel 14

Sarah schloss die Augen und lehnte den Kopf gegen die Kopfstütze. Zwanzig Stunden Reise, und sie hatte kaum mehr als ein paar Stunden geschlafen. Das Flugzeug hatte gerade das erste Mal an Höhe verloren und begann den langen, quälend langsamen Anflug auf den Newark Airport. Die Tatsache, dass dieser Teil der Reise bald vorbei sein würde, tröstete sie nicht. Sie wusste, dass sie noch einen weiten Weg vor sich hatte.

Ihr Körper schmerzte, nicht nur wegen des unbequemen Sitzes, sondern vor allem wegen der emotionalen Erschöpfung. Sie brauchte dringend eine Nacht ungestörten Schlafs, ohne Umsteigen, ohne den endlosen Gedankenkreis voller moralischer Bedenken. Doch sie war nicht die Einzige, die innere Kämpfe ausfocht. Neben ihr rutschte Kate unruhig auf dem Sitz hin und her und presste immer wieder die Stirn gegen das Fenster. Schuldgefühle hüllten ihre zusammengekrümmte Gestalt ein wie eine Wolke.

Sarah stupste Kates verkrampfte Schulter an. »Ich könnte mal fragen, ob es an Bord einen Fallschirm für dich gibt.«

Sarah wusste, dass Kate noch weniger geschlafen hatte als sie. Jetzt rieb sich Kate die geschwollenen Augen.

»Warum springe ich nicht einfach ohne Fallschirm? Es ginge viel schneller. Und wäre weniger schmerzhaft.«

»Ich würde es nicht ausprobieren.« Sarah deutete mit dem Kopf in Richtung des kräftigen Mannes mit dem militärischen Kurzhaarschnitt, der zwei Reihen vor ihnen am Gang saß. »Mr Sky Marshal dort drüben hätte dich überwältigt, bevor du auch nur in die Nähe der Tür gelangt wärst.«

»Vielleicht habe ich Glück, und er schießt.«

»Ich glaube nicht, dass Rachel das im Sinn hatte, als sie dich zum Fallschirmspringen geschickt hat.«

»Ah, du hast also herausgefunden, was Rachel im Sinn hatte?«

Sarahs Kehle schnürte sich zusammen. Sie hatte in letzter Zeit viel über Rachel nachgedacht. Eine bestimmte Erinnerung verfolgte sie: Rachel in voller Klettermontur, wie sie von einer zerklüfteten Felsnase nach unten grinste, wo sich Sarah über einen schwierigen Klettersteig kämpfte.

Tut verdammt weh, nicht, Pollard? Beiß die Zähne zusammen, Kleine, denn hier oben wartet der Himmel auf dich.

»Rachel wusste, dass es hart werden würde«, sagte Sarah. »Sie wusste, dass keine von uns ohne einen gehörigen Tritt in den Hintern ihr Leben verändern würde.«

»Und wer sagt, dass eine Veränderung immer gut ist?«

»Niemand.« Das Flugzeug ging wieder in Schräglage. Der Blick aus dem Fenster bot einen herbstlichen Flickenteppich und am Horizont einen Sonnenuntergang. »Eine Veränderung ist nicht immer gut. Ehrlich, Kate, ich glaube, Rachel ahnte nicht einmal, wie sich das alles entwickeln würde.«

»Was?«

»Sie glaubte sicher, dass wir nach ihrem Tritt auf uns allein gestellt sein würden.«

Kate gab ein Geräusch von sich, als hätte man ihr einen Hieb auf den Solarplexus versetzt. »Was du nicht sagst!«

»Komm schon! Du hast Rachel doch nicht für eine allwissende Yogi gehalten, die uns zur Erleuchtung führt?«

»Nun … nach meinem ersten Sprung habe ich … tatsächlich daran geglaubt«, stotterte sie. »Ich mache das alles nur aus diesem Glauben heraus.«

»Vielleicht wusste sie, dass du so reagieren würdest.« Sarah seufzte, während sie ihren Kopf wieder gegen die Kopfstütze lehnte. »Ich fische vielleicht im Trüben, Kate, aber eins weiß ich sicher: Rachel hat sich an jedem Tag ihres Lebens ihren Ängsten gestellt, und das hat sie glücklicher gemacht.«

»O Gott!«

»Deshalb vermute ich, dass sie davon überzeugt war, uns zu helfen, indem sie uns zwang, dasselbe zu tun: uns dem auszusetzen, was wir am meisten fürchten. Dass wir dieselbe Freude, denselben Frieden finden würden wie sie.« Sarah blickte in den blauen Himmel. Allmählich erfasste sie ein tieferes Verständnis für die Absichten der toten Freundin. »Ich glaube, dass Rachel uns Freude schenken wollte.«

»Indem ich meine Ehe zerstöre?« Kate gab einen Laut zwischen Schnauben und Schluchzen von sich. »Indem sie fragwürdige Entscheidungen für ihre Tochter trifft? Indem sie Jos Karriere aufs Spiel setzt? Indem sie dich in die Arme dieses betrügerischen …«

»Hey, ich weiß, dass es dein Heiligenbild von mir zerstört, aber in dieser Situation bin ich die Böse.« Sarah zog die Beine an. Sie saß jetzt schon so lange in diesem Flugzeug, sie hätte schwören können, dass sich eine wunde Stelle an ihrer Hüfte gebildet hatte. »Und ich war schon immer davon überzeugt, dass es Jo mal ganz guttäte, ihre Prioritäten zu überdenken.«

»Nun, wenn das auch in meinem Fall Rachels Ziel war, hat sie es erreicht.« Kate ballte die Fäuste. »Ich kann nach dieser Sache immerhin ein bisschen angeben und bei einem Appletini von Elefantenritten im indischen Dschungel und von Rikschafahrten durch Bangalore erzählen.«

»Du wirst der Star der Partys sein.«

»Ich kann jetzt Gespräche mit den Worten anfangen: ›Als ich mir im Basar meine Hände mit Henna bemalen ließ …‹«

»Die Schlange auf deinem Bauch ist viel interessanter.«

»Und ich kann immer etwas von Sam erzählen, dem farbenblinden nigerianischen Waffenschmuggler.«

Sarah musterte interessiert den Saum ihres Rockes, den sie im Schoß zusammengerafft hatte. Erinnerungen an Sam, unvermittelt und vor allem unvermittelt lebendig, überfielen sie. Immer wenn Sam in Burundi ins Camp kam, mit einem Jeep voller sanktionierter Güter – und einem Kofferraum voll mit den Dingen, die sie *wirklich* benötigten, auf dem Schwarzmarkt mit Geld aus zweifelhaften Quellen erworben –, dann war das für die Dorfbewohner ein Tag der Freude. Sie erinnerte sich an das verschmitzte Grinsen, das über sein Gesicht geglitten war, als sie seinen beharrlichen Überredungsversuchen nachgegeben hatte, sie auf der nicht genehmigten Fahrt in die Berge zu begleiten, wo sie versuchen wollte, eine bis dahin noch lokal begrenzte, hochansteckende Krankheit einzudämmen. Sie erinnerte sich daran, wie Sam im Regen vor der Klinik stand und sorgenvoll auf Neuigkeiten von Dr. Mwami über das verwundete Kind wartete, das er über die Grenze geschmuggelt hatte.

Am deutlichsten erinnerte sie sich an Sam, wie er im Licht einer Kerosinlampe eine Flasche Bananenwein umklammerte, nachdem er das Mädchen mit den schiefen Zöpfen ins Camp gebracht hatte. In dieser Nacht hatte er davon gesprochen auszusteigen, nach England zu den Kricketspielen, den ordentlichen Wohnungen und dem warmen Bier zurückzukehren. Und sie hatte das schier übermächtige Bedürfnis gehabt, ihm das auszureden, ihn anzuflehen, nicht fortzugehen.

Kates Hand mit den abgekauten Nägeln legte sich auf ihr Knie. »Ich schätze, Sarah, ich brauche dir nicht zu sagen, dass Sam sehr in dich verliebt ist.«

Sarah dachte an die Akazie am Tanganjikasee, daran, wie ihre nassen Zweige sich von dem grauen Himmel abgehoben hatten. Sein Kuss hatte nach Regen geschmeckt.

Sie schob die Erinnerung beiseite. Jetzt durfte sie nicht an Sam denken. Oder an Burundi. Alles in ihr war in Aufruhr, ihre Gefühle verletzt, Colins Geist immer noch zu nahe. »Es hat keinen Sinn, Kate. Es ist der falsche Zeitpunkt. Oder vielleicht passen die Einzelteile auch nicht zusammen.«

Endlich war das Flugzeug gelandet und rollte zum Gate. Als Sarah mit dem schweren Rucksack auf den Schultern durch den Terminal lief, suchte sie unwillkürlich die Anzeigetafeln der anderen Gates nach dem Zielort Los Angeles ab.

Colin hatte es so entschieden gesagt.

Ich kann dich nicht gehen lassen!

Sarah hatte sich eingeredet, dass er es im Grunde nicht so meinte. Sonst hätte er sie an diesem letzten Abend mit in sein Bett genommen. Er hätte ohne Schuldgefühle mit ihr geschlafen. Wenn er es ernst gemeint hätte, hätte er andere Geschütze aufgefahren, als sie nur zu drängen, ihn in L. A. zu besuchen – er hätte konkrete Pläne gemacht. Das war zwar nicht seine Art, aber …

Gate 117, Flug 776 nach Los Angeles. Bereitmachen zum Boarding. Lassen Sie Menschen mit Behinderung und Passagiere, die Hilfe benötigen, bitte zuerst …

Jo erwartete sie bei der Gepäckausgabe und bellte in eine schnurlose Freisprechanlage, die in ihrem Ohr klemmte. Auf hohen Absätzen kam sie zu Kate herüber, mit lauter Stimme telefonierend, und unterbrach sich nur, um Kate in einer festen Umarmung an sich zu drücken.

So standen die beiden Frauen eine Weile da, und als Jo sich von Kate löste, bemerkte Sarah, dass beide geweint hatten.

»Süße, du siehst furchtbar aus!« Jo hielt Kate auf Armeslänge von sich und musterte dann Sarah. »Um Himmels willen, was ist denn mit euch beiden los? Ich schwöre, dass ich niemals in ein Land reisen werde, wenn ich mich dafür zuerst impfen lassen muss.«

Sarah lächelte matt und sagte nicht, dass auch in den Vereinigten Staaten von Besuchern so mancher Länder Impfungen verlangt wurden. Im Stillen dachte sie, dass Jo selbst ebenfalls nervös und übermüdet aussah – und sprach den Gedanken dann auch laut aus.

»Mehrere doppelte Lattes«, erklärte Jo, als sie am Gepäckband nach Kates proppenvollem Koffer Ausschau hielten. »Ich musste eine Nachtschicht einlegen, um die Präsentation fertig zu machen.«

Kate entdeckte ihren Koffer, hastete hinüber und wuchtete ihn von dem Rollband.

Sarah fragte: »Und? Wie lief es?«

»Uneins und unorganisiert.« Jo rief mit einem scharfen Blick einen Gepäckträger herbei. »Es gab zwei Präsentationen – meine war natürlich besser –, aber ich befürchte, dass wir uns störrisch und unkooperativ gezeigt haben.« Sie zuckte angespannt mit den Schultern. »Sechs Monate Arbeit für nichts und wieder nichts, und ich sage dir: Ich will nur noch schlafen. Heute ist Grace' erster Abend allein mit Latoya.«

Kate vernahm den letzten Teil des Gesprächs, als sie mit

ihrem Koffer zu den beiden anderen stieß. »Gewöhnt sich Grace langsam ein?«

»Schätzchen, sie ist am Leben. Mehr kann ich im Moment nicht erwarten.«

»Sind meine Kinder auch noch am Leben?«

Jo warf Kate schweigend einen kummervollen Blick zu und legte ihr den Arm um die Schulter. »Deinen Kindern geht es gut, Kleine. Sie sind gesund und freuen sich darauf, dich wiederzusehen. Paul und deine Mutter sind auch zu Hause. Er weiß, dass du heute Abend kommst. Meine Anrufe hat er entgegengenommen.«

Kates Miene hellte sich auf. »Dann wird er die Kinder für mich aufbleiben lassen!«

»Nein, Süße, das wird er nicht.«

»Doch, bestimmt.« Sie nickte aufgeregt mit dem Kopf, so dass ihr schlaffer Pferdeschwanz hin und her flog. »Er ist wütend auf mich, aber er wird nicht …«

»Dies ist nicht der richtige Ort, um darüber zu reden.« Jo machte dem Gepäckträger ein Zeichen und führte ihre Freundinnen zum Aufzug der Parkgarage. »Wir werden heute Abend noch genug Zeit haben, alles zu besprechen«, sagte sie über die Schulter hinweg, »denn du wirst heute Nacht auf meiner Couch schlafen, Kate.«

Kate stolperte. Rote Flecken erblühten an ihrem Hals und wurden schnell dunkler. Sie fand ihr Gleichgewicht wieder und hastete an Jos Seite. Sarah hörte Kates verzweifelte Worte.

»Ich will meine Kinder sehen!«

Jo war verwirrend hart und unnachgiebig. »Du musst dich zusammenreißen, Kate. Willst du etwa, dass deine Kinder dich *so* sehen? Schätzchen, du bist außer dir und wirklich nicht in der Verfassung, dich jetzt mit ihnen zu treffen. Schlaf dich erst mal richtig aus. Ich habe eine wunderbar bequeme Couch – das weiß ich, weil ich sehr viel

Zeit auf ihr verbringe. Du musst dich wappnen, Kate, denn Paul hat gar keine gute Laune.«

Sarah folgte den beiden mit wachsender Sorge. Kate und Paul durften keine ernsthaften Probleme haben. Sie waren schließlich füreinander geschaffen. Sie hatte Kate immer darum beneidet, ihren Seelengefährten gefunden und ihn auch behalten zu haben.

Als Sarah aufblickte, sah sie sich neben dem Aufzug einem Monitor gegenüber. Ankünfte und Abflüge wurden dort angezeigt. Los Angeles blinkte verlockend.

»Sarah, Liebes, hör doch bitte damit auf, von der Dritten Welt zu träumen. Ein doppelter Bacon-Cheeseburger wartet in einem billigen Diner die Straße hinunter auf dich, und ich für meinen Teil bin so hungrig, dass ich ein halbes Schwein essen könnte.«

Colins Stimme in ihrem Kopf.

Wenn du kommen willst, dann komm bald!

Kate, sichtlich bestürzt und blass, zog an ihrem Arm. »Sarah, komm schon, der Aufzug ist da.«

Die Aufzugtüren öffneten sich. Menschen strömten hinein, füllten ihn mit ihrem Gepäck und murmelten Beschwerden, als sie den drei Frauen und dem Gepäckträger ausweichen mussten, die mitten im Weg standen.

Jo und Kate schauten Sarah verwirrt an. Sie wusste, dass sie, wenn sie jetzt durch diese Tür ging, nie zu ihm zurückkehren würde.

»Er hat gesagt, dass ich nach Los Angeles kommen soll«, platzte sie heraus.

Kate starrte sie an. Langsam tauchte sie aus ihrem eigenen Elend auf und verstand. »O Gott!«, murmelte sie und kniff die Lider zusammen. »Welche Hölle ist das denn jetzt?«

Sarahs Blick wanderte zu dem Monitor. »Er hat gesagt, ich soll bald kommen.«

Jo riss sich das Headset vom Ohr, als ob sie nicht richtig verstanden hätte, und scheuchte dann ihre Freundinnen und den Gepäckträger vom Aufzug fort, um nicht länger im Weg zu stehen.

»Sarah, ich dachte, das wäre vorbei.« Kates Nacken spannte sich schmerzhaft bei jedem Wort. »Du hast gesagt, dass du dich entschieden hast.«

»Du hast ihn doch gestern Morgen gesehen, Kate. Er war in der Lobby, um fünf Uhr morgens.« Unrasiert und übermüdet war er gewesen. Sarah steckte die Hand in ihre Umhängetasche und ertastete einen Bogen Papier. Sie zog das Blatt hervor, das mit Druckerschwärze beschmiert war. Der Briefkopf des Hotels war in Auflösung begriffen. »Er hat mir seine Adresse in Los Angeles gegeben. Die Adresse seines Büros, seine Handynummer, auch seine Nummer im Krankenhaus, wenn er Rufbereitschaft hat …«

Jo musterte den Bogen neugierig. »Warum hat er dir nicht einfach eine Visitenkarte gegeben?«

»Es ist ein neues Büro, ein neues Unternehmen. Er sagte, dass sie gerade in der Übergangsphase sind. Es gibt also eine Menge Telefonnummern …«

»Das machen die Menschen so, wenn sie etwas zu Ende bringen, Sarah.« Kate legte ihr den Arm um die Taille. »Das bedeutet nicht, dass er wirklich will, dass du ihn besuchst.«

»Aber …«

»Jo, bitte, hilf mir,« sagte Kate und schloss erneut ihre blutunterlaufenen Augen.

Jo musterte den Papierbogen so aufmerksam, als ob sie die Fotogenität eines neuen Models einschätzen würde. »Normalerweise würde ich sagen, dass Kate recht hat. Die Übergabe einiger Kontaktinformationen ist ein sauberer, wenn auch etwas kaltblütiger Weg, etwas zu beenden. Die Möglichkeit eines Wiedersehens bleibt offen, aber es gibt keine problematischen Versprechen. Immerhin hat er sich ganz schön viel Mühe gemacht, das alles zusammenzuschreiben und dich zu einer Uhrzeit in der Lobby zu treffen, die wirklich nur etwas für Lerchen ist.«

Kate riss die Augen auf und strich sich mit der Hand über die Kehle.

Jo ignorierte sie. »Er hätte in seinem gemütlichen Bett bleiben und die ganze Situation einfach vermeiden können.«

Sarah nickte. »Das wäre viel eher seine Art gewesen. Deshalb war ich auch so überrascht.«

»Sarah, was genau hat er zu dir gesagt?«, fragte Jo.

»Er hat mich gebeten, nach L. A. zu kommen.« Sie fuhr mit dem Daumen über Colins Namen, seine Handschrift. »Er hat gesagt, dass ihm sehr wohl bewusst sei, wie verrückt diese Bitte ist, aber dass er wirklich wolle, dass ich sein Zuhause sähe.«

»Ach herrje!«

»Sarah!« Kate stampfte mit dem Fuß auf. »Zwanzig Stunden in der Luft, und du hast mir nichts davon erzählt.«

»Ich dachte ja, ich hätte mich entschieden. Ich habe zwanzig Stunden lang darüber nachgedacht.«

Jo packte Kate am Ärmel, um sie zum Schweigen zu bringen. »Hast du ihm gesagt, dass du kommst, Sarah?«

»Nein. Nein!«, beharrte sie, als Kate die Augen verdrehte. »Ich wusste nicht, was ich sagen sollte. Ich dachte, ich hätte ihm klargemacht, dass ich das nicht kann: die andere Frau sein.«

»Ah.« Jo spielte mit dem Headset in ihrer Hand. »Und er hat dich trotzdem gebeten, ihn in L. A. zu besuchen.«

»Ja.« Sarah faltete den Papierbogen zusammen und steckte ihn wieder in ihre Umhängetasche. »Weißt du, es wäre viel einfacher, wenn er eine Kuh und ein paar Ziegen vorbeibrächte. Dann würde das ganze Dorf singen und tanzen und Bier trinken …«

»Nun, Süße, gut, dass ich die *amerikanischen* Sitten kenne.« Jo warf einen Blick auf die Uhr an ihrem Handgelenk. »Ich glaube, dass du so schnell wie möglich einen Flug nach L. A. erwischen solltest.«

»Nein!« Kate machte eine verärgerte Geste. »Kommt überhaupt nicht in Frage. Sarah hat sich entschieden. Warum sollte sie jetzt quer durchs Land reisen? Weil *er* sich nicht entscheiden kann?«

»Weil dieser Mann Sarah ganz offensichtlich etwas zeigen will«, entgegnete Jo gedehnt.

»Was? Seine Verlobte?«

»Ich hatte nie den Eindruck, dass Dr. O'Rourke ein Idiot ist. Wenn ich wetten sollte, würde ich sagen, dass er feststellen will, ob man dich nach L. A. verpflanzen könnte.«

Kate massierte ihre Schläfen. »Du kennst nicht die ganze Situation, Jo. Du verstehst nicht …«

»Süße, ich weiß vielleicht nichts über Kindererziehung, aber ich weiß eine ganze Menge mehr über Männer als ihr beide zusammen.« Sie legte ihre Hände auf Sarahs Schultern. »Pass jetzt gut auf, Sarah-Belle! Wenn du aus L. A. zurückkommst, will ich keine Heldengeschichten mehr hören. Du weißt, dass eine Beziehung zu einem Mann nicht nur aus Leidenschaft und roten Rosen besteht oder aus Sex mit brüllenden Tigern vor der Lehmhütte. Man muss auch die andere Seite der Medaille in Kauf nehmen. Ich will wissen, ob er schnarcht oder ob er die Handtücher auf dem Badezimmerboden liegen lässt. Ich will wissen, in welcher Stimmung er nach einer Wurzelbehandlung ist …«

»Oder wie er reagiert, wenn er sich Waffenschmugglern und einem Kofferraum voll medizinischen Materials gegenübersieht«, schaltete Kate sich ein.

Jo stieß einen anerkennenden Pfiff aus. »Mann, ich habe tatsächlich was verpasst.«

Sarah umfasste fröstelnd ihre Oberarme. »Das Leben wäre viel einfacher gewesen, wenn mein Vater mich an diese Beduinen verkauft hätte, als ich zwölf war.«

»Und ich weiß gerade genug über deine Eltern, dass mich diese Geschichte erschreckt. Los, wir besorgen dir einen Flug nach L. A.«

Sarah folgte Jo blind zu den Ticketschaltern, während Kate dem Gepäckträger ein Trinkgeld gab und ihren Koffer selbst schleppte. Während sie in der Schlange standen, musterte Jo Sarahs Baumwollrucksack. »Ich vermute, dass du darin all deine weltlichen Besitztümer verstaut hast?«

»Pass, Kleider, ein paar Rupien.«

»Nicht genug für ein Flugticket, vermute ich.«

Daran hatte Sarah nicht gedacht. Sie hatte einen Großteil ihres Bargeldes in Bangalore ausgegeben, und sie hatte über die Jahre unbekümmert so viele Kreditkarten überzogen, dass sie schließlich darauf verzichtet hatte, überhaupt eine ihr Eigen zu nennen. Sie überlegte einen Moment und sagte dann: »Ich könnte anrufen …«

»Nein, du rufst niemanden an.« Jo steckte sich das Headset ans Ohr. »Ich kümmere mich darum.«

»Jo, du hast doch schon …«

»Nicht der Rede wert.« Sie schob Sarah zum Ticketschalter, während sich Kate knurrend mit ihrem Gepäck abmühte. »Bei der Hochzeit will ich dann aber die Brautjungfer sein.«

»Hey!«, schaltete sich Kate ein. »Das ist mein Job!«

»Und versprich mir noch etwas, Sarah-Belle.« Ein seltsamer Ausdruck huschte über Jos Gesicht. »Versprich mir, mir zu erzählen, ob es das Risiko wert war, wenn du zurückkommst … wenn du überhaupt zurückkommst.«

»Natürlich ist es das wert, Jo.« Sarahs Kehle war rauh und trocken. »Vielleicht … ist die Liebe jedes Risiko wert.«

Sarah war froh, dass sich Jo um alles gekümmert hatte. Sie hatte einen Fahrer organisiert, der Sarah in L. A. am Flughafen abholte, einen schlanken jungen Mann in einem dunklen Anzug. Er fuhr sie zu einem *Best-Western*-Hotel, das nach Patschuli roch. Jo hatte das Zimmer im Voraus bezahlt. Geld ebnete einem immer den Weg, doch Sarah hätte solchen Luxus für sich nicht akzeptiert, wenn sie nicht zwanzig Stunden damit verbracht hätte, um die halbe Welt zu fliegen.

Lieber Himmel, Sarah! Wenn du zu ihm fährst, dann sagst du ihm im Grunde, dass du seine Kinder austragen willst. Triff dich ja nicht mit müden Augen und stinkend wie eine Kuh mit ihm.

Sarah fühlte sich ein wenig schuldig, als sie am nächsten Morgen aus dem Hotel auscheckte und in einen verbeulten, zwanzig Jahre alten Volkswagen stieg, der von einem alten Freund aus Corps-Zeiten gefahren wurde. Er verbrachte gerade einige Monate mit sieben weiteren Kumpels in einem gemieteten Haus in Venice Beach und surfte. Sarah hielt es für eine gute Gelegenheit, ein paar Tage abzuschalten und nach Antworten zu suchen, ohne den Einfluss und die Erwartungen anderer Menschen.

Die Tage, die sie an weißen Sandstränden verbrachte – wo sie sich viel zu schick und viel zu bleich fühlte –, mit den Zehen in der Brandung, zeigten ihr eine grundlegende Wahrheit: Die Beziehung zu Colin hatte immer nur in *ihrer* Welt stattgefunden, in der ländlichen Einsamkeit des kleinen Dorfes in Paraguay und letzte Woche im Chaos von Bangalore. Jo hatte vermutlich in zwei Sekunden herausgefunden, wofür sie selbst zwei Tage gebraucht hatte. Colin hatte sie gebeten, nach L. A. zu kommen, um zu sehen, ob ihre Beziehung in *seine* Welt verpflanzt werden könnte.

Los Angeles. Ein seltsames Dorf voller gebräunter Blondinen und Männer mit definierten Bauchmuskeln. Unglaublich breite, saubere Straßen, die sich in alle Richtungen erstreckten und auf denen glänzende neue Autos fuhren. Wenn in Gatumba jemand über die Straße liefe und mit sich selbst spräche, würden ihn die Einheimischen freundlich, aber auch voller Ehrfurcht behandeln, denn Verrückte galten als eine Art Orakel. Hier in L. A. trug jeder wie Jo diese kleinen Geräte am Ohr, und alle sprachen mit sich selbst, laut, selbst in Gesellschaft anderer. Und viel zu oft ertappte sich Sarah dabei, wie sie die Frauen anstarrte. Manche waren so feingliedrig und sahen dabei an strategischen Stellen wie aufgepumpt aus, dass sie nur noch das Fehlen der Nähte an Armen und Beinen von den Barbie-Puppen unterschied, mit denen Sarah als Kind gespielt hatte.

Als sie es nicht länger aufschieben konnte, lieh sie sich den alten Volkswagen und fuhr zu der Büroadresse, die Colin ihr gegeben hatte. Sie stellte den Wagen auf dem Parkplatz eines glänzenden, verglasten Gebäudes ab und blinzelte zu den glitzernden Fenstern hinauf, die Augenlider gegen die unbarmherzige südkalifornische Sonne zusammengekniffen. Hinter einem dieser Fenster saß Colin in einem weißen Kittel in seiner Praxis und betreute seine Patienten. Irgendwo in diesem Gebäude saß Colin in seiner Welt.

Die Eingangstüren glitten auf, und Sarah trat in die kühle Lobby. Ihre flachen Gummisohlen machten kein Geräusch in der beeindruckend großen Empfangshalle, an deren anderem Ende ein Portier hinter einem niedrigen, glänzenden Empfangstresen saß. Sarah war jetzt schon ein paar Tage in L. A., doch sie hatte den Schock noch nicht überwunden, der sie jedes Mal überfiel, wenn sie in die Staaten zurückkehrte. Der plötzliche Mangel an bestimmten Reizen verwirrte sie immer wieder aufs Neue. Diese

Gebäude hatten keine Gerüche, so wenig Farbe, so viel Glanz und Stein, so wenige Menschen hielten sich darin auf und so wenig überschäumendes Chaos. Alles hier war ruhig, offen, so … sauber.

»Ich möchte zu Dr. O'Rourke, bitte.« Sie beugte sich über das schwere, ledergebundene Besucherbuch, in das sie sich eintragen sollte, und reichte dem Portier ihre Umhängetasche aus Hanf. Erst während er sie behutsam untersuchte, bemerkte Sarah, dass sie grau vor Staub war und überall gezogene Fäden zu sehen waren. Zusammen mit der Tasche reichte der Mann ihr schließlich einen Besucherausweis und deutete auf die Aufzüge. Dort trat sie zur Seite, als die Türen sich öffneten und ein Schwarm nicht ganz echter Blondinen mit großen Sonnenbrillen heraus- und an ihr vorbeiwirbelte. Sie schienen soeben erst *Baywatch* entsprungen zu sein.

Sarah betrachtete sie mit der Neugier einer Anthropologin. Zugegeben, diese Art weiblichen Herausputzens ließ sich durchaus mit den traditionellen Narben nigerianischer Stämme oder den Hennabemalungen indischer Bräute vergleichen, und auf Sarah wirkte diese Gruppe nahezu identischer Blondinen verblüffend exotisch.

Die Praxis von Colin und seinen Partnern nahm beinahe die Hälfte des obersten Stockwerkes ein. Die Aufzugtüren gaben den Blick auf eine große Glaswand frei, auf der in großen schwarzen Buchstaben Colins Name und die seiner Partner standen. Das »Zentrum für Wiederherstellungschirurgie« darunter gab Aufschluss über das Tätigkeitsfeld des Unternehmens. Als Sarah durch die Tür trat, blickte eine schlanke junge Frau von ihrer Arbeit auf. Der dunkelrote Rahmen der Brille der Empfangsdame passte zu den Ohrsteckern und der Halskette mit übergroßen Perlen.

»Mein Name ist Sarah Pollard. Ich würde gern mit Col… Dr. O'Rourke sprechen.«

Die junge Frau runzelte die Stirn und blätterte in einem Terminkalender auf dem Tisch. »Es tut mir leid, aber ich kann Ihren Namen nicht finden.«

»Ich habe keinen Termin.«

Diese Wimpern konnten einfach nicht echt sein. Genauso wenig wie die Brüste, die das T-Shirt mit der seltsamen Strassaufschrift BOTOX einer Belastungsprobe unterzogen.

»Es tut mir sehr leid«, sagte die Frau, »aber keiner der Ärzte kann Sie ohne Termin empfangen.«

Die Empfangsdame erfasste mit einem Blick Sarahs Batikbaumwollshirt, den weiten Rock, die unlackierten Fingernägel. Sarah strich mit dem Daumen über den Riemen ihrer Umhängetasche und erkannte den abschätzenden Blick, der überall auf der Welt gleich war: Sarahs Bedeutung wurde überprüft – und für sehr gering befunden.

»Dr. O'Rourke erwartet mich«, sagte Sarah. »Wir waren letzte Woche zusammen in Bangalore. Vielleicht hat er vergessen, Ihnen meinen Besuch anzukündigen.«

Zögernd deutete die junge Frau mit dem Kinn auf eine elegante Ledercouch. »Bitte setzen Sie sich. Er befindet sich gerade in einem Gespräch, aber ich werde ihm so bald wie möglich sagen, dass Sie hier sind.«

Sarah setzte sich mit dem Rücken zum Empfang auf die Couch. Sie wollte den bedeutungsvollen Blick nicht sehen, den das BOTOX-Mädchen mit einer Krankenschwester, die gerade dazugekommen war, austauschte. Das Flüstern war schlimm genug. Sie wusste nicht, warum es sie störte, da sie doch daran gewöhnt war, den größten Teil ihrer Zeit als blasse Merkwürdigkeit in einem Flüchtlingslager zu verbringen.

Sie betrachtete die geschmackvoll gerahmten Werbeplakate, die chemisches Peeling und Laserbehandlungen anpriesen. Sie hatte noch nie von diesen Techniken gehört und fragte sich für einen Moment, ob sie mittlerweile Lücken in ihrem Wissen über rekonstruktive Chirurgie hatte. Sie betrachtete die Zeitschriften, die auf dem Beistelltisch aus Glas auslagen – *Glamour*, *Vogue*, *Condé Nast Traveler*, *People*, *Cosmopolitan* – und verlor sich schon bald in der eingehenden Prüfung von Werbeanzeigen, die, soweit sie es beurteilen konnte, vor allem erschreckend dürre vorpubertäre Mädchen zeigten.

Als eine perfekt proportionierte Blondine in die Praxis schwebte, hob Sarah den Kopf. Die Empfangsdame sprang auf, flatterte aufgeregt um die Frau herum und führte sie dann geradewegs in einen Behandlungsraum. Da begann Sarah, unruhig zu werden. Hatte Kate vielleicht doch recht gehabt, und Colin war nur höflich gewesen, als er sie nach L. A. einlud? Sie sorgte sich, dass Colin weiter hinten in seinem Büro saß und panisch überlegte, wie er sie loswerden könnte, bevor seine Verlobte ihn zum Lunch abholte. Vielleicht war ja diese perfekt proportionierte Blondine seine Verlobte! Sarah fragte sich, ob sie Jos Geld umsonst ausgegeben hatte, indem sie um die ganze Welt gejagt war, um eine hoffnungslose Illusion zu verfolgen.

»Sarah!«

Dort stand er, ragte hoch über ihr auf, mit seinen klaren Augen und seinem hinreißenden Lächeln. Kein Stethoskop hing um seinen Hals, und anstatt des von ihr erwarteten weißen Kittels trug er einen gut geschnittenen leichten Anzug.

Er griff nach ihrer Hand und zog sie von der Couch hoch. »Es tut mir leid, dass du so lange warten musstest. Ich wusste nicht, dass du hier bist. Bei einem Patientengespräch möchte ich nicht unterbrochen werden …«

»Das brauchst du doch nicht zu erklären.«

Er ließ ihre Hand los, fuhr sich mit allen Fingern durchs Haar und verschränkte sie dann im Nacken. »Ich werde es aber erklären.« Er brauchte nicht zum Empfang zu blicken. Sarah wusste, dass man sie beobachtete. »Komm mit in mein Büro, Sarah, dann erzähle ich dir etwas.«

Sie folgte ihm am Empfang vorbei, an der Krankenschwester in voller Weißkittelaufmachung, an zahlreichen geschlossenen Türen, hinter denen leises Gemurmel zu hören war, bis ans Ende des Korridors in einen Eckraum, der von südkalifornischem Licht durchflutet wurde. Colin schloss die Tür und trat an eins der deckenhohen Fenster, von denen man einen grandiosen Ausblick auf Los Angeles hatte.

Sarah folgte ihm langsam. Ihr Blick glitt über die schimmernden Holzoberflächen, den abstrakten Druck an einer Wand, die Vorhänge aus Rohseide, die an den Seiten der Fenster diskret gerafft waren und sich auf dem gemusterten Teppich bauschten. Sie fühlte sich wie eine Staubflocke in der Sonne.

Dann blieb sie abrupt stehen. Auf Colins Schreibtisch standen zwei medizinische Modelle: die Brüste sowie die Pobacken einer Frau.

Die Wahrheit dämmerte ihr nur langsam. Sarah starrte die Modelle an, traute ihren Augen nicht. Glaubte zuerst, sich zu täuschen. Vielleicht waren es übergroße Modelle eines Gaumens, eines Kiefers oder eines anderen Teils des menschlichen Schädels. Darauf war Colin spezialisiert, oder etwa nicht? Gesichts- und Kieferchirurgie. Das konnten doch keine Modelle von … Titten und Arschbacken sein!

Sarah legte die Hände auf die Rückenlehne des Besucherstuhls vor Colins Schreibtisch. Das Leder war kühl. Sie hatte Mühe, die Brocken seltsamer Informationen, die sich vor ihr zu türmen begannen, sinnvoll zu einem Ganzen zusammenzufügen. In den meisten Stammesgesellschaften ehrte man die Alten. Die arthritischen Finger, die gebeugten Schultern, das graue Haar, die dunklen Altersflecken im Gesicht, die hängenden Brüste – dies alles waren Zeichen für die Jahre, die die Menschen in der Sonne überlebt hatten, Zeichen für erworbenes Wissen und gelebte Erfahrung. Nun fielen die Bilder aus der *Cosmopolitan* über Sarah her, ebenso wie der Aufmarsch der Blondinen und die Anzeigen für Anti-Aging-Cremes in der *Vogue*, und allmählich dämmerte ihr eine neue und abschreckende Bedeutung des Ausdrucks »rekonstruktive Chirurgie«.

Colin stand unterdessen wie ein Soldat mit dem Rücken zum Fenster und beobachtete sie, bis er den ersten Schimmer der Erkenntnis auf ihrem Gesicht wahrnahm.

»Colin, ich verstehe das nicht.« Sarah verstärkte den Griff um die Rückenlehne.

»Ich weiß. Aber vielleicht verstehst du es, wenn ich es dir erkläre.«

Sie brachte keinen Ton heraus.

»Alles begann in Paraguay, mit Werai und der Operation an seinem Bein.«

Während der sechsstündigen Operation, bei der sie assistiert, die sie ehrfürchtig beobachtet hatte, hatte sie Colins kompromissloses Bedürfnis nach Erfolg gespürt, das in Wellen von ihm ausgegangen war. Auch sie war von dieser Leidenschaft erfasst worden und hatte sich in ein primitives sexuelles Verlangen hineingesteigert, das ihr völlig unbekannt war.

»Ich war so stolz, dass ich Werais Bein retten konnte.« Colin griff nach einem kleinen schwarzen Lederball auf der Schreibtischplatte und drückte ihn in der Hand zusammen. »Ich war auch stolz, dass du alles gesehen hattest. Doch als die Wochen vergingen und Werai allmählich wieder gehen lernte, sah ich, wie verstümmelt das Bein war, wie grob meine Arbeit gewesen war, trotz aller Mühe.«

»Colin … es ist ein Wunder, dass er überhaupt überlebt hat.«

»Vielleicht. Aber ich hätte es besser machen müssen.«

Sarah erinnerte sich an Colins wachsende Frustration in den Wochen nach der Operation. Sie hatte sie seinem überwältigenden Wunsch zugeschrieben, die Lebensumstände für die Dorfbewohner zu verbessern. Seine Frustration hatte sich auf andere Dinge übertragen. Er begann, sich über zu spät gelieferte Vorräte oder über den Widerstand der Dorfbewohner gegen die Masernimpfung zu ärgern. Sie hatte immer wieder gesagt: »*Tranquilo*, immer mit der Ruhe. Werai ist am Leben und kann laufen. *Tranquilo*. Der Nachschub wird schon kommen.« Colin aber konnte nicht – wie so viele Corps-Mitglieder – akzeptieren, dass man einfach nicht alles zu ändern vermochte. Das hatte ihn von den anderen unterschieden. Sarah hatte seine überschäumende Energie und seinen unbändigen Willen bewundert.

»Ich hatte mir bewiesen, dass ich etwas ändern kann, aber es war eine dilettantische Veränderung. Meine chirurgischen Fähigkeiten waren noch rudimentär.« Er öffnete die Faust und balancierte den Lederball auf der Handfläche. »Ich wollte mehr, als einfach nur ein Leben retten oder Gliedmaßen zusammenflicken. Ich wollte, dass dieser Körperteil nach meiner Operation wieder so vollkommen wie vor dem Unfall war. Deshalb habe ich Paraguay verlassen, Sarah. Ich bin in die Staaten zurückgekehrt und habe zwei Jahre als Assistenzarzt in der plastischen Chirurgie gearbeitet. Ein weiteres Jahr habe ich mich in der kraniofazialen Chirurgie ausgebildet. Und dann …« Er drückte den Ball abermals zusammen. »Es war ein Weg, der sich vor mir erstreckte. Ich habe einen Schritt nach dem anderen gemacht – jeder führte ein kleines bisschen weiter nach oben. Dann schaute ich mich um und fand mich plötzlich hier wieder.« Er lachte freudlos auf. »Nasenkorrekturen und Wangenimplantate.«

»Und Kiefergaumenspalten«, ergänzte Sarah, »bei Kindern, deren Gesichter so missgestaltet sind, dass sie kaum essen können.«

»Zwei Wochen im Jahr. Auf Trainingsvergnügungsreisen, bei denen ich drei Viertel der Zeit an der Bar verbringe und ein Viertel im OP.« Er legte den Ball zurück auf den Schreibtisch und verschränkte dann die Hände im Rücken. »Es sieht dir ähnlich, mehr daraus zu machen, als es ist. Diese Fähigkeit habe ich immer an dir geliebt.«

Liebe.

»Das ist der Unterschied zwischen uns: Du hast dich nicht verändert, Sarah.« Er trat einige Schritte auf sie zu, blieb jedoch neben seinem Schreibtisch stehen und strich mit den Fingern über die glänzende Tischplatte. »Als ich dich im Hotel in Bangalore gesehen habe, dachte ich, du wärest vom Himmel gefallen. Da war ich plötzlich wieder in der Wildnis, brachte die neueste medizinische Technologie ins Hinterland, fühlte mich wieder so wie früher, als wir jung waren und für das Corps arbeiteten. Fühlte mich wieder großzügig – als ob ich mit den zwei Wochen in Indien wirklich ein Opfer brachte. Als ob ich in der Welt wirklich etwas bewirken könnte, wenn ich die Gesichter von ein paar Kindern operiere …«

»Erfolg kommt mit den Patienten, einem nach dem anderen«, sagte Sarah heiser und hörte im Geiste das Echo der Worte, die sie auch zu Kate gesagt hatte.

Er sah sie an, als ob er es nicht wagte, nach ihr zu greifen. »Hast du überhaupt eine Ahnung, was du mit mir anstellst? Du bist so blass … als ob du ein Engel wärst. Keines der Probleme dieser Welt hat dich je verändert. All die Jahre und all die Orte, an denen du warst, die Dinge, die du gesehen hast – das Leiden, der Wahnsinn, diese ganze elende

Welt mit ihren Problemen, die nicht gelöst werden können, egal, wie viel Geld man hineinpumpt – und dann tauchst du plötzlich auf, aus Fleisch und Blut, wie ein Traum, den ich vor langer Zeit aufgegeben habe.«

Sarah erstarrte, denn der Mann, der da vor ihr stand, der Mann, der die Worte nicht schnell genug herausbrachte, war der Colin, an den sie sich aus Paraguay erinnerte. Der Colin, der sich jede Nacht in die großen Fragen nach dem verbiss, was sie eigentlich taten und was sie eigentlich *Gutes* taten, wenn die Menschen im Grunde eine Abwasserentsorgung und eine Straße durch den Ort brauchten und nicht zwei medizinische Mitarbeiter einer Hilfsorganisation, die gebrochene Knochen schienten, ein paar Schmerztabletten verteilten und sonst nichts Sinnvolles zustande brachten, das langfristig zu einer Verbesserung der Lebensumstände aller beitrug. Wie gern sie ihm zugehört, der Überzeugung in seiner Stimme gelauscht hatte, dabei helfen zu können, die Welt zu verbessern!

»Du tauchtest auf wie mein Gewissen. Ich hatte kein Recht, dich zu berühren. Aus mehr als einem Grund.«

Der Hauptgrund, dachte Sarah, stand auf dem Schreibtisch in einem goldfarbenen Rahmen, von dem sie nur die Rückseite sehen konnte.

Colin drehte sich um und schloss mit einer Handbewegung den hellen, luftigen Raum ein. »Ich konnte dir das nicht erzählen, Sarah. Ich konnte dir nicht in die Augen blicken und die Enttäuschung darin ertragen. Ich wäre nicht länger dein Held gewesen, sondern zu einem Typen geworden, der seine Ideale verraten hatte.«

Sarah blickte plötzlich konzentriert auf die geraden Nähte des Ledersessels unter ihren Fingern. Sie sollte nicht so denken, doch sie konnte es nicht verhindern. Welch eine Verschwendung von chirurgischem Talent es doch war, wohlhabenden Frauen größere, festere Brüste, rundere

Hintern, klarere Haut und kleinere Nasen zu verschaffen! All dieses Talent vergeudet für das lächerlich perfektionistische Ziel, eitle Frauen nach dem Schönheitsideal von anderen zurechtzumeißeln. Was war das nur für ein Ziel, wenn so viele Frauen auf der Welt nach der Geburt eines Kindes unter ernsthaften gesundheitlichen Problemen litten, wenn Kinder an einer Blinddarmentzündung starben und Farmarbeiter unter eingeklemmten Leistenbrüchen litten, die brandig geworden waren?

»Ich war nie ein Held.« Er knöpfte sein Jackett auf und stemmte die Hände in die Hüften. »Ich konnte die Bürokratie und die Hässlichkeit nicht ertragen, dieses riesige Gewicht all der unlösbaren Probleme. Du kennst sie. Eine Organisation soll die benötigten Leistungen erbringen. Man spricht über die Probleme und treibt Geld dafür auf. Dann wird die Organisation immer größer und verschlingt viel zu viel von dem Geld für sich selbst. Und der Bruchteil, der noch für die eigentliche Arbeit verwendet wird ... wofür geht der drauf? Du weißt es. Du hast Hafenarbeiter bestochen. Du kennst die Regeln für Transporte ins Ausland, die kostspielige Spediteure verlangen. Du hast Warlords mit Bargeld besänftigt. Du hast gesehen, wie ganze Lastwagenladungen Getreide vom Militär gestohlen wurden, das für die Hälfte der Probleme verantwortlich ist, mit denen sich die Bevölkerung herumschlagen muss ...«

»*Tranquilo*, Colin.« Ihre Stimme war weich wie Whiskey, Tränen schnürten ihr die Kehle zu. »Niemand kann ganz allein die Welt retten.«

»Nun, das ist dann wohl meine Arroganz. Wenn ich es nicht allein schaffte ...« – er machte abermals eine Handbewegung durch sein prachtvolles Büro – »... warum sich dann überhaupt die Mühe machen?«

Sarah trat zu den Fenstern. Los Angeles breitete sich unendlich weit aus, Reihen von ordentlichen, kompakten

Gebäuden und langen asphaltierten Straßen, in der Ferne die braunen Berge.

Normalerweise dauerte es etwa anderthalb Jahre, bis sich bei Mitarbeitern von Hilfsorganisationen die ersten Ermüdungserscheinungen zeigten. Alle begannen ihre Arbeit voller Energie und Enthusiasmus, hatten kaum Angst vor dem, was sie erwartete. Sehnten sich nach der Dankbarkeit, die sicherlich auf sie herabregnen würde. Wollten die Dinge ändern, waren eifrig wie kleine Hunde, aufgeregt und stolz auf ihr Schul-Multikulti-Wissen. Kein Wunder, dass so viele Menschen auf anderen Kontinenten die Amerikaner nicht mochten. Jeder wusste, dass man kleine Hunde öfter mal mit einer zusammengerollten Zeitung zurechtweisen musste, bis sie lernten, sich mit angemessener Demut zu benehmen.

Warum hatte sie das bei Colin damals in Paraguay nicht erkannt? Wahrscheinlich war auch sie noch zu neu im Geschäft gewesen. Frisch und entschlossen und ohne Furcht zuzugeben, dass sie Angst hatte. Doch jetzt, da sie in seinem schicken Büro stand und an die Gespräche zurückdachte, die langen Unterhaltungen in einer Lehmhütte in Paraguay, an seinen wachsenden Ärger über die Mütter, die ihre Kinder nicht impfen lassen wollten, an seine Ungeduld, die sie für Hingabe, Leidenschaft, Antrieb gehalten hatte – jetzt sah sie nur allzu deutlich, dass er alle Anzeichen von Wohltätigkeitsmüdigkeit schon vor langer Zeit gezeigt hatte.

Sie hatte die Augen davor verschlossen. Es einzugestehen hätte das vollkommene Bild von ihm zerstört, das sie liebte, das Bild von dem heldenhaften Chirurgen, der das Leben eines Jungen in einer Lehmhütte im Regenwald rettete.

Er stellte sich vorsichtig hinter sie. So nahe, dass sie seine Wärme spürte, seine Persönlichkeit. »Ich bin nicht stolz darauf, wie ich dich damals behandelt habe. Ich hätte es offiziell beenden müssen. Aber so leicht war es nicht. Es gefiel mir, wie du mich ansahst. Ich hielt mich an dem Wissen fest, dass irgendwo da draußen ein Mensch, den ich respektierte, mich immer noch für einen Helden hielt.«

Für Werai bist du noch ein Held.

»Es war auch deshalb schwer, weil ich wusste, dass es dir anders erging als mir. Schon damals ahnte ich, dass du in der Entwicklungshilfe bleiben würdest. Du würdest ihr nicht desillusioniert wie alle anderen den Rücken kehren. Du hast Wohltätigkeit nie als Arbeit gesehen. Für dich ist sie eine Lebenseinstellung.«

»Ich werde dafür bezahlt, wie jeder andere auch.« Sarah schluckte einen Kloß in der Kehle hinunter. »Und ich war bestimmt kein Engel. Ich habe Whiskey gegen eine sichere Weiterfahrt eingetauscht. Und ich habe noch Schlimmeres erlaubt …«

»Du hast niemals aufgegeben. Kannst du dir vorstellen, was du in einem Jahr verdienen könntest, wenn du als private Krankenschwester arbeiten würdest?«

»Es geht also nur ums Geld?«

»Ja.«

Ohne das geringste Zögern. Sie starrte ihn an. In dem unbarmherzigen Licht sah sie sein perfekt geschnittenes Haar, die barbierweichen Wangen, das makellose Gewebe seines dunkelblauen Anzuges. Ging es wirklich nur ums Geld? Modellierte er deshalb perfekte Körper für die Frauen, die es sich leisten konnten? Setzte er deshalb Implantate ein? Sie fragte sich, ob Colin, während sie sich liebten, je daran gedacht hatte, einen halbmondförmigen Schnitt unter eine ihrer winzigen Brüste zu setzen und ein Implantat hineinzuschieben, um die Proportionen auszugleichen.

Sie verschränkte die Arme vor der Brust. Niemals hätte sie nach Los Angeles kommen dürfen.

»Schau mich nicht so an, Sarah. Du weißt, dass Geld vieles bewirken kann. Es erlaubt mir, zwei Wochen im Jahr für The Smile Train zu arbeiten.« Ein Muskel zuckte in seiner Wange. »Geld erlaubt es mir, etwas zu bewirken …«

»Colin, warum hast du mich gebeten hierherzukommen?«

»Ich wollte, dass du das alles hier siehst.«

»Warum? Wir hatten uns in Bangalore verabschiedet. Es war vorbei. Es ging nicht. Ich kehrte in mein Leben zurück und du in deines«, sagte Sarah und deutete auf das Foto auf dem Schreibtisch, das sie nun von vorn sehen konnte.

Sie war eine Asiatin, wahrscheinlich aus Thailand oder Vietnam, und sehr schlank. Sie trug ein schwarzes, elegantes Kleid. Das Foto war von schräg oben aufgenommen worden, und sie blickte nicht direkt in die Kamera. Das Haar fiel ihr wie ein blauschwarzer Wasserfall über die Schultern. Colin stand hinter ihr, ein Glas Champagner in der erhobenen Hand, Lachfalten in den Augenwinkeln. Die Frau lachte ebenfalls, mit unglaublich weißen Zähnen hinter dem roten Lippenstift.

Sie sah sympathisch aus. Aufgeschlossen. Es schien ihr gleichgültig zu sein, dass sich beim Lachen ihre Nase kräuselte.

»Ich war noch nie gut im Abschiednehmen«, erklärte er und drehte unauffällig das Foto um. »Und du bist eine Frau, die man nicht so leicht vergisst.«

Sarah fühlte sich aber wie jemand, den man leicht vergessen konnte. In ihren bequemen Baumwollkleidern fühlte sie sich wie ein kleiner brauner Zaunkönig. *Diese* Frau wusste bestimmt, welche Kleider man in der Praxis eines plastischen Chirurgen trug. Sie wusste bestimmt, wie man sich in einem Country Club verhielt.

Leise sagte er: »Du musst mich für ein komplettes Arschloch halten.«

»Ehrlich gesagt, weiß ich nicht mehr, was ich denken soll.«

»Ihr beide seid die besseren Hälften von mir. Ich bin zu euch beiden nicht fair. Ich hatte meine Entscheidung getroffen, ohne Vorbehalte, bis du mich überrumpelt hast. Plötzlich war ich wieder in deiner Welt, wieder zurück in Paraguay. Habe Entscheidungen neu überdacht, die ich getroffen hatte und von denen ich mir nicht sicher bin, dass sie die besten waren.«

Sam hatte recht gehabt. Der Sex zwischen ihr und Colin war schnell, heiß und unvergesslich gewesen. Abenteurersex. Mehr nicht.

Sie erschauerte bei der Erkenntnis, dass sie so viel Zeit verschwendet hatte … für eine Fantasie. »Ich weiß immer noch nicht, warum du mich gebeten hast herzukommen.«

»Ich wollte sehen, ob das alles real ist, ob wir real sind … in meiner Welt. Hör zu!« Aufgeregt ging er auf und ab. »Geld ist nicht immer schlecht. Es ist notwendig, es ist das Öl, das die Maschine am Laufen hält, in jedem Geschäft.«

Schon wieder Geld!

»Ich meine … wenn man Geld hat, kann man es in jede gewünschte Richtung lenken.« Er fuhr sich mit der Hand durchs Haar, und jede Strähne fiel an ihren Platz zurück. »Das, was du tust, ist nichts für mich. Ich kann nicht Monate, Jahre in Entwicklungsländern verbringen und die Hilfe leisten, die so viele Menschen benötigen. Aber ich kann die Mittel für andere zur Verfügung stellen, die dann an meiner statt handeln. Das ist ein Grund, warum ich in diesem Geschäft arbeite, Sarah. Nicht, damit ich einen Jaguar fahren oder eine Villa in Beverly Hills bewohnen kann, sondern damit ich das Geld dafür verwenden kann, wirklich etwas zu bewirken. Ich könnte jemanden gebrauchen, der mir dabei hilft, das Geld auszugeben.«

Himmel, hilf! Er versuchte, sie mit einer Spende zu bestechen. »Colin, du weißt, für wen ich arbeite. Du kannst so viel spenden, wie du willst …«

»Ich biete dir nicht an, deine Arbeit zu finanzieren, Sarah, sondern etwas Größeres. Ich biete dir die Chance, diejenige zu sein, die das Geld verteilt, diejenige zu sein, die es eintreibt und dann an die Menschen weitergibt, die es wirklich benötigen.«

»Wie bitte?«

»Das machen die reichen Frauen hier«, sagte er mit einer Handbewegung in Richtung Los Angeles zu ihren Füßen. »Sie gründen Wohltätigkeitsorganisationen, veranstalten schicke Mittagessen, werben Gelder ein. Sorgen dafür, dass das Geld sinnvoll ausgegeben wird, dass es an die richtigen Stellen gelangt.«

Sie deutete auf das Foto. »Klingt wie ein Job, der zu ihr passt.«

Ein Muskel zuckte an seiner Wange. Er war blass geworden. »Ich hatte geplant … doch wenn du mir jetzt sagen würdest, du könntest dir ein solches Leben vorstellen … wenn du mir sagen würdest, dass du nach allem, was du heute erfahren hast, immer noch Superman in mir siehst …« Er lächelte verlegen, als er die Arme ausbreitete, ein großer Umriss gegen den südkalifornischen Himmel. »Wenn du das könntest, Sarah, würde sich alles ändern.«

Sie schaute nicht zu dem Foto hinüber und spürte dennoch den Blick der Frau auf sich ruhen, den Blick der eleganten, lachenden Frau mit dem Glas Champagner in der Hand, die offensichtlich Spaß bei einem offiziellen Anlass hatte. Es gäbe eine Menge offizieller Anlässe als Frau eines so erfolgreichen Arztes. Wohltätigkeitsveranstaltungen, Fundraising für Kliniken, Abende in der Oper, Dinnerveranstaltungen für Kollegen, Teilnahme an den Veranstaltungen wichtiger Patienten. Sie konnte es plötzlich vor sich sehen, als wäre sie selbst die Frau in dem eng anliegenden schwarzen Kleid, die an einem Tisch saß, gekochtes Hühnchen aß und die Gäste mit Erzählungen aus Afrika, Indien und Südamerika unterhielt, ihnen vom Guineawurm erzählte und davon, dass Polio in vielen Ländern immer noch auf der Tagesordnung stand ebenso wie viele andere tropische Krankheiten, die eigentlich schon vor langer Zeit hätten ausgerottet werden sollen. Man würde sie neugierig anstarren – diese Kuriosität, den kleinen braunen Zaunkönig, der Dr. O'Rourke eingefangen hatte, die Krankenschwester, die *dort draußen* in den Entwicklungsländern gewesen war, die die eiternden Wunden der Leidenden gesäubert hatte. Sie konnte sie vor sich sehen: die gepuderten Frauen mit den schicken Hüten, die gebräunten Fünfzigjährigen, die jungen Frauen der Mächtigen in ihren Tennisröckchen. Sie konnte ihre Blicke auf sich spüren, Blicke voller Unglauben und Entsetzen. Ganz sicher würden sie ihr viele Schecks ausstellen, um sie davon erzählen zu hören, wie die Welt außerhalb ihrer tiefgekühlten Büros und geräumigen Häuser *wirklich* aussah. Sie würde ein Vermögen sammeln. Dann könnte sie das Geld direkt an jemanden geben, der wirklich etwas bewirken konnte, an jemanden, der vor Ort war.

Jemand Kompetentes, Starkes, Kluges.

Jemand wie Sam.

Sarah schlang die Arme um ihren Körper. Sie durfte sich nicht darüber lustig machen. Colin leistete schließlich wirklich gute Arbeit. Sie war nicht dumm. Sie wusste, dass es ohne Geld keine mit Insektiziden imprägnierten Moskitonetze gäbe und auch keine Reislieferungen. Doch ihr Kopf schmerzte bei dem Gedanken an enge hochhackige Schuhe und die Kleider, die sie würde tragen müssen, und an die vielen Gläser Alkohol. Ihr Kiefer schmerzte bei dem Gedanken an die vielen Unterhaltungen. Und ihr Herz schmerzte, weil diese Arbeit, so sinnvoll sie war, einfach besser zu eleganten jungen Frauen passte, die schwarze schulterfreie Kleider tragen und ihre Nasen bei einem Glas Champagner kräuseln konnten.

Sie hatte gespürt, dass es so enden würde, seit sie Colin in dem Apartment in New York gegoogelt hatte. Am meisten hatte sie Ernüchterung und ein gebrochenes Herz gefürchtet, doch sie fühlte keins von beidem.

Sie fühlte Dankbarkeit, dass er immer noch so viel für sie empfand, um ihr sein Leben anzubieten und sich selbst, trotz aller Unterschiede. Sie fühlte tiefes und ernsthaftes Bedauern. Bedauern darüber, dass sie während der langen Jahre nicht in Kontakt geblieben waren, ein Kontakt, der ihre Fantasie, die sie von dem Mann, den sie zwar nur kurz, aber intensiv gekannt hatte, erschaffen hatte, auf den Boden der Tatsachen gestellt hätte. Sie fühlte auch Trauer. Trauer darüber, dass sie beide freiwillig und aus launenhaften Gründen von einer Leidenschaft abgelassen hatten, die zu einer seltenen und wunderbaren Liebe hätte erblühen können. Doch die stärkste Empfindung, die alles überstrahlte, war unendliche Erleichterung.

Erleichterung.

»Sarah?«

O Colin, Rachel hat recht gehabt. Ich hatte mein Herz all diese Jahre in einen Käfig eingesperrt. Wunderschön und golden, aber eben ein Käfig.

Sie ging auf ihn zu, streckte ihre Hand nach seinem Gesicht aus. Ihre Finger strichen seinen Kiefer entlang und wanderten nach hinten in seinen Nacken. Sein Blick flackerte, als sie sich an ihn drückte, ihre Batikkleidung übertrieben bunt an seinem sachlichen Anzug. Sie schloss die Augen und atmete tief ein.

Ja, er roch nach Parfüm oder Aftershave oder was Männer sonst so trugen, ein feiner und eigenartig berauschender Duft. Die vertraute Erregung begann in ihr zu prickeln, das wachsende Verlangen. Sie gestattete sich diese Gefühle, untersuchte sie mit beinahe wissenschaftlicher Distanz und hielt ihm ihre Lippen entgegen. Seine Wange lag an ihrer, und es überraschte sie, keine Stoppeln an seiner weichen Haut zu spüren. Seine Lippen strichen über ihren Mund, dann gab er sie frei, um seine Finger in ihrem Haar zu versenken, ihren Kopf zu halten. Erneut senkte sich sein Mund auf ihren.

Colin. Der einzige Mann, von dem sie glaubte, sie würde ihn für immer lieben. Die Erinnerungen stürzten schnell und heftig auf sie ein, jagten wie ein alter Acht-Millimeter-Film an ihrem geistigen Auge vorüber, glich den Filmen, die ihre Eltern von ihren frühen Auslandsreisen aufbewahrt hatten. Sie erinnerte sich daran, wie Colin zusammen mit Sam in einer Staubwolke ins Dorf gefahren war, und sie erinnerte sich an die sechs angespannten Stunden der OP. Sie erinnerte sich an Colin, der verschwitzt und zerzaust, wie er war, unbedingt helfen wollte und zornig darüber wurde, wie einfach seine besten Absichten ausgebremst wurden. Sie erinnerte sich, wie Colin mit Sam das Dorf verließ, ohne sich zu verabschieden – und sie zurückließ.

Vierzehn Jahre hatte sie seither von ihm geträumt, während er auf einem anderen Kontinent glaubte, sie sei seine bessere Hälfte.

Es war eine schöne Vorstellung, dass die Sprechanlage schließlich ihren Kuss beenden würde, indem die weiche und professionelle Stimme der Sekretärin von der Ankunft der nächsten Patientin informierte. Sarah wusste, dass Jo das für die bessere Geschichte gehalten hätte. Die Wahrheit jedoch war weit eindrucksvoller: Lange bevor die Sekretärin die Sprechanlage betätigte, zog Sarah sich aus dem Kuss zurück.

Colins Kuss schmeckte nicht nach Regen.

Mit einem leisen Stöhnen löste er sich von ihr, beugte sich über den Schreibtisch und drückte die Sprechtaste. Mit ruhiger Stimme wies er seine Sekretärin an, die nächste Patientin in Raum drei zu führen.

Nach einem kurzen Augenblick sah er zu Sarah auf. »Ich kann nicht sagen, dass ich überrascht wäre. Ich habe nicht geglaubt, dass du bleiben würdest.«

»Ich fühle mich geehrt, dass du mich gefragt hast. Aber ich glaube, wir wissen beide, dass es keinen Sinn hätte.«

»Ich bin vierzehn Jahre zu spät.«

»Vielleicht.« *Vielleicht aber auch nicht.*

Sarah war schwindelig, und sie fühlte sich benommen, jedoch nicht wegen des Kusses. Sie legte die Finger auf die Schreibtischkante, um das Gleichgewicht zu halten. Bis zur Tür war es gar nicht so weit.

Colin straffte den Rücken und knöpfte sein Jackett zu. »Wohin gehst du jetzt?«

»Ich weiß es nicht.« So weit konnte sie noch nicht vorausdenken. »Ich schätze, ich fahre zurück nach New York. Ich würde gern ein paar Tage mit meinen Freundinnen verbringen.«

Sie wollte auch Rachels Grab besuchen, sie wissen lassen, wie sich alles entwickelt hatte, sie vielleicht um Rat fragen.

»Sarah …«

Sie hielt inne, die Hand am Türknauf. Schluckte, ihre Kehle war wie zugeschnürt. Colin stand vor der großen Fensterfront, kräftig, aber auch ein wenig kleiner, seit er nicht mehr sein Superman-Cape trug.

»Ich weiß, dass ich dich enttäuscht habe.«

»Nein, du hast mich nicht enttäuscht.« Ihre Finger packten den Türknauf fester. Sie wollte ehrlich sein. Freundlich. »Du hast deinen eigenen Weg gefunden, die Welt zu verändern. Nur weil er nicht der meine ist, muss er ja nicht schlecht sein.«

Vertrau deinem Bauchgefühl.

»Sarah-Belle, ich bin froh, dass du gekommen bist.«

»Ich auch.« Das war die Wahrheit. Sie hatte all das hier sehen müssen. Man kann nicht gesund werden, ohne die ganze Dosis der bitteren Medizin zu schlucken. »Ich habe, was ich wollte, Colin. Endlich habe ich einen vernünftigen Abschied bekommen.«

Er warf ihr ein wehmütiges Lächeln zu. »Wenn du in dieser verrückten, gefährlichen Welt, in die du zurückkehrst, jemals einen Helden brauchst …«

O nein, Colin, ich werde dich nicht anrufen. Es ist längst an der Zeit, dich auf ein Regalbrett zu legen.

»… wenn du je einen Helden brauchen solltest, schau einfach in einen Spiegel.«

Kapitel 15

»Bitte, Jo, mach mir keine Vorwürfe, wenn du gefeuert wirst, weil du dir noch einen Tag freigenommen hast, okay?«, sagte Kate, als Jo den gemieteten BMW in den Lincoln-Tunnel steuerte. »Es ist toll, dass du mich heimfährst … aber noch mehr Schuldgefühle verkrafte ich einfach nicht.«

»Ach was, Süße, heute ist vor Mittag sowieso niemand im Büro.« Jo schaltete herunter, als die Fahrspuren zusammengeführt wurden. »Wir haben uns den Hintern abgearbeitet für die desaströse Präsentation gestern, da können wir uns heute Zeit lassen, der Schande ins Gesicht zu blicken. Außerdem«, sagte Jo und ließ den Schaltknüppel für einen Moment los, um Kates Hand zu drücken, »will ich verflucht sein, wenn ich dich diesem wütenden Wolf von Ehemann allein entgegentreten lasse.«

Kates Blick fiel auf das Taschentuch, das sie in der Hand zerknüllte. Es war trocken. Sie hatte all ihre Tränen schon in der Nacht geweint, als sie leise in die Armlehne von Jos weißem Sofa geschluchzt hatte, um Grace nicht zu wecken – oder Jo, nachdem die Freundin mit ihr bei einer Flasche Wein bis nach Mitternacht aufgeblieben war.

Jo hatte ihr ohne Umschweife die Wahrheit gesagt. Kates Familie hatte keine Erdnussbutter mehr im Haus, und Tess hatte das Freitagsspiel verpasst, weil ihre Schuhe immer noch verschwunden waren. Videofilme, für die die Leihfrist abgelaufen war, wurden telefonisch angemahnt, und Michaels Roboterprojekt war schon einige Tage überfällig. Diverse Papiere und Unterlagen stapelten sich auf dem Esszimmertisch, und Kates Schwiegermutter weigerte sich, sich damit zu beschäftigen. Anna hatte jeden Tag Pop-Tarts zum Frühstück gegessen, weil Paul immer wieder vergessen hatte, Milch zu kaufen.

Alpträume bestimmten Kates kurze, schlaflose Nacht. Sie befand sich in einem schwankenden Kanu voller leerer Flaschen, verlorener Turnschuhe und umherflatternder Einverständniserklärungen für Schulausflüge und suchte vergebens nach den Rudern. Das Kanu schwankte bedenklich, und sie versuchte, ihre drei schreienden Kinder festzuhalten, als sie auf die Stromschnellen zusteuerten.

Als sie auf der Seite von New Jersey den Tunnel unter dem Hudson River verließen und ein Regenschauer niederging, schaltete Jo die Scheibenwischer ein. »Kate, stöpsele mal meinen iPod ein. Ich brauche Musik.«

Kate stöberte durch die Songs auf dem iPod und ließ dann ein Blues-Stück von Nina Simone laufen.

Sie sank zurück in ihren Sitz und wischte einen Taschentuchfetzen von ihrer Jeans. Sie hatte sich bewusst für ein Fußball-Mom-Outfit entschieden – Jeans, Turnschuhe, ein bequemes Sweatshirt. Jos Flehen, etwas Verführerisches anzuziehen und schnell noch zum Friseur zu gehen, hatte sie widerstanden. Stattdessen hatte sie die Haare zu einem praktischen Pferdeschwanz zusammengebunden. Sie wollte Paul vertraut erscheinen, ungefährlich, ihm zeigen, dass sie bereit war, genau dort weiterzumachen, wo sie aufgehört hatten.

Wirklich vermisst hat er mich nicht.

Kate klemmte das Taschentuch zwischen die Knie und

zog sich die Ärmel des Sweatshirts über die Hände, während Nina Simone traurig von einer Ehe sang, die in die Brüche gegangen war.

»Hör auf zu grübeln«, verlangte Jo und stupste Kate an. »Ich habe dir doch gesagt, dass noch nicht alles verloren ist. Fünfzehn Jahre Ehe und drei Kinder werden nicht einfach wertlos wegen einer Ausschweifung, die noch nicht einmal einen sexuellen Hintergrund hatte.«

Kate brachte ein schwaches Lächeln zustande.

»Was auch immer passiert«, fuhr Jo fort, während sie einen Schluck Kaffee aus ihrem Becher nahm und sich den Schaum von den Lippen leckte, »du kannst immer bei mir unterkommen.«

»Wir könnten uns die Kosten teilen. Und ein paar Katzen anschaffen.«

»O nein, Schätzchen, keine Katzen. Ich habe schon genug mit Grace zu tun, vielen Dank.« Jo warf einen Blick auf ihr Handy, das auf dem Armaturenbrett die Melodie von Ray LaMontagnes »Trouble« von sich gab. »Das ist das Büro! Ich muss drangehen, Kate.«

Jo stellte den Kaffee in den Becherhalter, drückte eine Taste und sprach mit ihrer Arbeitsstimme. Kate nahm ihren eigenen Becher – heiße Schokolade mit Schlagsahne – und umfasste den süßen Trost mit beiden Händen.

Während sie den schnurgeraden Highway durch New Jersey entlangrasten, an riesigen Schildern vorbei, gemeinsam mit anderen Autofahrern, die artig den Blinker setzten, konnte sie sich seltsamerweise nicht mehr in die Stimmung zurückversetzen, in der sie nach ihrem ersten Fallschirmsprung gewesen war. Warum hatte sie es nur für eine so gute Idee gehalten, plötzlich alles hinter sich zu lassen? Warum hatte sie geglaubt, ihre Ehe zu beleben, wenn sie ihrer Familie für beinahe zwei Wochen den Rücken kehrte? Jetzt, in diesem schicken ausländischen

Auto, an dem Tankstellen, Bürogebäude und die übersichtliche Landschaft vorüberzogen, erschien ihr die Idee so exotisch fremd wie eine Herde Kühe, die über die Leitplanken kletterte und auf die Route 3 marschierte.

Unverzeihlich!

Sie rollte ihren Kopf hin und her und beugte ihn nach vorn, versuchte, die von der Nacht auf der Couch verspannten Nackenmuskeln zu lockern. Zwei volle Tage hatte sie gegrübelt und nachgedacht, wie sie alles wieder in Ordnung bringen könnte. Sie fühlte sich so kraft- und schutzlos, dass der stürmische Oktoberwind sie sicher geradewegs davonwehen würde, wenn da nicht die Windschutzscheibe wäre. So viel wusste sie: Was geschehen war, war geschehen. Nun galt es, nach vorn zu blicken und die Dinge zum Besseren zu wenden.

Damit hatte sie schon begonnen. Sie war auf dem Weg zu ihrer Familie. Sie würde ein langes Gespräch mit Tess' Trainer führen. Sie würde Michaels Lehrer um eine Verlängerung für das Projekt bitten, um Geduld und ein wenig Nachsicht. Sie würde Anna einen Tag nicht zur Schule schicken, sondern mit ihr ihren Lieblingspark unsicher machen. Sie würde das Haus vom Keller bis zum Dachboden schrubben, die Speisekammer bis auf den letzten Millimeter füllen, Makkaroni mit Käse kochen, ein Huhn braten und Weizen-Honig-Brot backen. Sie würde sich um den Papierkram kümmern, eins nach dem anderen, und Listen mit den Dingen schreiben, die erledigt werden mussten. Mit der Zeit – und da der Kapitän wieder an Deck war – würde das Schlachtschiff Jansen bald wieder in ruhigeren Gewässern segeln.

Das war der einfache Teil.

Jo beendete das Gespräch mit einem tiefen Seufzer. »Bis jetzt noch keine Nachricht zum Artemis-Auftrag.« Sie zog das Headset vom Ohr und legte es auf das Armaturenbrett.

»Die schinden Zeit. An deren Stelle würde ich uns nicht engagieren. Wir haben uns gestern wie streitende Hühner aufgeführt.«

Kate lehnte ihre Wange an die Rückenlehne aus butterweichem Leder, froh über die Ablenkung von ihrem eigenen Leben. »Ist das ein wichtiger Auftrag?«

»Oooh, das ist der größte Fisch im Teich«, erklärte Jo. »Mit dem Geld wären wir für ein Jahr in den schwarzen Zahlen. Außerdem wäre es eine hübsche Trophäe für mich. Aber wenn man mal das wirkliche Leben betrachtet, Kate – du weißt schon: Hunger, Armut, Grace' seelisches Wohl –, dann ist es im Grunde völlig gleichgültig, wie viele Menschen ein Parfüm namens *Mystery* kaufen.«

Kates Lippen verzogen sich zu einem Lächeln. »Du bist eine Mutter geworden.«

Jo spuckte beinahe den Kaffee über ihren schicken Businessanzug. Den Kaffeebecher und das Steuerrad in der einen Hand, griff sie mit der anderen nach einem Taschentuch. »Herrgott noch mal, Kate, sag doch so was nicht! Ich habe schließlich einen Ruf zu verlieren.«

»Ich habe dich gestern Abend mit Grace beobachtet.« Als Kate bei Jo eingetroffen war, hatte sie dem Drang widerstehen müssen, Grace auf ihren Schoß zu ziehen und das arme Kind mit Küssen und Umarmungen zu überschütten. Dieses Bedürfnis hätte auch eher ihr geholfen als Grace, die Kate als eher spröde einschätzte. »Sie hat dich nicht aus den Augen gelassen, und nach einem Wort von dir ist sie brav ins Bett gegangen, als ob sie ihr Leben lang nichts anderes getan hätte. Dreh mir ruhig den Hals um, aber das hätte ich von der Herrscherin des Universums nicht gedacht.«

»Nun, ich sag dir mal was … diese ganze Muttergeschichte hat mich zum Nachdenken gebracht.« Jo tupfte sich mit dem Taschentuch Brust und Oberschenkel ab.

»Ich musste an die Kollegin denken, die wir letztes Jahr verloren haben, Laura Henley. Sie war blitzgescheit, kreativ und hatte die zündende Idee zu den Cliffhanger-Werbespots für diese Modemarke. Sie hat gekündigt, weil mein Chef sie nicht zwei Tage von zu Hause aus arbeiten lassen wollte, damit sie mehr Zeit mit ihrem kleinen Kind verbringen konnte. Das wiederum hat mich an Ginger Schein erinnert – eine brillante Grafikdesignerin –, die man kaltgestellt hatte, nachdem sie Stunden reduzieren musste, um sich um ihre alte Mutter zu kümmern. So wird viel zu viel Talent verschwendet.«

»Ich rieche eine Geschäftsidee.«

»Wenn wir diesen Auftrag verlieren, brauche ich vielleicht einen Plan B«, sagte Jo, »aber es ist nicht nur das. Es ist eine echte Herausforderung, den Job und Grace unter einen Hut zu bekommen und mich so um die Kleine zu kümmern, wie sie es braucht. Der Tag hat einfach nicht genug Stunden.«

»Ich bin stolz auf dich, Jo.«

»Klappe! Ich fahre auf jeden Fall im Februar nach St. Lucia.«

»Tu das. Ich werde den Februar bei Basketballspielen in Turnhallen verbringen, die nach alten Turnschuhen riechen.«

»Das ist doch nicht dein Ernst, Süße!«

»O doch!« Kate verkroch sich in Jos Sweatshirt und wünschte, sie hätte gerade Anna, Tess und Michael im Arm, wünschte, sie könnte sie jetzt sofort sehen. Sie zog die Knie an die Brust und machte sich so klein wie möglich, versuchte, die Panik zurückzudrängen. »Im Moment freue ich mich auf italienische Hotdogs mit Paprika und darauf, den fetten, hinkenden Basketballschiedsrichter zu sehen …«

»Nein, ich meine nicht die Basketballspiele … ich meine,

du wirst vor Paul doch nicht komplett zu Kreuze kriechen, oder?«

Kate stellte den Becher mit der heißen Schokolade in den Halter. Sie mied Jos Blick, indem sie durch die Joss-Stone-Lieder auf dem iPod scrollte. Kate wusste, dass Paul – gleichgültig, wie wütend er im Moment war – sie wieder aufnehmen würde. Er brauchte sie. Schließlich mussten seine Anzüge aus der Reinigung geholt werden, die Kinder brauchten jeden Abend etwas zu essen und überhaupt: Der Familienalltag bedurfte einer straffen Organisation. Wenn es etwas gab, das sie aus dieser ganzen Katastrophe gelernt hatte, dann dass sie fünfzehn Jahre wirklich etwas geleistet hatte.

Und an diesem Punkt wurde es kritisch. Für die Kinder würde sie alles tun. Sie würde in ihr altes Leben zurückkehren – sogar das Fallschirmspringen aufgeben, wenn es sein musste –, nur damit sie für sie da sein konnte. Um der Kinder willen würde sie sogar eine Ehe mit einem Mann weiterführen, der sich vielleicht nicht mehr so sicher war, ob er sie noch liebte.

»Kate!« Jo stieß ihre Freundin an. »Du wirst nicht einfach klein beigeben, oder?«

Kate neigte den Kopf. »Was meinst du damit?«

»Süße, du weißt, dass er nicht der Einzige ist, der ungerecht behandelt wird …«

»Paul wird das aber so sehen.«

»Dann musst du ihn zur Vernunft bringen.« Jo griff nach rechts, ohne den Blick von der Straße zu nehmen, und zerrte den Ärmel von Kates Sweatshirt hoch. Mit einem manikürten Fingernagel tippte sie auf das verblasste Hennamuster auf dem Unterarm ihrer Freundin. »Das ist das Zeichen der alten Kate«, sagte sie, »und ich *liebe* diese Frau. Ich fand es grandios, dass du aus dem Flugzeug gesprungen bist. Ich war beeindruckt, dass du im indischen

Dschungel auf einem Elefanten geritten bist. Ich finde es toll, dass du einen nigerianischen Waffenschmuggler kennengelernt hast …«

»Eigentlich ist er Engländer. Er war in Oxford. Es ist schwer, mit Freude an all das zu denken«, antwortete Kate, während sie den Ärmel wieder über ihre Hand zog. »Besonders, weil mir bald die Rechnung für meine verbotenen Freuden präsentiert wird.«

»Schätzchen, du hast doch keinen Sexurlaub in Bangalore gemacht. Nein! So kann es nicht weitergehen, Kate.« Jo griff nach dem iPod in Kates Schoß und scrollte mit dem Daumen durch das Menü. »Keine Nina mehr, keine Joss, keine Amy Winehouse. Keine jammernden, klagenden Frauen mehr. Du deprimierst mich.«

»Hey, das ist dein iPod.«

»Liebes, du darfst nicht einfach klein beigeben. Das darfst du dir nicht antun. Oder mir.« Jo suchte weiter auf ihrem iPod, während sie das Auto mit einer Hand lenkte. »Wenn du nachgibst, ohne um eure Beziehung zu kämpfen, dann wird es dir nicht bessergehen als in der Zeit vor dem Fallschirmsprung.«

»Das Leben davor war eigentlich in Ordnung«, entgegnete Kate unwillig. »Ich hatte ein schönes Haus, tolle Kinder, Versicherungen, Sex dienstags und samstags …«

»Ich höre mir das nicht länger an! Erzähl mir bloß nicht, dass du nicht alles haben kannst! Ich habe jetzt auch ein Kind, Kate. Ich zähle auf dich. Du musst mir zeigen, dass ich trotzdem ein ausgefülltes Leben haben kann.«

Kate griff wieder nach der heißen Schokolade. Sie wusste nicht, was sie sagen sollte. Sie hatte geglaubt, ein ausgefülltes Leben zu haben, bis Rachel sie zum Fallschirmspringen geschickt hatte. Vielleicht hatte Rachel lange vor Kate erkannt, dass ihre Beziehung zu Paul im Sterben lag.

Nein!

»Hier, wir hören uns jetzt das an.« Jo drückte auf »Play« und warf Kate den iPod wieder in den Schoß. »Und, meine Liebe, ich will dich singen hören.«

»Warum? Magst du etwa schiefen Gesang?«

Jos Grinsen wurde breiter. »Erinnerst du dich an die Karaoke-Bar, in die wir immer gegangen sind, als du noch downtown gearbeitet hast? Du hast immer den meisten Beifall bekommen.«

»Ich war blond.« Kate zog an einer Haarsträhne. »*Natur*blond.«

»Und du klangst wie ein verwundeter Hund. Komm schon, keine Angst, dieser BMW ist schalldicht. Sing, so laut du kannst, Schätzchen. Ich will, dass du es wirklich fühlst.«

Kate warf einen Blick auf den iPod, als die Musik einsetzte: Gloria Gaynors »I Will Survive«. Sie verdrehte die Augen. »Hilfe! Das staubt aber gewaltig.«

»Nur zu, Süße, mach dich nur darüber lustig. Danach kommt George Michael, und du kannst jedes Wort auswendig.«

Kate erinnerte sich plötzlich an eine Zeit vor vielen Jahren, als die Kinder noch klein und sie und Paul nach Ohio zu ihrer Mutter gefahren waren. Sie waren wie benebelt von all den Disney-Liedern, die sie auf der Fahrt gehört hatten, und hatten schließlich ihre eigenen schmutzigen Texte erfunden, bis Paul vor Lachen kaum noch Luft bekam.

Kate schluchzte plötzlich auf.

»Verdammt!« Jo nahm die nächste Ausfahrt. »Das sollte dich eigentlich aufheitern.«

»Es sind nur die Erinnerungen an schöne Zeiten.« Kate blickte durch das getönte Fenster nach draußen, wo das Ortsschild sie in ihrer Heimatstadt willkommen hieß. »Bringen wir es hinter uns, okay?«

Als das Haus in Sichtweite kam, glitt Kates Blick über die abblätternde Farbe an den Mauern und den Streifen grünes Moos auf den Dachschindeln bei der Regenrinne. Annas Fahrrad lag neben Michaels Skateboard und einem umgedrehten Eimer mitten in der Auffahrt. Der Vorgarten wurde von einem kunstvoll arrangierten Gewirr aus Gartenstühlen und Handtüchern beherrscht. Dazu gesellte sich ein Einmannzelt, das mit Springseilen gesichert und mit Pflastersteinen beschwert war, die sonst bei den Rhododendren lagen.

Jo stellte das Auto am Bordstein ab. Aufgeregt und mit wehem Herzen hievte Kate ihren schmerzenden Körper vom Beifahrersitz und wünschte sich, sie könnte diesen Moment für immer in Erinnerung behalten. Sie wollte den Anblick ihres Hauses bewahren, wie es jetzt gerade aussah, solide und stark im stürmischen Wind, in all seiner verwitterten, lebendigen und wunderbar chaotischen Schönheit.

»Hey, Mom ist wieder da!«

Die Haustür wurde aufgerissen, und Tess stürmte den beiden Frauen entgegen. Sie kroch unter einem der Handtuchzelte hindurch und stürzte sich auf ihre Mutter.

»Endlich! Mom! Ich bin so froh, dass du wieder da bist. Endlich!«

Kate drückte sie an sich. Sie rechnete damit, dass Tess sich jeden Moment peinlich berührt aus der Umarmung winden würde, doch ihre Tochter sprang nur aufgeregt auf der Stelle auf und ab.

»Ich bin so froh, dass du wieder da bist! Du glaubst nicht, was alles passiert ist! Grandma war immer so mürrisch! Und ich wurde fast aus dem Team geworfen! Aber nur fast, weil Daddy sich lange mit dem Coach unterhalten und ihm alles erzählt hat, dass du nach Indien geflogen bist und so, und dann durfte ich doch bleiben. Und wir haben das Samstagsspiel gewonnen …«

Kate strich Tess den Pony aus der Stirn und blickte liebevoll auf die funkelnde Zahnspange ihrer Tochter.

»… was heißt, dass wir nächste Woche im Halbfinale spielen werden! Stell dir das mal vor! Helena sagt, dass wir Caldwell East niemals schlagen werden. Die haben Spielerinnen, die einen Kopf größer sind als wir, aber ich …«

»Mom ist wieder zu Hause!«

Anna kroch aus einem der Handtuchzelte, ein lilafarbenes Tutu um die Hüften, rannte auf Kate zu und schob jedes Gramm ihrer fünfundzwanzig Kilo zwischen ihre Schwester und das Knie ihrer Mutter. Einen Arm um Tess geschlungen, kauerte Kate sich auf den Boden und zog Anna an sich, wobei sie das Tülltutu zerknitterte. Anna gab ihr einen kleinen, nassen Kuss.

»Schau, Mom!« Anna öffnete eine Faust, in der ein Haufen Candy Corns lag, weiß und orange wie der Rand um ihren Mund. »Ich habe Halloween-Süßigkeiten!«

»Lecker!«, stellte Kate fest und ertrank in den riesigen braunen Augen ihrer kleinen Tochter. »Wie hast du denn Grandma dazu gebracht, dir so etwas zu erlauben?«

»Grandma weiß nichts davon«, erwiderte Anna mit einem verschwörerischen kleinen Grinsen. »Daddy hat es mir erlaubt.«

»Mom, Mom«, rief Tess, »können wir heute Abend die italienischen Hotdogs mit Paprika machen? Oder *richtige* Lasagne? Grandma hat *so* eklig gekocht, und Daddy hat gesagt …«

Durch Tess' Wortschwall und über Annas Kopf hinweg entdeckte Kate Michael, der um den Minivan der Familie herumgekommen war und sich nun in der Auffahrt an seinem Skateboard zu schaffen machte. Sie fing seinen Blick durch seine langen Stirnfransen auf und hob die Hand. Unsicher lächelnd erwiderte er ihr Winken. Dann ließ er das Skateboard abrupt auf die Rollen fallen und fuhr die

Straße hinunter, die Hände tief in den Hosentaschen vergraben.

»Hörst du mir zu, Mom? Weil Helena wirklich gern morgen Abend hier schlafen würde, damit wir Mathe üben können, aber auch weil sie am nächsten Tag eine Mitfahrgelegenheit zum Fußballspiel braucht …«

Doch Kate hörte ihrer Tochter nicht mehr zu, denn die Haustür hatte sich erneut geöffnet, und Paul stand im Türrahmen.

Sie drückte die Mädchen enger an sich und richtete sich auf. Er trug ein Caltech-T-Shirt, das schwarze Logo war verblichen, der Stoff so weich gewaschen, dass er sich eng an seine Brust schmiegte. Ein Geschirrtuch hing über seiner Schulter, als ob er gerade aus der Küche gekommen wäre.

Jo stellte sich neben Kate. »Ich bleibe noch ein bisschen.« Sie zerzauste Annas Haare zur Begrüßung und sagte leise zu ihrer Freundin: »Ich will nur sichergehen, dass es hier nicht zu häuslicher Gewalt kommt.«

Paul kam die Treppen herunter und den gepflasterten Weg entlang. Er blieb hinter einem der Handtuchzelte stehen, das ihm den Weg versperrte. »Mädchen, geht bitte ins Haus«, sagte er und zog das Geschirrtuch von der Schulter.

Seine Stimme ließ Kates Puls rasen, und auch Anna und Tess spürten die Spannung zwischen ihren Eltern und liefen nach einem kurzen Blickwechsel ins Haus.

Kate sah ihnen nach, nicht nur um den Anblick zweier schwingender Pferdeschwänze zu genießen, sondern auch weil sie noch nicht bereit war, Paul direkt ins Gesicht zu sehen. Sie fühlte sich, als ob ihr ganzer Körper verkabelt sei und jemand soeben den Strom eingeschaltet hätte. Obwohl er hinter einem hüfthohen Nylonseil in einiger Entfernung stehen geblieben war, spürte sie seine Präsenz wie eine Vibration. Sie hatte diese laserscharfe Aufmerksamkeit bei ihm schon sehr, sehr lange nicht mehr erlebt.

Kate verstärkte den Griff um den Riemen ihrer Handtasche, um Gleichgewicht bemüht. »Ich bin froh«, sagte sie mit heiserer Stimme, »dass du die Kinder heute nicht in die Schule geschickt hast.«

»Nur einen halben Tag nicht.« Er trocknete sich die Hände so heftig an dem Geschirrtuch ab, als wolle er sich die Haut abreiben. »Es sind Lehrerkonferenzen.«

Kate zuckte zusammen. »Nun, wenigstens hast du sie nicht zu Freunden geschickt.«

»Ich hatte daran gedacht. Darauf kannst du wetten.«

Sie sah ihn an, spürte den Schock, den seine strahlend blauen Augen bei ihr auslösten, spürte den Schock, ihn zu sehen – wie gespannt seine Haut über den Wangen war, wie gerade er die Schultern hielt, wie lang seine Haare geworden waren. Sie hatte ihn schon früher so gesehen – als er dringend eine Betaversion eines Computerspiels abliefern musste und sie ihn dann zweimal schlafend am Schreibtisch gefunden hatte, den Kopf auf der Tastatur. Zorn hielt ihn jetzt aufrecht, doch Kate erkannte, dass dahinter die schiere Erschöpfung steckte.

Schuldgefühle drohten sie zu überwältigen.

»Hallo, Paul.« Jo legte schützend eine Hand auf Kates Schulter. »Hast schon mal besser ausgesehen.«

»Hi, Jo.«

»Findest du nicht, dass wir ins Haus gehen sollten?«

»Nein!« Er warf sich das Geschirrtuch wieder über die Schulter. »Die Nachbarn sind mir scheißegal. Sonst hätte ich dieses Chaos hier nicht drei Tage lang stehen lassen und meinen Rasen ruiniert. Wenn meine Frau etwas zu sagen hat, dann kann sie das hier draußen tun.«

Jedes Wort war wie ein Schlag, unter dem sie zusammenzuckte. Jos Hand rutschte von Kates Schulter, und ihre

Freundin trat ein paar Schritte zurück. Mit zitternden Fingern schob sich Kate die Haare aus der Stirn. Sie hatte die zwanzig Stunden im Flugzeug damit zugebracht, sich Gedanken über dieses erste Gespräch zu machen. Doch jetzt, als Paul das Seil, das das Zelt an einem Gartenstuhl hielt, löste, brachte sie all die Erklärungen, die sie eingeübt hatte, nicht heraus.

Nun, wenigstens wusste sie, wie sie beginnen musste.

»Paul … es tut mir sehr, sehr leid.«

Winzige Muskeln zuckten, kaum wahrnehmbar, in Pauls Gesicht – nur für sie sichtbar, die ihn so gut kannte.

»Ich weiß, dass das furchtbar nichtssagend klingt«, fuhr sie fort, »aber es ist mein Ernst. Ich hätte dich und die Kinder niemals so plötzlich allein lassen dürfen.«

»Das ist das erste verdammte Mal seit Wochen, dass du recht hast.« Er ließ das Seil fallen. »Aber ›Entschuldige bitte‹ wird nicht reichen.«

»Ich weiß.«

»Du hast uns verlassen …«

Uns verlassen.

»… und ich warte immer noch darauf, den Grund dafür zu erfahren.«

»Ich versuche schon die ganze Zeit, dir zu erklären …«

»Über eine Satellitenverbindung«, unterbrach er sie, während er das andere Seil löste, das das Zelt hielt. »Vom Rücken eines verdammten Elefanten aus oder von einem Mopedsitz in Bangalore …«

»… und wenn du mir einfach mal zuhören würdest, könnte ich es dir begreiflich machen.«

Er warf ihr einen bösen Blick zu und widmete sich angespannt dem nächsten Teil des Labyrinths. Zögernd gesellte sich Kate zu ihm und nestelte an einem Sprungseil, das an einem Gartenstuhl festgeknotet war. Es war genauso schwierig zu entwirren wie die Wahrheit über ihre Ehe.

»Dieses T-Shirt hast du auf unserer Hochzeitsreise getragen«, sagte sie und blickte kurz auf einen hellen Fleck auf dem Stoff, wo sie zu Beginn ihrer Ehe Bleiche verschüttet hatte.

Er zuckte ungeduldig mit der Schulter.

»Erinnerst du dich an unsere Hochzeitsreise, Paul? Weißt du noch, wie wir über die Lavafelder im Vulcano Nationalpark gewandert sind?«

Sie wusste, dass er sich erinnerte, sah, wie es hinter den wütend zusammengezogenen Brauen arbeitete. In dieser Nacht waren sie mit einer Taschenlampe vorsichtig den markierten Weg entlanggelaufen, waren der Hitze immer näher gekommen, dem Schwefelgeruch, dem gefährlichen roten Schein der Lava. Sie hatten beobachtet, wie flüssiger Stein Funken versprühte, hatten dem Zischen gelauscht, jedes Mal, wenn ein Rinnsal ins Meer gelangte und neues Land gebar.

»Ich erinnere mich an alles«, murmelte sie, »ich erinnere mich, wie ich neben dir im Dunkeln stand, wie ich deine Hand hielt, wie ich an die Jahre dachte, die vor uns lagen, an das neue Leben, das wir eines Tages zusammen erschaffen würden. Das Kind, das wir Tess nennen würden …«

»Kate, komm zum Punkt.« Worte stauten sich hinter seinen Lippen. Sie sah das ärgerliche Zucken seiner Halsmuskeln.

»Das ist der Punkt! Das ist es, was ich dir die ganze Zeit zu sagen versucht habe.« Einen Moment lang war ihr schwindelig, ein Gefühl wie bei der offenen Flugzeugtür, kurz bevor man ins Leere trat. »Ich glaube, dass die Probleme in unserer Ehe nach Tess' Geburt begannen.«

Sein Kopf fuhr hoch, seine Finger hielten inne, er starrte sie an.

»Ein großer Teil war meine Schuld.« Sie platzte mit den Worten heraus, während er noch ihre vorherigen verarbeitete. Vielleicht bekäme sie keine Chance mehr, alles zu erklären, wenn sie jetzt nicht die Gelegenheit ergriff. »Ein Baby zu bekommen hat mich zu Tode geängstigt. Ich hatte so unendliche Angst, alles zu vermasseln. Du kannst mich in eine Firma schicken, die seit dreißig Jahren handgeschriebene Unterlagen stapelt. Innerhalb weniger Wochen habe ich den Laden in Ordnung gebracht. Aber ein fünf Kilo schweres, quäkendes Neugeborenes? Dafür gibt es keine Richtlinien, keine halbjährlichen Berichte, keine Leiter, die es zu erklimmen gilt. Ich fühlte mich so verloren ...«

»Seit Tess?« Paul legte den Kopf schief. »Seit *Tess?*«

»... weshalb ich mich Hals über Kopf, mit Haut und Haaren hineingestürzt habe, so, wie ich es immer mache. Ich habe jedes verdammte Buch gelesen, ihr Mozart vorgespielt, während sie schlief, und jedes pädagogisch wertvolle Spielzeug gekauft. Als Michael und Anna geboren wurden, konnte ich damit nicht aufhören. Es wurde nur noch schlimmer, wurde immer mehr, und plötzlich war ich Vorsitzende der Eltern-Lehrer-Vereinigung und habe die Kinder zum Fußball chauffiert ...«

»Jetzt nähern wir uns dem zentralen Punkt, denn genau darum geht es.« Paul riss das Seil los und schleuderte es ins Gras. »Du machst mit den Kindern viel zu viel.«

»Ich weiß.«

»Michael ist in zwei Sportvereinen, Tess ist in der Auswahlmannschaft.« Er schleuderte ein feuchtes Handtuch zu Boden. »Anna ist im Turnverein ...«

»Ich wollte nicht, dass es so ...«

»... und du«, fuhr er fort, während er einen Eimer voll Kies mit dem Fuß zur Seite schob, »du betrachtest Sex als etwas, das auf einer Liste abgehakt werden muss.«

Von weit her hörte Kate, wie Jo ein seltsam würgendes Geräusch von sich gab. Die Wahrheit schmerzte. Einmal hatte sie Sex tatsächlich auf eine Liste gesetzt. »Sex mit Paul«, hatte sie nach »Fußballtraining Tess« und vor »Anna baden« geschrieben.

»Das wird sich ändern.« Ihre Stimme zitterte, sie sprudelte die Worte hervor. »Ich werde mich nicht mehr so … intensiv um die Kinder kümmern.«

»Aber klar doch.«

»Wirklich, Paul, ich habe das bereits beschlossen.«

Schon lange bevor das Flugzeug in Newark gelandet war. Nächste Woche würde sie mit den Lehrern sprechen, sie würde zum Ende des Halbjahres als Vorsitzende der Vereinigung zurücktreten. Und sie wollte wieder Sex mit Paul haben, oft, leidenschaftlich, so wie damals – Sex auf dem Trockner, Sex in der Dusche, Sex wie früher, spontan, regelmäßig, hart.

»Okay, vielleicht stimmt das«, sagte er leise, aber unverändert wütend. »Vielleicht hast du beschlossen, dass du das ändern musst, dass du dich weniger nach den Kindern richten musst. Und schon ist alles wieder normal? Glaubst du das etwa?«

»Ja!«

»Ich weiß, wie sehr du die Kinder liebst, Kate. Das bestreite ich gar nicht. Sie sind deine ganze Welt.«

Tränen standen in ihren Augen. »Ja«, antwortete sie um den Kloß in ihrer Kehle herum, »ja, das sind sie.«

»In den letzten zwei Wochen habe ich immer wieder über unsere Ehe nachgedacht«, fuhr er fort. »Es war wie eine verdammte Slideshow. Ich habe versucht, mich an etwas zu erinnern – einen Streit, einen Betrug, irgendetwas Großes –, das dich dazu gebracht haben könnte, die halbe Welt zwischen uns zu bringen, weil es glasklar war, dass du nicht nach Indien geflogen bist, um mal von den Kindern wegzukommen.« Seine Stimme wurde heiser. »Du wolltest weg von mir.«

Die Zeit schien stehenzubleiben, während sich Kate plötzlich an ein Spielzeug erinnerte, das Paul für Michael gekauft hatte, als er noch klein war: einen ein Meter großen Clown zum Aufblasen, der ein Gewicht in den Füßen hatte, so dass er nicht umfiel, wenn man auf ihn einschlug.

Kate fühlte sich jetzt wie dieser aufblasbare Clown. Und doch spürte sie hinter all den Schlägen auch Pauls Schmerz. Sie hatte ihn verletzt. Sie wollte unbedingt sein Gesicht in ihre Hände nehmen, ihm in die Augen schauen und ihm sagen, dass sie ihn liebte, *ihn liebte,* und dass nichts sonst eine Rolle spielte.

Sie trat einen Schritt auf ihn zu, um genau das zu tun, doch da griff er nach einem Gartenstuhl, klappte ihn zusammen und stellte ihn als eine Art Barriere zwischen sich und seine Frau.

»Du hast offenbar vergessen, dass ich dich geradezu angefleht habe, zu mir nach Indien zu kommen«, sagte sie sanft.

»Ist das denn so wichtig? Du wusstest genau, dass ich weder die Arbeit noch die Kinder mir nichts, dir nichts sich selbst überlassen konnte.«

Paul drehte ihr den Rücken zu und trat die Steine zur Seite, mit denen ein weiteres Handtuchzelt auf dem Boden fixiert war. Betäubt griff Kate nach dem Gartenstuhl, an dem das Zelt festgebunden war. Sie horchte in sich hinein, während sie mechanisch die Knoten entwirrte und das Seil löste. Hatte sie sich etwas vorgemacht? Nein! Sie hatte sich jeden Tag, den sie in Indien verbrachte, verzweifelt nach ihm gesehnt. Doch jetzt, hier, in ihrem Vorgarten, fragte sie sich, ob sie nicht Unmögliches von ihm erwartet hatte.

Zweifel regten sich, als sie gedankenverloren den Gartenstuhl zusammenklappte. Vielleicht hatte Paul recht. Vielleicht war sie nach der ersten Euphorie des Fallschirmsprungs wirklich irrational gewesen, und sie war schuld daran, dass diese Kluft zwischen ihnen entstanden war, aus der verrückten Idee geboren, dass eine ganz andere Art Ehe möglich sein müsste, eine wildromantische, idealisierte Liebe wie aus einem Roman. Ihr Handeln schien ihr plötzlich geradezu idiotisch: ohne weitere Umstände ein Flugticket zu buchen und nach zu Indien zu fliegen!

Aber sie hatten doch in der realen Welt gelebt. Vielleicht kommt jedes Paar im Leben an einen Punkt, an dem die Ehe zwangläufig in wenig mehr als eine funktionierende Partnerschaft übergeht, in der sich alles um die Kinder dreht.

Jo räusperte sich und warf Kate einen bedeutungsvollen Blick zu.

Du wirst jetzt nicht klein beigeben, oder?

Kate wandte hastig den Blick ab. Verdammt! Sie kniff die Augen zusammen und versuchte, ihre durcheinanderwirbelnden Gedanken zu ordnen, doch dann traf sie plötzlich eine starke Windbö, die ihr die Haare aus dem Gesicht wehte. Ein Windstoß, der sie plötzlich daran erinnerte, wie es war, im freien Fall durch den Himmel zu fliegen. Wie es war, sich leicht und berauscht zu fühlen.

Kate öffnete die Augen und sah sich und die Welt auf einmal von außerhalb ihres Körpers. Sie sah das Haus und das Durcheinander im Garten und Pauls verkrampften Rücken, seine frustrierten Handgriffe, mit denen er versuchte, Ordnung zu schaffen. Sie sah sich selbst, wie sie ihm still folgte, ihn bei der Hausarbeit unterstützte, wie nichts mehr zwischen ihnen stand außer dem verzweifelten Bedürfnis, dass alles wieder normal wurde. Sie sah, dass sie nicht mehr über das sprachen, was am meisten schmerzte.

Und Kate sah klarer. Sie wusste, dass sie nicht einfach klein beigeben konnte. Sie erkannte die Konsequenzen, die es hätte, wenn sie doch nachgab, so deutlich wie die Schatten, die der Wind über den Rasen jagte. Auch die folgenden Jahre sah sie, die sich mit präziser Vorhersehbarkeit vor ihr ausbreiteten und in denen sich nichts ändern würde. Sie würden zu einem alten Ehepaar werden, das am Samstagabend schweigend nebeneinander im Restaurant sitzt.

Sie legte das letzte Handtuch auf den Haufen zu den anderen. Dann sammelte sie all ihre Kraft und Entschlossenheit, durchquerte den Vorgarten, stieß Steine beiseite und wich den zusammengeklappten Gartenstühlen aus, bis sie Paul erreicht hatte.

Er fuhr herum, sein Körper angespannt wie ein Bogen, und starrte sie wütend aus blauen Augen an.

»Paul, es geht hier nicht nur um mich.« Kate griff Halt suchend nach dem Riemen ihrer Umhängetasche. »Nach Tess' Geburt hast auch du dich verändert.«

Er schüttelte den Kopf, drehte sich um und machte einen großen Schritt auf das Haus zu – fort von ihr, fort von ihren Erklärungen, fort von der hässlichen Wahrheit. In diesem Moment räusperte sich Jo, die zwischen ihnen stand, laut und vernehmlich.

Paul hielt inne. Seine Schulterblätter zeichneten sich messerscharf unter dem T-Shirt ab.

Überrascht blickte sich Kate zu Jo um, die mit verschränkten Armen an dem BMW lehnte und Paul eindringlich anstarrte. Plötzlich fiel Kate wieder ein, dass Jo mehrmals mit Paul geredet und ihn unter Einsatz all ihrer Kenntnisse im Umgang mit Menschen bearbeitet hatte, um ihn aus seinem erstarrten Panzer herauszulocken.

Später würde sie sich bei Jo für den Versuch bedanken müssen, dachte Kate mit einem erleichterten Schauder.

Dann wandte sie sich wieder zu Paul und nutzte sein Schweigen.

»Du hast dich nach Tess' Geburt verändert«, sagte Kate, »und die meisten Veränderungen waren durchaus von Vorteil. Ich werde nie vergessen, wie du nach der Geburt ihren winzigen Kopf in deiner Hand gehalten hast. Du schienst sofort zu wissen, wie du mit ihr umgehen musst. Nicht jeder Mann kann sich so schnell auf einen Säugling einstellen.«

Paul blickte auf die Straße, wo Michael mit einem Freund Skateboardtricks übte, doch sie wusste, dass er an seinen eigenen Vater dachte.

»Aber du hast zu der Zeit auch deinen Job aufgegeben. Ich habe dich immer damit aufgezogen, dass du zu Mr Businessman wurdest, aber es war alles andere als einfach, Südkalifornien den Rücken zu kehren, das Start-up hinter uns zu lassen und hierherzuziehen. Es war ein vollkommen anderes Leben, plötzlich hieß es ›Arbeit von neun bis fünf‹ und ›ein Meeting nach dem anderen‹, und du hast hart gekämpft, um dich daran zu gewöhnen.«

»Ich musste doch einen vernünftigen Job annehmen.« Paul drehte sich halb zu ihr um, stemmte die Hände in die Hüften, setzte erneut an, hielt inne, öffnete wieder den Mund, so wie bei Fußballspielen, wenn der Schiedsrichter eine fragwürdige Entscheidung traf. Schließlich fuhr er fort: »Ich wollte meine Kinder nicht in irgendeiner Kommune aufziehen, Okraschoten und Kohlblätter anpflanzen, Tess Latrinen ausheben lassen und Michael das Batiken beibringen …«

»Du wolltest ein besseres Leben.«

»Ja, und ich habe es uns ermöglicht … uns allen.«

»Das stimmt, Paul.« Kate beugte sich zu ihm. »Doch irgendwo auf diesem Weg haben wir beide angefangen zu glauben, dass ein ›besseres Leben‹ wie eine Ralph-Lauren-Werbung aussieht.«

Er blinzelte sie ausdruckslos an.

»Denk mal darüber nach. Waren wir nicht so mit den Kindern beschäftigt, so darauf aus, ihnen die NICK-Comedy-Version eines beständigen und stabilen Lebens zu bieten, dass wir darüber vergessen haben, uns um *uns* zu kümmern?«

Sie beobachtete, wie er ihre Worte verarbeitete, auf seine gründliche Art, während er so konzentriert auf den Boden starrte, als würde er die Grashalme zählen. Kate brauchte einen Moment, um zu bemerken, dass das brennende Gefühl an ihrer Hand von einer Schnalle am Schulterriemen ihrer Tasche herrührte, die sich durch die Haut in der Handfläche gebohrt hatte.

Sie lockerte ihren Griff und wagte es dann, sich ihrem Mann zu nähern. Als er sich nicht bewegte, legte sie eine Hand auf seine Schulter.

Die Muskeln verhärteten sich unter ihrer Berührung.

»Eines Tages werden Tess, Michael und Anna erwachsen sein.« Sie drückte ihre Nase in die Vertiefung neben seinem Schulterblatt. »Eines Tages werden sie aus dem Haus sein, ihr eigenes Leben leben. Dann sind nur wir beide übrig und haben alle Zeit der Welt.« Er roch nach gemähtem Gras, alter Baumwolle und Spülmittel. »Ich weiß, was für eine Ehe ich führen will. Ich will, dass wir das Paar sind, das in Barcelona langsam zu den Klängen der Straßenmusiker tanzt. Ich will, dass wir das Paar sind, das der Mittelpunkt jeder Party ist. Ich will, dass wir auch im Alter noch Händchen halten.« Eine Träne rann ihre Wange hinab. »Das will ich, Paul, das wollte ich immer. Ein Leben mit dir, voller Abenteuer und Liebe. So, wie es einmal war. Sag mir …« – ihre Stimme brach – »… sag mir, ob du das auch willst.«

Sie presste die Wange an seinen Rücken und versuchte, die Muskeln zu entspannen, während sie im freien Fall wartete, die Sekunden vergingen und ihr Herz drohte aus der Brust zu springen, zusammen mit all ihren Hoffnungen und Träumen.

Abrupt trat er von ihr weg, drehte sich um und musterte sie mit einem harten, misstrauischen Blick, den sie durch ihre Tränen hindurch festzuhalten versuchte.

Sein Gesicht war wie aus Stein gemeißelt, seine Kiefermuskeln waren angespannt, sein Mund war ein gerader weißer Strich, doch in seinen Augen sah Kate eine Welle von Gefühlen, eine Sintflut, die ihr den Atem raubte. In diesen blauen Wogen las sie alles, was er nicht sagen wollte, all den Schmerz, den er nicht zugeben konnte. Sie sah die Verletztheit des Jungen, der von seinem Vater verlassen worden war, und den Kampf eines jungen Mannes, der verzweifelt versuchte, alles besser zu machen. Sie sah, was sie nie erwartet hätte, als sie nach Indien flog: wie sehr ihr Handeln ihn verletzt hatte und wie tief seine Wunden waren.

»O Paul.«

»Verdammt, Kate!«

»Du musst doch gewusst haben«, flüsterte sie, »dass ich zurückkommen würde.«

»Klar«, entgegnete er trocken, »genauso wie du gewusst haben musst, dass ich …«

Er verschluckte die nächsten Worte und wandte den Blick ab. Ein Muskel an seiner Wange zuckte.

»Was, Paul?« Sie versuchte, seine Aufmerksamkeit wieder auf sich zu lenken. »Was hätte ich wissen müssen?«

»Das sage ich dir doch die ganze Zeit.«

»Was sagst du mir?«

Paul legte die Hände an die Hüften, runzelte verwirrt die Stirn. »Ich sage es dir die ganze Zeit. Zumindest versuche ich es.«

Dann blickte er ihr in die Augen. Suchend. Kates Kehle wurde eng, und ihr Herz begann zu rasen.

»Ich liebe dich, Kate.« Seine Stimme stockte. »So einfach ist das. Ich wollte immer nur mit dir zusammen sein.«

Sie blickte in seine Augen und versuchte zu verstehen, was er gerade gesagt hatte, aber dann gab es keinen Grund mehr zu denken. Er riss sie in seine Arme, sie roch sein Shampoo, fühlte den Pulsschlag an seinem Hals. Sein Haar verfing sich in ihren Wimpern, die plötzlich nass vor Tränen waren.

Einige Zeit später, als sie wieder sprechen konnte, flüsterte sie: »Ich habe dich vermisst, Paul.«

Er legte seine Hände flach auf ihren Rücken. »Ich bin immer noch wütend auf dich.«

»Ich weiß.«

»Die Sache ist noch nicht zu Ende besprochen.«

»Ich weiß.«

»Meine Mutter ist noch hier«, sagte er. »Sie kann auch noch einen Abend länger auf die Kinder aufpassen.«

»Okay.«

»Wir gehen essen. Nur du und ich.« Und barsch fügte er hinzu: »Ich reserviere den Tisch.«

Kate lachte, heiser und unsicher, und schmiegte sich dann enger an ihn. »Das hört sich … wunderbar an.«

Sanft wiegte er sie in seinen Armen.

Jüdisches Hospiz
Zimmer 300-C
New York City, New York

Liebe Jo,
wenn du diesen Brief bekommst, werde ich schon fort sein. Ich hoffe, du verzeihst mir, dass ich dieses letzte Abenteuer nicht mit dir gemeinsam durchlebt habe, aber es war nicht so vergnüglich wie die anderen. Stell dir das mal vor – Krebs! Nach dem Leben, das ich gelebt habe. Welch ein Tritt in die Magengrube, nicht wahr?
Jetzt liegen hier auf meinem Bett alle Briefe verteilt, und ich bin so froh, dass ich sie geschrieben habe. Sie erinnern mich daran, was für gute Freundinnen wir sind, du und ich und Kate und Sarah, wie verschieden wir sind und wie gut wir doch zusammenpassen.
Ich erinnere mich an den Ausflug zu den Finger Lakes etwa ein Jahr nach den Examen. Sarah wollte sich bald darauf dem Friedenscorps anschließen. Deshalb haben wir diese letzte Tour zu einem Musikfestival im Hinterland gemeinsam unternommen. Kate hatte alles perfekt organisiert, Wasserflaschen, Aspirin und einen Campingkocher besorgt, ein neues Zelt und Klappspaten. Du hattest ein Zimmer in einem nahe gelegenen Hotel reserviert, hast du uns erzählt, weil du nun, da du einen Job hattest, nie wieder campen wolltest. Ich hatte mir ein Bergbaugebiet ausgesucht, wo ich mich in ein paar Kalksteinhöhlen herumtreiben wollte. Und Sarah hatte vor, die ganze Zeit diese christliche Band aus Vermont anzuhimmeln. Ich weiß noch, wie ich auf der Fahrt, als wir über unsere Pläne sprachen, dachte: Das ist das Ende. Wir driften auseinander.

Du erinnerst dich an das Wochenende, nicht wahr? Es goss in Strömen, jemand hatte deine Reservierung vermasselt, die Höhlen wurden wegen Überflutung geschlossen, und Sarahs Lieblingsband sagte das Konzert ab. Wir saßen still im Auto. Wir hatten schon aufgegeben und wollten nach Hause fahren, beobachteten die anderen Wagen, die davonfuhren. Ich weiß nicht mehr, wessen Idee es war. Wahrscheinlich kamen wir alle gemeinsam darauf, als wir durch die Scheiben auf den schlammigen Hügel blickten. Sarah sagte etwas wie »Monsunschlittenfahren« und du, dass du einen Drink gebrauchen könntest, und ich: »Ich wünschte, wir hätten Cafeteriatabletts«, und Kate: »Mülltüten tun es auch.« Dann stapften Kate, Sarah und ich durch den Regen auf den Hügel, grüne Hefty-Mülltüten in der Hand, und dann rutschten wir lachend auf diesen Tüten durch die immer größer werdenden Pfützen nach unten, wischten uns den Dreck aus den Augen und sahen, wie die Autos anhielten und die Leute wieder ausstiegen. Erst als wir Stunden später zum Zelt zurückkamen, merkten wir, dass du in der Zwischenzeit in einem Lebensmittelladen gewesen warst und Trockenfleisch und Bourbon gekauft hattest. Und Sarah hatte jemanden getroffen, den sie kannte, einen Musiker, der sich zu uns an den Campingkocher setzte und Gitarre spielte wie ein junger Gott, und wir legten die Arme umeinander und sangen. Immer mehr Leute kamen dazu, während der Schlamm auf unserer Haut trocknete, der Regen versiegte und der Mond aufging. In dieser Nacht begriff ich, dass dies nicht das Ende unserer Freundschaft war, dass das, was uns verband, das, was wir tief drinnen alle verstanden, dieses Leben war – wie auch immer wir es leben wollten. Das Leben war etwas, was man

mit offenen Augen und aus vollem Herzen in die Arme schloss, und wenn wir uns anstrengten, konnten wir für immer Freundinnen sein, wie an diesem Tag.
Jo, von uns vieren warst du immer die stärkste. Du bist viel stärker, als du mit deinem süffisanten Grinsen und flüchtigen Affären zeigst. Das war mir schon am ersten Tag klar, als ich dich bei dem Treffen des Bergsteigerclubs gesehen habe. Deine Südstaatenwitzeleien und gedankenlose Respektlosigkeit rührten von einer Person, die Schreckliches erfahren und sich durch die Kraft des eigenen Willens daraus befreit hatte. Die anderen Briefe habe ich für die Menschen und ihre Bedürfnisse geschrieben – nur bei deinem war ich selbstsüchtig. Meine Bitte an dich wird die härteste Aufgabe von allen sein, weniger für dich als vielmehr für mich. Die Zeit reicht einfach nicht, weißt du? Ich habe mich so darum bemüht. Nachdem Grace auf der Welt war, habe ich das Fallschirmspringen und das Base-Jumping aufgegeben, habe den Job bei der Abenteuerreiseagentur angenommen und viel zu viel Zeit im Büro verbracht, habe Flüge gebucht und Reisen für Fremde organisiert, und ich glaubte, dass ich ein Gleichgewicht zwischen meinem und dem kostbaren jungen Leben, für das ich verantwortlich war, geschaffen hätte. Doch es war nie genug, und jedes Mal, wenn ich von einer Reise zurückkehrte, schien ich zu einer kleinen Fremden nach Hause zu kommen, zu einer Tochter, die ich erst wieder neu kennenlernen musste.
Ich bitte dich nun darum, Jo, das zu vollbringen, worin ich versagt habe. Ich weiß, dass du es für einen Fehler halten wirst, aber es ist keiner. Hier spricht nicht die Krankheit aus mir, denn, auch wenn meine Hand zittert und ich kaum diesen Stift halten kann, meine

Worte kommen aus dem unerschütterlichen, zähen Teil von mir, den der Krebs noch nicht erreicht hat.
Jo, ich möchte, dass du die Mutter meines Kindes wirst. Ich mache dich zu ihrem gesetzlichen Vormund. Nimm Grace zu dir. Kümmere dich um sie, und mach es besser, als ich es konnte.
Liebe sie, wie ich es immer tun werde.

In Liebe,
Rachel

Kapitel 16

Kindertee im *Carlyle Hotel* an der Upper East Side war nicht gerade das, was Bobbie Jo Marcum normalerweise in ihre Planung für einen Sonntagnachmittag aufnahm. Doch Bobbie Jo war nicht mehr dieselbe wie noch vor einem Monat, als sie die meisten Sonntage damit verbracht hatte, Rascal Flatts zu hören und genüsslich die *New York Times* von vorn bis hinten zu lesen. Die neue Bobbie Jo saß einem kleinen Mädchen gegenüber, das ein rotes Schottenkarokleid über einer ordentlichen weißen Bluse mit einem Peter-Pan-Kragen trug. Auf Grace' Kopf befand sich ein breitkrempiger gelber Hut mit einer roten Schleife, den abzulegen sie sich starrsinnig weigerte.

Der Raum war voller solcher Hüte. Der Kindertee war inspiriert von der Madeline-Serie des Schriftstellers Ludwig Bemelmans. Die bekannte Geschichte von dem französischen Schulmädchen, das in einem kleinen Ziegelhaus in Paris lebte und dessen Eltern »weg« waren, hatte Grace genauso verzaubert wie Jo, die damals, als sie als Pflegekind auf unzähligen Rollbetten geschlafen hatte, einmal beinahe drei Dollar an Überziehungsgebühren verursacht hatte, weil sie *Madeline's Rescue* lieber unter ihrem Kopfkissen aufbewahrt hatte, als das Buch in die Bibliothek zurückzubringen.

Jo deutete auf einen Mann, der gerade auf einem Plüschteppich eine neue Gruppe von Mädchen um sich herum versammelte. »Möchtest du zu den anderen gehen, Liebes? Der Mann scheint gleich aus *Madeline in London* vorzulesen.«

»Nö«, entgegnete Grace und baumelte mit den Beinen, während sie sich einen Mini-Hamburger nahm. »Er hat *Madeline and the Bad Hat* nicht mal annähernd so schön vorgelesen wie meine Tante Jessie. Und das ist mein Lieblingsband – wegen Pepito!«

»Pepito?« Jo zog eine Grimasse. »Wenn du ein Teenager bist, Grace, erinnere mich daran, dich von Psychopathen fernzuhalten.«

»Was ist ein Sü-cho-paat?«

»Jemand, der sehr, sehr gruselig ist.«

»Pepito ist nicht gruselig!«

»Gracie, Liebes, muss ich dich etwa daran erinnern, dass er eine Katze in einem Hunderudel aussetzt?«

»Das war davor.«

»Und er baut eine Guillotine für Hühner.«

»Er sagt, dass es ihm leidtut.« Grace beugte sich über den Tisch und wedelte mit dem halbgegessenen Mini-Burger in Jos Richtung. »Und Madeline verzeiht ihm und sagt, dass er kein schlechter Hut mehr ist.«

Jo nahm noch einen Schluck Limonade und fragte sich mit gerunzelter Stirn, ob es schon nötig war, sich Sorgen um Grace' Vorliebe für böse Jungs zu machen.

Dann stellte sie ihre Tasse ab. Es galt, einen Alptraum nach dem anderen in Angriff zu nehmen. »Nun, meine Lieblingsfigur ist dieser Hund, der Madeline aus dem Fluss zieht«, sagte sie. »Wie hieß der noch gleich? Irgendwas wie Fifth Avenue …«

»Genevieve.«

»Genau, Genevieve.« In Kentucky nannte man Hunde

Rover oder Pooch oder Butch. Prinzessinnen hießen Genevieve.

»Oh, ich liebe Genevieve auch! Und Miss Clavel hat erlaubt, dass Madeline sie behält.«

»Und die kleinen Hundebabys!«

Ja, all diese Hundebabys in dem alten Haus in Paris, das von Efeu überwachsen war ... Jo hatte sich nach so einem Ort gesehnt, während sie die abgelegten Kleider von Fremden tragen musste, und unter der Bettdecke die Geschichten verschlungen. Sie wollte auch dort leben, wo sie vorgeben konnte, gar kein Waisenkind zu sein und dass ihre Eltern reich und beschäftigt und unterwegs waren.

»Möchtest du noch Tee, Tante Jo?« Grace griff nach der schicken weißen Teekanne. »Ich schenke dir ein.«

»Ja, danke, Kleines.« Jo schob die zarte Porzellantasse zu Grace hinüber. »Ich sitze total auf dem Trockenen.«

Grace hob die Kanne, hielt den Deckel mit der einen Hand fest und goss den Tee – nun, die Limonade – in Richtung von Jos Tasse. Zum Glück war das Leinentischtuch sehr saugfähig.

Jo nahm einen Schluck des zuckersüßen Getränks. So viel, wie sie beide tranken, würden sie bald einen Abstecher auf die Damentoilette machen müssen, aber nicht nur, um die Häschen-mit-Schirm-Tapete zu bewundern, die vom Autor der Madeline-Bücher entworfen worden war. Auf dem Tisch stand eine dreistöckige Etagere mit hübschen Häppchen. Jo nahm einen der in zwei geraden Linien aufgereihten Shrimps. »Hey, das ist der kleinste.« Jo hielt den Shrimp in die Höhe. »Willst du Madeline essen?«

»Ich mag Pepitos Gemüse lieber«, sagte Grace und nahm sich einen schmal geschnittenen Karottenstreifen. »Besonders mit dem Dip.«

Jo steckte sich den Shrimp in den Mund. Sie hatte zu Hause versucht, Grace dazu zu bewegen, Karottensticks und Sellerie mit Ranch-Dip zu essen, vergeblich. Kaum setzte man ihr dasselbe auf einem Silbertablett vor und nannte es »Pepitos Crudités«, war es ihrer würdig. Kate würde nur wissend lächeln.

Kate, die endlich wieder bei ihren Kindern und bis zum Hals in ihrem Vorstadtfamilienleben versunken war. Sie und Paul waren auf einem guten Weg. Die herzzerreißende Szene im Vorgarten war ein hoffnungsvoller Beginn gewesen. Aber es lag noch ein langes Stück vor ihnen, denn offensichtlich brauchte selbst die tiefste Liebe behutsame Pflege.

»Also, Süße, mir haben die kleinen Burger am besten geschmeckt«, sagte Jo nach einem raschen Gebet. »Ich hätte zwar weitere zehn davon essen können, aber ich habe noch Platz gelassen.« Jo nickte unauffällig zum nächsten Tisch, an dem eine rothaarige kleine Madeline und ihre Mutter in einem Vintage-Chanel-Kostüm über einer großen Schüssel Eiscreme saßen. »Was meinst du? Sollen wir den Eiffel Tower Hot Fudge Sundae oder das Petite Banana Splits Fontainebleau nehmen?«

Grace verrenkte sich sehr undamenhaft den Hals, um einen Blick auf das Eiffel-Tower-Eis am Nachbartisch zu werfen. Jo entdeckte ein paar Tische weiter ein Fontainebleau und wies Grace auch darauf hin.

»Weißt du was?«, fragte sie, als Grace unentschlossen auf ihrer Unterlippe herumkaute. »Ich nehme das eine, du das andere, und dann teilen wir.«

»Das haben Jessie und ich auch immer gemacht«, erwiderte Grace und rutschte aufgeregt auf ihrem Stuhl hin und her, »wenn wir zu Hause zu Dairy Princess gegangen sind.«

Jo hielt inne, die Teetasse auf halber Höhe. »Zu Hause« war für Grace offenbar immer noch New Jersey bei ihren Großeltern. Ein scharfer Schmerz durchzuckte Jos Brust.

»Nun, Kleines«, sagte sie und räusperte sich, »ich kann zweimal so viel essen wie die dürre Jessie! Sei also lieber schnell mit deinem Löffel.«

Als die beiden gefühlte sechstausend Kalorien später aus dem Hotel watschelten, schlug Jo vor, ein paar Blocks zu laufen. Mutterschaft setzte schneller Pfunde an als zwei Wochen nächtliches Essen von diversen Imbissen. Sie trotzten also dem frischen Wind und gingen in Richtung Central Park. Grace knöpfte ihren blauen Madeline-Wollmantel bis zum Hals zu, und Jo wickelte sich in ihren Paschminaschal. Das Mädchen hüpfte in ihren Mary-Jane-Lackschuhen den Gehsteig entlang, den dahinwehenden Blättern hinterher. Die Bäume des Central Park, rotbraun und goldfarben leuchtend, rauschten im Wind, während die schwache Novembersonne ihre Köpfe wärmte. Der Winter stand vor der Tür, doch noch war New York City einfach traumhaft schön.

Als sie die Fifth Avenue überquerten, schob Grace ihre Hand in die von Jo, eine Hand, die ohne Gewicht schien, so klein, so warm und ein wenig feucht.

Obwohl sie eine geschäftige Straße in einer geschäftigen Stadt entlanggingen, auf der gelbe Taxis vorbeirasten, Lastwagen über den löchrigen Asphalt rumpelten und extralange Busse an den Haltestellen quietschend zum Stehen kamen, hatte Jo plötzlich das Gefühl, sich in einem Kokon der Stille zu befinden, eingehüllt in eine weiche, behagliche Decke.

Es gab keinen Grund, nach Hause zu hetzen.

Jo beugte sich hinunter und sah dem kleinen Mädchen in die Augen. »Hey, Gracie, was hältst du davon, wenn wir ein bisschen von dem Eis in dem Park da drüben abtrainieren? Ich habe gehört, dass es dort eine richtig tolle runde Rutsche geben soll.«

Grace lächelte und schoss dann auf die Öffnung in der

Steinmauer zu. Jo folgte ihr und beobachtete, wie die Schleife auf dem Hut des Mädchens im Wind flatterte. Grace lief zu der Brücke und quietschte vergnügt, als sie die spiralförmige Rutsche aus Granit erblickte.

Schuldbewusst warf Jo einen Blick auf ihre Armbanduhr. Grace' Tante und ihre Großmutter – Jessie und Mrs Braun – wollten heute zu Besuch kommen, und zwar schon in einer Stunde. Sarah war bereits in Jos Wohnung, um die Brauns hineinzulassen, sollten Jo und Grace sich verspäten, doch Jo war nicht wegen einer eventuellen Verspätung in Sorge. Sie freute sich auf den Besuch etwa ebenso sehr wie auf ihre »Performance Review« am Montag im Büro, und zwar aus demselben Grund. Während der letzten zwei Wochen hatte sie versucht, zwei sehr wichtige Dinge zu erledigen: einen neuen Kunden an Land zu ziehen und einem kleinen elternlosen Mädchen ein neues Zuhause zu schaffen. Das Erste hatte sie verpatzt, das Zweite würde erst noch beurteilt werden, und das Gästezimmer schien mittlerweile von einer Horde Plüschhasen besetzt zu sein.

Jo folgte Grace durch den Park und schob ihre Schuldgefühle beiseite. Bis jetzt hatte sie mit Grace einen wunderbaren Tag gehabt ... und auch eine richtig gute Woche. Grace war nur zweimal schlafgewandelt und begann, ihren Speiseplan über Apfelschnitze und Makkaroni mit Käse hinaus zu erweitern. Außerdem hatte es nur einen Wutanfall gegeben, weil Jo die falsche Zahnpastamarke gekauft hatte. Doch Jos finsteres Südstaatengespür meldete, dass der Frieden während des Besuches von Nana Leah und Tante Jessie womöglich nicht anhielt. Grace würde sie zum ersten Mal wiedersehen, seit Jo sie aus Teaneck nach New York geholt hatte.

Jo erinnerte sich an ihre eigenen »Familienbesuche«. Sie schloss die Augen und sah das zwölfjährige Mädchen von damals am dritten Sonntag jeden Monats. Sie hatte immer darauf geachtet, sich am Flussufer schmutzig zu machen und ihre zerlumptesten Kleider zu tragen. Dann hatte sie auf das Knirschen der Räder in der Kieseinfahrt gelauscht, das Zeichen, dass Tante Lauralee in ihrem blauen Pick-up eingetroffen war. Jo war immer sehr spät ins Wohnzimmer geschlurft, hatte ihre Tante durch ihren zu langen Pony hindurch böse angestarrt und insgeheim gehofft, dass diese den Blick lange genug von ihrer Uhr heben würde, um Jos Erscheinung wie aus einem Dickens-Roman überhaupt zu bemerken. Sie hoffte aus tiefstem Herzen, dass Tante Lauralee ihre Meinung ändern und Jo wieder mit auf die hübsche kleine Ranch nehmen würde, zu den vier wilden Cousins, die alles waren, was Jo an Familie noch hatte.

Nein – es gab keinen Grund, nach Hause zu hasten.

Grace blieb am Rand des Skateboardparks stehen, wo sie einer Gruppe von jungen Gothic-Nadelkissen dabei zuschaute, wie sie auf ihren Skateboards eine Querschnittlähmung riskierten. (»Sieh mal, Tante Jo, Psychopathen!«) Trotz der Mary Janes und des karierten Kleides glich das Mädchen seiner Mutter sehr, und Jo vermutete, dass nach dem heutigen Tag ein Skateboard den Weg auf Grace' Chanukka-Wunschzettel finden würde. Da wandte sich Grace von den Skatern ab und ging zu den Schaukeln, wo just in diesem Augenblick eine frei wurde. Grace enterte sie sofort und forderte Jo lautstark auf, sie anzuschieben. Jo ließ nicht nach, bis Grace hoch durch die Luft schwang.

Als sie einige Zeit später aus einem Taxi stolperten und in das Apartmentgebäude eilten, in dem sich Jos Wohnung befand, hatte sich die gelbe Schleife an Grace' Hals gelöst, und sie hatte eine Laufmasche am Knie, doch ihre Wangen waren gerötet, und sie plapperte im Aufzug die ganze Zeit, bis er endlich im richtigen Stockwerk hielt. Jo litt inzwischen an heftigen Magenkrämpfen.

Als sie die Tür zu ihrer Wohnung öffnete, löste sich Grace sofort von ihrer Seite.

»Nana!«

Mrs Braun war eine kräftige Frau, die sich nur langsam bewegen konnte. Als Grace sich auf sie stürzte, versuchte die ältere Frau mühsam, sich von der Couch zu erheben, doch da hatte Grace schon die Arme um sie geworfen. Mrs Braun zog das Kind liebevoll auf ihren Schoß.

Ein scharfer Schmerz bohrte sich in Jos Herz.

»Hallo, Mrs Braun, hallo, Jessie«, sagte sie und warf die Schlüssel in die Schale neben der Tür. »Sind wir zu spät? Wie lange seid ihr schon da?«

»Nein, nein, ihr seid nicht zu spät.« Jessie erhob sich von ihrem Stuhl und schob die Hände in die Taschen ihrer Jeans. Sie wirkte knochig, und ihre Haare schrien geradezu nach einem Friseurbesuch. »Wir sind zu früh. Meine Tante wollte nicht länger warten. Sie war nervös wegen des Verkehrs. Sie sagte, dass es in diesem Teil der Stadt eine Stunde dauern kann, einen Parkplatz zu finden. Deine Freundin Sarah hat uns netterweise reingelassen.«

Jo und Sarah wechselten einen Blick. Sarah saß in einer Ecke der Couch und zuckte mit den Schultern. Sie machte nach dem katastrophalen Treffen mit Colin in L. A. immer noch einen zerbrechlichen, aber zunehmend auch einen gelassenen Eindruck. »Ich habe Tee angeboten«, sagte sie, »aber dann stand ich zehn Minuten an deinem Herd und habe nicht kapiert, wie man ihn einschaltet.«

»Er wird über eine elektronische Steuerung bedient«, antwortete Jo und hob Grace' Hut vom Boden auf. »Ich schalte ihn gleich ein.«

Mrs Braun hatte Grace ein Stück von sich fortgeschoben, um sie ausgiebig zu betrachten. Grace knöpfte ihren blauen Wollmantel auf, strich glättend mit der Hand über das rote Trägerkleid und wackelte in ihren Mary Janes mit den Zehen. Sie grinste Mrs Braun ins Gesicht und schmiegte sich dann wieder an sie.

»Ihr wart also im Central Park?«, fragte Mrs Braun. »Und ihr seid zu einem Spielplatz mit einer Spiralrutsche gegangen? Und davor wart ihr zum Tee bei Madeline.« Sie drückte Grace enger an sich. »Dir geht es gut hier, oder, Gracie?«

»Hey, bekomme ich auch eine Umarmung?« Jessie kniete sich auf den Boden und breitete die Arme aus. Grace rutschte vom Schoß ihrer Großmutter und stürzte sich auf ihre Tante. Jessie drückte sie fest an sich und begann dann einen Monolog in Kindersprache, von dem Jo wusste, dass sie so etwas niemals im Leben fertigbringen würde.

»Und? Wie geht es meinem kleinen Miezemädchen, hm? Ich wette, du hast es Tante Jo nicht leichtgemacht. Hast wahrscheinlich ganz viel angestellt, ihr Reißnägel auf den Stuhl gelegt und die Schlösser mit Uhu verklebt und ihr Streiche mit der Zahnpasta gespielt, oder? Nein? Hast du nicht? Na, dann kannst du nicht meine kleine Gracie sein. Waren die Wichtel da und haben meine Kleine mitgenommen und dich stattdessen dagelassen …?«

Grace schüttelte lachend den Kopf und vergrub ihre kleinen Fäuste in Jessies Haar. Jo nahm ihren Paschminaschal ab und hob Grace' Mantel vom Boden auf. Sie ergriff die Jacken, die Sarah über die Couchlehne gelegt hatte, und versuchte verzweifelt, den Schmerz in ihrem Herzen, das Ziehen der Einsamkeit, beiseitezuschieben.

Als Jo Mantel und Jacken aufgehängt hatte, ging sie in die Küche, um so viel Abstand wie möglich zwischen sich und diese traute Szenerie zu bringen. »Hat jemand besondere Teewünsche?«

»Haben Sie Lipton?«, fragte Mrs Braun. »Lipton wäre schön. Ich hasse dieses Früchtezeug.«

»Lipton, kein Problem.«

Sarah rief dazwischen: »Hast du auch Kaffee?«

»Sarah, du und Kaffee?« Jessie setzte sich auf die Couch. »Ich hätte dich eher als Grünteetrinkerin eingeschätzt.«

»Ich verabscheue grünen Tee.« Sarah fasste ihre wilden Locken im Nacken zusammen und türmte sie auf dem Kopf auf. »Schwarzen Kaffee für mich, bitte, je stärker, desto besser. Im Camp werden wir verwöhnt. Wir bekommen Burundi-Bohnen von den Plantagen in den Bergen, das Kilo zu ein paar Francs.«

Während sich Jessie und Sarah über fair gehandelten Kaffee unterhielten, holte Jo die Packung mit den garantiert nicht fair gehandelten Kaffeebohnen aus dem Schrank und schüttete etwas davon in die Kaffeemühle aus rostfreiem Stahl, doch auch diese Beschäftigung konnte Mrs Brauns Geplapper nicht übertönen.

»Lass dich mal anschauen, Gracie. Los, komm mal her! Oh, schau, wie groß du geworden bist, seit ich dich das letzte Mal gesehen habe. Jo, was geben Sie ihr denn zu essen? Sie ist ja wie eine Rakete in die Höhe geschossen. Isst du jeden Abend Steak und auch brav das Gemüse, oder klaust du Sandwiches, wenn Tante Jo nicht hinschaut?«

»Heute habe ich Pepitos Crudités gegessen.«

»Wirklich? Nun, das hat bestimmt geholfen. Oder bindet Tante Jo dich auf deinem Bett fest und streckt deine Arme und Beine über Nacht? Hm, macht sie das?«

»Nein, Nana, jetzt bist du aber dumm!«

»Oh, du bist schon ein großes Mädchen, kein Baby mehr, das ist sicher. Jetzt hast du hübsche Kleider an und gehst wie Eloise zu Nachmittagstees. Nicht Eloise, sondern Madeline? Nun, dann wie Madeline …«

Jo hielt den Stahlkessel unter den Kohler-Wasserhahn und drehte das Wasser voll auf, um möglichst viel Lärm zu machen. Der brennende Schmerz in ihrem Herzen kühlte sich zu einem Schamgefühl ab. Schließlich handelte es sich hier um Grace' Familie. Natürlich freute sie sich, sie wiederzusehen. Natürlich war sie aufgeregt und lachte und verhielt sich ungezwungen wie ein kleines Mädchen. Das war doch hundertmal besser als das, was Jo vor dem Besuch befürchtet hatte: ein Profiwutanfall, komplett mit rotem, verzerrtem Gesicht, hysterischem Kreischen und einer Ladung Makkaroni mit Käse, die durch die Küche flog. Oder?

Sie stellte den Teekessel auf die Herdplatte, und im selben Moment begann der Kaffee durchzulaufen. Sie zwang sich dazu, einen Blick ins Wohnzimmer zu werfen, und sah, wie Mrs Braun einen etwas lädierten Kaiserpinguin aus Plüsch aus einer Tasche zog und Grace' Augen groß wurden. Das Mädchen drückte das Plüschtier liebevoll an sich.

Besorgt beobachtete Jo die Szene.

»Das ist eins von Grace' Lieblingsstofftieren«, erklärte Jessie, die sich zu Jo in die Küche gesellte. »Rachel hat es ihr vor Jahren gekauft, nach ihrer ersten Reise nach Patagonien. Meine Tante hat sich die ganzen letzten Wochen gesorgt, dass Gracie es vermisst und sich jede Nacht in den Schlaf weint.«

»Grace hat es nie erwähnt, nicht ein einziges Mal.«

»Das ist aber seltsam.« Jessie schob ihre schmalen Hände in die Taschen ihrer hautengen Jeans. »Daheim konnte sie ohne den Pinguin nicht einschlafen. Sie hat schon geschrien, wenn er nur aus dem Bett gefallen war.«

Jo wandte ihr den Rücken zu und öffnete einen Schrank. »Möchtest du auch einen Lipton-Schwarztee?«

»Was du gerade dahast.« Jessie stellte einen Stiefelabsatz auf den unteren Ring des Barhockers und blickte ins Wohnzimmer hinüber. »Jo, sie sieht wirklich glücklich aus.«

»Nun, ich habe ihr etwas Prozac gegeben, bevor ihr kamt.«

Jessie erstarrte.

»War nur ein Witz.« Jo nahm vier große Becher aus dem Schrank. »Obwohl, wenn ich auf die Therapeutin gehört hätte ...«

»Therapeutin?«

Jo stellte die Tassen auf der Arbeitsfläche ab und öffnete die Besteckschublade, während sie überlegte, wie viel von der Wahrheit sie Jessie erzählen sollte. Ach verdammt! »Nach Gracies erstem ernsthaften Ausbruch war ich so schlau, mir professionelle Hilfe zu holen«, erklärte Jo.

»Ausbruch?«

»Wie bitte? Ist das bei euch etwa nie passiert? Hat sie nie ihre Nudeln über den Tisch geschleudert? Ist sie bei euch nie nachts im Schlaf durchs Haus marschiert?«

Jessie musterte plötzlich hochkonzentriert das Muster der glänzenden Granitarbeitsfläche.

»Die Psychiaterin hat gesagt, dass das wahrscheinlich schon seit Wochen so ging.« Jo stellte einen Löffel in jede Tasse und warf wieder einen Blick ins Wohnzimmer, wo Grace gerade in hohes, kreischendes Gelächter ausbrach. »Keine Angst, ich habe die Medikamente abgelehnt. Um Gracies willen. Ich bin mir allerdings nicht sicher, ob ich sie nicht doch noch brauchen kann.«

»Ein Kind großzuziehen ist Vollzeitarbeit«, murmelte Jessie, während ihr Blick durch die Küche mit den abgeklebten Kanten und abgedeckten Steckdosen glitt. »Ich kann mir nicht vorstellen, wie du das neben der Arbeit schaffen willst. Da hast du dir ganz schön viel aufgehalst.«

»Grace ist die Tochter meiner besten Freundin.« Jo nahm ein paar Teebeutel aus dem Schrank. »Und warum auch immer, Rachel hat sie mir anvertraut.«

Jessie strich sich eine Haarsträhne hinters Ohr und fuhr dann mit den Fingern über den abgerundeten Rand der Arbeitsplatte. Vor und zurück. Vor und zurück. »Es ist wirklich seltsam. Rachel hat von dir immer als einer Karrierefrau gesprochen, die keine Zeit für emotionale Bindungen hat.«

Jo wollte gerade antworten, als Grace' erneutes hohes Gelächter sie innehalten ließ. Es klang nicht mehr so fröhlich wie vorher, sondern eher angespannt. Sarah und Jo wechselten einen Blick. Sarah hatte das Beben in Grace' Stimme auch gehört, nämlich zwei Tage zuvor, kurz vor dem Ausbruch wegen der Zahnpasta.

Jo machte drei rasche Schritte ins Wohnzimmer und versuchte, die Situation einzuschätzen. Der Pinguin, der voller Erinnerungen steckte, war vermutlich der Grund für die Anspannung. Grace musste so schnell wie möglich abgelenkt werden.

»Hey, Kleines«, sagte Jo, »zeig deiner Großmutter doch mal dein Zimmer. Du kannst den Pinguin mit deinen Stoffhasen bekannt machen und dir dein Eloise-Outfit anziehen. Oder du zeigst deiner Grandma das Tinker-Bell-Kostüm von Halloween.«

Grace sprang vom Schoß ihrer Großmutter und packte sie an der Hand. »Los, Nana, ich zeige dir mein Zimmer. Ich habe einen eigenen Computer, nur einen kleinen, nicht so einen wie Tante Jo, aber ich kann damit Ping-A-Pig und Typing Torpedoes spielen.«

»Himmel, Jo«, sagte Mrs Braun, als sie sich mühsam von der Couch erhob, »es ist schon toll, was Sie für das Kind getan haben. Rufen Sie mich doch bitte, wenn der Tee fertig ist.«

Sarah beobachtete die Szene aufmerksam und tauschte dann einen weiteren bedeutungsvollen Blick mit Jo. Sie war während des Zahnpastazwischenfalls eine große Hilfe gewesen. Ihre ruhige Art hatte geholfen, Grace aus ihrem Wutanfall zu befreien, und Jo konnte sich nun vorstellen, dass Sarah im Flüchtlingscamp eine Oase der Gelassenheit war.

»Der Kaffee riecht gut, Jo.« Sarah schob sich die Kaschmirdecke, in die sie sich gehüllt hatte, von den Schultern und erhob sich von der Couch, um in die Küche zu gehen. »Und er ist so schnell fertig. Für uns im Camp ist Kaffee immer eine besondere Belohnung, weil die Zubereitung so lange dauert. Wir müssen die Bohnen mit Steinen mahlen.«

Jessie gab ein nervöses kleines Lachen von sich und wurde dann abrupt wieder ernst. »Das ist ein Witz, oder?«

Sarah setzte sich auf einen Barhocker, wobei ihr Holzperlenarmband klapperte. »Man braucht auch viel Feuerholz, um das Wasser zum Kochen zu bringen.«

»Achte auf deinen Geldbeutel, Jessie.« Jo stellte die Zuckerschale neben das Milchkännchen. »Wenn Sarah erst einmal mit ihren Geschichten anfängt, schreibst du ihr am Ende des Tages ganz sicher einen Scheck aus.«

»Oh, damit hätte ich keine Probleme.« Jessie zuckte mit den Schultern. »Leider würde er platzen, sobald er auf dem Tisch liegt.«

Jos Blick fiel auf eine Flasche im Glasschrank neben dem Herd. »Hey, Mädels! Was haltet ihr von einem mexikanischen Kaffee? Hm?«

»Nicht für mich«, antwortete Sarah. »Ein Glas davon, und ich schnarche auf der Couch wie ein Weltmeister.«

»Ich hätte sehr gern einen«, sagte Jessie mit einem schwachen Lächeln, »aber ich fahre.«

»Süße, eine kleine Tasse während eines zweistündigen Besuchs macht dich nicht betrunken.«

»Ja, aber ich will nicht mal leicht beschwipst sein, wenn ich Gracie im Auto habe.«

»Ihr alten Pfadfinderinnen.« Jo hängte einen Teebeutel in eine Tasse und griff nach dem nächsten. Als sie den dritten Teebeutel aus seiner Verpackung nahm, dämmerte es ihr.

… wenn ich Gracie im Auto habe.

»Jessie … wollt ihr Gracie etwa zum Essen ausführen?«

»Oh …« Jessie erstarrte. »Mist!«

»Das wäre keine gute Idee. Grace hat inzwischen einen geregelten Tagesablauf und muss morgen für die Schule ausgeschlafen sein.«

Jessie lehnte sich an die Rückenlehne des Barhockers aus gehämmertem Metall. »Hey, Jo, ich wollte nicht so damit herausplatzen. Wir haben etwas vor, ja, aber …«

»Hör mal, Süße, Gracie ist deine Nichte. Ich bin vielleicht der gesetzliche Vormund, aber glaub mir, ich werde mich hier nicht wie eine geschiedene Mutter verhalten, die mit ihrem Ex über Besuchszeiten streitet. Natürlich dürft ihr etwas mit ihr unternehmen, irgendetwas Schönes mit ihr machen, aber bitte sagt mir rechtzeitig Bescheid. Sarah wird mir da recht geben: Veränderungen in ihrer Routine verkraftet Gracie im Augenblick gar nicht gut.«

»Amen«, fügte Sarah hinzu.

»Diese ganze Situation ergibt doch keinen Sinn.« Jessie stützte die Ellbogen auf die Arbeitsplatte. »Rachel hatte wieder einmal eine ihrer seltsamen Ideen. Und zugegeben: Diese hier war nicht mal die verrückteste.«

»Hey, es ist nur ein Maulwurfshügel, kein Berg!« Das Teewasser auf dem Herd begann zu kochen. »Bringt sie einfach bis halb acht wieder zurück.«

»Es geht nicht darum, dass wir mit Grace zum Abendessen gehen wollen, Jo. Das ist ja das Problem.« Jessie stieß einen theatralischen Teenagerseufzer aus, der ihren ganzen Körper erzittern ließ. »O Gott, das ist echt hart! Ich weiß nicht, wie ich es sagen soll. Okay, ich sage es einfach: Jo, wir wollen Grace mit *nach Hause* nehmen.«

Jo starrte auf den Teebeutel in ihrer Hand und wartete darauf, dass Jessie weitersprach. Auf die Papierhülle war das vertraute rote Lipton-Logo gedruckt. Darin befand sich das grüne Etikett an einem Faden, wie sie ihn abends oft bei ihrer Mutter in einer Tasse gesehen hatte, nach einem langen Tag in der Fabrik.

»Was meinst du damit: Ihr wollt sie mit nach Hause nehmen?«, fragte Jo und riss die Verpackung von dem dritten Teebeutel.

Der Wasserkessel begann zu pfeifen, erst leise, dann immer lauter, während Jo wie gelähmt vor den Teetassen stand.

Aus dem oberen Stockwerk war Mrs Brauns Stimme zu vernehmen: »Ist der Tee schon fertig?«

»Gleich, Tante Leah.« Jessie trat neben Jo und schaltete den Herd aus. »Hör zu, Jo!« Jessie packte den Griff des Wasserkessels mit einem Küchenhandtuch und goss mit raschen, ruckartigen Bewegungen Wasser in drei der vier Tassen. »Ich weiß, dass das sehr plötzlich kommt.«

»Kann man so sagen.«

»Wenn man bedenkt, wie ich dir Grace vor ein paar Wochen einfach aufgehalst habe ... das tut mir sehr leid. Ich habe ihr einfach ihre Jacke angezogen und euch beide fortgeschickt. Dafür bitte ich um Entschuldigung. Ich war der Situation einfach nicht gewachsen. Es war nicht meine Absicht, alles so oberflächlich zu erledigen, ohne dir wenigstens die notwendigen Unterlagen mitzugeben, ohne dich vorzubereiten ... auf Gracie und ihre Ticks.«

»Ticks.«

»Versetz dich mal in unsere Lage, Jo. Es war eine furchtbare Zeit.« Jessie wischte konzentriert einige Wasserspritzer mit dem Küchenhandtuch von der Arbeitsfläche und fuhr hastig fort: »Wir hatten gerade Rachel beerdigt. Mein Onkel war ans Bett gefesselt, meine Tante halb verrückt vor Sorge und Trauer. Und dann noch all die Rechnungen, der Papierkram. Wir mussten uns um Rachels Haus kümmern, ihre Sportausrüstungen durchgehen, ihre Kleidung sortieren. Einen Teil haben wir dem Jewish Community

Center gespendet. Für meine Tante war es morgens schwer, überhaupt aus dem Bett zu kommen. Wir sind mit vielem nicht zurechtgekommen und haben manches falsch angepackt. Als du dann an dem Morgen auftauchtest, war es wie ein Traum. Wir brauchten so dringend Hilfe! Gracie war die meiste Zeit sich selbst überlassen, weil wir mit Tante Leahs Arztterminen und Abes Gebrechen schon völlig überfordert waren. Und dann kamst du, um uns eine Last abzunehmen.«

Gehirnlähmung. So nannte man das wohl, dachte Jo, diese seltsame Unfähigkeit zu verarbeiten, was einem gerade gesagt wurde. Deshalb wurde Hector, trotz all seiner Talente, kein Projektmanager. Er behauptete, vor diesen ganzen Anzugträgern wie paralysiert zu sein und keinen Ton herauszubringen. Bis jetzt hatte Jo nicht so recht verstanden, wovon er sprach. Jessie plapperte weiter, und auch wenn Jo ihre Worte hörte, verstand sie ihren Sinn nur zum Teil. Ihre Gedanken kreisten um Latoya, die am nächsten Tag kommen würde, und darum, dass sie auf keinen Fall vergessen durfte, mit Grace die Subtraktion mit zweistelligen Zahlen zu üben. Ihre neuen Klassenkameraden in der zweiten Klasse waren ihr da voraus.

»Ich weiß, dass du mit dieser Verantwortung nicht gerechnet hast, Jo. Du dachtest, es handele sich um eine Verwechslung.« Jessie hängte das Geschirrtuch über den Kühlschrankgriff und zog die Enden auf gleiche Höhe. »Ich habe es dir an dem Tag angesehen. Rachel hatte dich ja nicht vorgewarnt. Der Brief traf dich vollkommen unvorbereitet.«

»Darin hat sie mir das Sorgerecht übertragen«, sagte Jo mit seltsam taubem Mund. »Sie hat mich zu Grace' gesetzlichem Vormund gemacht und das Ganze mit Tinte besiegelt.«

»Rachel hat einige verrückte Entscheidungen getroffen.« Jessie fuhr sich mit den Fingern durchs Haar, das sich unterdessen vollends aus dem Pferdeschwanz gelöst hatte. »Ich kann immer noch kaum glauben, was sie mir geschrieben hat. Aber ihre Entscheidung für Grace übertrifft alles andere.«

»Jessie, ich bin jetzt seit drei Tagen hier, und ich kann bestätigen, dass Rachel eine kluge Entscheidung getroffen hat«, unterbrach Sarah sie. »Jo ist mit Grace einfach wunderbar.«

Im Stillen umarmte Jo ihre Freundin.

»Ich will deine Mühen nicht herabsetzen.« Jessie ging an der Arbeitsplatte entlang und drehte sich an der Grenze zwischen Fliesen und Teppich auf den Zehenspitzen um. »Du hast Unglaubliches geleistet, das sieht man. Du bist mit Grace zur Therapeutin gegangen, hast ihr vieles ermöglicht, sogar eine jüdische Schule für sie ausgesucht. All das bedeutet meiner Tante sehr, sehr viel.« Jessie hielt inne und blickte Jo über die Arbeitsplatte hinweg an. »Es ist nur so, dass wir – meine Tante und ich – glauben, dass wir dich jetzt von dieser Verantwortung befreien sollten, einer Verantwortung, die wahrscheinlich nie hätte auf deinen Schultern lasten sollen. Vielleicht war Rachel … etwas verwirrt, als sie den Brief an dich geschrieben hat. So muss es gewesen sein. Immerhin hat Gracie ja eine Familie. Wir dachten, heute sei ein guter Tag, um … nun ja, es ist noch nicht so viel Zeit verstrichen, seit wir sie dir überlassen haben. Die Zeit mit dir wird ihr eher wie ein kleiner Urlaub vorkommen. Mal ein bisschen raus von zu Hause. Selbst der Anwalt hält den Zeitpunkt für günstig …«

»Der Anwalt?«

Jessie wurde kreidebleich. Sie schlang die Arme fest um ihren Brustkorb und wandte den Blick ab. »Ich … ich hätte das nicht sagen dürfen«, murmelte sie mit gesenktem Kopf. »Es war nur ein Beratungsgespräch. Um über … Möglichkeiten zu sprechen.«

Möglichkeiten.

»Er sagt ... wir sollen auf dich zugehen, mit dir zusammenarbeiten. Das tun, was das Beste für Grace ist. Ein Testament anzufechten dauert ...«

Ein Testament anfechten.

Jo drehte Jessie den Rücken zu, den *Möglichkeiten,* den *Anwälten*, hielt sich an der Kante der anderen Arbeitsplatte fest. Ihre Finger veränderten vor ihren Augen die Farbe, das Blut wich aus den Spitzen, so sehr hielt sie sich fest, um nicht zu Boden zu sinken. Schwarze Flecken trübten ihr Blickfeld, doch sie durfte jetzt nicht ohnmächtig werden – sie durfte jetzt nicht ohnmächtig werden! –, nicht einmal auf die anmutige Art einer Südstaatlerin. Sie musste sich zusammenreißen und versuchen zu begreifen, was hier los war.

Atmen!

Dies war die erste einfache Wahrheit: Ohne Grace würde ihr Leben um ein Vielfaches einfacher sein. Ohne Grace könnte sie sich wieder mit voller Kraft auf die Arbeit konzentrieren. Sie würde ein Projekt für die indische Sängerin finden, die sie wegen des *Mystery*-Auftrages kontaktiert hatte. Sie könnte die Kindergitter entfernen, die die Wohnung zu einem Zwinger machten, könnte das Gästezimmer wieder für die Sachen nutzen, die in die Reinigung mussten. Sie könnte den Typen aus der Buchhaltung anrufen, den mit dem seidigen dunklen Haar, und ihn mit nach Hause nehmen, bevor die Massageöle in ihrem Nachtkästchen ranzig wurden, und auf der Treppe akrobatischen Sex mit ihm haben.

Dies war die zweite einfache Wahrheit: Grace war ein kleines Mädchen ohne Eltern, das ganz offensichtlich ihre Familie liebte. Sie sagte immer noch »zu Hause«, wenn sie vom Haus ihrer Nana sprach. Und im Gegensatz zu Jo, als diese in derselben Situation gewesen war, hatte Grace eine Familie, die sie bei sich haben wollte.

Es passte alles zusammen.
Sie musste Grace gehen lassen.
Es war das Richtige.

Doch dies war die letzte einfache Wahrheit: Aus Gründen, die sie noch nicht völlig verstand, wehrten sich Jos Körper, Geist und Seele mit aller Kraft gegen die Vorstellung, dass irgendein *Anwalt* über ihren Kopf hinweg – immerhin war sie Grace' gesetzlicher Vormund – behauptete, dass es das Beste sei, dem Mädchen seinen Madeline-Mantel anzuziehen, ihm die Wange zu tätscheln und es mit den Brauns ziehen zu lassen.

»Moment mal! Verstehe ich dich richtig?«, presste Jo zwischen den Zähnen hervor. »Ihr seid auf Empfehlung eines Anwalts hier und wollt Grace heute mitnehmen? Ohne mich vorher über eure Absichten zu informieren? Ohne das mit mir zu besprechen?«

»Ich weiß, das klingt gemein. Aber ich bin nicht die Böse, Jo, glaub mir! Natürlich hätten wir zuerst mit dir reden sollen.« Jessie schob die Ärmel ihres Pullovers bis zu den Ellbogen hinauf und umkreiste nervös den Barhocker. »Glaub mir, genau das war meine Absicht. Aber meine Tante ist anderer Meinung. Von mir aus kann Grace noch etwas länger bei dir bleiben, aber es gab immer wieder Streit. Wir hatten vor, mit dir zu sprechen, doch es kam dauernd etwas dazwischen – ein schlechter Bluttest bei Tante Leah, mein Onkel wäre beinahe in der Auffahrt ausgerutscht –, so dass sie das Gespräch mit dir aufschob. Aber sie hat das Thema auch nicht ruhen lassen und darauf bestanden, mit einem Anwalt zu sprechen.«

Jessie packte die Rückenlehne des Barhockers, um sich für ihre nächsten Worte Halt zu verschaffen. »In den letzten Wochen hat meine Tante nur getrauert, immer nur getrauert. Sie kann die Leere im Haus nicht ertragen. Sie hat zwar genug um die Ohren, aber ohne Grace … und nach Rachels Tod ... Grace ist die Letzte aus der Familie meiner Tante, das einzige Enkelkind. Sie ist zwar dankbar für die letzten Wochen, in denen sie zu Hause Ordnung schaffen konnte, aber jetzt, da sich alles etwas beruhigt hat, will sie Gracie unbedingt wieder um sich haben.«

Sarah stand auf, nahm eine der Teetassen, ging zu Jessie und drängte das Mädchen, sich zu setzen und ihren Tee zu trinken. Jessie legte die Hände um die warme Tasse und ließ die Schultern hängen. Sarahs erfahrener Blick glitt über ihr bleiches Gesicht, das zerzauste Haar, den hautengen Pullover und die müden Augen.

Sie warf Jo einen langen, bedeutungsvollen Blick zu, während sie Jessie über den Rücken streichelte. »Deine Tante kann Rachels Tod kaum verkraften, nicht wahr?«

Jessie nickte und trank einen Schluck von dem heißen Tee. »So wie wir alle. Tante Leah und ich versuchen, alles zusammenzuhalten. Ich hatte geglaubt, sie davon überzeugt zu haben, das Thema erst einmal ruhen zu lassen. Im Ernst, Jo, meine Tante nimmt an, dass Grace' Aufenthalt bei dir ein Fehler ist. Sie kann einfach nicht begreifen, dass Rachel dir das Sorgerecht übertragen hat, und sie wird es auch nicht akzeptieren ...«

»Aber Rachel hat es nun einmal getan«, beharrte Jo. »Sogar die gesetzliche Vormundschaft hat sie mir übertragen. Und so etwas kann man nicht einfach *anfechten.*«

Jessie zuckte zusammen.

Jo ließ nicht locker. »Rachel hatte offenbar gute Gründe dafür. Deine Tante und dein Onkel haben jede Menge Probleme. Das sagst du doch selbst.« Informationen sammeln! Sie brauchte unbedingt Informationen, bevor sie eine Entscheidung traf, gegen die ihr Herz sich mit aller Kraft wehrte. »Dein Onkel ... ist bettlägerig?«

»Es geht ihm besser. Mittlerweile kann er mit einer Gehhilfe wieder laufen.«

»Und Leah hat immer noch Probleme mit ihrem Diabetes, nicht wahr?«, hakte Jo nach.

»Damit muss sie für den Rest ihres Lebens zurechtkommen. Aber das spielt alles keine Rolle. Wir schaffen das. Ich bin bei den beiden eingezogen.«

»Du kümmerst dich um Abe und Leah?«

»Und Gracie«, fügte Jessie hinzu, »wenn sie zurückkommt.«

Sarah hielt einen Moment lang damit inne, Jessies Rücken zu streicheln. »Ich dachte, du suchst nach einem Job? Du hast mir doch erzählt, dass du Lehrerin werden willst.«

Jessie zuckte mit den Schultern und betrachtete konzentriert den Teebeutel in ihrer Tasse. »Ich warte auf den richtigen Job. Und die Familie kommt an erster Stelle.«

»Verstehe ich dich richtig?«, fragte Jo. »Du kümmerst dich um zwei alte, kranke Leute, und jetzt soll auch noch ein Kind dazukommen?«

Jessie streckte starrsinnig das Kinn vor. Die Geste erinnerte Jo schmerzhaft an Grace. »Ich schaffe das schon.«

»Mein Anwalt könnte das anders sehen«, gab Jo zurück.

Da ertönte plötzlich ein hohes, durchdringendes Heulen aus Grace' Zimmer. Die Tür öffnete sich so abrupt, dass sie gegen die Wand im Flur prallte. Grace stürzte aus dem Raum und rannte schreiend über den Flur ins Badezimmer, wo sie die Tür hinter sich ins Schloss warf.

Mrs Braun kam sichtlich verwirrt hinterher und hielt sich am Türrahmen fest. »Ich weiß nicht, was passiert ist. Ich verstehe das nicht.«

Jo ging ins Wohnzimmer und blickte die Treppe hinauf nach oben. »Haben Sie mit ihr darüber gesprochen, sie mit zu sich zu nehmen?«

»Nein«, sagte Mrs Braun. »Ich habe es nicht einmal vorgeschlagen.«

»Warum ist sie dann so außer sich?«

»Ich weiß es nicht!« Mrs Braun ging mühsam zur Treppe und packte atemlos das Geländer. »Sie hat mir ihr Zimmer gezeigt. Die Puppen, die blinzeln können, den Computer, die Barbie, die Sie ihr gekauft haben. Oh, Rachel würde Sie vierteilen, wenn sie das wüsste, Jo! Ich habe die lilafarbene Decke auf ihrem Bett bewundert und ihr von ihrem Zimmer daheim erzählt ... dass wir es ein wenig umgestaltet haben ...«

Sarah sog hinter Jo scharf die Luft ein.

»... dass wir ihr einen lilafarbenen Überwurf mit Pinguinen darauf gekauft haben, die mag sie doch so gern. Ich konnte mein Glück kaum fassen, als ich die Decke bei Target entdeckt hatte. Und jetzt ... das hier!«

»Veränderung«, kommentierte Jo verstehend. »Sie haben etwas verändert.«

»Sie hat vollkommen die Fassung verloren. Ich habe sie noch nie so erlebt. Nicht einmal, als ...« Mrs Braun legte die Hand über den Mund und ging dann mühsam über den Flur Richtung Badezimmer. »Gracie, Liebes, Gracie«, flehte sie mit zitternder Stimme. »Lass Nana jetzt hinein, sei ein braves Mädchen ...«

»Mrs Braun, ich schlage vor, dass Sie Grace ein bisschen in Ruhe lassen«, sagte Jo.

»Aber ...«

»Sie wird sich wieder beruhigen.« Jo stemmte die Hände in die Hüften. »Und wir müssen uns unterhalten.«

Über Veränderungen. Und ein siebenjähriges Waisenkind.

»Sie weint«, erwiderte Mrs Braun. »Ich kann sie doch nicht weinend allein im Badezimmer lassen!«

»Vielleicht kann ich helfen.« Sarah rutschte von ihrem Barhocker und ließ die Decke, die sie um die Schultern geschlungen hatte, zu Boden fallen. »Grace und ich hatten gestern viel Spaß zusammen: Ihre Barbie war die Ärztin und die Stofftiere die Patienten.« Sarah zuckte unter den abschätzenden Blicken von drei Frauen gleichmütig mit den Schultern. »Ich habe Erfahrung mit Kindern, die gerade ihre Eltern verloren haben.«

Sarah ging die Treppe hinauf und legte Mrs Braun eine Hand auf den Rücken. Die ältere Frau zog sich zögernd zurück. Sarah kauerte sich an die Badezimmertür und flüsterte leise etwas, das Jo nicht verstehen konnte, doch ihre Worte schienen eine beruhigende Wirkung auf Grace zu haben. Die Schluchzer nahmen ab.

»Ich habe sie noch nie so erlebt«, wiederholte Mrs Braun, als sie die Treppen hinunterging und sich schwer auf einen der Barhocker fallen ließ. »In der einen Minute geht es ihr gut, und in der nächsten verliert sie vollkommen die Nerven.«

»Das liegt an den Veränderungen«, erklärte Jo und schob Mrs Braun eine Teetasse zu, während sie fieberhaft überlegte, wie sie die heikle Situation entschärfen konnte. »Sie haben etwas in ihrem Zimmer verändert.«

»Sie liebt Lila. Und sie liebt Pinguine.«

»Das hat sich vielleicht gar nicht geändert.« Jo schob Zucker und Sahne über die Arbeitsplatte. »Es geht um Veränderungen, sie sind das Problem. Sie sind schlecht für Grace, weil es in letzter Zeit zu viele gab.«

»Als ob ich das nicht wüsste!«, rief Mrs Braun, während sie ihren Teebeutel durch das Teewasser zog. »Wenn sie erst einmal in Teaneck ist, wird alles wieder normal werden.«

Jo nahm das Geschirrhandtuch vom Griff der Kühlschranktür und legte es sich über die Schulter. »Okay, darüber müssen wir zuerst sprechen. Dass Sie Gracie heute einfach mit zu sich nehmen wollen.«

Jessie stand auf. »Jo …«

»Mrs Braun – bei allem Respekt –, das werde ich nicht

zulassen. Die Empfehlung Ihres Anwalts ist mir ziemlich egal. Das Allerletzte, was Grace jetzt braucht, ist, schon wieder aus einem Zuhause herausgerissen zu werden.«

Die Erinnerung traf Jo mit voller Wucht, die Erinnerung an ihre erste Pflegemutter. *Wir können sie nicht länger behalten. Sie verträgt sich mit keinem der anderen Kinder. Sie macht, was sie will, und lacht mich aus, wenn ich mit ihr darüber spreche. Sie antwortet mir nicht einmal.*

Jo wandte Jessie und Mrs Braun den Rücken zu, versuchte, ihren Zorn im Zaum zu halten, denn der hätte im Moment niemandem geholfen, am wenigsten Grace. Jo starrte aufgebracht auf den in die Fliesen eingelassenen Spiegel mit der Einfassung aus grün glasierten Kacheln, die der Designer ausgesucht hatte, um den Salbeifarbton in der Granitarbeitsplatte zu betonen. Sie presste ihre Handflächen so stark auf die Arbeitsplatte, dass sie zu pochen begannen, während die schmerzlichen Worte in ihrem Kopf erklangen.

Sie müssen sie mitnehmen. Heute noch.

»Ich verstehe das nicht.« Mrs Braun klang verwirrt. »Jessie, du hast mir doch gesagt, dass Jo zustimmen würde, dass es eine Erleichterung für sie wäre, dass sie mit der Vormundschaft sowieso nicht gerechnet hatte. Ich dachte, es wäre alles geklärt.«

»Tante Leah, erinnerst du dich denn nicht? Wir haben doch im Auto darüber gesprochen! Ich habe vorgeschlagen, dass wir noch eine Woche warten.«

»Warum noch eine Woche warten? Eine Woche ist für ein Kind eine Ewigkeit. Gracie sollte so schnell wie möglich wieder bei ihrer Familie sein.«

Jo schloss die Augen. Bilder von ihren Pflegeeltern zogen an ihr vorbei, ein Rollbett nach dem anderen, eine abgekämpfte, wohlmeinende Pflegemutter nach der anderen, eine Schule nach der anderen. Jo hatte sich immer wie der Köter im Hundezwinger gefühlt, der von einer Pflegestelle zur nächsten geschickt wurde, weil niemand den Hund eines anderen wirklich haben wollte.

»Ich stimme Ihnen zu«, sagte Jo plötzlich und überraschte sich damit selbst. »Grace sollte bei ihrer Familie sein.« Sie drehte sich zu den anderen beiden Frauen um. Mrs Braun drückte ihren Teebeutel mit Hilfe des Löffels aus und legte ihn auf die Untertasse. Jessie sah blass und angespannt aus. »Ich stimme zu«, wiederholte Jo, »dass das in einer perfekten Welt die beste Lösung wäre.«

»Ich wusste doch, dass Sie es einsehen würden, Jo«, sagte Mrs Braun und legte klappernd den Löffel auf die Arbeitsplatte. »Ich bin froh, dass wir das geklärt haben.«

»Aber Sie müssen stark und gesund genug sein, um sich um sie kümmern zu können. Ich meine, um sich *wirklich* um sie zu kümmern, sie zu Sportveranstaltungen zu kutschieren, sie mit zur County Fair zu nehmen, ihr bei den Hausaufgaben zu helfen, mit ihr Kleider kaufen zu gehen.«

»Jessie kennt sich mit Kleidern aus«, sagte Mrs Braun über ihre Teetasse hinweg. »Sie hat immer versucht, Grace in Kleider zu stecken. Ich weiß nicht, wie Sie das geschafft haben, Jo ...«

»Ich spreche nicht von ein paar Wochen oder ein paar Monaten«, fuhr Jo unbeirrt fort, »sondern von vielen Jahren. Es ist Grace gegenüber nicht fair, sie jetzt mitzunehmen, um sie später wieder fortzuschicken, weil Sie einsehen müssen, dass Sie überfordert sind.«

»Wir schaffen das schon.« Mrs Braun winkte ab. »Wir haben es immer geschafft, nicht wahr, Jessie?«

Jo sah den Ausdruck auf Jessies Gesicht, bevor diese den Blick senken und ihre Gedanken verbergen konnte. Offensichtlich erkannte Mrs Braun nicht, welche Last sie dem zerbrechlichen zweiundzwanzigjährigen Mädchen aufbürdete. Mrs Braun hatte, ebenso wie Grace, die wahren Ausmaße der Veränderungen in ihrem Leben, die Rachels Tod mit sich brachten, noch gar nicht erfasst.

Das machte alles so schwierig. Umstellungen waren unvermeidlich, wenn eine Mutter – oder eine Tochter – starb. Manchmal dauert es ein ganzes Leben, mit dem Verlust fertig zu werden, und der Prozess, die Veränderungen zu akzeptieren, war ein langer schmerzhafter Weg, den die Hinterbliebenen zurücklegen mussten.

»Stabilität für Grace ist für mich das Ausschlaggebende, Mrs Braun«, sagte Jo vorsichtig und schwenkte den Tee in ihrer Tasse. »Ich weiß, wie es ist, wenn man von einer Familie zur nächsten geschickt wird.« Wenn man nie weiß, wann die Leute vom Jugendamt auftauchen und ob sie nur einen Kontrollbesuch machen oder ob man wieder fortgeschickt wird, weil man beim Abendessen auf die Erbsen gespuckt hat. Sie schluckte einen trockenen, größer werdenden Kloß in der Kehle hinunter. »Es ist die Hölle, so aufzuwachsen.«

Eine Erinnerung traf sie wie ein Blitzschlag.

Rachel, wie sie nach ihrem ersten Besuch in der Fruchtbarkeitsklinik auf der Couch lag, die Beine hoch in der Luft, breit grinsend, als sie ihr letztes Bier trank, während Jo kopfschüttelnd eine Marlboro rauchte.

Rachel, ich verstehe dich immer noch nicht. Du wirst sehr, sehr schwanger sein, du wirst nicht mehr Fallschirm springen können, du wirst nicht mehr jenseits der Baumgrenze wandern können, und dies hier wird dein letztes Bier sein. Warum tust du das?

Das Babyfieber. Kate hat mich angesteckt.

Nun, Süße, dieses Fieber wird mich garantiert nie erwischen.

O Jo, sei dir da nicht ganz so sicher. Ich finde, du solltest über eine Adoption nachdenken.

Soll ich einen Hundewelpen adoptieren?

Ein Kind, Jo, ein Kind. Wer wüsste besser als Bobbie Jo Marcum, wie man sich um ein kleines Waisenmädchen kümmert?

Mit zitternden Händen trank Jo von ihrem Tee, der ihr die Zunge verbrannte, doch das war ihr gleichgültig. Sie wollte ihr Gesicht verbergen, die Erkenntnisse, die auf sie einprasselten. Sie hatte sich eingeredet, dass Rachel sie ausgewählt hatte, weil sie – mehr als alle anderen von Rachels Freundinnen – es sich leisten konnte, ein Kind zu versorgen. Jetzt erkannte Jo, dass ihre finanziellen Verhältnisse überhaupt nichts damit zu tun hatten.

Rachel hatte gewusst, dass es so kommen würde. Sie hatte gewusst, wie sehr ihre Mutter Grace liebte, dass sie darauf bestehen würde, die Vormundschaft zu bekommen. Sie hatte gewusst, wie weichherzig und ergeben Jessie war, dass sie ihre eigenen Bedürfnisse hinter die der Familie zurückstellen würde. Rachel hatte viel nachgedacht, während sie im Bett lag und immer weniger wurde. Wie sollte es mit ihrer Tochter weitergehen, der niedlichen Grace, die man in dem Chaos aus Arztbesuchen, mobilem Pflegedienst, geänderten Medikamentendosen und Wäschebergen vergessen würde? Rachel hatte gewusst, dass ihr Tod ganz neue Probleme aufwerfen würde, die sie sich noch nicht einmal ansatzweise vorstellen konnte.

Und da kam Jo ins Spiel. Sie wusste, was mit kleinen Waisenmädchen geschah. Wer könnte sich besser um ein solches Kind kümmern als eine Frau, die selbst einmal in dieser Lage gewesen war?

Jo blickte über den Rand ihrer Teetasse auf die zwei Frauen, die vor ihr saßen, und ihr wurde das Herz schwer. Beide liebten Grace, das war offensichtlich. Sie wollten sie nach Hause holen, zu ihrer Familie. Sie hatten deshalb sogar einen Anwalt aufgesucht. Zwei großherzige, wohlmeinende Frauen saßen vor ihr, doch der Einfluss ihres

Handelns auf Grace' Wohlergehen war ihnen nicht klar. Sie hatten nicht den Überblick, über den Jo aus eigener, bitterer Erfahrung verfügte.

»Ich will euch etwas sagen, meine Lieben.« Jo stellte die Tasse ab. »Grace hat großes Glück, so viele Menschen um sich zu haben, die sie so sehr lieben.«

In der darauffolgenden Stille waren plötzlich Sarahs Schritte im Wohnzimmer zu vernehmen.

Jessie blickte hinauf in Richtung Badezimmer. »Grace weint nicht mehr. Kommt sie runter, Sarah?«

»Noch nicht.« Sarahs Gesicht wirkte seltsam heiter. »Sie braucht noch ein paar Minuten.«

»Warum hat sie denn so geweint?«, fragte Mrs Braun. »Weshalb der ganze Aufstand?«

»Sie hat etwas von ›Lots o' Tots‹ erzählt.« Sarah bückte sich, um die Decke vom Boden aufzuheben, und legte sie sich wieder um die Schultern. »Sie hat immer wieder gesagt, dass sie nicht zurück zu ›Lots o' Tots‹ will.«

Jessie tauschte einen schuldbewussten Blick mit Mrs Braun und murmelte: »Haben wir sie zu oft dort gelassen?«

»Nein, nein, das kann nicht sein.« Mrs Braun schüttelte den Kopf. »Sie sollte doch andere Kinder um sich haben. Deshalb haben wir sie dorthin gebracht.«

»Die vielen Arzttermine …« Jessie lehnte sich an den Barhocker. »Und die Termine beim Physiotherapeuten.«

»Nein, nein, Jessie, mach dir keine Gedanken«, beharrte Mrs Braun. »Es wäre nicht gut für Grace gewesen, immer allein zu sein.«

»Einmal kam ich zu spät …«

»Es hat ihr dort gefallen, ganz sicher.« Mrs Brauns Stimme klang belegt. »Sie hat mir doch erzählt, dass es ihr dort gefällt, dass sie die Computer mag.«

Mrs Brauns Kinn begann zu zittern.

»Hört mal zu!«, sagte Jo, atmete tief durch und sammelte ihre Kräfte. »Wir brauchen keinen Anwalt, um die Angelegenheit zu klären. Wir entscheiden alle gemeinsam, was das Beste für Gracie ist. Aber nicht jetzt, nicht heute. Einverstanden? Heute seid ihr unsere Gäste, so wie es Grace erwartet hat. Können wir uns darauf einigen?«

Erleichterung zeichnete sich auf Jessies Gesicht ab. Sie beugte sich zu ihrer Tante und legte ihr eine Hand auf die Schulter. »Tante Leah ... Jo hat recht.«

»Aber sie muss doch nach Hause.« Mrs Braun zog ein Taschentuch aus ihrem Ärmel und presste es an ihre Augen. »Sie gehört doch zu ihrer Familie.«

Plötzlich schaltete sich Sarah ein. »Grace hat mir noch etwas gesagt, Mrs Braun. Und sie war sich absolut sicher.«

Jo hörte das Quietschen der Türangeln. Sie blickte nach oben und sah, wie sich die Badezimmertür einen Spalt öffnete. Gerade weit genug für das Gesicht eines kleinen Mädchens, weit genug, um tränenfeuchte, inständig bittende Augen sichtbar werden zu lassen – die blinzelten und unverwandt auf Jo gerichtet waren.

Sarah fuhr fort: »Im Augenblick will Grace bei Tante Jo bleiben.«

Kapitel 17

Auf der Straße zehn Meilen nordwestlich von Gatumba hievte sich Sarah aus dem Fenster eines fahrenden Autos und setzte sich auf die Kante der Tür, die schon vor Jahrzehnten die Fensterscheibe eingebüßt hatte. Sie öffnete eine Wasserflasche, beugte sich über die Windschutzscheibe und goss Wasser auf die Seite der Fahrerin, so dass diese die Scheibe mit dem einzigen funktionierenden Scheibenwischer säubern konnte.

»Besser? *Mieux?*«, fragte Sarah ins Wageninnere hinein in Richtung von Ninette, einer Bekannten vom UNHCR, die zufällig am Tag zuvor am Flughafen von Bujumbura gewesen war, um Nachschub zu holen. »Ich habe noch etwas Wasser übrig …«

»*Oui, ça va,* so ist es gut.« Ninette nahm eine Hand vom Lenkrad, um den Knoten ihres orange- und grünfarbenen Turbans zu richten. Er war verrutscht, als der Wagen in ein riesiges Schlammloch schlitterte. »Ich muss langsamer fahren«, sagte sie, »noch ein Schlag, und die Federung verabschiedet sich endgültig.«

»Das Camp ist gleich hinter der Kurve da vorn.«

Obwohl jede Erschütterung ihr Hinterteil schmerzen ließ, blieb Sarah dort sitzen. Sie hatte Boston vor zwei Tagen im Schneesturm verlassen, nachdem sie Weihnachten und einen Großteil des Januars bei ihrer Familie in Vermont verbracht hatte. Jetzt sog sie tief die feuchte Luft ein, spürte das brennende Ozon in ihren Lungen, roch den Modergeruch der Erde.

Als sie an dem letzten Hügel vorbeifuhren, kam das Flüchtlingscamp in Sicht. Es lag auf einem weithin sichtbaren, befremdlich schönen Hügel. Bei dem Anblick krallte Sarah ihre Finger um den Rand des Autodachs. Vor Jahren hatte das Camp aus ein paar verstreuten Zelten bestanden und war eine Durchgangsstation für Kriegsflüchtlinge aus dem Kongo und aus Ruanda gewesen – eine Oase in der Krise, die man aufgeben würde, sobald alle Flüchtlinge wieder in ihre Heimatländer zurückgekehrt waren. Als sie jetzt ihren Blick über den üppigen Flickenteppich aus Behelfsbehausungen gleiten ließ, die aus gebogenen jungen Bäumen, strohgedeckten Dächern und Abdeckplanen bestanden, erkannte sie, dass sich das Camp mittlerweile zu einem Dorf entwickelt hatte, ausgestattet mit einer Apotheke, einer Klinik, einer Geburtsstation und drei Schulen.

Ihr verwundetes Herz zog sich wieder einmal schmerzhaft zusammen. Nach all den Wochen in New York, in denen sie Jo geholfen hatte, Grace' Situation zu klären, und nach der langen Zeit im weitläufigen Farmhaus ihrer Eltern hatte Sarah mit dem Gedanken gespielt, *Ärzte ohne Grenzen* endgültig zu verlassen. Seltsamerweise hatten ihre Überlegungen nichts mit Colin zu tun. Dieses Kapitel ihres Lebens hatte sie in L.A. abgeschlossen. Sarahs Erschöpfung und Unsicherheit gingen tiefer und waren schon lange vor Rachels Brief spürbar gewesen. Sarah hatte zu viele schreckliche Dinge gesehen, zu viele Bilder im Kopf. Es war kein Platz für weitere.

Beinahe hätte sie sich für immer aus dem Geschäft zurückgezogen. Doch dann hatte sie erfahren, dass Sam nach Burundi zurückgekehrt war.

Rufe wurden laut, und Sarah erblickte eine Gruppe von Kindern, die dem Auto entgegenlief, lauter aufgeregte Jungen. Sarah erkannte den größten, Misage, der in den Monaten seit ihrer Abreise sicher einen Kopf gewachsen war. Niboyu, Misages jüngerer Bruder, stolperte barfuß hinter ihm her, die schmutzige Red-Sox-Baseballkappe des älteren auf dem Kopf. Die Kinder riefen ihren, Sarahs, Namen.

»Mwaramutse.« Sarah begrüßte die Kinder auf Kirundi und wühlte in ihrer Umhängetasche nach den Süßigkeiten, die sie als Geschenke mitgebracht hatte. Als die Jungen nahe genug waren, warf sie Misage das erste Bonbon zu. *»Eh, Misage, bite?«*

»Hallo, Miss Sarah«, antwortete er auf Englisch und fing geschickt das Bonbon auf. »Willkommen in Burundi wie geht es Ihnen heute mir geht es gut danke sehr.«

Kleiner Angeber! Offensichtlich war er nun der Anführer der Gruppe, obwohl er kaum zwölf war und wegen einer Scharlacherkrankung im Säuglingsalter ein schwaches Herz hatte.

»Du hast fleißig gelernt«, stellte sie fest, während die Kinder neben dem Wagen herliefen und eifrig nach den Süßigkeiten griffen, die sie so gerecht wie möglich verteilte. »Wohin wollt ihr denn?«

»Wir gehen zum Markt.«

»Ah.« Der Markt war vier Meilen entfernt und nicht mehr als eine Straßenkreuzung auf dem Weg nach Bujumbura, der Hauptstadt. »Habt ihr denn etwas Verwertbares im Müll gefunden?«

Misage zuckte mit den Schultern und deutete auf den Sack auf seinem Rücken. »Kool-Aid sehr süß. Schöne Schuhe. Sehr hoch.« Er suchte nach Worten für die Dinge, die er aus dem Müll der Flüchtlinge gerettet hatte. Dann wühlte er mit der rechten Hand in der Tasche seiner Shorts und zog drei kleine Tuben heraus. »Und das hier.«

Sarah starrte stirnrunzelnd auf die Fundstücke und versuchte, sich an das Kirundi-Wort für »Lippenbalsam« zu erinnern. Sie bezweifelte, dass es in der Sprache überhaupt ein Wort dafür gab. In diesem feuchten Klima hatten die Menschen nur wenig Verlangen nach Lippenbalsam oder High Heels und viele andere der seltsamen Spenden, die manchmal im Camp eintrafen. Und doch konnten sich die kleinen Unternehmer ein bisschen Geld damit verdienen, diese Sachen auf dem Markt zu verkaufen – meistens an Prostituierte. Mit dem Erlös ernährten sie ganze Familien.

»Pour les lèvres«, erklärte sie auf Französisch, der Umgangssprache des Camps, während sie ihre Lippen mit den Fingern rieb. *»Pour les jolies filles.«*

Für die hübschen Mädchen.

Einige der Jungen johlten. Misage schob den Lippenbalsam rasch zurück in die Tasche, zupfte an dem ausgefransten Ärmel von Niboyus viel zu großem Sweatshirt und bellte den anderen Jungen Befehle zu. Sie ignorierten ihn jedoch, liefen winkend die Straße entlang und lutschten dabei eifrig an den Bonbons.

»*Nzoz'ejo*, Miss Sarah!«, rief Misage über die Schulter zurück. »Ich werde morgen kommen.«

In die Klinik würde er kommen, um mehr Englisch von ihr zu lernen, während er verstohlen Dr. Mwami beobachtete, wie der ein Furunkel aufstach oder eine Wunde nähte, die eine Machete geschlagen hatte. Es war, als ob Sarah nur für wenige Tage und nicht für vier lange Monate fort gewesen wäre.

Die Zeit vergeht anders in Burundi.

Die kleine Gruppe blieb nicht das einzige Empfangskomitee. Als sie die steile Straße erreichten, die zum Hauptgebäude des Camps führte, scharten sich unzählige Kinder um sie und wühlten mit jedem aufgeregten Schritt den Schlamm auf. Trotz Dauerhupens und lauter Schreie aus dem Fenster war Ninette gezwungen, den Wagen am Fuß des Hügels zum Stehen zu bringen.

»*Ça va*«, sagte Sarah, während sie nach ihren Sachen griff. »Es schafft sowieso niemand den Hügel hinauf«, fuhr sie fort und deutete auf die steile, schlammige Anhöhe. »Die Straße wird erst wieder fest, wenn die Regenzeit zu Ende ist.«

»Du vertraust denen die Sachen an?«

Sarah beäugte die Menge um sie herum. »Manchen.«

»*Bon.*«

Ninette parkte das Auto, trat die Tür auf und schob sich durch die Kindermeute zum Kofferraum. Sie riss schwungvoll die zerbeulte Klappe hoch und reichte Sarahs Seesack auf deren Anweisung hin einem hochgewachsenen Tutsi-Mädchen mit königlicher Haltung.

»*À ma chambre*, Aline«, sagte Sarah, »wenn ich noch das Zimmer im Hauptgebäude habe. Komm doch danach zu mir ... ich habe ein Geschenk für dich.«

Sarah hatte reichlich Geschenke dabei. Ihr Seesack war bis zum Platzen gefüllt mit Perlen für die feinen Zöpfe der Frauen, Flip-Flops, Kugelschreibern und Zigaretten aus echtem amerikanischem Tabak.

Ninette lud den ausgewählten Kindern ein Paket nach dem anderen auf und befahl ihnen in fließendem Kirundi, die Sachen sofort zum Lagerarzt zu bringen. »Sag Dr. Mwami, dass dies alle Salztabletten sind, die wir im Moment entbehren können. Aber bald kommt eine neue Lieferung«, fügte sie an Sarah gerichtet hinzu, während sie einem kleinen Mädchen ein kleineres Paket in die Arme legte.

»Für mich kommt auch noch eine Ladung mit dem Flugzeug.« Vor ihrem Abflug hatte Sarah einige Pakete mit alkoholgetränkten Tupfern, Verbandsmaterial, Infusionsschläuchen und anderer Grundausrüstung gepackt. »Vielleicht kann ich Sam …« – sie erstickte fast an dem Namen – »… oder jemand anderen aus dem Camp schicken, um alles auf einmal abzuholen«, brachte sie mühsam heraus.

»D'accord.«

Ninette umarmte sie, küsste sie auf beide Wangen und scheuchte dann die Kinder von dem Peugeot fort, während sie wieder auf den Fahrersitz kletterte. Sarah griff erneut in ihre Umhängetasche und lockte die Kinder mit weiteren Bonbons von dem alten Wagen fort. Die Horde folgten ihr so schnell, dass sie beinahe stürzte.

Sie eilte den Hügel hinauf, während die Kinder an ihrem Rock zogen, ihre Arme berührten, johlten und diese hohen Schreie ausstießen, die nur kleine Kinder fertigbrachten. *Miss Sarah Miss Sarah Miss Sarah Miss Sarah,* riefen sie mit erhobenen Händen, während sie jedem ein Bonbon in die Hand drückte. Die Zahl der Hände nahm nicht ab, ebenso wenig wie die sie umgebenden Gesichter, von denen sie die meisten erkannte: große, schlanke Tutsi-Mädchen, die breiten Wangenknochen eines Twa-Kindes – *Hast du endlich den Vorderzahn verloren, Shabani? Bist du das, Nàdege, die mit den vielen Haaren? Egide, hattest du schon deine Masernimpfung?* Der Schlamm saugte sich bei jedem Schritt an ihren Sandalen fest, drohte, sie ihr von den Füßen zu reißen.

Dann erschienen, angelockt von dem Lärm, die Frauen, kamen hinter den Türrahmen hervor, dunkle Gestalten vor den Zweig-und-Schlamm-Konstruktionen ihrer Flüchtlingsunterkünfte, oder erhoben sich von den Kochstellen, deren Rauch sich zwischen den Hütten kräuselte.

Sarah winkte Solange zu, deren Bauch angeschwollen war. Sie rief Raissa einen Gruß zu, während sie verstohlen ihre Kinder zählte und sich fragte, wo das kleinste war. Es war kurz vor Sarahs Abreise an Masern erkrankt.

Sie dachte auch an das junge Mädchen, das Mädchen mit

den zwei schiefen Zöpfen, in die Holzperlen eingeflochten waren. Sie sah es nicht. Sicher hatte man es fortgeschickt, an einen Ort, an dem keine schlechten Erinnerungen wohnten.

»Miss Sarah, Sie sind wieder da!«

Sarah blickte über die Schulter zu einer Frau, die mit schweren Schritten den Hügel heraufkam und dabei ein Bündel Feuerholz auf dem Kopf balancierte.

»*Bonjour*, Safi«, sagte Sarah. »Wie geht es den Kindern?«

»Yvan hat sich verletzt, und Mamy hat schlechtes Wasser getrunken, aber den anderen geht es gut. Wie ist es dir ergangen?«

»Danke, gut.«

»Und deine Eltern? Ist bei ihnen alles in Ordnung?«

»Ja, Safi, danke der Nachfrage. Wie geht es denn deiner bezaubernden Mutter und deinem geachteten Vater?«

Sarah verteilte weiter Süßigkeiten, während sie mit Safi die gebotenen Morgengrüße austauschte. Nachdem Sarah auch nach Safis Tanten und Ziegen gefragt hatte, sagte Safi endlich: *»Bon«*, und kam mit einem verschmitzten Grinsen geradeheraus zum Punkt. »Versteckst du etwa einen amerikanischen Ehemann unter diesen ganzen Kindern?«

Sarah griff tief in ihre Umhängetasche, um die letzten Bonbons zusammenzusuchen, und verbarg ihr Gesicht dabei hinter ihren Haaren. Zweifellos hatte Dr. Mwami ihre plötzliche Abreise auf eine Art erklärt, die die Banyamulenge-Frauen verstanden: dass Sarah ihre Familie besuchte, die sie ohne Zweifel verheiraten würde, bevor sie zu alt war. Nach Tutsi-Maßstäben war sie die seltsamste Erscheinung überhaupt – eine Frau ohne Mann, weit weg von zu Hause.

»Wozu brauche ich denn einen Ehemann, wenn ich schon so viele Kinder habe?«

»Sag bloß, du bist allein zurückgekommen!« Safi blieb

stehen, um das Bündel auf ihrem Kopf zurechtzurücken. »Die Männer deines Stammes müssen …« Sie machte eine abschätzige Handbewegung.

»Vielleicht konnte niemand den Brautpreis aufbringen«, sagte Sarah. »Mein Vater hat zu viele Kühe verlangt.«

Safi neigte den Kopf. »Es ist gut, einen Vater zu haben, der seine Tochter wertschätzt.«

»Es ist ein Segen, ja.«

»Aber ein Vater ist kein Ehemann.« Safi beugte sich vor. »Du kennst meinen Sohn, Sarah. Jung und stark. Fast erwachsen.« Sie zwinkerte. *»Tuyage twongere.«*

Wir sollten uns unterhalten.

Safis Lachen sagte Sarah, dass diese Worte sie kräftig hatten erröten lassen, eine nie versiegende Quelle der Faszination und der Erheiterung für die Flüchtlinge. Sie sollte sich wappnen. Ganz sicher würde man sie noch häufiger necken.

Die Kinder umschwärmten sie immer noch, selbst als das letzte Bonbon verteilt war, stellten Fragen und streichelten ihr mit ihren kleinen Händen die Arme. Langsam näherte sich die Gruppe dem Hauptgebäude des Camps, und Sarah bemerkte das Moos, das an der Dachkante wuchs, und die Lehmbrocken, die wegen der Feuchtigkeit aus den Wänden gebrochen waren. Das Haus würde bald repariert werden müssen.

Gegen ihren Willen suchte sie mit den Augen das Gelände nach dem vertrauten Jeep ab, fragte sich, ob er wohl im Camp war, vor kurzem erst Waren geliefert hatte, vielleicht Pakete mit Spenden wie diejenigen, die die Jungs für den Markt geplündert hatten. Doch nirgendwo standen Autos, nur ein paar einsame Ziegen. So war es besser, sagte sie sich. Sie musste sich wappnen, musste ihre Gefühle in den Griff bekommen, bevor sie Sam gegenübertrat.

Sie gab das letzte Bonbon dem jüngsten Kind in der

Menge, verabschiedete sich und trat in das kühle Innere des Hauptgebäudes. Hier wurden die Flüchtlinge registriert, hier waren die Krankenstation untergebracht und die Wohnungen für Dr. Mwami, einige andere Angestellte von verschiedenen NGOs und sie selbst. Wenn nicht die Fliegen gewesen wären, die Lehmwände und das Brummen des Generators, hätte der Registrierraum auch ein Büro irgendwo in Iowa sein können. Eine Frau in Khakikleidung mit geglättetem Haar blickte finster auf einen Monitor, das Gesicht bläulich beschienen, und hämmerte immer wieder auf eine Taste.

»Bin gleich da«, sagte sie und kroch unter den Tisch zu den Kabeln. »Verdammtes Betriebssystem! Legt das ganze Laufwerk lahm«, knurrte sie. »Ein Mac war für uns ja nicht drin, nein, nur eine virusverseuchte Microsoft-Kiste mit einem Prozessor im Kilobytebereich …«

»Hallo, Maggie.«

Die Frau hob den Kopf über die Tischkante und blinzelte hinter ihrer eckigen Brille. »Wenn das mal nicht Sarah Pollard ist!« Sie rappelte sich auf. »Du hast mich soeben um zwei Flaschen Bananenwein gebracht.«

Sarah runzelte fragend die Brauen.

»Ich habe nach deiner Abreise mit diesem tollen Typen von der Moskitonetzorganisation gewettet, dass wir deinen mageren Hintern nicht mehr wiedersehen werden. Na ja, traurig bin ich nicht, dass ich verloren habe.« Sie breitete ihre starken, sehnigen Arme aus. »Los, komm her!«

Sarah wappnete sich gegen die kraftvolle Umarmung und war erleichtert, als Maggie sie endlich wieder losließ, um sie von oben bis unten zu mustern. »Du müsstest doch braungebrannt und vollgefuttert sein, Süße. Was hast du in den Staaten denn nur getrieben? Winterschlaf gehalten?«

»Ich habe die meiste Zeit im Flugzeug verbracht«, erwiderte Sarah schuldbewusst. »Das ist eine sehr lange Geschichte.«

»Nun, ich habe gerade nicht so viel zu tun. Du kannst mir also alle schmutzigen Details bei der nächsten Breiration erzählen, okay?«

»Klingt gut.« Sarah deutete mit dem Kinn auf den Computer. »Ärger?«

»Mehr, als der Kasten wert ist.« Maggie umrundete den Tisch und versetzte dem Monitor einen kräftigen Klaps. »Der Bildschirm ist eingefroren, ich glaube, auf irgendeiner Pornoseite. Hast du schon mal versucht, Banyamulenge-Profile durch den Schatten eines erigierten Penis zu lesen?« Maggie gestikulierte über ihre Schulter hinweg zu den brummenden Maschinen, die hinter einer Abdeckplane standen. »Das eigentliche Problem ist, dass ich zwar Fotos von all diesen Menschen machen kann, aber ohne Zugang zur Flüchtlingsdatenbank klappt's mit dem Abgleich nicht. Ach, das willst du gar nicht hören. Ich schaffe es schon.« Sie warf einen Blick auf Sarahs vollen Seesack. »Du hast da nicht zufällig einen schönen summenden Prozessor vom Schwarzmarkt drin, oder?«

Sarah holte einige Zeitschriften hervor. »Nein, aber ich habe dir drei Ausgaben von *People* mitgebracht.«

»Kind, du hast dir gerade ein Upgrade deiner Firewall verdient!«, stellte Maggie mit einem dröhnenden Lachen fest.

Sarah legte die Zeitschriften auf den Tisch und nickte dann in Richtung des Flügels, in dem sich die Krankenstation befand. »Ist er da?«

»Ist Brad Pitt denn verrückt?« Maggie griff nach der obersten Zeitschrift. »Wann ist das denn passiert?« Sie schüttelte den Kopf. »Zuerst muss ich mich auf den neuesten Stand bringen. Geh doch in die Klinik! Dr. Mwami kann bestimmt Hilfe gebrauchen. Das letzte Mädchen, das

Ärzte ohne Grenzen schickte, hat er zum Feuerholzholen verdonnert.«

Sarah hievte ihren mittlerweile etwas leichteren Seesack über die Schulter und ging durch die offene Tür zur Krankenstation. Sie folgte dem stärker werdenden Geruch nach Desinfektionsmittel und Bleiche, der sein Bestes tat, die weniger angenehmen Gerüche eines Raumes, in dem fiebernde Patienten lagen, zu überdecken. Der Raum selbst, ein großer offener Bereich, hatte einen eigenen Eingang. Sechs der acht Betten waren belegt. Auf einer Bank warteten Patienten geduldig auf Dr. Mwami, und vor der Klinik ging eine Frau unruhig auf und ab und hielt ihren geschwollenen Bauch. Offensichtlich war sie in den Wehen.

Sarah hörte Dr. Mwami hinter dem einzigen Vorhang.

»... ihr wisst doch, dass ihr niemals stehendes Wasser trinken sollt. Es ist schlechtes Wasser, voller Larven und Keime. Fließendes Wasser ist besser. Und doch passiert es immer wieder. Vergiss es nicht, Dieudonné, wenn du das nächste Mal beim Holzsammeln zu dem Teich gehst: Du darfst auf keinen Fall aus stehenden Gewässern trinken.«

Sarah ging um den Vorhang herum und sah, wie der dünne, schwache Junge mühsam nickte.

»Zwei pro Tag.« Dr. Mwami nahm eine Flasche von dem Regal beim Bett, überprüfte das Etikett und gab sie der Mutter, Inès, einer bezaubernden jungen Frau, die ihren Sohn »von Gott gegeben« genannt hatte, trotz der alles andere als liebevollen Art, auf die sie ihn empfangen hatte. »Zwei von diesen hier«, wiederholte Dr. Mwami, »eine bei Sonnenaufgang und eine bei Sonnenuntergang. *Comprenez?*«

Inès nickte.

»Du hast keine weiteren Kinder, nicht wahr? Dann nimm das Bett am Ende der Reihe, damit ich ihn beobachten kann. Vielleicht ist er in ein oder zwei Tagen wieder kräftig genug, um entlassen zu werden.« Dr. Mwami hob den Kopf. »Ah, Sarah, Sie sind zurück!«

»Ja.«

»Gut.« Dr. Mwami betätigte den Spender mit der antibakteriellen Lösung auf dem Nachttisch und rieb sich die Hände ein. »Das ist heute schon der elfte Fall von blutigem Durchfall. Aber die Tanks sind nicht die Ursache. Alle haben aus dem Kuhtümpel etwa einen Kilometer westlich des Camps getrunken.«

Sarah erstarrte. »Cholera?«

»Nein, aber deshalb sind noch sechs zur Beobachtung hier.« Dr. Mwami rieb energisch seine Hände, bis die Lösung eingezogen war. »Die anderen zwei Betten sind mit Frauen belegt, die niedergekommen sind. Ein drittes Baby ist gerade auf dem Weg« – die gebärende Frau schrie zur Untermalung seiner Worte laut auf –, »und wenn mein Bauchgefühl richtig ist, hat sich der kleine Claude da draußen wegen der idiotischen Idee, auf den Wassertank zu klettern, eine Rippe gebrochen.«

Sarah konnte ein Lächeln nicht unterdrücken, als Dr. Mwami fortfuhr, die Fälle aufzuzählen, als ob er in einem weißgekachelten Raum in einem städtischen Krankenhaus stünde und sie soeben ihre Schicht angetreten hätte. Sie nickte stumm zu seinen Worten, fühlte sich ein wenig benommen. Dann streifte sie ihre Umhängetasche ab, nahm den vertrauten fleckigen Laborkittel von einem Haken an der Wand und hängte stattdessen die Tasche dorthin.

»Zuerst nehmen Sie am besten Lynca ihrer Mutter ab – das schreiende Kind dort drüben. Die Wunde an ihrem Fuß muss mit einigen Stichen genäht werden, und dann braucht sie noch eine Tetanusspritze.«

Sarah zog den Kittel an, ging um den Vorhang herum und blickte auf die Bank mit den wartenden Patienten. Nachdem sie das weinende Mädchen ausgemacht hatte, brachte sie es hinter den Vorhang. Zuerst konnte sie weder einen Eimer noch ein sauberes Stück Stoff finden, nur die Seife war an ihrem angestammten Platz. Während sie ihre Ausrüstung zusammensuchte, spürte sie Dr. Mwamis leichte Ungeduld. Anschließend säuberte sie den Fuß des Mädchens, während der Arzt eine lange Nadel mit einem Faden versah. Dann hielt Sarah die Hand der Kleinen und erzählte ihr stockend Geschichten aus Amerika: über Hunde, die in Federbetten schliefen, und Maschinen, die den Dreck einsaugten, und Häuser, die kein Feuer brauchten, um warm zu bleiben.

Sobald Dr. Mwami die Wunde versorgt hatte, rief er den nächsten Patienten auf. Sarah hatte Mühe, mit seinem Tempo Schritt zu halten.

Als sie das nächste Mal den Kopf hob, war die Wartebank leer, und die getrockneten Bananenblätter auf dem Dach raschelten im nächtlichen Wind. Dr. Mwami legte Sarah ein weinendes Neugeborenes in die Arme und wandte sich dann ab, um sich um die erschöpfte Mutter zu kümmern.

Sarah brachte den Säugling zu einer leeren Pritsche und säuberte das kleine Mädchen sanft. Als sie es in die Schachtel legte, die als Wiege diente, spürte sie Dr. Mwamis Hand auf ihrer Schulter.

»Sarah, wir haben Sie vermisst.« Er nickte ihr knapp zu, bevor er sich wieder abwandte. »Schön, dass Sie zurück sind.«

Sarah starrte auf das frisch gewickelte Neugeborene hinab, während draußen die Insekten surrten, während der Sonnenuntergang das Land in rosafarbenes Licht tauchte, während der Geruch der Kochfeuer und der gebratenen Ziegen durch die offene Tür hereinströmte. Tief in ihrem Inneren spürte sie einen Ruck, als fände ein Wagen, der durch Schlamm gezogen wird, plötzlich Halt auf einer festen Straße. Still stand sie da und spürte dem Gefühl der wachsenden Leichtigkeit des Seins nach.

Ja. Es war sehr gut, wieder zu Hause zu sein.

Eine ganze Woche verging, bis Sarah endlich das vertraute Röhren eines hochtourig laufenden Motors hörte, mit dem sich ein Geländewagen den Hügel hinauf zum Hauptgebäude quälte. Sie ging in der Krankenstation auf und ab, ein schreiendes Baby auf dem Arm, das gerade seine erste Impfung bekommen hatte und dem sie nun tröstend über den Rücken strich. Dann vernahm sie das charakteristische Knirschen von Metall auf Metall, mit dem der Fahrer des Jeeps in einen niedrigeren Gang schaltete.

Sam war zurück.

Sarah sank der Magen in die Kniekehlen. Sie tätschelte den Rücken des Babys ein wenig fester, und ihr Körper begann vor Hitze und Scham zu prickeln. Früher oder später würde sie ihm gegenübertreten müssen. Schließlich war er der Faden – fein, aber doch stark genug, um sie an Burundi zu binden, um sie wieder hierherzuziehen. Es würde nicht leicht werden. Die Trennung in Bangalore hatte sie in unangenehmer Erinnerung. Sam war so wütend auf sie gewesen …

Mit gutem Grund! Er hatte recht gehabt. Sie hatte in Indien moralisch die falsche Entscheidung getroffen, als sie sich in Colins Arme warf, obwohl sie wusste, dass er einer anderen Frau versprochen war.

Sie hätte sich in tausend Rechtfertigungen flüchten können, doch sie tat es nicht. Ihr Verhalten konnte sie weder Rachel anlasten noch Kates Drängen oder Jos Ermutigung. Diese Entscheidung hatte sie ganz allein getroffen. Doch in den vergangenen Monaten hatte sie ihren Frieden mit Gott und ihrem Gewissen gemacht. Ob sie allerdings Sams Urteil würde ertragen können, wusste sie nicht, zumal sie selbst ebenfalls hart über einige seiner fragwürdigen Entscheidungen geurteilt hatte.

»Dr. Mwami!« Josette, eine junge Frau, die gerade einige Ziegen an der Klinik vorübertrieb, steckte ihren Kopf durch die Tür. »Dr. Mwami! Master Tremayne ist hier! Kommen Sie, kommen Sie!«

»Einen Moment …«

»Er fragt nach Ihnen«, sagte Josette aufgeregt. Sie sprach zu dem Arzt, doch sie schaute Sarah dabei an. »Er möchte mit Ihnen sprechen, Dr. Mwami!«

Sarah blickte zu dem Arzt, der gerade einen etwa neunjährigen Jungen gegen die Masern impfte. Der Kleine ließ die Prozedur mit fest geschlossenen Augen über sich ergehen. Nachdem er die Nadel herausgezogen hatte, presste Dr. Mwami einen Wattebausch auf die blutende Einstichstelle und warf die Nadel in einen Abfallbehälter für spitze Gegenstände.

»Sam sieht gut aus«, bemerkte Josette mit einem breiten Lächeln. »Er ist ein guter Mann, groß und stark! Und er hat keine Frau.«

Sarah wandte sich ab, damit Josette ihr errötendes Gesicht nicht sah. Sie hoffte, dass man sie bald nicht mehr wegen ihres Singledaseins auf den Arm nehmen würde, doch gleichzeitig befürchtete sie, dass Sams Ankunft alles nur noch schlimmer machte. Die Hälfte der Frauen hielt sie beide für so gut wie verheiratet. Stritten sie sich etwa nicht wie Mann und Frau?

Doch, sie stritten sich, und zwar ununterbrochen. Sarah hatte erst nach Monaten verstanden, dass Sam sie so wütend machte, weil er eine Menge gefährliche Gefühle in ihr aufwühlte, Gefühle, denen sie sich erst stellen konnte, als ein ganzer Ozean zwischen ihnen lag.

Dr. Mwami erklärte den wartenden Patienten, dass er bald zurück sei, und ging ins Freie. Die Patienten folgten ihm neugierig. Sarah beschäftigte sich immer noch mit dem Baby, richtete das Baumwolltuch, auf dem es lag, bis sie eine leise Stimme zu hören glaubte – halb Rachels, halb ihre eigene.

Feigling!

Sie riss sich den Kittel vom Leib, warf ihn über eine leere Pritsche und ging durch den Registrierungsbereich zum Haupteingang.

Die übliche Menge aus Ziegen, Kindern, Kühen und anderen Neugierigen hatte sich um Sams Jeep versammelt, der über und über mit Schlamm bespritzt war, so dass nur noch hier und da der weiße Lack und Stücke der Windschutzscheibe aufblitzten. Es war ihm immerhin gelungen, sich den schlammigen Hügel hinaufzukämpfen. Er selbst wirkte wie aus einer anderen Welt, wie er ein Stück von dem Jeep entfernt stand, den Rücken gerade, in ein blendend weißes Button-Down-Hemd und gestärkte Khakis gekleidet.

Sarah packte den Zweig, der als Türgriff diente. Sam sah gesund und stark aus. Die dunkle Haut seiner Brust schimmerte durch das weiße Hemd. Er krempelte die Ärmel auf und entblößte seine starken, sehnigen Unterarme. Still stand er da, fühlte sich offensichtlich unwohl, wartete auf etwas.

Sie trat ins Freie und stellte sich neben Dr. Mwami. Sams Blick fiel auf sie. Sie wappnete sich gegen Wut, Verurteilung, Bestürzung – oder, am schlimmsten, Gleichgültigkeit –, doch sein Blick flackerte und war nicht zu deuten.

Sarah verlagerte ihr Gewicht, um die Balance zu halten. Sie musste unbedingt ihre Ration essen.

»Sam, was ist los?«, fragte Dr. Mwami scharf. »Ich habe jede Menge Patienten.«

Sam drehte sich um und nickte einem großen jungen Mann zu, der prompt davonlief. Dann beugte er sich nach vorn und gab einem Jungen am anderen Ende des Jeeps ein Zeichen, der daraufhin in eine andere Richtung rannte und einen Moment später wiederauftauchte. Er trieb vier junge Ziegen vor sich her, und der erste Mann, der sich nun durch die Menge kämpfte, führte eine braune Ankole-Kuh am Horn mit sich.

Die Menge murmelte bewundernd, scharte sich um die Kuh, und die Frauen grinsten entzückt.

»Dr. Mwami, ich habe lange Zeit darüber nachgedacht, wie ich das hier am besten angehen soll«, sagte Sam. »Ich bin zu dem Schluss gekommen, dass Sie der richtige Mann sind. Ich will Ihnen ein Angebot machen.«

»Sprich nicht so umständlich, Sam! Ist das wieder mal einer von deinen Scherzen?«

»Nein, es ist kein Scherz.« Ein Muskel zuckte in Sams dunkler Wange und fing das Sonnenlicht ein. »Sie sind doch quasi der Pflegevater für viele der vaterlosen Töchter hier im Camp.«

»Und?«

»Ich bin hier, um Ihnen ein Angebot für einen Brautpreis zu machen«, sagte Sam und deutete auf die Ziegen und die Kuh.

»Ein Brautpreis?« Erheiterung machte sich auf Dr. Mwamis sonst eher ausdruckslosem Gesicht breit. »Die Burundi-Tradition. Du willst heiraten?«

Sarah schwankte, atmete langsam und tief ein. Regenwolken donnerten in einiger Entfernung am Himmel wie die Trommeln von Burundi. Eine Brise wehte den süßen Geruch nach gärenden Bananen aus einem verborgenen Maischetopf herüber.

Sie tauchte in Sams dunklen Blick ein, in seine unendlichen Tiefen, in diese Augen, immer tiefer.

Sam sprach laut und deutlich: »Ich mache ein Angebot für … Sarah Pollard.«

Die Frauen kreischten auf und klatschten in die Hände, die Kinder lachten, und plötzlich war alles in Bewegung. Alle tanzten, klatschten und stampften mit den Füßen im Kreis. Alle bis auf Sarah und Dr. Mwami und Sam – drei unbewegliche Figuren mitten im Tumult. Sam blickte Sarah unverwandt an, die Hände in den Hosentaschen zu Fäusten geballt, während ihr das Herz bis zum Hals schlug.

»Eine Kuh?«, sagte Dr. Mwami plötzlich. »Vier stinkende Ziegen? Was soll ich mit den Viechern anfangen, Samuel Tremayne?«

Die Rufe der Menge erstarben abrupt. Die Frauen verstummten und beobachteten Dr. Mwami aus großen, ungläubigen Augen.

»Du hättest Spritzen mitbringen können«, fuhr der Arzt fort, »Alkohol, Jod, Verbandsmaterial, Salztabletten, Antibiotika – und du wagst es und kommst mit Tieren daher? Mit Tieren!«

Sam deutete auf den Jeep. »Da ist noch mehr.«

»Na, hoffentlich!« Knurrend ging Dr. Mwami zu dem Wagen und riss eine verdreckte Tür auf, hinter der ein Stapel Kartons zum Vorschein kam. Er tastete die Taschen seines Kittels nach seiner Lesebrille ab, doch Sarah sah nicht mehr, ob er sie fand, denn währenddessen setzte Sam sich in Bewegung und baute sich vor ihr auf.

»Sarah-Belle ...«

Sie wandte den Blick ab und gab vor, interessiert auf ihre schmutzigen Flip-Flops zu schauen. Das war zu viel, zu viel auf einmal, zu viele Gefühle, die in ihr explodierten. Seit dem Tag vor einem Jahr, an dem er den Hügel heraufgefahren war, an dem sie ihn nach vielen Jahren wiedergesehen und er sich mit einem Grinsen und einem Zwinkern vorgestellt hatte, hatte sie sich gegen ihn gewehrt, gegen seine Taktiererei, auch dann noch, als er ihr Ausrüstungsgegenstände brachte, von denen sie zuvor nicht einmal zu träumen gewagt hatte. Sie hatte versucht, ihn mit ihrer selbstgerechten Art und ihren Streitereien über Moral und Gewissen zu vertreiben, doch er war immer wieder zurückgekehrt. Sie hatte ihn ignoriert und ihn angeschrien, und selbst als sie sich schamlos einem anderen Mann an den Hals warf, ließ er nicht locker, beständig und unnachgiebig und seiner selbst sehr sicher. Sam machte ihr Angst. Warum, das hatte sie nie verstanden – bis jetzt.

Seine Finger lagen plötzlich unter ihrem Kinn. Sie schmiegte sich an den sanften Druck, wagte es, in sein Gesicht zu schauen, das nur Zentimeter von ihrem entfernt war, wie sie es schon einmal gewagt hatte, unter einer Akazie am Tanganjikasee. Eindringlich, forschend blickte sie in sein Gesicht. Die Narben auf seinen Wangen waren wie die Sterne am Nachthimmel, das Gegenstück zu ihren Sommersprossen. Sam, ihr dunkles Spiegelbild.

»Ich dachte, dass du *Ärzte ohne Grenzen* verlassen würdest«, sagte sie atemlos. »Ich dachte, du kämst nicht zurück.«

»Das dachte ich auch.« Seine Nasenflügel weiteten sich, als er einen Augenblick lang über ihren Kopf hinweg auf den gewaltigen Dschungel ringsum blickte. »Aber dieser Ort, diese Menschen …« Seine Kiefer mahlten. »Hier ist meine Berufung.«

»Du bist nicht wütend auf mich?«

»Weil du loyal bist?« Er schüttelte den Kopf. »Das kann ich dir nicht vorwerfen. Schließlich liebe ich dich unter anderem deswegen.«

Sie hob ihre Hand und legte sie flach auf seine Brust, genau über sein Herz. Unter der warmen Baumwolle spürte sie den kräftigen, regelmäßigen Herzschlag.

»Kate hat mir erzählt, dass du mit ihm fertig bist«, sagte er gepresst.

Sie brauchte einen Moment, um zu verstehen, wen er meinte.

»Ja, ich bin fertig mit Colin.«

Sarah fühlte die Rundung seines Brustmuskels, hart und angespannt unter ihrer Berührung. Sie wollte ihre Hand auf seine nackte Haut legen, ihn liebkosen, wollte ihn spüren … Sam, der leibhaftig vor ihr stand, aus Fleisch und Blut, Herz und Seele, in all seinem warmen, verlangenden Glanz.

Er hätte überall hingehen können. Er hätte innerhalb der Organisation in ein anderes Gebiet wechseln können. Er hätte auch nach England zurückkehren und in einem Büro arbeiten können. Er hätte sich von ihr, von Burundi, freimachen und seine Tage damit verbringen können, im Fernsehen Kricket zu schauen und Würstchen mit Kartoffelbrei zu essen. Darüber hatte er wochenlang gesprochen, nachdem sie das Mädchen mit den schiefen Zöpfen gerettet hatten, und Sarah hatte seinen Worten mit einer ganz ähnlichen Sehnsucht gelauscht.

Doch er war zurückgekehrt. Nach Burundi, zu dem Guten und dem Schlechten und zu ihr – weil er stärker war als sie. Er hatte ein gutes Herz und war unerschütterlich loyal. Vielleicht gab es doch jemanden, der in seiner unvollkommenen Menschlichkeit vollkommen war – nämlich Sam. Sie selbst war eine Idiotin gewesen, die in die falsche Richtung, zu dem falschen Mann geschaut hatte, selbst als der richtige schon lange still neben ihr war.

Sie schloss die Augen und drückte ihre Nase an seine Brust. Sein Hemd roch nach sonnenwarmer Seife. »Ich muss dir etwas sagen …«

»Lass die Vergangenheit ruhen«, unterbrach Sam sie. »Es spielt keine Rolle mehr.« Er griff mit gespreizten Fingern in ihre Lockenmähne und fasste sie auf ihrem Kopf zusammen. »Du warst so lange fort, dass ich fürchtete, du würdest nicht mehr zurückkehren. Ich habe dich vermisst, Sarah-Belle.«

»Sam …«

»Schsch.« Er vergrub sein Gesicht in ihrem Haar. »Wir haben genug Zeit.«

»Aber du sollst es doch wissen.« Sie legte ihre Wange an seine Brust, fühlte seine nackte Haut in dem Hemdausschnitt. »Sam, ich bin wegen dir nach Burundi zurückgekommen.«

Sam schaltete in den vierten Gang, während Sarah ihr Gesicht in den Wind hielt. Sie hatten die unwegsamen Bergpfade hinter sich gelassen und fuhren nun auf befestigten Straßen zum Tanganjikasee. Sarah legte ihre Hand über seine auf dem Schaltknüppel, so dass er fahren und sie ihn gleichzeitig berühren konnte. Sie neigte den Kopf und lächelte ihn zaghaft an, was er mit einem Lachen erwiderte, das ihr Inneres zum Schmelzen brachte.

Sie waren vor ihrer eigenen Feier geflüchtet. Nachdem Dr. Mwami unter den Jubelrufen der Campbewohner den Brautpreis doch noch akzeptiert hatte, hatte Sam verkündet, dass diverse Paletten Sorghum-Bier im Jeep verstaut waren und nur darauf warteten, abgeladen zu werden. Die Frauen stießen Freudentriller aus, die Jungen rannten los, um die Trommeln zu holen, und alle begannen zu tanzen. Sobald die letzte Palette abgeladen war, hatte Sam Sarahs Hand ergriffen und sie auf den Beifahrersitz gedrängt. Maggie lief aus der Klinik herbei, warf einen Seesack durch das Wagenfenster, gab Sarah einen tränensalzigen Kuss und rief: »Ab mit euch!«

Als sie jetzt im Jeep durchgerüttelt wurden, erkannte Sarah, wohin sie fuhren. Freudige Erwartung erfüllte sie. Sie packte Sams Hand fester, bis er seine Finger zwischen ihre schob und sie etwas lockerer ließ.

Vor ihnen tauchten einige solide aussehende Hütten auf, die um ein langgestrecktes, weißgetünchtes Gebäude verstreut lagen. Töpfe mit üppig blühenden Blumen hießen sie willkommen. Ein Freund von Sam war der Besitzer der Ferienanlage, die für burundische Verhältnisse luxuriös war. Hierher kamen Umwelttouristen, die die Flusspferde des Sees beobachten oder in den schmalen Kanus der Eingeborenen ein wenig fischen wollten. Hinter dem Hauptgebäude erhaschte Sarah einen Blick auf das tiefblaue Wasser des Sees, das jetzt unter den dunklen Wolken am Himmel silberfarben schimmerte.

»Ich checke uns ein«, sagte Sam und nahm ihr Gepäck vom Rücksitz. »Wir treffen uns am See.«

Sarah fuhr sich mit den Fingern durch ihr vom Wind zerzaustes Haar, während sie um die Ecke des Gebäudes schlenderte. Schon fielen einige dicke Tropfen auf die hintere Terrasse und die strohgedeckten Schirme, unter denen einige kleine Tische standen. Dahinter erstreckte sich eine grasbewachsene Böschung bis zum Rand des Sees. Auf einem kleinen Hügel am Wasser entfaltete eine Akazie ihre niedrigen, breiten Äste. Sarah spazierte dorthin und lehnte sich gegen die rauhe Rinde. Der Baum bot ihr Schutz vor den Regentropfen.

Sie hörte Sams Schritte im Gras, lange bevor er hinter ihr stand und sie in seine Arme zog. Sie lehnte sich an ihn. Wie gut sie zusammenpassten – die Rückseite ihres Kopfes in der Krümmung zwischen seinem Kopf und der Schulter, ihr Rücken flach an seine starke Brust gepresst, seine Unterarme fest unter ihren Brüsten, sein Atem warm an ihrem Ohr.

»Ich hatte mir eingeredet«, flüsterte sie, als sie sich an das letzte Mal erinnerte, da sie sich unter diesem Baum umarmt hatten, »dass es für dich nur ein beliebiger Kuss war, der nichts bedeutete, nicht mehr als ein kleiner Flirt.«

»Ich habe dich erschreckt.«

»Ich hatte es nicht erwartet«, gab sie zu, »und dann konnte ich nicht erklären … was es in mir ausgelöst hat.«

Sam drehte sie zu sich um und küsste sie, nahm ihre Lippen, ihr Gleichgewicht, ihren Verstand in Besitz, wie schon einmal zuvor, und dieses Mal hörte er nicht wieder auf. Sein Kuss wurde leidenschaftlicher und vertrieb die letzten Spuren ihrer Furcht, ihrer Zweifel, lockte aus Sarah die Leidenschaft hervor, die zu geben sie bis jetzt nicht gewagt hatte.

»Für die Leute im Camp … für die sind wir jetzt verheiratet«, sagte er, während er seine Lippen an ihre Schläfe drückte, wo eine Ader wild pochte.

»Ich weiß«, antwortete sie heiser. »Für mich sind wir das auch.«

Er zog sie fester in seine Arme.

»Doch auch wenn mein Vater die einheimische Tradition akzeptiert«, fuhr sie fort, »als Pastor wird er sich über eine etwas formellere westliche Zeremonie freuen.«

»Meiner auch.«

Sie lehnte sich leicht zurück, um Sam fragend anzusehen.

»Habe ich dir das nicht erzählt? Mein Vater hat meine Mutter in einer Mission kennengelernt.« Sein Lächeln war weich, neckend. »Er ist Geistlicher in der anglikanischen Kirche.«

Sarah lachte leise, während der Regen um sie herum von den Blättern zu Boden fiel. Sie fragte sich, wie viel sie noch voneinander erfahren mussten und wie schön es wäre, damit die Wochen, Monate und Jahre zu verbringen, die vor ihnen lagen.

Ein Regentropfen traf seine Wange. Sarah berührte ihn, fuhr mit ihrem Finger die winzigen Narben auf seinem Wangenknochen nach, folgte dem Umriss seines Ohrs und der starken Linie seines Kiefers, beobachtete ihn, wie er sie bewegungslos anstarrte.

Ich werde keine Angst mehr haben.

Sie flüsterte: »Haben wir hier ein Zimmer?«

»Eine ganze Hütte, Sarah-Belle.«

Er küsste sie erneut, hob sie in seine Arme und trat mit ihr aus dem Schutz der Akazie heraus auf eine der Hütten auf Stelzen zu. Er wirbelte Sarah beim Gehen herum, und die ganze Welt verschwamm. Der gleichmäßig fallende Regen durchnässte sie beide so, wie es nur ein tropischer Regen vermochte.

Mit dem Rücken drückte er die Tür auf, während sie schon an den Knöpfen seines Hemdes nestelte, ihm den feuchten Stoff von der Schulter schob und ihre Hand auf seiner breiten Brust ruhen ließ. Sam stellte sie auf den Boden, zog sich das Hemd über den Kopf, legte ihr die Hände um die Taille und ließ seine Finger unter den Saum ihres T-Shirts gleiten. Langsam strich er ihren Rücken hinauf, raffte das T-Shirt zusammen und entblößte ihren Bauch. Sie presste sich an ihn, Bauch an Bauch, Haut an Haut.

Ihre Kleider fielen zu Boden. Mit weit geöffneten Augen beobachtete Sarah das Wunder ihrer Nacktheit, bewunderte seine lange, sehnige Gestalt, die Kraft seines schlanken Körpers, den Gegensatz ihrer beider Hautfarben. Er hielt sich zurück – sie spürte es an dem leichten Zittern seiner Muskeln, als er sie auf das Bett zog, und an seinem raschen Atem, als er mit seiner Handfläche über ihren Hüftknochen fuhr. Mit seinen Lippen und seiner Zunge und seinen Zähnen erregte er sie, bis sie am ganzen Körper zitterte und ihn wortlos an sich zog.

Sam! Liebevoller, wunderbarer Sam!

Leichtigkeit erfüllte sie wie eine vom Regen rein gewaschene Seele.

Kapitel 18

Jo saß auf einer Bank und hatte den Kopf in den Nacken gelegt, um die Septembersonne zu genießen. Das Licht fiel golden durch die Bäume, der Himmel war strahlend blau, die Hügel leuchteten grün. An einem Tag wie diesem hätte Rachel darauf bestanden, klettern zu gehen. Vor zwanzig Jahren hätten Rachel, Jo, Kate und Sarah ihre Kurse an der Uni sausenlassen, sich in Jos Jetta gequetscht und wären in die Shawangunks gefahren. Heute hatten sich die Freundinnen an Rachels Grab versammelt, ein Jahr nach ihrem Tod.

Jo ließ den Blick zu einem etwa zwanzig Meter entfernten Grab schweifen, das jetzt von Trauernden umgeben war. Sie war froh, dass das Grab grasbedeckt war und dass die traditionelle jüdische Zeremonie sich auf die Enthüllung von Rachels Grabstein beschränken würde. Jo hatte Beerdigungen noch nie gemocht. Sie brachten zu viele schmerzhafte Erinnerungen zurück: der würgende Geruch des Lehms in Kentucky, das große klaffende Loch, der Zigarettenrauch, der in den Falten von Tante Lauralees Kleid hing. Die heutige Zeremonie würde die letzte zu Ehren von Rachel sein, und Jo hatte das Gefühl, dass es an der Zeit für einen Abschluss war.

Sie wagte einen Blick zu Grace, die neben ihr auf der

Bank saß und mit den Beinen baumelte. Das kleine Mädchen klammerte sich mit vor Anspannung weißen Händen an den Rand der Sitzfläche. Sie waren früh gekommen, um Rachel die letzte Ehre zu erweisen, doch jetzt war die Menge so angewachsen, dass es zu viel für Grace wurde, zu viele mitleidige Laute und Blicke. Jo hatte sie deshalb weggeführt. Sie hatten sich auf dieser Bank an einem Kiesweg niedergelassen, von der aus sie zwar alles sehen konnten, aber ihre Ruhe hatten.

Jo legte einen Arm auf die Rückenlehne der Bank und zog sanft an einer von Grace' Haarsträhnen, um ihre Aufmerksamkeit zu erregen. »Deine Nana freut sich darauf, dass du die Ferien bei ihr verbringst, Kleines. Ich konnte schon den Honig an ihren Kleidern riechen.« Jo hoffte, dass sie Grace mit dem Gedanken an den bevorstehenden Besuch bei den Brauns durch die folgende schwierige Stunde bringen würde. »Sie hat mir etwas von ihrem Honigkuchen für Rosh ha-Schana versprochen, also iss nicht alles auf, ja?«

Grace ließ ihre Beine vor- und zurückschwingen.

»Vielleicht frage ich Jessie auch nach ihrem Apfelsoßenrezept«, fuhr Jo fort und überprüfte noch einmal den Inhalt ihrer Tasche. Hatte sie Taschentücher, Müsliriegel und einen Lutscher eingesteckt?

Grace drehte ihren rechten Fuß, um die Sohle an der Betonstrebe der Bank abzustreifen. »Jessies Apfelsoße ist okay. Aber ich mag das Challa lieber.«

»Was du nicht sagst, Gracie! Ich hab's auch mehr mit den Kohlenhydraten.« Jo verlagerte ihr Gewicht und drehte sich leicht zu Grace. »Ich liebe ja Maisbrot, aber Challa ist auch in Ordnung. Hast du daran gedacht, deine Cinderella-Zahnbürste einzupacken?«

»Hm.«

»Und die neue Unterwäsche, die mit der Prinzessin drauf?«

»Tante Jo!« Grace blickte auf. »Man spricht nicht über Unterwäsche!«

»Und warum nicht? Ein Mädchen muss sie schließlich tragen.« Jo zog am Revers ihres schwarzen Sakkos und blinzelte spielerisch in ihren Ausschnitt. »Meine ist rot.«

Rot, aus Spitze und ganz schön verrucht. Rachel hätte es verabscheut, sie alle wie eine Herde Kühe hier versammelt zu sehen. Nur der Respekt vor der Familie – und Grace – hatte Jo davon abgehalten, in einem Minilederrock und High Heels auf dem Friedhof zu erscheinen.

Grace verdrehte die Augen, konnte aber ein Lächeln nicht ganz unterdrücken. »Ich habe genug für zwei ganze Wochen eingepackt, Tante Jo. Wie du es gesagt hast.«

»Braves Mädchen.«

Zum Glück hatte Grace mittlerweile Übung im Packen. Das Arrangement, das Jo mit den Brauns getroffen hatte, beinhaltete viele Fahrten zwischen New York und New Jersey. Erst vor einem Monat war Grace aus Teaneck zurückgekehrt, wo sie den Sommer verbracht hatte. Jo wusste, dass die zurückliegenden Wochen für Mrs Braun schwierig gewesen waren, auch wenn die ältere Frau dies nie zugeben würde. Mrs Braun hatte sich immer noch nicht an die Tatsache gewöhnt, dass Grace vor allem in New York bei Jo zu Hause war. Gott sei Dank versuchte sie nicht mehr, die Sorgerechtsvereinbarungen anzufechten, und war Kompromissen gegenüber etwas aufgeschlossener. Jo hoffte, dass Mrs Braun mit der Zeit erkennen würde, dass die momentane Situation die bestmögliche in einer unvollkommenen Welt war.

Jetzt standen die jüdischen Neujahrsfeiertage vor der Tür, und Grace sollte sie in New Jersey verbringen. Jo wollte die Zeit für die Arbeit nutzen und ihrem Chef beweisen, dass die Gleitzeit, die sie mit ihm vereinbart hatte, nicht zu Lasten ihren Jobs ging, sondern allein dazu diente, eine gute Mutter für Grace zu sein.

Ja, es war ein langer, harter Weg gewesen, aber sie hatte das Dasein als arbeitende Mutter in den Griff bekommen.

»Tante Jo?«

»Ja, Kleines?«

»Wohin werde ich kommen, wenn du stirbst?«

Jo atmete so scharf ein, dass sie sich an ihrem eigenen Speichel verschluckte. Sie hustete heftig, schirmte ihren Mund mit dem Unterarm ab und drehte sich mit einer entschuldigenden Geste um, um in ihrer Tasche nach Taschentüchern zu suchen. Sie hustete ein wenig länger als notwendig, während sie verzweifelt nach einer angemessenen Antwort suchte.

So leicht wirst du mich nicht los, Kleines, keine Angst.

Keine Angst! Das konnte sie Grace nicht sagen. Mit diesen Worten hatte man das kleine Mädchen schon einmal besänftigt, als ihre Mutter das erste Mal ins Krankenhaus kam, und jetzt saßen sie hier auf einer Bank auf dem Friedhof.

Nachdem Jos Hustenanfall vergangen war und sie sich die Augen mit einem Taschentuch abgetupft hatte, blickte sie Grace aufmerksam an. Sie hatte die Augen ihrer Mutter Rachel, groß in dem kleinen Kindergesicht, so tiefgründig und braun wie Rachels, doch ohne das Lachen und die Weisheit, voller Unschuld, aber auch voller Trauer.

Jo folgte ihrem Bauchgefühl und sagte Grace das, was sie damals selbst gern gehört hätte, auf einer Bank am Grab ihrer eigenen Mutter, vor vielen, vielen Jahren.

Sie sagte die Wahrheit.

»Das ist eine gute Frage, Süße.« Sie zerknüllte das Taschentuch und verstaute es in ihrer Handtasche. »Ich habe zwar nicht vor, so bald irgendwohin zu gehen, aber«, fügte sie mit einem Nicken in Richtung der Trauergäste hinzu,

»es schadet nichts, sich mal Gedanken über die Alternativen zu machen.«

Am Grab begann der Rabbi, einige Psalme zu lesen. Das singende Hebräisch wurde zu ihnen herübergetragen. Jo warf einen Blick zu Leah und ihrem Mann Abe hinüber, die nahe beim Grabstein standen. Abe stützte sich auf seinen Rollator, Leah hielt ihren Gehstock mit gebeugtem Kopf fest gepackt.

»Nun, du hast ja deine Nana und deinen Großvater.« Jo strich mit einem Finger sanft eine widerspenstige Haarsträhne in Grace' Frisur an ihren Platz. »Du hast ein Zimmer bei ihnen, hier in New Jersey. Wenn mir irgendetwas zustößt, hast du also trotzdem ein Zuhause.«

In diesem Moment geriet Leahs Gehstock ins Schwanken, und die ältere Dame musste sich auf Jessie stützen. Grace bemerkte die körperliche Schwäche ihrer Großmutter und schaute Jo aufmerksam an.

»Und deine Tante Jessie ist auch noch da«, fuhr diese fort und beobachtete, wie sich die widerspenstige Haarsträhne erneut selbständig machte.

»Sie hat jetzt einen Freund.« Grace wandte den Blick ab und zupfte an einem Stück grüner Farbe auf der Bank. »Er ist immer zu Besuch. Und sie starren sich die ganze Zeit so an.«

Jo lächelte, als ihr Blick auf Jessies Begleiter fiel, einen großen, etwas ungelenken jungen Mann mit einer Clark-Kent-Brille, dessen Körpersprache nur eins besagte: *Sie gehört mir.* Es würde noch eine ganze Weile dauern – vielleicht sogar bis nach der Hochzeit –, ehe diese beiden über die Phase des verliebten Sich-Anhimmelns hinaus waren.

Dann wanderte Jos Blick zu einem anderen Verwandten, zu Rachels älterem Bruder, einem alleinstehenden durchtrainierten Mann. »Da wäre auch noch Onkel Artie …«

»Sein Haus riecht wie eine Turnhalle.« Grace schüttelte

nachdrücklich den Kopf. »Und er hat *Ratten* als Haustiere.«

»Liebes, dann musst du mir jetzt helfen. Ich weiß nicht mehr weiter.«

Grace zuckte mit den Schultern und spielte mit der abblätternden Farbe der Bank, doch Jo bemerkte, dass ihr Blick zu einem Punkt links vom Grabstein ihrer Mutter wanderte.

Zu Kate.

Kate, schmal und in einem schwarzen Liz-Claiborne-Anzug, stand dicht bei Paul. Auf der anderen Seite neben ihr stand ihre älteste Tochter Tess, die ihre Ellbogen fest umklammert hielt. Michael, eine kleinere Ausgabe seines Vaters, beobachtete konzentriert und mit gerunzelter Stirn den Rabbi, als ob er versuchte, die hebräischen Worte zu verstehen. Anna wiegte sich vor ihren Eltern hin und her und spielte unbekümmert mit den Rüschen ihres lilafarbenen Kleides.

Eine vollkommene Familie. Was könnte sich ein Waisenkind sonst wünschen?

»Pass auf, Gracie.« Jo legte dem Mädchen den Arm um die Schultern und zog das warme Bündel Mensch an sich. Sie hielt sie fest, so dass die Kleine nicht ihre verräterisch glänzenden Augen oder das Zittern ihres Kinns sehen konnte. Der Tod war allgegenwärtig. Und um ein erfülltes Leben zu leben, musste man sich seiner Angst stellen.

Wie Rachel es getan hatte.

»Ich sag dir was, Kleines: Ich werde später mit Mrs Jansen sprechen.« Jo zerzauste Grace' dunklen Lockenschopf. »Deine Mutter hat gut für dich gesorgt, und ich werde es auch so machen. Wenn mir etwas zustößt, brauchst du dich nicht zu sorgen. Ich werde auf einer Wolke sitzen und mit deiner Mutter zusammen einen Appletini schlürfen. Und du wirst in den allerbesten Händen sein.«

Kate starrte auf den Grabstein und rollte einige Kiesel in ihrer Handfläche. Die Steine glitten leicht übereinander, wie geölte Massagesteine. Vor langer Zeit hatte sie einen Haufen davon aus einem Gebirgsbach in den Shawangunk Mountains mitgenommen, in dem Rachel, Jo, Sarah und sie selbst nach einer Tour an einem unglaublich heißen Sommertag gebadet hatten. Sie mochte es, wie sich die Steine in ihrer Hand anfühlten. Mit den Jahren waren sie zu Handschmeichlern geworden, die beruhigend zwischen ihren Fingern klackerten, während sie lernte oder arbeitete oder sich Sorgen machte.

Es war an der Zeit, ein paar davon herzugeben. Sie beugte sich vor und legte den ersten Kiesel auf den Granitsockel von Rachels Grabstein.

Eins.

Den bekommst du, weil du Sarahs Augen für das geöffnet hast, was genau vor ihr lag. Und weil du Jo gelehrt hast, was wirklich wichtig im Leben ist.

Zwei.

Der hier ist dafür, dass du meine Seele und meine Ehe gerettet hast.

Drei.

Und der hier ist für dich, Rachel. Dafür, dass du uns alle daran erinnert hast, dass man der Perspektive wegen ab und zu mal aus einem Flugzeug springen muss.

Kate richtete sich auf. Pauls Hand lag warm auf ihrer Schulter. Er war heute sehr lieb gewesen – aufmerksam, entgegenkommend, tröstlich und unterstützend. Sie ließ ihre Hand in die seine gleiten und drückte seine Finger, um ihm zu zeigen, wie froh sie über seine Anwesenheit war. Kurz darauf beobachtete Kate ein Auto, das an der Straße hielt. Eine Frau, die ein korallenfarbenes, gebatiktes Sommerkleid trug, kletterte vom Beifahrersitz. Kates Herz machte einen Satz: Sarah! Zu spät, wie immer, und zerknittert, als ob sie einen Überseeflug hinter sich hätte. Sarah winkte ihr kurz zu und kämpfte damit, ein schwarzes Trauerband um ihren Oberarm zu winden, während sie durch die Grabsteine auf die Trauergemeinde zueilte.

Paul nahm seine Hand von Kates Schulter. »Ich mache mich besser auf den Weg, wenn Tess noch pünktlich zu ihrem Fußballspiel kommen soll.«

Sie zupfte das Revers seines marineblauen Sakkos zurecht. »Danke, Liebling. Ich brauche diesen Nachmittag mit den Mädels wirklich.«

»Du kannst es später wiedergutmachen.«

Kate konnte ein verführerisches Lächeln nicht unterdrücken. »Oh, das werde ich tun.«

Sie blickte ihm nach, als er die drei Kinder zum Auto brachte.

»Süße, hat dir denn niemand die Regeln erklärt?« Jo tauchte hinter ihr auf. »Du bist verheiratet. Du darfst deinem Mann nicht hinterhersabbern!«

»Da hat man dir offensichtlich etwas Falsches erzählt.«

Kate drehte sich um und umarmte Jo, die so aussah, als könnte sie dringend eine Zigarette gebrauchen.

Jo sprach an Kates Schulter: »Ich gehe davon aus, dass bei euch weiterhin alles bestens ist?«

»O ja! Der Versöhnungssex ist einfach großartig.« Jede Ehe befand sich ständig im Wandel, hatte Kate gelernt, und man musste fortwährend an ihr arbeiten. Sie blickte sich um. »Wo ist Grace?«

»Sie ist soeben mit den Brauns gefahren. Dort verbringt sie die Ferien.« Jo wischte einen staubigen Handabdruck von ihrem Rock. »Es ist eine perfekte Lösung. Ich kann mich auf das neue Projekt konzentrieren und vielleicht sogar so etwas wie ein Liebesleben führen.«

Kate grinste. »Los, erzähl.«

»Du weißt doch bestimmt, um wen es geht.«

»Echt?«

»Ganz ruhig, Kate. Der Buchhalter und ich waren bisher zweimal zum Dinner verabredet. Wir haben stundenlang über den neuen Auftrag gesprochen.«

»Den dein Kumpel Hector jetzt managt, wie ich gehört habe.«

»Nun, ja. Ich habe darauf bestanden, dass er befördert wird. Jemand muss doch die Reisen und die Überstunden übernehmen, jetzt, wo Grace bei mir lebt.«

Kate warf Jo ein sanftes Lächeln zu. Vor sechs Monaten hatte Jo ihre Stelle gekündigt. Sie hatte genug Geld, um sich und Grace mindestens ein Jahr lang bequem über Wasser zu halten, und sie musste einiges in Angriff nehmen. Grace' kleine Ausbrüche hatten sich während des Winters verschlimmert, und trotz Jos heroischer Bemühungen, Job und das trauernde Mädchen unter einen Hut zu bekommen, war es schließlich doch zu viel geworden.

»Rachel würde sagen, dass es Karma war, dass dein Chef dich angefleht hat, wieder zurückzukommen«, stellte Kate fest.

»Ich kann nicht leugnen, dass es mich gefreut hat zu hören, dass meine Kunden nach meinem Abschied abgesprungen sind.«

»Und? Klappt es denn? Die Gleitzeit, einen Tag von zu Hause arbeiten … kommst du damit zurecht?«

»O ja, es funktioniert wunderbar. Aber, Süße, ich bin keine Idiotin. Vor meinem fünfzigsten Geburtstag werde ich es nicht in die Geschäftsführung schaffen.« Jo zwinkerte Kate zu. »Aber die Chancen stehen gut, dass ich etwas viel Besseres bekomme. Grace wird bei ihrer Hochzeit ihr Glas auf mich erheben.«

Kate lachte leise, zuerst fröhlich, dann heiser und mit einem unterdrückten Schluchzen.

»Fang bloß nicht damit an, Kate Jansen! Sonst können wir alle nicht mehr aufhören«, sagte Jo mit zitternder Stimme.

Sarah kam auf die Freundinnen zu, musterte sie besorgt und breitete dann die Arme aus.

Kate umarmte sie. »Hallo, Sarah. Willkommen in der realen Welt.«

Sarah schmiegte sich an Kate und umarmte dann Jo. »Ich kann nicht klar denken. Mein Kopf ist immer noch auf Burundi-Zeit eingestellt.«

»Wir freuen uns, dass wenigstens dein Körper bei uns ist.«

Dann hielten sie sich fest, während sie miteinander sprachen, die drei Frauen in einem lockeren Kreis. Kate schaute ihre Freundinnen die ganze Zeit unverwandt an. Die Ehe tat Sarah gut, denn ihre Wangen röteten sich, wenn sie von Sam sprach, und sie sah entspannt und glücklich aus. Jo lachte herzlich über etwas, das Sarah gesagt hatte, und bei dem vertrauten Klang stockte Kate der Atem. Ihre Gedanken kehrten – unausweichlich – zu derjenigen zurück, deren Lachen fehlte.

Rachel.

Plötzlich verstummten alle.

Jo sprach zuerst. »Wisst ihr, Mädels, ich habe viel nachgedacht in der letzten Zeit.«

Kate spürte Tränen aufsteigen und vermochte sich kaum dagegen zu wehren. »Wenn du losheulst, Jo, kann ich mich nicht mehr beherrschen, das schwöre ich.«

»Wisst ihr, diese ganzen Probleme, die Rachel uns beschert hat …« Jo blinzelte rasch. »Das Fallschirmspringen, die Jagd auf alte Liebhaber, die Erziehung von kleinen Kindern …«

Kate und Sarah antworteten einstimmig: »O ja!«

»Nun, eines ist mir klargeworden.« Jo sah ihre beiden

besten Freundinnen eindringlich an. »Rachel wollte nicht, dass wir das alles allein durchstehen.«

Kate zog die beiden anderen an sich, bis nur noch ein kleiner Zwischenraum zwischen ihren drei Körpern war, in den nur eine athletische, schlanke Kletterin mit einem großen Herzen gepasst hätte.

Dann hob Kate den Kopf und lächelte in den tiefblauen Himmel hinauf.

Liebe Leserin,

wenn Sie neulich bei einem Klassentreffen waren und eine Gruppe von verrückten Frauen bemerkt haben, die in einem Pub bei schlechtem Achtziger-Jahre-Rock mitgegrölt haben … und wenn Sie sich bei dieser Gelegenheit in einer bestimmten College-Stadt im Hinterland von New York befunden haben, dann ist es sehr wahrscheinlich, dass es sich bei den Frauen um meine Freundinnen gehandelt hat. Ich war die in der Mitte, die so schlecht getanzt hat.

Seit unserem Abschluss treffen wir uns alle fünf Jahre. Wir feiern die tolle Zeit, die wir miteinander verbrachten, als wir uns auf dem Rasen rekelten, ebenso wie die Jahre nach dem Abschluss, als wir uns gegenseitig durch die ersten furchtbaren Jobs, Beziehungen und kakerlakenverseuchten Wohnungen halfen. Jetzt leben wir über das ganze Land verstreut, sind verheiratet, zahlen Hypotheken ab, haben uns eine Karriere aufgebaut und ein Familienleben. Wenn wir uns treffen, sind wir unseren Kindern peinlich.

Wir sind eine seltsame und sehr vielseitige Gruppe: Die eine sammelt Geld für wohltätige Zwecke, indem sie Hundert-Meilen-Marathons mit dem Fahrrad fährt. Die andere, eine gesellige berufstätige Mutter, jongliert mit einer unglaublich großen Verantwortung und schmeißt dabei die besten Partys. Und eine dritte hat als nicht mehr ganz junge Frau ein Unternehmen für Landschaftsgestaltung gegründet.

Im Ernst: Ich weiß nicht mehr, was uns damals zusammengebracht hat. Wir sind eine bunte Mischung aus Religionen und Rassen, sozialer Herkunft und politischen Überzeugungen. Es gibt scharfe Kanten, alte Verletzungen und fundamentale Meinungsunterschiede. Aber auch Respekt, Humor und Mitgefühl. Es ist ein Wunder, dass wir das Band, das uns verbindet, trotz der Entfernungen in Raum und Zeit am Leben erhalten konnten. Wir wissen, dass wir gesegnet sind. Deshalb setzen wir auch alle fünf Jahre Himmel und Hölle in Bewegung, um uns an unserem alten College wiederzutreffen.

Wenn wir gemeinsam in einem Raum sind, wird die Atmosphäre magisch. Wir sprechen über Politik, Sex, Geld, Religion – all die Dinge, über die man eigentlich nicht spricht. Wir graben alte Geschichten aus und erzählen neue, bis wir Tränen lachen. In den frühen Morgenstunden sitzen wir im College-Pub und singen zu peinlichen Achtziger-Jahre-Metal-Stücken mit und tanzen, als ob niemand zusähe. Und wenn wir erschöpft in unsere normalen Leben zurückkehren, sind wir uns einer grundlegenden Sache sicher: Das Leben hat uns in sehr verschiedene Richtungen gelenkt, und doch haben wir alle eine Bestimmung: Freude an unserer Arbeit, an unserer Ehe, an unseren Eltern, unseren Kindern … und unseren Freunden.

Dieser Roman, »Heute lacht ein neuer Morgen«, ist mein kleines Valentinsgeschenk an diese Frauen.